KB235784

이상문학상 작품집

바다와 나비 외

문학사상사

2003년도 이상문학상 수상작품집
제27회 대상 수상작
김인숙 〈바다와 나비〉 외 9편

ⓒ 문학사상사, 2003

* '이상문학상'은 상표법에 의하여 무단사용이 금지되어 있습니다.

제27회 이상문학상 대상 수상작 선정 이유서

문학사상사가 주관하는 이상문학상의 2003년도 대상 수상작으로
김인숙의 〈바다와 나비〉를, 특별상엔 전상국의 〈플라나리아〉 선정

　김인숙의 〈바다와 나비〉는 모든 것이 찰나적이고 한없이 가벼워진 이 시대에, 다시 한 번 문학의 진지함과 무거움의 정수精髓를 보여주는 보기 드물게 상징적인 작품이다. 이상李箱의 〈날개〉가 식민지 시대 지식인의 고뇌를 상징적으로 그려냈다면, 김인숙의 〈바다와 나비〉는 탈이데올로기 시대를 맞은 옛 이념 세대의 방황과 좌절 그리고 찢긴 날개로 삶의 거친 바다를 건너가려는 의지를 뛰어난 솜씨로 묘사해 개인의 슬픔을 '시대의 아픔'으로 승화시키는 데 성공하고 있다.

　이에 심사위원회는 그 문학적 완성도를 높이 평가해 김인숙의 〈바다와 나비〉를 제27회 이상문학상 수상작으로 선정한다.

　한편, 이번에 신설된 이상문학상 기수상작가 및 중진 및 원로작가에게 수여하는 특별상 수상작으로는 전상국의 〈플라나리아〉를 선정한다.

　전상국의 〈플라나리아〉는 무성생식하는 플라나리아의 은유를 통해, 인간의 만남과 헤어짐 그리고 반려자를 상실한 사람의 존재론적 고뇌를 장인匠人의 솜씨로 묘사한 대작이다. 이 작품 역시 이상李箱의 문학적 전통에 서 있는 빼어난 작품이라는 데 심사위원들의 의견이 일치했다.

2003년 1월

이상문학상 심사위원회
권영민 · 김성곤 · 김인환 · 서영은 · 이어령 · 최윤 · 최일남

토론 끝에 전원일치로 결정한 대상 〈바다와 나비〉
— '특별상' 제1회 수상작품은 전상국의 〈플라나리아〉

무기명 투표보다는 토론을 통해 의견을 좁혀가자는 제안을 받아들인 심사위원들은 세 작품을 놓고 장시간 토론을 벌였고, 그 결과 김인숙의 〈바다와 나비〉가 만장일치로 선정되었다. 작품 구성이 다소 평이하게 느껴진다는 지적도 있었으나, '나비'와 '날개'의 이미지를 십분 살린 고도의 상징성, 진지하고도 무거운 주제 그리고 시종일관 잘 읽히는 능숙한 스토리텔링 기법과 빼어난 문장력으로 〈바다와 나비〉는 심사위원 전원의 호평을 받았다.

제27회 이상문학상 심사는 예년처럼 문학평론가, 문학 전공 대학교수, 작가, 문예지 편집자 그리고 독자들에게 작품 추천을 의뢰해 그 결과를 종합하는 것으로 시작되었다.

다음으로 이상문학상 수상작품집 권말에 공시한 '이상문학상의 취지와 선정 방법'에 따라, 각계의 의견을 수렴해 후보작들을 선정하고 김성곤 편집주간 주재하에 여러 채널을 통한 광범위의 의견을 수렴, 주관사 편집위원과 기획위원 그리고 편집실무진의 의견을 종합하여 예심에서 본심 진출작들을 엄선했다.

이번 이상문학상의 특징은 그동안 시행되어 오던 '기수상작가 우수작상'을 폐지하고, 대신 '특별상'을 신설했다는 점이다. 특별상은 이상문학상 대상을 받은 기수상작가 및 이상문학상 추천 우수작 수상작가를 포함하여, 탁월한 문학적 업적을 이룬 중진 및 원로작가들의 작품을 대상으로, 이상문학상의 취지를 더욱 빛내기 위해 제정되었다. 예심을 통과한 작품은 모두 15편이었으며, 작년에 이어 이번에도 7인의 소설계 및 평론계를 대표하는 심사위원들이 위촉되었다. 본심 위원들은 이번 후보작들이 어느 하나를 손쉽게 고를 수 없을 만큼 그 수준이 비슷하며, 그 결과 어느 하나의 선정이 쉽지 않다는 데 의견의 일치를 보았다. 심사위원들은 우선 각자 2~3편의 작품들을 구두 추천한 다음, 그중 가장 많이 추천된 작가 세 사람을 놓고 토론을 벌이기로 했다.

　무기명 투표보다는 토론을 통해 의견을 좁혀가자는 제안을 받아들인 심사위원들은 세 작품을 놓고 장시간 토론을 벌였고, 그 결과 김인숙의 〈바다와 나비〉가 만장일치로 선정되었다. 작품 구성이 다소 평이하게 느껴진다는 지적도 있었으나, '나비'와 '날개'의 이미지를 십분 살린 고도의 상징성, 진지하고도 무거운 주제 그리고 시종일관 잘 읽히는 능숙한 스토리텔링 기법과 빼어난 문장력으로 〈바다와 나비〉는 심사위원 전원의 호평을 받았다.

　더욱 김인숙은 1983년 등단 이래 그동안 《함께 걷는 길》《칼날과 사랑》《유리구두》 같은 작품집과 《핏줄》《불꽃》《그늘 깊은 곳》 같은 주목받는 장편소설을 발표해 왔으며, 문학이 흔들리는 시대에 탄탄한 작가적 역량으로 문학의 위상을 지켜온 한국 문단의 든든한 지주여서 이상문학상 수상작가로서 전혀 손색이 없다는 평을 받았다.

　특별상에 대한 논의는 비교적 쉽게 끝났는데, 이는 전상국의 〈플라나리아〉가 워낙 뛰어난 작품이어서 다른 후보작들보다 훨씬 더 돋보였기 때문이었다. 대표작 《아베의 가족》으로 한국 문단의 발전에 큰 획을 그은 바 있는 전상국의 〈플라나리아〉는 무성생식과 인간 복제 모티프를 차용해, 사람과 사람 사이의 만남과 헤어짐의 의미를 탐색한 보기 드물게 뛰어난 문학작품이라는 평을 받았다.

　심사위원들은 추천 우수작상을 받은 김경욱의 〈고양이의 사생활〉, 김연수의 〈노란 연등 드높이 내걸고〉, 김영하의 〈너의 의미〉, 복거일의 〈내 얼굴에 어린 꽃〉, 윤성희의 〈그 남자의 책 198쪽〉, 전경린의 〈부인내실의 철학〉, 정미경의 〈호텔 유로, 1203〉, 하성란의 〈자전소설〉도 모두 수상작이 될 만한 좋은 작품들이었다고 아쉬워했다. 그동안의 기수상작가들이 대부분 몇 번씩 본심에 올라 추천 우수작상을 받았던 작가들이었다는 점을 생각하면, 추천 우수작상을 받은 작가들도 머지않아 대상을 수상하게 되리라는 것이 심사위원들의 일치된 의견이었다.

이상문학상 심사위원회

차 례

바다와 나비

김인숙

1963년 서울에서 태어나 연세대 신문방송학과를 졸업했다.
1983년 《조선일보》 신춘문예에 단편 〈상실의 계절〉이 당선되어 등단했으며,
소설집 《함께 걷는 길》《칼날과 사랑》《유리구두》《브라스밴드를 기다리며》,
장편소설 《핏줄》《불꽃》《'79~'80 겨울에서 봄 사이》《긴 밤, 짧게 다가온 아침》
《그래서 너를 안는다》《시드니 그 푸른 바다에 서다》
《먼길》《그늘, 깊은 곳》《꽃의 기억》《우연》 등이 있다.
1995년 제28회 한국일보문학상(수상작 : 《먼 길》),
2000년 제45회 현대문학상(수상작 : 〈개교기념일〉)을 수상했다.

한국으로 떠나게 되었다고, 인사를 하고 싶었다는 채금의 전화는 오후 1시쯤에 걸려왔다. 동네의 꽃가게에서 작은 화분을 하나 사가지고 막 들어왔을 때였다. 정오 무렵의 따가운 햇살 때문에 잰 걸음으로 집 안에 들어와 놓고도 막상 들어와서는 화분을 내려놓을 자리도 찾지 못하고 거실 한가운데에 우두커니 서 있던 중이었다. 전 주인이 쓰던 짐을 고스란히 물려받은 집은, 시간이 아무리 흘러도 여전히 남의 집 같기만 했다. 열쇠를 따고 집 안으로 들어설 때마다 나는 매번 보이지 않는 무언가에 떠밀리는 것처럼, 앉을 자리도 서 있을 자리도 찾을 수가 없었다. 전 주인이 쓰던 전화기와 역시 전 주인이 쓰던 번호로 걸려오는 전화도 마찬가지였다. 허락도 없이 남의 전화를 받듯, 나는 매번 숨을 죽인 채 전화를 받았고 저쪽에서 먼저 입을 열기 전에는 말하지 않았다. 대개의 전화는 곧 끊겼고, 그렇지 않은 전화도 내가 "여보세요" 말하면 약속한 듯이 침묵이 되었다가 잠시 후 조용히 끊겼다.

하루에 몇 번씩이나 전화벨이 울렸지만 나를 찾는 전화는 기적처럼, 어쩌다가 한 번뿐이었다. 그런데도 채금의 전화가 걸려왔을 때, 나는 시계부터 바라보았다. 그건 이곳에 와서 생긴 이상한 습관 중의 하나였다. 나는 매번 전화가 걸려오면 시간을 확인했으나 오후 1시에 걸려오는 전화든 새벽 1시에 걸려오는 전화든, 거의 어김없이 나하고는 아무 상관 없는 전화일 뿐이었다.

화분을 거실 한가운데에 내려놓고, 나는 가만히 수화기를 들었다. 저쪽에서 입을 열기 전에는 먼저 말하지 않을 것이다. 숨소리가 저 혼자 알아서 낮아졌다. 나는 마치 한낮에 텅 빈 남의 집에 들어와 있는, 그러나 결코 안심하지 않는 도둑고양이 같았다.

"……여보세요?"

잠시 침묵하고 있던 수화기 저쪽에서 채금의 목소리가 울렸을 때, 수화기를 잡고 있던 내 손목에서 비로소 긴장의 힘이 풀렸다. 적어도 낯선 이방의 언어는 아닌 것이다.

채금은 능숙지 않은 한국말로 더듬더듬, 드디어 비자가 나와서 다음 주엔 한국에 가게 되었다고, 한국에 가면 인사를 전하겠노라고 말했다. 채금의 전화가 뜻밖이기도 했지만 그 내용도 뜻밖이어서, 나는 그냥 네, 네, 하면서 듣기만 했다. 말이 서툰 채금이 다짜고짜로 "어머니에게 전할 말이, 아니, 말씀이 있어요?"라고 묻는데 그때에도 그냥 네, 하고 대답을 해놓고는 뒤늦게야 아무 할 말도 떠오르지 않았다. 채금은 내 침묵을 잠자코 기다려주었다. 내가 내 어머니 생각으로 잠시 목이 메기라도 한 모양이라고 생각하는 듯했다. 그 순간에 목이 메지는 않았지만, 가슴이 먹먹해져 있었던 것은 사실이었다. 그러나 그건 서울에 있는 내 어머니 생각 때문이 아니었고, 오히려 곧 서울로 가게 되었다는 채금 때문이었다. 잠시 시간이 흐른 후에야, 나는 "아니, 괜찮아요"라고 대답했고 또 한 번 같은 말을 반복했다. "정말 괜찮아요." 그러나 그 말은, 내 어머니에 대한 것이 아니었다. 나는 채금이 떠나고 난 뒤에 내게 남을 일종의 흔적에다 대고 그렇게 말하고 있는 듯했다. 내가 이곳에 와서 채금을 안 게 고작 한 달 정도, 게다가 채금은 나하고는 아무 상관도 없는 사람이었다. 괜찮치 않을 게 대체 무어란 말인가.

그날 오후, 나는 꽃가게에서 사온 화분을 들여다보고 있다. 꽃의 이름은 진지위예. 한국식으로 발음하면 '금지옥엽'이다. 한 가지의 꽃대마다 각기 다른 색깔의 꽃이 핀, 한국에서는 한 번도 본 적이 없는 희한한 꽃이다. 선명한 색종이 색깔의 꽃들이 노랑, 빨강, 진분홍, 진초록색으로 피어 있는데 그 작은 꽃들이 꽃대에 붙어 있는 모습이란 게 아슬아슬하기가 그지없다. 집 안에 무엇이든 살아 있는 게 하나라도 있었으

면 해서 꽃가게에 들르기는 했지만, 푸른 잎이 무성한 화분을 다 놓아
두고 그 아슬아슬한 꽃을 집어든 이유는, 그 꽃이 그만큼 화려하고 아
름다워서가 아니었다. 오히려 나는 그 꽃이 미심쩍었다. 혹시 이 꽃들
은, 멋없이 맨송맨송하기만 한 가지를 치장하려고, 사람들이 만들어 붙
여놓은 것은 아닐까. 꽃가게 주인에게 물어보고 싶었으나, 몸짓만으로
는 그런 의사소통까지 가능하지는 않았다.

　주인이 다른 손님을 상대하고 있는 사이, 나는 꽃잎에 손끝을 가져다
대보았다. 손은 꽃잎에 닿기도 전에 저 혼자의 긴장으로 부르르 진저리
가 쳐지는데, 그 진동이 꽃잎을 흔들기라도 한 것일까. 순간 밥풀만 한
꽃잎 하나가 툭 떨어져 내렸다. 다른 손님을 상대하는 중인 줄 알았던
주인이 어느 틈에 내 곁에 와서 내가 하는 짓을 지켜보고 있었다. 눈이
마주치자마자 그는 손을 쥐었다 폈다 하며 "시콰이치엔!"이라고 꽃의
가격을 외쳤다.

　화분의 흙 위에는 여전히, 진초록색의 밥풀만 한 꽃잎이 떨어져 있
다. 그 꽃잎을 건져 올리듯이 집어 올려, 가만히 비벼보았다. 부드럽지
도 않고 빳빳한 것이 기다렸다는 듯이 바스라졌다. 손가락 끝 어디에
도, 초록색 꽃물의 흔적은 남지 않았다. 나는 화분을 두 손으로 움켜쥐
었다. 베란다 창을 열고 당장 집어던져 버리고 싶었다. 허술한 화분의
흙이 들썩이며 가지가 흔들렸다. 그러나 꽃대마다 가느다란 실로 매달
아놓은 듯한 꽃들은 여전히 그 가지를 악착같이 붙잡고 있었다. 그런
상태에서 꽃들은 마치, 나를 빤히 쳐다보고 있는 듯했다. 살아 있다는
건 보이거나 만져지는 것이 아니라고 말하는 것처럼…….

　그 작은 꽃잎의 시선, 나는 그것이 평생 동안 봐온 것이기나 한 듯 익
숙했다. 낯선 것에서 다가오는 익숙함……. 그러한 느낌이 오래된 감
기 기운처럼 내 몸을 들락날락하는 시간들이 계속되고 있었다. 나는 어

쩌면 여전히, 그리 멀리는 떠나오지 못한 것인지도 모른다.

　채금은 내가 이곳에 와서 처음으로 만나게 된 이 나라 사람이었다. 정확히 말하면 이 나라 국적의 사람. 공항에 도착한 후로부터 3시간쯤이 흘렀을 때, 그리고 호텔에 짐을 풀고 나서는 한 시간이 채 지나지 않았을 때였다.
　"안녕하세요. 내 이름은 이채금입니다."
　그곳은 낯선 나라, 낯선 도시의 호텔이었다. 내게 걸려올 전화 같은 게 있을 리 없었다. 혹시 프런트에서 걸려온 전화인가? 호텔 프런트 직원이 내 나라말을 사용할 리가 없다는 것을 깜빡 잊은 채로 나는 그런 생각을 했으나, 그랬음에도 어리둥절한 기분은 여전했다. 이곳 호텔의 직원들은 룸 서비스 때문에 전화를 걸면, 이렇게 자기 이름부터 밝히는가? 그럼 나는 뭐라고 대답하나. 나 역시, 안녕하세요, 내 이름은 무엇입니다, 이렇게 대꾸해야 하나. 그러나 오래 머뭇거리고 있을 필요는 없었다. 채금이 곧 서툰 한국말로, "우리 어머니가 맡긴 돈을 달라" 했고 나는 그녀가 누구인지를 그때서야 알게 되었다.
　호텔은 한국에서 미리 예약을 해둔 곳이었다. 아마도 채금은, 그 호텔 밖에서 내가 도착할 시간만을 기다리고 있었던 모양이었다. 전화를 끊고 채 10분이 지나기 전에 채금이 내 호텔방의 문을 두드렸다. 그때까지도 채금의 한국말 표현이 어느 정도나 서툰 것인지를 잘 몰랐던 나는 좀 기가 막히는 심정이었다. 채금과 채금의 어머니에게는 어떨지 몰라도, 채금의 어머니가 내게 맡긴 돈은 떼먹고 달아나 버리고 싶을 만큼 큰돈이 아니었다. 적어도, 내가 그쪽으로 전화를 걸기도 전에, 이 낯선 나라의 낯선 호텔에 도착한 지 한 시간도 지나기 전에 잡아채이듯 전화를 받을 정도로는 말이다.

"안녕하세요. 나는 이채금입니다."

그러나 호텔방 문을 열고 깍듯이 고개를 숙인 채금이 다시 한 번 전화를 걸었을 때와 똑같이 어색하기 짝이 없는 인사를 했을 때, 나는 더이상은 그녀에게 불쾌한 기분을 느끼지 않았다. 어쨌든 그녀는, 내가이 나라에 온 후 나를 찾아온 최초의 방문자인 것이다. 또한 이 나라에서는 나를 아는 유일한 사람인 것이고.

채금은 문간에 선 채로 빚 줬던 돈만 찾아가면 되는 빚쟁이처럼 안으로는 들어와 앉을 생각도 하지 않았다. 호텔에 도착한 이후 창가에 달라붙은 나방처럼 창밖 풍경에만 정신을 팔고 있던 아이가 내 등 쪽으로다가와 가만히 허리를 끌어안았다. 등에 달라붙은, 아이의 따듯한 배에서 전해져 오는 게 실은 불안인 것처럼 꼿꼿하게 서서 나를 바라보고있는 채금의 눈에서 흔들리고 있는 것 역시 불안인 듯했다. 눈 속에서흔들리는 불안조차도 감출 수가 없는 나이라니……. 그녀는 아무리 많이 잡아봤자 스물다섯을 넘기지 않았을 듯싶었다.

― 어찌나 악착같고 그악스러운지…… 앉은 자리에 풀도 안 나지 싶은 여편네. 그렇지 않으면, 언감생심 어떻게 그런 중늙은이한테 지 딸을 시집보낼 생각을 해? 아무리 금은보화가 많대도 그렇지. 마흔이 넘어서 아직 장가도 못 간 놈한테 금은보화가 어딨겠어. 재산이 있음 흠집이 있거나, 흠집이 없음 돈도 없겠지. 아니면, 지 딸년이 그렇거나. 원……한국이 뭐가 좋다고. 지 딸년을 팔아서까지 데리고 오고 싶나.

채금의 어머니가 중국에 있는 딸에게 전해 줄 돈을 내게 맡겼다는 사실을 알고, 내 어머니가 그녀에 대해서 했던 말이었다. 채금의 어머니는 내 어머니의 식당에서 주방일을 하는 사람이었다. 내 어머니의 말에의하면 채금의 어머니는 딸을 한국으로 데려오기 위해, 마흔 살도 넘은식당 야채 납품업자에게 딸을 넘겨버렸다. 그러니 앉은 자리에 풀도 안

날, 지독하고 그악스러운 여편네가 아니겠느냐고, 어머니는 기가 막힌 표정으로 나를 빤히 쳐다보기까지 했다.

그때 나는 어머니의 말을 그냥 건성으로 들었다. 나로서는 그런 말을 하는 어머니가 오히려 더 신기해 보였을 따름이었다. 채금의 어머니를 악착같고 그악스럽다고 말한 어머니였지만 그런 쪽으로 따지자면 내 어머니 같은 사람도 없었다. 어머니는 손바닥만 한 국밥집의 수입으로 아파트 서너 채를 사서 챙길 정도로 억척스러웠고, 당신의 모든 고생이 자식들을 위해서라는 말을 입에 달고 살면서도 정작 그 부동산 문서의 어느 한 장도 결코 자식들에게 내 보이지 않을 정도로 그악스러웠다. 무슨 비법이 있는 것인지는 몰라도 어머니의 국밥집은 식사시간 때마다 손님들이 몇 십 미터씩 줄을 섰다. 내가 먹어보면 별맛도 아닌 그 국밥을 먹기 위해 일부러 다른 도시에서 찾아오는 사람까지 있었다. 주방이나 홀에서 일을 하는 사람들은 국밥 속의 고기뼈가 무르듯이 온종일 몸을 몰아쳐야 했다. 그렇다고 특별히 월급이 많은 것도 아니어서, 첫 월급을 받아 챙긴 이튿날 아침에는 다시는 출근하지 않는 사람들이 많았다. 어머니는 점점 더 악착같고 그악스러워졌고, 어머니의 가게에는 신분이 불안정한 사람들이 급하게 빈자리를 대신 메우곤 했다. 채금의 어머니도 그런 사람 중의 하나였다. 그녀는 불법체류중인 조선족이었고, 그런 까닭으로 적은 월급과 과중한 노동에도 불구하고, 어머니의 식당에서 몇 달을 버텨내고 있는 중이었다.

내 어머니의 말에 의하면, 채금의 어머니가 아직 젊디젊은 딸에게 마흔이 넘은 남자를 붙여준 것은, 딸에게 한국 국적만 생기면 당장 그 결혼을 걷어치우게 할 작정이기 때문이라는 것이었다. 그래서 기왕이면 만만하고 유순한 놈을 고른 것 같다고, 어머니는 당신도 잘 알고 있는 그 납품업자를 한순간에 '계집한테 오쟁이를 질 놈'으로 만들어버렸다. 그 남자가 중국에 있는 채금을 만난 것은 단지 두 차례, 처음 만나서는 얼굴을 익혔고 두 번째 만나서는 서류 절차를 밟았다. 나는 나중에야 그 서류 절차라는 것이, 일종의 혼인신고라는 것을 알게 되었다.

내 어머니의 말만 듣고는 구체적인 사연까지 알 수는 없었으나, 어쨌든 마흔이 넘도록 아직 아내를 구하지 못한 한국 남자는 어떻게든 여자가 필요했을 것이고, 채금에게는 무엇보다도 한국행 비자가 필요했을 것이다. 처음 듣는 이야기는 아니었다. 그렇게 한국으로 시집온 조선족 여자들이 어느 날 자기 몸으로 낳아놓은 아이까지 내팽개치고 주민등록증 한 장만을 달랑 챙겨 도망가 버린다는, 그래서 심각한 사회적 문제가 야기되고 있다는, 그런 이야기는 한동안 신문과 TV 뉴스에서도 자주 보았던 것이다. 어쨌거나 나하고는 상관이 없는 일이었다. 한 조선족 여자가 그렇게 야반도주를 결심할 때까지, 그들 부부 사이에 어떤 일이 있었는지…… 남자는 여자를 몇 번이나 두들겨팼는지…… 여자는 조선족이란 이유로 어떤 수모를 당했는지…… 그 여자가 견딜 수 없었던 것이 모욕인지, 분노인지, 그리움인지…… 사라진 것은 그 여자의 주민등록증뿐만이 아니라 그런 사연들 역시 마찬가지인 것이다.

"몇 살이에요?"

문간에 서 있는 채금에게 맡아두었던 돈을 내밀다 말고, 나는 나도 모르는 사이 물었다. 처음 보는 여자에게 아마도 실례가 되는 질문일 것이다. 나 같은 여자가 그녀처럼 어린 여자의 나이를 묻는다는 건 호기심도 욕망도 아니고 다만 쓸쓸함과 그리움일 뿐이라는 것을 그녀는 알 리가 없을 테니. 25세, 라고 채금이 주저하는 듯한 목소리로 말했고, 나는 순간 가슴이 아팠다. 누구나 생각하겠지만, 스물다섯은 마흔이 넘은 남자와 결혼하기에는 너무 아까운 나이다. 그러나 순간 내 가슴이 아팠던 것이 그 때문일까. 나는 채금이라는 이 어리고 순진해 보이는 조선족 여자가 몇 살 먹은 어떤 남자와 결혼을 하는지 따위에는 관심이 없었다. 내가 가슴이 아픈 것은 다만, 그녀가 똑똑한 발음으로 내뱉은 '25세'라는 단어 때문이었다. 25세라니…… 얼마나 빛나는 단어인가. 나는 그 빛나는 단어 앞에서, 그 나이 때 내가 겪었던 절망과 우울의 기억을 까맣게 잊어버렸다. 그러나 따지고 보면, 25세, 나 역시 그때 내 남편을 처음으로 만났었던 것이다. 그 빛나던 나이에, 내가 가장 하고 싶었던 일이 그와의 결혼뿐이었다는 것을 기억해 보면 '25세' 그 단어가 빛을 잃어버리는 것은 순간이었다.

"당신, 사람이 죽을 때의 표정이 어떨 거라고 생각해?"

한국을 떠나오기 얼마 전, 나는 남편에게 물었다. 그날도 지독한 술 냄새를 풍기고 돌아온 남편은, 그러나 언제나 그런 것처럼 전혀 취하지 않은 것 같은 얼굴로 나를 바라보았다. 아니, 나를 바라본 것이 아니라, 누군가 그를 향해 말을 하는 사람을 바라보고 있었을 것이다.

"아무것도 생각하지 않는 표정이야. 말하자면 넋이 나갔다고 말해야 옳겠지. 비명을 지르고, 공포에 떨고, 울음을 터뜨리는 건 그를 바라보는 사람들 쪽이야."

남편은 아무 말도 하지 않았다. 그래서 나 혼자 말을 덧붙이는 수밖에는 없었다.

"들은 얘기야. 쉽게 들을 수 있는 얘기가 아니라 당신한테 해주는 거야. 하긴 나한테 그 얘길 해준 사람도, 들은 얘기라고 하더라. 그런데도 난 참 생생했어. 마치 내가 보고 있는 것처럼. 신기하지 않아? 당신도 그런가 궁금해. 얘기해 봐. 당신도 그래?"

내게 그 이야기를 해준 사람은 채금의 어머니였다. 어젯밤에 그런 꿈을 꾸었어, 라고 그녀는 말을 시작했다. 내가 본 게 아니라 채금이 아버지가 본 건데, 꿈에서는 내가 본 것처럼 생생했어. 채금이 아버지는 어렸을 때, 공개 총살당하는 사람을 보았대. 그 얘길 평생 했지. 저도 어렸을 때 본 거라 가물가물할 텐데, 금방 본 것처럼 잘도 얘길해. 못 볼 걸 보고 살아서 그런가, 그 사람 평생 재수가 없었지. 사람이 한번 재수가 없으면 어딜 가도 마찬가지야. 그 사람, 한국에 나올 팔자도 못 되지만 나온들 무슨 소용이 있겠어. 그 사람이 그런 얘기를 할 때면, 꼭 그 사람은 죽은 사람의 넋으로 사는 것 같았어. 그러니 그 사람은 그냥 거기에 있어야 해. 그리고 채금의 어머니는 잠깐 동안 말을 놓고 있다가, 순간 아주 먼 곳에 다녀온 사람 같은 얼굴이 되어서, 내게 물었다. 그런데, 자넨, 거기에 왜 가?

아이를 공부시키기 위해, 아이를 세계인으로 만들기 위해……. 채금의 어머니에게도 내가 그런 말들을 읊었던가? 그러나 그런 말들은 순간 아무 소용도 없게 여겨졌다. 나는 채금의 어머니가 내게 했던 말들을 남편에게 전부 다 해주고 싶었다. 그리고 그가 내게 묻는 말을 듣고 싶었다. 그런데 넌, 거기에 왜 가니? 그러나 남편은 아무것도 묻지 않고, 다만 나를 바라보고만 있었다. 나를 또는 그를 향해 말을 하고 있는 어떤 사람을.

"당신이."

그가 아무것도 묻지 않았으므로, 나는 혼자 말해야 했다.

"내겐, 지금."

한 마디씩 끊어서, 그가 잘 알아듣게, 똑똑히.

"다른 사람의 넋으로 보여."

곧 한국으로 떠나게 되었다는 채금의 전화를 끊고, 한 시간쯤 후 중국어 가정교사가 왔다. 말이 가정교사지, 실은 내 중국 생활을 돌봐주는 사람이었다. 그녀는 내게 말을 가르쳐주러 왔지만, 내 집에 와서 한 번도 책을 펼칠 기회가 없었다. 말이 통하지 않아서 미뤄두었던 쇼핑을 함께 해야 했고, 나 혼자 있는 동안에 내 집 문을 두드렸다가 난감하게 그대로 돌아가 버린 아파트 경비를 찾아가 봐야 했고, 욕실 하수구를 뚫기 위해 수선공을 부르기도 해야 했다. 우체국에도 가야 했고, 은행에도 가야 했다. 한때는 초등학교 교사가 되는 것이 꿈이었으나, 지금은 한국에 가는 것이 꿈인, 그녀 역시 조선족이었다.

가정교사가 내 집에 오기 시작한 건, 내가 이 집을 구하고 나서도 거의 2주나 지나서였다. 아이의 중국 학교를 알아봐 주었던 한국의 유학원에서 장담했던 것처럼, 그리고 이곳에서 만난 가이드가 역시 장담했던 것처럼 집은 사흘 안에 구해졌고, 그 이틀 뒤에 아이도 학교에 입학을 했다. 가이드는 자기가 해야 할 일이 무엇인지 정확히 아는 사람이었다. 집을 구하러 다니던 날, 그는 단지 문짝과 싱크대와 세면대만 달린, 그것을 제외하고는 시멘트 벽과 시멘트 바닥으로만 이루어진 집을 먼저 보여주었는데 그 충격효과가 어찌나 컸던지 두 번째 집을 보았을 때는 이것저것 가릴 것도 없이 내 쪽에서 먼저 이 집을 계약하자고 안달하지 않을 수 없었다. 적어도 벽에는 칠이 되어 있고 바닥에는 나무가 깔린 집이었다. 게다가 가구가 딸린 집이었다. 이튿날 호텔에 있던 트렁크 하나를 들고 집으로 들어왔을 때, 전에 살던 사람은 그릇과 침대시트와 벽에 붙은 온도계와 베란다의 화분까지 그대로 놓아둔 채 자기 몸만 챙겨가지고 그 집을 비워주었다. 그리고 그 이틀 후, 아이는 기숙사에 들어갔다.

아이가 기숙사에 들어가게 된 것은 예정에 없던 일이었다. 기숙사라고 하면 동화책 《소공녀》에 나오는 다락방까지도 낭만적으로 여기는 아이는, 제 눈으로 본 기숙사의 허름한 풍경에도 불구하고 당장 마음을 빼앗겨버린 눈치였다. 집과 학교가 먼 거리가 아니었음에도 아이는 기숙사에 있기를 원했고, 나는 아이에게 '딱 한 달만'이라는 약속을 받아냈다. 아이에게 약속을 받아내는 동안 나는 마치 자상하고도 엄한 어미처럼 굴었지만, 그렇게 된 상황을 반긴 건 오히려 내 쪽이었다. 선물처럼 내게 한 달이 주어진 것이다. 그 한 달 동안 나는 아내라는 배역에서 벗어난 것처럼 어미라는 배역에서도 벗어날 것이다. 나는 아무것도 하지 않고 아무 생각도 하지 않고, 다만 죽은 듯이 잠만 자고 싶다고 생각했다.

　말이 통하는 가정부든, 아니면 통역을 해줄 가정교사든 빨리 사람을 구해 달라고 가이드를 재촉하지 않았던 것은 그런 이유에서였다. 재촉받지 않은 일을 서둘러 할 필요가 없어진 가이드는 내게 전화번호를 주면서 필요한 일이 있으면 연락하라는 말만을 남겼는데, 정작 필요한 일이 있어 그 전화번호로 연락을 해보니, 그는 한 달 예정으로 한국에 들어갔다는 거였다. 나는 생각처럼 죽은 듯한 잠을 자기 위해 혼자 있는 집, 혼자 쓰는 침대에 누웠으나 잠은 낮에도, 밤에도 좀처럼 오지 않았다. 밤이면 가구들이 저희들끼리 수런수런 이야기를 나누는 소리가 들려오는 듯했다. 내 집의 가구들은, 그것이 내 것이 되기 전에 이미 너무 많은 사람들의 것이었다. 내가 쓰고 있는 침대 위에서, 누군가는 섹스를 했고, 누군가는 피를 흘렸을 것이다. 누군가는 숨을 거두었을지도 모를 일이다.

　나는 죽은 듯이 잠을 자기는커녕, 되도록 집 바깥으로 나가 시간을 보냈다. 한 시간을 걸어 한국인 거리까지 가서 몇 시간을 서성거리다가 다시 한 시간을 걸어 집으로 돌아오곤 하는 날들이 이어졌다. 채금을 다시 만난 것은, 바로 그 거리의 한국인 상점에서였다. 좁은 매장을 서성거리고 있는데, 누군가가 내 어깨를 툭 건드려 돌아보니 바로 그녀였다. 호텔에서는 그토록 불안해 보이던 그녀는 그곳에서는 그저 온순하기만 한 얼굴로 방그레 웃고 있었다. 나 역시 왈칵 반가움이 일었다. 이 나라에도 내게 아는 사람이 존재한다는 사실이, 그저 반갑고 고맙게만 여겨졌다.

그날 채금은, 내가 쇼핑하는 동안 줄곧 내 곁에 있었다. 내가 쇼핑하는 것을 지켜보면서 이런 건 중국 시장에서 사면 훨씬 싸게 살 수 있다고 알려주기도 했고, 쇼핑 바구니가 무거워지자 어느 틈에 그녀가 대신 들고 서 있기도 했다. 호텔에서 돈을 사이에 두고 만났을 때처럼 긴장할 필요가 없기 때문일까. 채금의 한국말은 여전히 서툰 대로도 그다지 어렵게 들리지 않았다. 그녀는 내가 집어드는 물건을 가리키면서 이런 건 한국에서 뭐라고 해요? 묻기도 했는데, 내가 어묵이라고 대답해 주자, 어뎅 아니에요? 되묻기도 했다. 아마도 오뎅을 말하는 모양이었다. 어뎅이든 오뎅이든 어묵이든, 뜻만 통하면 될 터였다. 그녀의 서툰 한국말 실력을 일부러 지적해 주고 싶지는 않았다. 앞으로 그녀가 겪어야 할 것이 다만 언어의 문제만은 아닐 테니. 언어보다 더한 것들…… 그러나 결국 언어인 것…… 나는 그것을 어떻게 표현해야 할지 알 수 없었다.

상점에서 나왔을 때는 어느새 저녁 무렵이었다. 근처에 노란색의 간판이 보였다. 맥도날드였다. 채금과 함께이기는 해도 중국 식당에 들어가 낯선 음식을 먹을 엄두는 나지 않았고, 아직 저녁때가 이르기도 해서 나는 채금에게 햄버거를 좋아하느냐고 물었다. 채금은 중국에서는 햄버거를 '한바우'라고 하고 맥도날드를 '마이당로'라고 한다고 알려 주었다. 외래어를 거의 쓰지 않는 중국에서는 콜라를 '크얼러'라는 이상한 발음으로 말해야 알아듣고 감자튀김도 '수티아오'라고 해야지 프렌치프라이라고 해서는 알아듣지 못한다. 그러나 맥도날드든, 마이당

로든 다른 것은 그것을 호칭하는 방식뿐이었다. 빠른 것, 간단한 것, 포장된 환상, 결국 자본주의적인 것…… 맥도날드는 중국의 거리에서도 그렇게 존재했다.

쓰는 언어가 다르다는 것 이외에는 내 나라와 조금도 다를 바가 없는 맥도날드는, 내 나라에서도 그렇듯 어리고 젊은 아이들로 가득 차 있다. 나는 어린 조카를 쫓아 들어온 이모처럼 채금의 뒤를 쫓아서 빈자리에 가 앉았다. 곧 익숙한 햄버거 냄새와 감자튀김 냄새가 중국거리에서 맡았던 낯선 냄새들을 지우고, 거북했던 속을 가라앉혔다. 채금은 집에 가서 저녁을 먹어야 한다며 햄버거는 시키지 않고 감자튀김과 콜라만을 시켰다. 나 역시 식욕은 전혀 없었다. 나는 콜라 한 잔만을 시켜 놓고, 맥도날드의 창밖을 내다보았다. 거리는 서서히 어두워져 어느새 네온이 흐리게 밝혀지기 시작했다. 곧 거리의 낯선 모든 것들이 지워지고 이제 익숙한 어둠만이 남을 시간이었다.

한국에 갈 준비를 하기 위해 공장을 그만둔 채금은, 지금은 아버지의 집에 머물고 있는 중이라고 했다. 조선족들도 한국 식품점에 와서 뭐 살게 있느냐고 물었더니, 자기는 한국 돈을 환전하려고 들렀었노라는 대답이었다. 결혼할 남자가 중국에 왔을 때 남겨두고 간 한국 돈이 조금 있었는데, 한국에 가면 어차피 쓰게 될 돈이라 지니고만 있다가 문득 마음을 바꿨다는 것이다. 자기는 한국에 가버리면 그만이지만, 혼자 남을 아버지에겐 한푼이라도 더 돈이 필요하지 않겠느냐고, 그녀는 진지한 표정으로 내게 동의를 구하기까지 했다.

"효녀네요."

"아버지는 몸이 안 편해요. 교통사고를 당해서 한 다리를 다쳤어요. 한 눈은 안 보이구요. 한 눈…… 이거 말이에요."

채금이 손가락으로 자기의 왼쪽 눈을 가리켰다. 얼떨결에 그녀의 눈을 똑바로 쳐다보게 되기는 했지만, 그 손가락이 가리키는 게 눈이 아니라 그 눈 저편의 캄캄한 어둠이라는 것을 알아차리고는 가슴이 서늘해졌다. 얼른 시선을 돌리려고 하는데, 채금의 말이 이어졌다.

"아버지가 어렸을 때 사람이 죽는 걸 봤대요."

채금이 자기 눈을 가리켰던 손가락으로 감자튀김을 집으며 말했다.

"그 다음부터 눈이 안 보인대요. 사람 죽는 걸 한쪽 눈으로만 봐서 다행이래요. 양눈으로 다 봤으면요. '씨아즈'가 됐을 거래요. 씨아즈, 알아요?"

씨아즈? 혼자 묻고 있는데 채금이 이번에는 두 손바닥으로 자기 눈을 다 가렸다. 씨아즈는 아마도 장님이란 뜻인 모양이었다. 눈을 가린 채금의 손등에 토마토케첩이 살짝 묻어 있는 게 보였다. 마이당로와 토마토케첩과 조선족과 눈먼 장님 그리고 나……. 이런 단어들이 마치 난수표처럼 얽혀드는 저녁이었다.

그가 사람이 죽는 것을 본 건, 그의 나이 여덟 살 때의 일이었다. 그러니까 거의 50여 년 전, 그는 마을에서 멀지 않은 곳에 마련된 처형장에서 한 죄수가 공개 총살당하는 장면을 보았다. 공개 처형이 집행되는 공터에는 사람들이 구름처럼 몰려들어, 눈앞이 잘 보이지 않을 정도로 흙먼지가 피어올랐다. 날은 무더웠고 햇볕은 뜨거웠지만 사람들은 앞으로 벌어질 일을 하나라도 놓치지 않기 위해, 발돋움을 하거나 앞 사람의 어깨를 밀며 아우성들이었다. 여덟 살 아이에게, 그건 아직까지 구경거리에 지나지 않았다. 그는 종주먹을 휘둘러대는 어머니의 만류에도 불구하고, 기어코 어머니의 뒤를 쫓아가 어머니의 허리 틈 사이로 머리를 쑤셔박았다. 죄수는 눈이 가려진 채 팔을 뒤로 묶여서는 구덩이 앞에 서 있었다. 아이의 귀에 숨을 죽이고 속삭이는 어른들의 말이 들렸다. 군인들이 죄수를 총살한 다음에는 그 죄수의 집으로 총알 값을 받으러 간다는 말이었다. 총살을 당하는 죄수란, 총알 값조차도 아까울 정도로 끔찍한 죄를 지은 사람이기 때문이라는 것이었다. 어쩌면 사람 죽는 걸 겁 없이 구경하러 나온 어린아이를 짐짓 놀려주고 싶어 어른들이 꾸며낸 거짓말이었을지도 모른다. 그러나 그는 50년이 지나도록 아직까지도 그 말을 믿고 있다. 죄수는 자기가 죽을 구덩이를 직접 파고, 총을 맞고 그리고는 남겨진 가족들에게 자기의 시체 값을 빚으로 남기는 것이다. 죄수가 무슨 죄를 지었는지, 그는 알지 못했고 그건 그 후로도 마찬가지였다. 그가 기억하는 것은 오직, 죄수가 남긴 총알 값의 빚…… 그뿐이었다.

그날, 아이는 겁에 질려 있었지만 그 나이라면 당연히 그렇듯, 겁보다는 호기심이 더 컸다. 사람들이 너무 많아서, 아이는 겨우 얼굴 반쪽만 어른들의 허리 틈 사이로 쑤셔넣을 수 있었지만, 그래도 하나도 놓치지 않고 모든 것을 볼 수가 있었다. 한순간 여러 발의 총성이 한꺼번에 울렸다. 그리고 죄수는 마치 짚으로 묶어놓은 허수아비가 쓰러지듯, 맥없이 구덩이 속으로 쓰러져 들어갔다. 그야말로 순식간의 일이었다. 모든 것은 눈 깜짝할 사이에 끝이 나버렸다. 뽀얗게 피어오른 흙먼지 사이에 마른 침을 꿀꺽 삼키는 소리조차 들리지 않는 정적이 흐르고, 그 정적 사이로 이제 흙먼지와는 다른 화약연기가 피어오른 듯했다. 그는 그 후 50년이 지나도록, 아직도 가끔 그 냄새를 맡는다. 화약 냄새…… 아니, 어쩌면 그건 죽음의 냄새일까. 아니, 그것은 아마도 남겨진 자들의 공포…… 바로, 그 냄새였을 것이다.

내가 채금에게서 저녁 초대를 받은 것이 그녀를 한국인 거리에서 만났던 바로 그날의 일이었다. 집에 가서 저녁을 먹어야 한다며 햄버거는 시키지 않고 감자튀김과 콜라만 먹었던 그녀는, 막상 일어설 시간이 되자 어려운 말을 꺼내듯, 그러나 그래서 짐짓 더 명랑한 목소리로 내게 자기 집으로 저녁을 먹으러 가지 않겠느냐고 물었다.

"우리 아버지가 개고기 참 잘해요. 우리 촌에서 제일이에요. 오늘 저녁에도 개를 잡는다고 했는데, 가서 먹을래요?"

맙소사…… 채금의 말을 알아듣자마자, 내가 입속으로 중얼거린 말이었다. 한쪽 다리가 불편하고, 한쪽 눈이 먼, 어렸을 때 사람이 죽는 걸 보고 하마터면 '씨아즈'가 될 뻔한…… 채금은 지금 내게, 바로 그가 잡아주는, 그것도 개고기를 먹으러 가자고 하는 말인가.

"아버지가 엄마 얘기를 듣고 싶어해요."

내 뜨악한 눈빛을 눈치 챘는지, 채금이 하는 말이었다. 나는 금방 그녀의 말을 알아들었다. 채금의 어머니가 한국으로 나간 게 6년 전이라고 했다. 그들은 지난 6년 동안, 함께 살지 않았고 물론 얼굴을 본 적도 없었다.

그러나 나는 채금의 어머니에 대해서 아는 바가 거의 없었다. 앉은 자리에서 풀도 안 날 여편네, 악착같고 그악스럽기가 그지없는……. 내가 채금의 어머니에 대해 알고 있는 것이라고는 내 어머니가 그녀에 대해 했었던 그런 종류의 말들뿐이었다. 더 딱한 것은, 내 어머니의 식당에는 채금의 어머니 말고도 조선족 사람들이 간혹 있었는데, 나로서는 채금의 어머니가 그들과 잘 분간되지도 않는다는 사실이었다. 채금의 어머니가 연변 사람이 아니라는 것도 나는 한국을 떠나오기 직전에야 알았다. 내게 돈을 맡기면서, 채금의 어머니는 중국에 있는 자기 집이 내가 가려는 도시에 있다고 말했다. 그곳은 그녀의 고향이기도 했다. 그때까지만 해도 한국에 있는 모든 조선족들을 전부 연변 사람들로만 알고 있던 나는, 내가 가려는 도시에 1,500여 호나 모여 사는 조선족 마을이 있다는 것도 처음 알게 됐었다.

그러니 채금의 아버지를 만나 내게 무슨 할 말이 있을 것인가. 그러나 나는 거절하지 않았다. 어쩐지 나는 그를 한번 보고 싶은 것 같기도 했다. 사람이 죽는 걸 보고 눈이 멀어버렸다는 사람……. 그 후, 평생 동안 죽은 사람의 넋으로만 살아가는 것 같다는 사람……. 그러나 내가 보고 싶은 것이 채금의 아버지인지, 그가 대신 살고 있는 죽은 사람의 넋인지는 알 수 없었다.

채금이 살고 있는 조선족 마을은 도시의 외곽에 위치했다. 버스를 타고 가는 동안, 거리의 곳곳에서 노역을 하고 있는 중인 죄수들이 보였다. 사람들과 자전거와 차들이 한꺼번에 뒤섞인 차도 한복판에서 노란 죄수복을 입고 머리를 빡빡 깎은 젊은 죄수들이 무거운 해머를 휘둘러 아스팔트를 부수거나, 그 부숴진 자리에 새로운 길을 내고 있었다. 모든 것을 다 깨부수고 완전히 새로운 도시를 만들겠다는 듯 이 도시의 구석구석이 매일같이 무너져 내리고 매일같이 새로워지고 있었다.

그러나 도시의 중심으로부터 외곽까지 개발의 풍경은 10년 단위로 후진되었다. 버스 한 정거장 사이로, 10년의 세월이 존재하는 식이었다. 높은 고층빌딩들이 사라지고, 넓은 도로가 사라진 뒤, 낡은 구옥들이 보이기 시작했다. 그리고 한국인 거리와는 또 다른 조선족 거리의 한글 간판들이 나타났다. 그것도 잠시, 곧 붉은 벽돌집들이 즐비한 농촌 마을이 보이기 시작했고, 그곳이 바로 채금이 살고 있는 조선족 마을이었다.

어느새 노을이 내려앉기 시작한 저녁, 마을은 붉게 물들기 시작한 황금빛 벌판으로 먼저 나를 압도했다. 논은 끝이 없을 듯 넓어 보이는데, 이제 막 추수를 시작한 듯 군데군데가 한 뼘씩 파여 있고 그 파인 한가운데에 볏가리들이 쌓여가고 있는 중이었다. 해가 저물고 있었으나 여전히 벼베기를 하고 있는 사람들이 간혹 벌판 한가운데에 허수아비처럼 보였다. 지는 햇살에 뭔가가 쨍하고 빛난다 싶어 눈여겨 바라보니 농부가 들고 있는 낫이었다. 저 너른 벌판의 추수를 한 자루의 낫으로 감당한다는 게 가능한 일이겠는가 싶었으나, 농부의 뒤로는 동화책 속의 풍경 같은 볏짚들이 가지런히 쌓여가고 있었다.

이웃집의 개를 잡으러 갔다는 채금의 아버지는 아직 집에 돌아와 있지 않았다. 채금이 아버지를 부르러 간 사이, 나는 방 두 칸이 부엌을 끼고 있는 채금의 집 안 풍경을 둘러보았다. 집은, 중국 영화에서 보았던 중국의 전통 가옥과는 달라 보였다. 방바닥이 꽤 높게 자리를 잡고 있어서 왜 그런가 했더니 온돌을 깔고 있었다. 따듯한 온돌을 느끼는 순간, 별수 없이 우리는 같은 핏줄이구나 싶은 생각이 들었다. 그러나 창에는 중국인들이 하는 식으로 빨간색 복福 자를 거꾸로 붙여놓았고 벽에는 중국식의 매듭 장식이 걸려 있기도 했다. 낯선 것과 정겨운 것들 사이, 한쪽 무릎만 튀어나온 남자 바지가 걸려 있는 게 눈에 띄었다.

잠시 후, 가지런한 발자국 소리와 불규칙한 발자국 소리가 뒤섞여 들려왔다. 가지런한 발자국 소리는 채금의 것이고, 한쪽으로 기울어졌다가 다시 내디뎌지는 발자국 소리는 채금 아버지의 발자국 소리일 것이다. 나는 숨을 죽인 채, 어둠이 완연한 창밖을 내다보았다. 채금을 뒤쫓아 걸어오는 한 남자의 모습이 보였다. 마치 고장난 시계추가 절반만 왔다가 다시 제자리로 돌아가듯 절뚝, 절뚝…… 나는 잠깐 눈을 감았다 뜨고 다시 어둠 속을 눈여겨 바라보았는데, 그건 순간적으로 절뚝거리는 한 남자를 뒤쫓아오고 있는 또 다른 그림자를 본 듯했기 때문이었다. 그림자는, 평생 남의 등에 업힌 채 절대로 떨어지지 않는 신화 속의 늙은이처럼 채금의 아버지 등 뒤에 악착같이 달라붙어 있었다. 그러나 사실 내가 본 것은, 어둠 속에 밝혀진 외등의 불빛 그림자에 지나지 않는 것일지도 몰랐다.

그의 눈이 먼 것은 총살장에서 한 사람의 죽음을 목격하던 바로 그 순간의 일이었다. 적어도 그는 그렇게 믿고 있다. 총살장에서 집으로 돌아오는 길에, 어른들의 뒤를 쫓아 걷는 어린아이의 눈에서는 까닭 없이 눈물이 흘러내리는데, 놀랍게도 눈물이 흐르는 것은 한쪽 눈뿐이었다. 그 때문에 아이는 다시 한 번 공포를 느꼈지만, 그가 겁에 질린 이유나 흐느껴 울고 있는 이유를 묻는 사람은 아무도 없었다. 모두들 다만 숨을 죽인 채 걷고 있을 뿐이었다. 그들은 자신들이 이제 집으로 돌아가는 중이라는 것은 물론이거니와 자신들이 여전히 살아 있다는 것조차 완전히 믿을 수 없는 얼굴들이었다. 그들은 느닷없이, 살아 있다기보다는, 남겨진 자들에 불과했다. 그들은 공포를 느꼈고, 타인에 대한 관심 같은 건 완전히 잊어버렸고, 그리고 견딜 수 없이 불안했다.

어른들에게 방치된 아이는, 홀로 걸었다. 한쪽 눈으로만 눈물을 흘리면서. 아무도 가르쳐주지 않았지만, 그는 눈물이 흐르는 눈이 어떤 눈인지를 분명히 알았다. 그것은 누군가의 죽음을 목격하지 않은 순결한 눈이었다. 어른들의 허리 틈에 짓눌려 있느라 아무것도 볼 수가 없었던 눈. 다른 쪽, 죽음을 목격한 눈만이 눈물을 거두어버렸다. 그가 그 순간에 알았는지, 아니면 그 후 50년 세월을 살아가면서 깨닫게 된 것인지는 모르지만, 어쨌든 그는 알았다. 눈물을 거두어버린 한쪽 눈은 이제 한 사람의 죽음 이외에는 더 이상 아무것도 보려고 하지 않으리라는 것을…… 또한 기억하려고도 하지 않으리라는 것을……. 그러나 남아 있는 눈은, 눈물을 거두어버린 눈이 마지막으로 보았던 것보다 더 흉하고 끔찍한 것들을 평생 목격하게 되리라. 한쪽 눈의 마지막 기억을 비웃으면서, 더 많은 것, 더 지독한 것들을 담아내리라.

"난 그때, 그 오래전에…… 한쪽 눈 말고 양쪽이 다 멀어버려야 했어. 그럼 더 이상은 아무것도 안 봐도 되는 건데 말야."

이웃집 개를 잡아주고 술에 취해 돌아온 채금의 아버지는 끝없이 같은 말을 반복했다. 채금의 어머니가 말했던 것처럼, '마치 어제 본 일이나 되는 듯 생생하게'.

"그건 눈병 때문이에요. 그해에는 눈병이 지독했다고, 사람들이 다들 그러잖아요."

내게 개고기를 먹이려고 했던 게 아니라 아버지에게 어머니의 소식을 직접 듣게 하고 싶어 나를 집에까지 데려왔던 채금은 술취한 아버지 때문에 화가 난 듯했다. 그러나 채금의 생각과는 달리 채금 아버지는 채금 어머니의 소식 같은 건 묻지도 않았다. 그들은 벌써 6년째 헤어져 살고 있었다. 6년 전 아들의 대학학비를 마련하겠다고 한국에 나갔으나 남편이 다리를 잃고 아들이 교통사고로 목숨을 잃었을 때에도 돌아오지 않았던 아내였다. 그는 아내에 대해서는 완전히 모르는 척, 다만 자신의 기억에 대해서만 이야기할 뿐이었다.

"그 이후로는 난 단 한 번도, 그렇게 감쪽같이 죽어버리는 사람을 본 적이 없어. 그 애가 죽을 때…… 끔찍했지. 온몸이 피투성이가 돼서 팔다리가 덜렁거리는데도, 그 앤 쉬 죽지 못하고 아주 오래 고통스러워했어. 지금도 그 애 생각이 나. 아버지 너무 아파요……. 너무 아파요……. 말해 주고 싶었지. 괜찮다. 금방 끝날 거다……. 그런데 금방 끝나지 않았어. 정말 너무 오래 걸렸다구. 정말이지 그렇게 오래 걸릴 필요는 없었는데 말이야."

"그만 좀 하세요. 이젠 정말 지겨워요!"

채금이 기어코 소리를 질렀다. 그녀는 내가 곁에 있다는 사실도 완전히 잊어버린 것 같았다. 화를 억누르려는 듯 어깨숨만 몰아쉬며 잠시 사이를 두었던 채금은, 그러나 못 참겠다는 듯 다시 소리를 질렀다.

"난 잘살 거예요. 난 행복하게 잘살 거라구요!"

채금의 아버지는 물끄러미 그의 딸을 바라보고, 그러고는 맥없이 고개를 끄덕였다. 구부려지지 않는 한 다리를 방바닥에 뻗대놓고, 그래서 완전히 방심한 것 같은 모습으로, 그는 또다시 중얼거리기 시작했다.

"그래…… 맞아. 난 채금이, 말리지 않았지. 그 녀석, 내 사윗감…… 나보다 열두어 살밖엔 안 어린 그 사윗감이란 놈…… 못 볼 걸 많이 보고 산 놈은 아닌 것 같더군. 난 알아. 못 볼 걸 많이 보고 산 인간의 얼굴이 어떤지 말이야. 그래서 난 말리지 않았어. 암…… 안 말리구말구. 그렇지만, 불쌍한 것……. 채금이 이 앤 내 남아 있는 눈이 보고 있는 게 뭔지를 몰라. 그건 말이지. 죽음보다 더한 거야. 그건 말이지…… 살아 있다는 거라구. 살아서 못 볼 것들을 모조리, 남김없이 다 봐야 한다는 거라구. 그것도 아주 천천히, 아주 아주 오래…… 가마솥 속의 개고기 뼈가 다 무르도록, 아주 오래 오래…… 흠씬 두들겨맞아 나달나달해진 살 속에서 진국의 국물이 다 빠져나올 때까지 천천히 천천히…… 아주, 아주 오래, 오래…… 그렇게 보고, 또 보고 해야 한다는 걸 말이야."

채금이 다시 뭐라고 소리를 지르려는 듯, 두 손을 다부지게 주먹 쥐는데 느닷없이 그의 시선이 내 쪽으로 향하고, 그러고는 하는 말이었다.

"자넨 내가 하는 말을 아는군……. 내가 무슨 말을 하는 줄 알아……."

나는 그때 그가 나를 바라본 눈이, 죽은 자의 넋을 담고 있는 눈인지 아니면 살아서 못 볼 꼴을 다 봐야 하는 눈인지 알 수 없었다. 다만 진저리가 쳐졌을 뿐이었다. 그런 내 곁에서 채금이, 주먹 쥐었던 손을 풀며 한숨처럼 하는 말이었다.

"아버진 너무 취했어요. 취하면 누구한테나 저런 말을 해요."

그러나 과연 그랬을까. 채금의 아버지가 내게 한 말은, 그저 누구에게나 하는 말이었을까. 그날 밤, 나는 남편에게 긴 편지를 썼다. 처음 있는 일은 아니었다. 나는 거의 매일 밤마다 남편에게 편지를 썼다. 이메일 대신, 편지지에다가 만년필로 쓰는 고전적인 방식으로. 그날 밤, 편지지를 펼치고 첫 글자를 쓰는데, 만년필 촉 사이로 잉크가 흘러내렸다. 나는 상관하지 않고 편지를 썼다. 처음에는 그저 담담하게 그날 겪은 일을 적어 내려가려고 했을 뿐이었다. 그러나 편지의 중간에 이르러, 만년필에서 흘러나온 잉크가 번진 곳을 한 칸 뛰고 다시 쓰기 시작했을 때 나는 좀 감상적이 되어 있는 것 같았다.

─내가 당신에게 이렇게 우중충한 이야기를 하는 걸 이해해. 실은, 그의 이야기를 하고 싶은 게 아니야. 당신은 벌써 짐작했겠지만 나는 다만 내 이야기를 하고 싶을 뿐이야. 그에게서 그 이야기를 듣고 돌아온 저녁, 잠깐 잠이 들었는데 꿈속에서는 여덟 살 어린아이가 바로 나야. 나는 한 사람이 총에 맞아 죽는 장면을 목격하고 있지. 호기심보다는 숨이 막히는 기분인데, 총살당하는 사람은 바로 당신이네. 여러 발의 총성이 울리고, 당신은 구덩이 속으로 쓰러져 들어가. 나는 뽀얀 흙먼지 사이를 뚫고 달려가 그 구덩이 속을 확인하지. 당신이 눈을 홉뜬 채 구덩이 속에 드러누워 있어. 이상하지. 나는 한쪽 눈을 가린 채로 당신의 홉뜬 두 눈을 내려다보고 있네. 눈을 홉뜨고는 있지만, 당신은 아주 피로해 보여. 죽음까지 오는 동안의 길이 당신에겐 참 피로한 일이었던 모양이야. 꿈속에서, 나는 당신에게 말해. 이제야 편히 누웠구나, 당신…… 그 구덩이 속이 따듯했으면 좋겠다. 나는 피로한 당신의 몸

위로 그리고 홉뜬 채 감기지 못한 당신의 그 두 눈 위로도 흙을 덮어줘. 꿈속에서라도, 당신이 내게 고마워했으면 좋겠다고 생각하면서 말이야. 그러나 피로한 당신은 이젠 내게 고마워할 줄도 모르네…….

써놓기만 하고 오래 망설이던 편지를 부치기 위해, 우체국엘 간 건 한국으로 떠나게 되었다는 채금의 전화를 받고 나서였다. 우체국에 가는 길에, 나는 가정교사에게 채금의 이야기를 했다. 가정교사는 채금의 소개로 내게 온 사람이었다. 몇 다리를 건너서 소개가 된 사람이라 채금을 직접 알고 있지는 않았지만, 채금이 곧 한국으로 떠난다는 사실 정도는 알고 있었다. 그날 우체국에 가는 길에 나는 가정교사에게 채금의 출국 날짜가 정해진 듯하다는 말을 했고, 잠시 후에는 "그 애가 아이를 낳으면 이제 그 애의 아이는 한국 아이가 되겠군요"라고도 말을 했다. 순간, 가정교사의 걸음이 갑자기 빨라지는 듯했다. 무슨 까닭인지 그녀는 좀 화가 난 것 같았다.

"난 조국이니 국적이니 하는 말 잘 믿지 않아요. 한국에 가려고 하는 사람들이 믿는 건, 돈뿐이에요. 우리들의 아버지나 할아버지들은 어떨지 모르지만, 이미 그들은 늙었지요. 젊은 사람들이 믿는 건 돈이에요. 중국도 결국, 별수 없어요. 이젠 돈밖에는 믿을 게 없게 된 거니까. 그렇지만 더 믿을 수 없는 건 한국이지요. 그걸 모르는 사람은 아무도 없어요."

가정교사는 어쩌면 자기보다 먼저 한국에 가게 된, 그녀로서는 잘 알지도 못하는 채금이라는 여자에게 질투를 느끼고 있는 것일지도 몰랐다. 그녀가 스스로 말했듯, 그녀 역시 아무것도 믿지 않을 테니까. 그리고 그녀가 믿는 돈은 별수 없이 한국에 있으니까.

남편에게 쓴 편지는 간단했다. 죽음이니, 기억이니 같은 단어는 한

마디도 없이, "보내주기로 한 생활비가 아직 오지 않았네요. 송금 날짜를 정확히 지켜주기 바랍니다" 단 두 문장의 편지일 뿐이었다. 그 편지를 써놓고도 열흘 넘게 기다렸지만, 여전히 그에게서는 돈이 오지 않았다. 당장 필요한 돈은 아니었다. 그러나 난 그에게 좀 잔인하게 굴고 싶은 것 같았다.

우표를 사서 편지봉투에 붙이는 내 손끝이 잠시 진저리쳐지듯 떨려, 손끝에 잔뜩 풀이 묻었다. 풀 묻은 손을 휴지에 닦으며 나는 그것을 쾌감의 흔적이라고 믿기 위해 애썼다. 어쨌든 나는 이혼하지 않은 것이다. 그리고 사람들은 아무도 내가 그와 헤어졌다는 사실을 눈치 채지 못했다. 사람들이 눈치 채기 전에, 그리고 내 아이가 자신의 인생이 실패한 길로 접어들기 시작했다는 것을 깨닫기 전에, 내가 재빨리 무대를 바꿔버린 것이다.

내 어머니나 형제들에게 그리고 친구들에게 나는 내 중국행을 "내 아이를 세계인으로 만들고 싶어서"라고 거창하게 말하고 다녔다. 아이는 중국의 국제 학교에 입학할 것이고 머지않아 중국어는 물론이고 영어에도 능통하게 될 것이다. 우리 부부는 아이의 장래를 위해 희생할 각오가 되어 있다. 어차피 살 만큼 살았으니 이젠 서로 떨어져서 새삼 그리워하다가 가끔씩 감동적인 상봉을 하는 그런 재미도 봐야 하지 않겠느냐, 제법 농담스러운 대사도 읊었다. 내게 의심스러운 시선을 보내는 사람은 거의 없었다. 내가 그렇게 '거창한 포부'를 밝히기 전에 이미 그런 '거창한' 일들을 실행에 옮긴 사람들이 내 주변에도 적지 않았기 때문이었다. 처음에는 사람들이 속아줄까 가슴 졸이며 시작했던 연극이, 나중에는 나 자신까지도 속게 만들었다. 한국을 떠나오기 직전에는 내가 남편과 화해할 수 없을 지경으로 불화에 빠져 있는 상태라는 사실까지도 잊어버릴 정도였다. 심지어 나는 한국에 혼자 남을 그가 걱정되기까지 했다. 만일에 그때 그가 내게 '가지 말라'는 말을 한마디만 했다면, 그게 아니라 '꼭 가야 하는 거냐?'고 묻기라도 했다면 나는 어쩌면 못 이기는 척 주저앉았을지도 모를 일이었다. 그러나 그는 그렇게 말하지 않았고 단지 한마디, 이렇게 물었을 뿐이었다.

— 왜 하필 중국이야.

내게 묻는 말이었으나 그의 말끝에는 의문부호가 달려 있지 않았다. 나는 그가 내게 대답을 요구하고 있는 게 아니라는 걸 알았다.

왜 하필 중국이냐고? 내 지인들도 그렇게 물었다. 그때마다 나는 "21세기는 중국이다!"라고 호언했지만, 누군가는 기어코 "뱁새가 황새 쫓아가자니 미국이나 캐나다는 너무 돈이 많이 든다는 거겠지"라는 비양거림을 감추지 않았었다. 설사 그것이 엄연한 사실이라고는 하더라도, 내게 그런 건 중요하지 않았다. 나로서는 남편이나 아빠라는 배역이 존재하지 않는 무대이기만 하다면, 그곳이 미국이든 중국이든, 아프리카의 어느 이름 모를 나라든 아무 상관도 되지 않았다.

왜 하필 중국이냐고……. 날 비양거리고 싶은 내 지인들의 물음과 남편의 그것은 같지 않았다. 우리들의 대학 시절, 아직 청춘만이 전부일 수 있었을 때, 그 청춘에 순결한 믿음과 희망만이 불길처럼 타오르고 있을 때, 우리는 암호를 대고서야 들어갈 수 있는 밀실에서 중국혁명사를 공부했었다. 그때 우리들에게 중국이란 나라는 금단의 나라였으나, 또한 금지된 이상理想이기도 했었다. 그는 불현듯 그 시절을 기억하는 듯, 아주 오랜만에 염증이 이는 표정으로 나를 바라보았다. 그러나 그건 오직 그 순간뿐이었다. "당신한테 돈을 댈 능력만 있다면 굳이 중국이 아니어도 좋지" 내가 그에게 그렇게 말했을 때 그는 다시 현실의 자신으로 고스란히 되돌아가 버렸다.

현실의 그…… 그는, 더 이상 아무것도 기억하지 않았다.

그는 깨어 있는 시간 내내 밖에 있었다. 거의 매일 아침도 먹지 않고 출근했고, 귀가는 늘 새벽녘이었다. 토요일이나 일요일에도 출근하지 않을 때보다 출근할 때가 더 많았다. 출근하지 않을 때는, 일과 관련된 이런저런 일들이 있어서 또 밖으로 나가야만 했다. 몇 년 동안이나 나는 술에 취하지 않은 그를 본 적이 없었고, 그와 몇 마디 이상의 긴 대화를 나누어본 적도 없었다. 그에게 혹시 다른 여자가 있는지 알아보라고 충고하는 친구도 있었지만, 내가 알기로 그에게 그런 존재는 결코 없었다. 혹시 그에게 그를 매혹시키는 다른 여자가 있더라도, 그는 그 매혹을 고백할 시간조차 가질 수가 없었을 것이다. 그는 여자 따위가 아닌 다른 무언가에 완전히 장악되어 있었다.

 나는 그를 이해하고 싶었고, 실제로 이해하기 위해 애쓰기도 했다. 스스로 사표를 던지고 나왔던 잡지사에 다시 재취업하게 될 때까지, 그는 자그마치 3년 동안이나 실업자였다. 그 3년 내내 그는 한푼의 돈도 벌어들이지 못했고, 그의 부친이 보조하는 돈과 내가 번역을 해서 벌어들이는 작은 수입에 기생했다. 내가 그를 이해하기 위해 애썼던 것은 그의 울분이 아니라 모욕과 비굴이었다. 그는 달라지지 않을 수 없었을 것이다. 잘 다니던 회사에 스스로 사표를 던질 수 있었던 때, 그는 아직 삼십대 중반이었으나 그 회사에 다시 재취업할 때는 사십이 코앞이었다. 그는 다시는 사표를 던지거나 하는 일은 하지 못할 터였고, 사직을 당해서도 안 되었다. 실업자로서 보낸 3년이란 시간은 울분을 참지 못하고, 자기 주장이 강했던 그를, 그리고 술에 취하기만 하면 스스로를 아나키스트라고 표현하고 또 틈만 나면 여행 정보 서적을 들척거리는 것을 좋아해 책에서 얻은 정보만으로도 세계 곳곳 안 가본 데가 없는 듯했던 그를, 단지 자기 것인 의자 하나를 갖고 있다는 것만으로도 충분히 행복한 사람으로 만들기에 족한 것이었다.

　나는 그를 이해하려고 애썼고, 그가 벌어오는 돈을 아끼기 위해, 더 이상은 그럴 필요까지는 없었지만 쓰레기 같은 책의 번역도 마다하지 않았다. 너무나 피로한 그를 걱정해 봄가을 보약을 챙기는 것도 잊지 않았다. 그러나 그러한 시간이 1년이 넘고, 2년이 넘고 기어코 5년을 넘겼을 때 이제 모욕을 당하고, 비굴해져 있는 것은 그가 아니라 바로 나인 듯했다. 그즈음 그는 간혹 나를 바라보다 말고 깜짝 놀라는 듯한 표정을 짓곤 했는데, 나는 그가 순간순간 나를 알아보지 못한다는 것을 깨달았다. 이 여자가 누군가……. 그런 혼란은 물론 찰나적인 순간에 지나지 않았지만, 그 짧은 순간이 지나자마자 그는 ‘그 여자’를 알고 싶은 욕망을 잃어버렸다. ‘그 여자’뿐만이 아니라 ‘그 자신’에 대해서도 마찬가지였다. 그가 알려고 하는 것은 통장의 잔고와 노후에 받게 될 연금의 액수뿐인 듯했다. 때때로 그는 승진을 기대하기도 했지만, 자신이 승진을 해야 하는 이유에 대해서는 알려고 하지 않았다. 무엇보다도 중요한 것은, 그에겐 더 이상 나와 할 말이 남아 있지 않다는 것이었다.

　그즈음의 어느 날이었다. 자정이 넘어서 그의 회사동료에게서 전화가 걸려왔다. 만취한 그를 집에까지 데려다주기 위해 같이 택시를 타고 왔는데, 그가 택시 안에서 잠이 드는 바람에 집이 어딘가를 정확히 물어볼 수가 없다는 것이었다. 내게 전화를 건 그의 회사동료도 취해 있기는 마찬가지인 듯했다. 내가 허겁지겁 야심한 밤거리를 달려나갔을 때 그들은 집 근처의 포장마차에서 또 술을 시켜놓고 있는 중이었다. 남편은 포장마차의 테이블에 고개를 떨구고 울고 있었다.

　─제수씨가 이해하십시오.

그의 회사동료가 취한 몸을 제대로 가누지도 못하며, 내게 말했다.

　─이 지랄 같은 나라에서 밥 벌어먹고 산다는 건 말이죠. 제수씨도

그게 얼마나 지랄 같은 일인지 알잖아요. 산다는 건 정말 지랄 같은 일이라구요.

나는 아무 대꾸도 하지 않고, 흐느껴 울고 있는 남편의 어깨 사이로 손을 집어넣었다. 그곳은 내가 살고 있는 동네였고, 포장마차에는 이웃집 사람들의 모습도 보였다. 그러나 그 순간에 나를 견딜 수 없게 했던 건 술취해 울고 있는 내 남편을 바라보는 이웃들의 시선이 아니었다. 나로서는 그가 울고 있는 이유를 알 수가 없다는 것, 어쩌면 평생 동안 그 이유를 알지 못하게 될지도 모른다는 생각이 나를 참혹하게 만들었다. 더욱 괴로운 것은, 어쩌면 그 자신조차도 본인이 울고 있는 이유를 알지 못하리라는 예감이었다. 포장마차의 테이블에 얼굴을 묻고 흐느끼고 있는 중년의 남자는 불쌍했다. 그리고 그 불쌍한 남자는 내 남편이었다. 나는 그가 허락하기만 한다면, 그와 함께 울고 싶었다. 그와 함께 울 수만 있다면, 무슨 짓이든 하고 싶었다.

그러나 바로 그 순간이었다. 내가 그를 일으키기 위해 그의 어깨 사이로 집어넣은 손에 힘을 주자마자, 그는 마치 더러운 것을 떼어버리듯 내 몸을 거칠게 밀었고 엉겁결에 중심을 잃은 내게 모진 욕설을 내뱉기 시작했다.

―개 같은 년! 입으로만 하라고 했잖아! 더럽게 어디다가 가랑이를 벌려! 그냥 입으로 빨기만 하란 말이야!

그는 또 이렇게도 말했다.

―어차피 서지도 않는단 말야. 어차피 서지도 않는다구……. 젠장…… 너무 오래…… 서질 않았어. 빌어먹을…… 젠장…… 이게 전부일 거라고는 한 번도 생각 안 해봤는데 말야……. 그런데 이게 전부더라구.

그런데 이게 전부더라고…… 그는 분명히 그렇게 말했다. 그러나 나는 알 수가 없었다. 그가 말한 '이것'은 무엇일까. 그 순간에 내가 알 수 있었던 것은, 오래전에 그는 단지 직장만을 가지지 못했을 뿐이었지만, 이제와서는 그에게 남은 것이 아무것도 없다는 사실뿐이었다. 그러나 그의 전부를 알 수가 없으니, 그의 아무것이 무엇인지도 나로서는 알 수가 없었다.

그날 밤, 나는 몇 차례나 오바이트를 하고 더럽혀진 침대 시트에 그냥 코를 박고 잠든 그를 내려다보고 있었다. 어쩌면 모든 것은 그의 문제가 아니라 내 문제일지도 모른다는 생각이 든 것은 그 새벽녘의 일이었다. 내가 그에게 원했던 것, 내가 내 삶에 대해 원했던 것…… 세월이 흐를수록 배반만 더해지던 내 삶의 욕망에, 그러나 내가 무릎을 꿇지 못했다는 것…… 어쩌면 그럴지도 모를 일이었다. 그렇더라도 그가 용서되는 것은 아니었다. 용서할 줄 알았다면, 벌써 무릎을 꿇을 줄도 알았으리라. 그 새벽녘에 나는 참혹하기 이를 데 없는 분노의 눈빛으로, 그의 바짓가랑이 사이를 내려다보고 있었다. 그의 말마따나, 그는 너무 오래 그렇게 한 덩어리 죽은 살점 같은 모습으로만 살아왔다. 그리고 그것이, 아무것도 아닌 그의 전부였다.

오래전에, 그가 아직 다행스럽게도 '실업자'이기만 했을 때, 그는 잠이 오지 않는 밤이면 혼자 비디오를 켜놓고, TV에서 녹화해 놓은 자연 다큐멘터리 프로그램을 반복해 돌려보곤 했다. 나는 그가 좋아하는 다큐멘터리 프로그램을 같이 보는 적이 거의 없었다. 나는 실업자인 그가 미웠고, 그가 매일 정확한 시간에 집 밖으로 나가주기만 한다면 그가 밖에 나가서 하는 일은 그게 무엇이든 상관없다고까지 생각했다. 그러나 그가 하는 일이라고는 고작, 집 안에 틀어박혀 비디오를 보는 것뿐이었다. 그것도 할리우드 액션 영화도 아니고, 벌레나 곤충 따위가 등장하는 다큐멘터리를.

그날 그가 보고 있던 비디오의 껍데기에는, '한국의 나비'라는 제목이 붙어 있었다. TV 화면 속에서는 바다가 출렁이고 있었다. 섬 하나 보이지 않는 망망대해였다. 카메라는 그 망망대해에서 뭔가를 열심히 추적하고 있는 듯했다. 소리는 전혀 들리지 않았다. 나는 남편이 거실 테이블 위에 올려놓은 리모컨을 찾아 볼륨을 높였다. 한밤중이라 남편이 음소거 버튼을 눌러놓았던 모양이었다. 볼륨을 높이자마자, "저기다 저기!"라고 외치는 감격적인 탄성이 튀어나왔다. 카메라가 급히 쫓아가자 비로소 망망대해에 홀로 날아가고 있는 나비 한 마리가 잡혔다. 내레이터의 목소리가 깔리기 시작했다.

—제주왕나비가 바다를 건너가는 순간이 카메라에 포착된 것은 사상 처음 있는 일입니다. 보십시오. 저 작은 나비가 쉬지도 않고 수백 킬로미터의 바다 횡단을 하고 있습니다.

그 순간, 나는 다시 리모컨의 음소거 버튼을 눌렀고, 그리고 생각했다. 나비가 바다를 건너다니…… 세상에는 저런 거짓말도 있구나. 그러자, 내가 같이 살고 있는, 그리고 내 아이의 아빠라는 남자가, 내게 기생하는 것 이외에는 아무것도 하지 않는 사람이라는 사실이 별것 아닌 것처럼도 여겨졌다. 세상에 존재하는 위대한 거짓말들 중에, 내가 꿈꾸었던 행복이라는 이름의 거짓쯤은 별것도 아닌 것이다. 그러나 그렇게 생각해도 가능하지 않은 것이 있었는데, 그것은 누군가를 그리고 바로 나 자신을 용서하는 일이었다.

이 나라에 온 후 얼마 동안 나는 거리의 곳곳에서 툭하면 그를 닮은 남자를 보았다. 얼핏 본 앞모습이 그를 닮아 뒤돌아보면 영락없이 그였다. 머리 정수리에 두 개가 앉은 가마까지 똑같았다. 직장에 몰두하면

서 점점 구부정해져 가던 어깨도 똑같았고 남자치고는 조금 큰 엉덩이
까지 같았다. 남편일 리가 없다고 생각하면서도 나는 그를 쫓아갔다.
그러나 길의 모서리를 돌면, 그는 어느 틈에 사라져버리거나 완전히 다
른 남자가 되어 있었다.

　한번인가는, 길모퉁이에서 그를 잃어버리고 망연자실 서 있는데 눈
앞에 붉은 간판이 보였다. 중국에서 붉은 간판을 보는 건 드문 일이 아
니었다. 그러나 눈을 끄는 무언가가 있었다. 잠시 후, 나는 그 가게가
문신을 하는 가게라는 것을 알았다. 중국에 와서 고작 열흘이 지나지
않았을 때였다. 중국 상점에 들어가 혼자서는 소금 한 봉지 제대로 못
사는 주제에 문신을 하는 가게에 들어가 본다는 것은 언감생심이었다.
그러나 나는 발을 열고 가게 안으로 들어섰다.

　가게 안은 어두컴컴했고, 향낸지 약 냄샌지 알 수 없는 것이 코를 찔
렀다. 잠시 시야가 익기를 기다려 바라보니, 남편의 모습은커녕 그를
닮은 사람의 모습조차 보이지 않고 다만 노인 하나가 가게를 지키고 있
는 게 보일 뿐이었다. 노인은 중국의 전통 복장을 하고 붉은 원탁 뒤에
앉아 있었다. 노인이 내게 뭐라고 알아들을 수 없는 말을 하는 동안, 나
는 노인의 등 뒤 벽에 붙어 있는 그림들을 바라보았다. 그것들은 아마
도 문신의 표본들인 것 같았다. 용과 호랑이, 닭인지 봉황인지 알 수 없
는 새의 그림들, 초서체의 글자들…… 그리고 나비가 있었다.

　나비는 붉은색 부적처럼 그려져 있었다. 나는 그 그림을 좀더 자세히
보기 위해 한 발자국을 앞으로 옮겼다. 그때 노인이 의자에서 일어나더
니 알 수 없는 말을 지껄이다가, 소리를 질러대기 시작했다. 그러나 나
는 다시 한 발자국을 더 앞으로 옮겼고, 순간 진저리를 치고 말았다. 나
는 그때 나비의 날개 아래로 뚝뚝 듣고 있는 물방울을 보았던 것이다.
그건 바닷물이었다. 바닷물을 뚝뚝 흘리고 있는 나비는 날개가 젖고,

젖다 못해 갈기갈기 찢겨져 있었다. 나비의 지친 숨소리와, 한 목숨쯤
은 족히 다 절여버릴 만큼 짠 소금 냄새가 내 가슴속으로 쏟아져 들어
왔다.

　—나비 문신을 하겠다고?

　노인이 외쳤다.

　—이건 위험해. 이걸로 문신을 했다간, 자넨 평생 바다 위에 있어야
할 거야. 자네 같은 사람이 이걸로 문신을 했었지. 얼마 후에 바다에 나
가봤더니 어떤 사람의 팔과 다리가 완전히 소금에 절여져서 바다에 떠
있더군. 몸통이 없는데도, 팔과 다리는 계속 날갯짓을 해대고 있었어.
내가 새겨준 문신도 사라져버렸더군. 그냥 자리만 푹 파여 있는데, 날
개가 찢겨진 자리가 선명해. 너무 오래 난 거지. 나비한테 바다는 너무
넓단 말이야. 그 사람도 자네처럼 한국 사람이었는데…… 참 안됐지.
내가 그렇게 말렸는데도 나비 문신을 했단 말야. 그리고 바다로 갔는
데, 팔과 다리밖엔 안 남아 있었어. 그 한국 사람의 몸통은 어디로 가버
린 걸까?

　더 이상 소리를 지르지 않고 중얼거리기 시작한 노인의 말을, 나는
한마디도 놓치지 않고 다 알아들었다. 그때 내 몸이 사시나무처럼 떨리
더니, 팔과 다리 아래로 물이 뚝뚝 떨어지기 시작했다. 나도 모르는 사
이 정신없이 팔다리를 허우적거리는데, 남편의 몸통이 바다 위를 둥둥
떠가는 것이 보였다. 그는 자신의 몸통에서 떠나간 팔다리를 보고 싶지
않은 듯 두 눈을 꼭 감고 있었다.

　곧 한국으로 떠나게 되었다는 채금에게서 전화는 더 이상 걸려오지
않았다. 하긴 마지막 전화에서 그녀는 해야 할 인사를 다 챙겼다. 채금
을 다시 만날 일은 없을 것이다. 내가 한국에 나간다고 하더라도 그때

까지 채금의 어머니가 내 어머니의 식당에 있을지도 알 수 없는 일이
니, 한국에서라도 그녀를 만나게 될 일은 없을 것이다.

　채금이 그런 것처럼 내게도 채금에게 남아 있는 용건 같은 건 없었
다. 마지막 전화에다 대고 나는 말하지 않았던가? 잘 가서 잘살라
고……. 기억이 나지 않았다. 그냥 아무 말도 하지 않은 채 전화를 끊
었던 것 같기도 했다.

　며칠 후, 나는 가정교사에게 중국 말로 조선족은 뭐라고 하느냐고 물
어보았다. 그 다음엔 마을이 뭐냐고 묻고 마지막으로는 택시기사에게
조선족 마을로 가자고 하면 알아듣겠느냐고 물었다. 비로소 내 의도를
알아차린 가정교사가 채금의 집 앞까지 같이 가주겠다고 나섰지만, 나
는 택시만 잡아달라고 했다. 가정교사는 왕복 택시비까지 흥정을 해놓
은 뒤 내게 문을 열어주고 잘 다녀오라고 했다.

　택시를 타고 40분쯤 후, 채금과 함께 왔었던 조선족 마을에 도착했으
나 채금의 집은 텅 비어 있었다. 문이 열려 있어서 방마다 들여다보았
는데, 사람은 없고 커다란 트렁크 하나만이 새것으로 놓여 있었다. 채
금의 짐을 챙겨놓은 트렁크일 것이다. 문득 그 트렁크를 열어보고 싶은
것은 자기 방에도 없고, 집 어느 곳에도 없는 채금이 실은 그 트렁크 안
에 들어 있을 것만 같았기 때문이었다. 그것도 두 눈을 꼭 가린 채, 마
치 '씨아즈'처럼…….

　트렁크를 열어보는 대신 나는 채금의 책상 위에 놓여 있는 책을 끌어
당겼다. 첫 장을 열자, '안녕하세요'라는 글귀가 보였다. 어느 나라 말
의 교본이든 가장 먼저 배우는 것은 '안녕하세요'이다. 채금은 바로 그
옆에다가 서툰 한글로 안녕하세요를 반복해 써놓았다. 연습장도 없이
교본에다 직접 글씨 쓰기 연습을 했던 모양이었다.

　다음 장, 다음 장에도 채금의 서툰 글씨가 가득 들어차 있었다.

─안녕하세요.

─안녕하세요. 나는 이채금입니다.

─안녕하세요. 나는 이채금입니다. 나는 한국 사람입니다.

느닷없이 가슴이 결려오는데, 그건 채금이 써놓은 '한국 사람입니다' 라는 서툰 글자 때문일까, 아니면 그 페이지를 온통 뒤덮듯이 써놓은 '안녕하세요' 라는 글자들 때문일까. 안녕하세요, 라고 나는 혼자 입속으로 중얼거려 보았다. 잠시 후에는, 안녕하세요, 나는 한국 사람입니다, 라고도 중얼거려 보았다. 순간 내 입속에 모래가 한 움큼 들어차는 듯했다. 그러나 나는 멈추지 않고 같은 말을 반복했다. 안녕하세요, 나는 한국 사람입니다…… 안녕하세요, 안녕하세요, 나는 한국 사람입니다……. 곧 내 온몸이 모래덩어리처럼 여겨졌다.

나는 채금의 방 문턱에 앉아서 채금이든, 채금의 아버지든 돌아오기를 기다렸다. 시간이 20분 30분이 흐르도록, 그들은 돌아오지 않았고 집 앞에 멈춰 있는 택시도 움직이지 않았다. 택시기사는 그 사이에 낮잠에 빠져버린 것 같았다. 운전석 차창 밖으로 그의 고개가 죽은 사람의 그것처럼 떨궈져 있었다. 가을이었으나 무더운 바람이 끈끈하게 불고 있는 한낮이었다.

채금 아버지가 한 사람의 죽음을 목격하던 날도, 혹시 이런 날씨였을까. 나는 채금의 방문 문턱에 앉아 얼마 전의 저녁에도 바라보았던 채마밭을 내다보았다. 그날은 어둠 때문에 제대로 보지 못했으나, 채금의 집 채마밭에 굵직굵직한 파들이 고랑을 따라 자라 있는 게 보였다. 그러고 보니 그날 내가 견딜 수 없었던 것은 아마도 파 냄새였던 모양이다. 그런데 나는 왜 그 냄새를 피로한 생과, 죽음의 냄새라고 생각했었을까.

내가 느닷없이 채금의 집을 찾은 것은, 채금에게 그동안 고마웠다며

얄팍한 여비 봉투나 내밀자는 것은 아니었다. 그런 듯했다. 나는 아마
도 채금의 아버지를 한 번쯤 더 만나고 싶었던 것 같다. 무슨 뜻이었느
냐고…… 그날, 당신은 나를 어떤 눈으로 보았던 거냐고…… 아마도
묻고 싶었던 것 같다.

그러나 벌판 저쪽 논두렁 사이에서 절뚝거리는 걸음새가 뚜렷한 한
남자의 모습이 보였을 때, 나는 나도 모르는 사이에 엉덩이를 들어올리
고 있었다. 어쩌면 나는, 그를 만나기 위해서가 아니라 그를 만나지 않
기 위해 여기까지 온 것인지도 모르겠다. 내가 채금의 집에 머문 시간
이 50분…… 그만하면 충분한 시간이었다.

돌아오는 길 택시 안에서, 나는 언젠가 꼭 한 번 가본 것 같은 붉은
간판의 가게를 보았다. 바람결에 가게의 발이 흔들리는데, 그 안쪽으로
얼핏 내 남편의 모습이 보이는 것도 같았다. 택시를 세우고 싶었지만,
말이 통하지 않으니 별 방법이 없었다. 택시는 빠른 속도로 달려가고
있었다. 나는 그 택시가 바다로 달려가고 있다는 것을 알았다. 바다에
는 팔다리가 사라진 그가 둥둥 떠 있다. 비록 몸통뿐이기는 하지만, 나
는 그를 아주 오랜만에 안아주고 싶었다. 팔다리가 없어서 나를 마주
안을 수가 없는 몸통뿐인 그는, 내게 안겨서도 점점 더 푹, 짠 소금물에
절여지는 듯했다.

모텔 알프스

김인숙

윤은 남편의 좁은 침대에 몸을 눕히고,
남편의 저항 없는 팔을 들어 팔베개를 했다.
갑자기 뺨이 뜨끈한 느낌이 들어 손바닥으로 뺨을 문대보니 물기가 만져졌다.
눈물인지 땀인지 알 수 없는 물기가 남편에게서부터 흘러나와
그녀의 뺨까지 적시고 있었다.
윤은 자신의 얼굴에 젖은 물기를 닦아내는 대신,
천천히 옷을 벗기 시작했다.
남김없이 옷을 벗고 벗은 몸으로 남편의 몸을 끌어안았다.
여보, 나를 물어…… 손가락이 아니라 내 목을 물어뜯어……
그리고는 절대로 놓지 마…….

창밖으로 바라보이는 것은 짙은 어둠과 굵은 빗줄기뿐이었다. 오후 3시가 조금 지난 시간이었으나, 세상은 삽시간에 어둠으로 물들고 그 어둠을 가르며 마치 하늘이 찢어져 내리는 듯한 빗소리가 들려오기 시작했다. 에어컨이 돌아가고 있는 실내 기온도 뚝 떨어져 갑자기 팔뚝에 소름이 돋아 올랐다. 윤은 자신도 모르는 사이에 팔뚝의 맨살을 더듬었다. 어둠을 가르며 떨어져 내리는 빗줄기의 소리가 너무 거세, 살이 아픈 느낌이 들 정도였기 때문이었다.

벌써 열흘 가까이 이어져오던 폭염을 씻어 내리는 반가운 소나기였지만, 소나기치고는 좀 지나치다 싶은 감이 있었다. 거리는 텅 비어 있었다. 어쩌다 우산을 쓰고 지나가는 연인들의 모습이 보였지만, 그들은 걷는다기보다는 떠밀려 가고 있는 것처럼 보였다. 그 와중에도, 승용차들은 와이퍼를 분주하게 움직이며 언덕 아래의 차도로 연신 방향을 틀고 있었다. 비 때문에 승용차들은 느리게 움직이고 있었지만, 우산을 쓴 연인들이나 마찬가지로 마치 거센 물결에 휩쓸려가고 있는 듯한 풍경이었다. 폭우가 아니라 세상이 두 조각이 나더라도, 지금 당장은 사랑을 나눠야만 하는 사람들. 그들은 이 난데없는 어둠과 빗속을 헤엄쳐, 그들만의 밀폐된 공간을 찾아들고 있는 것이었다.

프런트에 나와 청승맞게 바깥을 내다보던 사장의 모습은 더 이상 보이지 않았다. 사장이 문밖을 내다보고 있던 한 시간 남짓, 언덕 아래의 2차선 도로로 들어서는 승용차는 열 대도 넘었지만 그중의 한 대도 다시 언덕길을 올라 모텔 알프스의 주차장 입구로 들어선 차는 없었다. 1년 전의 대대적인 개축에도 불구하고 그 1년 사이에 새로 들어선 고급 모텔들로 말미암아, 알프스는 개축 전이나 마찬가지로 그 지역 안에서는 가장 인상적이지 못한 여관이 되어버렸다. 비 내리는 날의 반짝 호황을 기대하듯, 사장은 비가 퍼붓기 시작하자마자 프런트에 나와 주차장 입구를 내다보았지만, 사실 사장은 지금 비어 있는 객실을 더 염려해야 할 형편이었다. 열흘 전, 장마의 마지막 본때를 보여주겠다는 듯이 한밤중의 폭우가 무지막지하던 날, 난데없이 객실에 비가 새는 소동이 일어났었다. 침대 위에 설치된 간접 조명등을 타고 빗방울이 툭툭 떨어져 내리다가 나중에는 쏟아붓는 듯했다. 그때 그 객실에 들었던 투숙객들은 중년의 남녀였는데, 그때까지 일을 채 치르지도 못했었던 것인지 환불을 요구하는 남자의 얼굴이 사장을 때려죽일 듯했다.

이튿날 새벽, 비가 무릎까지 들이찬 지하 세탁실에는 새끼 고양이들의 시체가 둥둥 떠 있었다. 폭우 속에 손님들이 환불을 요구하는 소동이 일어나고, 빈 객실에 양동이 세숫대야가 군데군데 놓이고, 남자 직원들이 옥상에 올라가 방수천을 뒤집어씌우며 난리를 피우는 동안 고양이 울음소리가 끊이지를 않았었다. 그 구슬픈 고양이의 울음소리는, 새끼를 잃은 어미의 것이었던 모양이었다. 남자 직원들이 고양이 시체를 건져낼 때, 여전히 비가 내리는 창틀에서 늙은 고양이 한 마리가 울음소리를 멈추지 않았다.

엄청난 돈을 들여 대대적인 개축을 한 이후 처음 맞이하는 장마철에 뒤통수를 맞아도 되게 맞은 사장은, 남자 직원들이 고양이 시체를 비닐봉지에 담아낼 즈음에는 거의 기진맥진해 버린 듯했다. 지하 계단에 멍청히 서서, 직원들이 비켜갈 자리도 내주지 않은 채로 그는 다만 홀로 중얼거렸을 뿐이었다.

"내 집에서 새끼를 내는 놈들도 있는데……. 꼭 내 집이어야만 한다는 놈들도 있는데……."

사장의 목소리가 어찌나 처량맞던지, 젊은 직원들은 늙은 사장이 혹시 그 고양이 새끼들을 땅에 묻어주라고 하지나 않을까 잠시 멈칫거리기까지 했지만, 사장은 더 이상 아무 말이 없었다.

　직원들의 말에 의하면, 알프스가 문을 닫는 것은 시간문제인 듯싶었다. 사장은 건물 개축 등으로 인해 엄청난 은행 빚을 끌어 썼으나, 알프스의 경영 상태는 점점 더 나빠지고만 있었다. 알프스를 살리기 위한 사장의 안간힘은 눈물겨울 지경이었다. 그는 툭하면 새로운 경영 아이디어를 내놓곤 했는데, 그건 냉장고에 무료 음료수를 더 많이 넣어둔다든가, 좀더 획기적인 비디오들을 구비해 놓는다든가, 콘돔을 무료로 제공할 뿐만 아니라 여성 전용 세척기를 설치한다든가 하는 것에서부터 심지어는 객실마다 비싼 생화를 꽂아놓는 것에까지 이르렀다. 청소원들을 닦달하는 정도도 점점 더 심해졌다. 그는 하루에 한 번씩은 직접 객실을 돌아다니며 빈 객실의 청소 상태를 점검하곤 했는데, 욕조나 변기에 물기가 남아 있는가를 알아보기 위해 손바닥으로 직접 변기를 문질러보는가 하면 시트에 코를 박고 킁킁 냄새를 맡아보기까지 했다. 청소원들은 죽을 맛이었다. 평일에는 그래도 견딜만 했으나 인근의 다른 모텔들에는 더 이상 빈 객실이 없어서, 알프스까지 하루에 몇 회전씩을 돌아야 하는 주말 같은 경우, 휴지통을 비우고 시트를 갈고 욕실을 세제로 닦은 뒤 다시 마른걸레질을 해야 하는 객실 청소는 거의 전쟁처럼 치러졌다. 사장은 그런 운 좋은 날의 손님들을 모두 단골로 묶어놓겠다는 듯이 청소원들을 몰아치고 또 몰아쳤으나 스무 개의 객실이 절반 정도라도 차는 날은, 한 달을 통틀어 손에 꼽을 지경이었다.

　모텔 알프스는 신도시의 외곽에 위치했다. 예전에는 논과 밭뿐이던 벌판에 아파트들이 들어서고, 그 아파트촌 주변으로 카페와 나이트클럽들이 들어서더니 어느 날 갑자기 우후죽순격으로 러브호텔들이 들어섰다. 모텔 알프스는 그 지역에서는 가장 오래된 여관이었다. 다른 러브호텔들이 들어서기도 전, 카페와 나이트클럽들이 들어서기도 전, 신도시가 완전히 채 조성되기도 전부터 존재했던. 최근 몇 년 사이 5층 6층씩 되는 고급 모텔들이 들어서 모텔 밀집지역을 이루기 전에는 위치도 가장 좋은 곳이어서 언덕 위의 빨간 벽돌집이 멋스러워 보이기도 했다. 그때 알프스는 욕실 표시에 알프스장이라고 쓰여진 촌스러운 간판을 붙이고 있었지만, 1년 전 개축 뒤에는 외벽의 빨간 벽돌이 대리석 무늬로 바뀐 것과 함께 간판에서도 욕실 표시와 장 자는 떨어져나갔다. 알프스장은 완전히 새로운 알프스 모텔로 새로 태어난 것 같았다.

그러나 윤은 예전의 알프스장을 기억하고 있었다. 그때 윤은 결혼 전이었고, 남편은 무슨 수단과 방법을 쓰든지 그녀를 안는 것만이 유일한 소망인, 신체 건강한 청년이었다. 남편은 언제든, 어디서든 그녀를 만지고 싶어했다. 거리를 걷고 영화를 보고 차를 마시는 동안에도 그는 온통 언제 어디서 그녀를 만질 수 있겠는지만 생각하고 있는 듯했다. 으슥한 거리, 구석진 자리, 삼류 동시영화 상영관 그리고 밀폐된 방이 있는 식당……. 그는 그녀를 만지기 위해 걷고, 차를 마시고 영화를 보았다. 그때, 윤은 그의 어디를 그렇게 사랑했던가. 그녀를 만지기 위해 그렇게 애를 쓰는 간절한 손길, 소망과 떨림으로 가득 찬 눈빛, 한 번만 딱 한 번만이라고 애절하게 반복되던 애원……. 그녀는 그가 자신을 얼마나 열렬하게 원하는지 알 수 있었고, 그것이 바로 사랑이라고 믿었다. 그리하여 그들은 식사비나 영화표 값을 아껴 값싼 여관을 찾아 돌아다녔고, 허겁지겁 일을 치른 뒤에는 한두 시간 만에 그 여관을 되돌아 나오곤 했다. 그 숱한 여관들 중에 알프스장이 있었다. 그곳이 그녀가 지금 일하고 있는 알프스 모텔과 같은 곳인지, 아니면 전혀 다른 곳의 다른 여관인지는 중요하지 않았다. 알프스 모텔에 일자리를 정하기 위해 처음으로 입구를 들어설 때부터, 그녀는 자신이 그곳이 아닌 예전의 알프스장을 기억하고 있다고 믿었다.

바로 그날, 그녀가 알프스 모텔에 취직하기 위해 면접을 보던 날, 하필이면 모텔 바깥에서는 인근 주민들의 러브호텔 반대 시위가 벌어지고 있었다. 사장실 창문 바깥으로는 모텔 밀집지역으로 들어서는 언덕 아래의 2차선 도로가 보였는데, 그쪽으로 방향을 틀기 위해 깜빡이를 틀었던 차들은 시위대를 발견하곤 재빨리 직진을 해버리곤 했다. 그즈음 인근의 모텔들은 개점 휴업상태나 다름이 없었다. 건물 개축을 하느라 은행 빚을 쏟아붓자마자 곧바로 닥쳐온 그 엄청난 사태는, 다른 모텔들에게도 마찬가지였겠지만 알프스로서는 거의 치명적인 것이나 다름없었다. 사장이 시위대의 구호 소리를 막기 위해 창문을 닫다 말고 분노에 찬 목소리로 혼자 중얼거렸다.

"그럼 사랑은 어디서 하라는 거야? 차 안에서 해? 차 없는 놈들은 물레방앗간에서 하고?"

그럴 만한 자리가 아니었음에도 윤은 그만 웃음을 터뜨려버렸다. 사장이 기막히다는 듯이 그녀를 돌아보았으나, 그녀는 웃음을 멈출 수가 없었다. 그녀에게 회복할 수 없는 불행이 다가온 이후, 그렇게 참을 수 없는 웃음은 아마도 그날이 처음이었을 것이다. 사장은 화가 나서 "이 아줌마가 허파에 구멍이 뚫렸나!"라고 소리를 질렀지만, 웃음은 멈춰지지 않았다. 대체 무슨 까닭이었을까. 난데없이 튀어나온 '물레방앗간'이라는 말 때문이었을까. 아니면 사랑이라는 말 때문이었을까. 그럼 사랑은 어디에서 하라는 거냐니……. 사장은 정말, 모텔 알프스의 스무 개 객실에서 매일같이 벌어지는 일들을 사랑이라고 믿는 것일까.

알프스 모텔에서 윤은 매일같이 그녀가 알 수 없는 사람들이 흘린 체액들을 닦아내고, 아무렇게나 던져져 있는 구겨진 휴지를 모아 쓰레기봉지에 넣고, 욕조에 엉켜 있는 머리카락을 떼어내고 변기 속을 닦는다. 침대 시트는 땀과 체액 그리고 때로는 핏자국들로 더럽혀져 있다. 쓰러진 술병들과 꽁초와 침이 가득한 재떨이, 구멍난 스타킹과 더럽혀진 팬티, 정액이 고인 채로 구겨져 있는 콘돔, 한 짝뿐인 귀고리와 넥타이핀……. 윤이 알프스 모텔에서 볼 수 있는 것은 쓰레기뿐이었다. 냄새나는 쓰레기들을 쓰레기봉지에 넣고, 시트를 갈고, 창문을 열어 환기를 시킨 후, 마지막으로 라벤더 향의 방향제를 뿌리고 객실의 문을 닫을 때 윤이 느끼는 것은 육체에 대한 환멸이었다. 그리고 그건 윤으로서는 기대하지 않았던 소득이기도 했다.

윤이 집에 가는 것은 일주일에 한두 번뿐이었다. 다른 청소원들은 특별한 일이 없는 한 이틀에 한 번꼴로 귀가를 했지만, 윤은 아예 일주일 내내 집에 가지 않을 때도 있었다. 윤이 모텔일을 하게 된 것도 실은 집 밖의 잠잘 곳이 필요했기 때문이었다. 모텔에 있는 동안, 그녀는 집에 대해서는 생각하지 않았다. 집에서는 그녀가 무슨 일을 하는지도 몰랐고, 모텔의 전화번호도 알지 못했다.

시어머니는 그녀가 딴살림이라도 차린 것은 아닌지 전전긍긍하는 눈치였다. 일주일 만에 집에 들렀다가 하룻밤도 자지 않은 채 집을 나서던 날, 윤은 자신의 뒤를 쫓아오는 시어머니의 기척을 느꼈다. 칠십 노인네의 미행은 서툴기가 짝이 없어서 집의 대문을 나설 때부터 윤은 이미 그 기척을 알 수가 있었다. 그러나 윤은 시어머니가 오래 그녀를 쫓아오도록 놓아두었다. 그녀는 일부러 버스 정거장을 한 정거장이나 지나쳐 걸었고, 알 수 없는 골목길들을 꼬불꼬불 돌았다. 시어머니는 포기하지 않았고 윤은 점점 그 일이 재미있어졌다. 빠르게 걷다 느리게 걷기를 반복하는 윤의 눈빛이 밤고양이처럼 빛나고, 목덜미에는 땀이 송글송글 맺혔다. 노인네는 악착같이 윤의 뒤를 쫓았다. 윤이 노인네를 향해 벼락같이 돌아선 것은, 자신도 알 수 없던 골목길이 막다른 길이었기 때문이었다. 순식간에 자신의 존재를 남김없이 노출당한 노인네의 얼굴이 잠시 하얗게 질리는가 싶더니 곧 표독스러워졌다. 윤을 노려보는 눈에는 너 죽고 나 죽자는 식의 적의가 맹렬하게 빛났다. 그날 둘은 낯선 골목길에서 서로의 머리카락을 뽑아가며 육탄전을 벌였다. 습관처럼 이를 앙다문 채 소리를 내지 않는 싸움이었으므로, 이 젊은 여자와 노인네의 치열하기 짝이 없는 싸움을 내다보는 사람은 아무도 없었다.

싸움은 길지 않았다. 아무리 정정한 시어머니라고 하더라도 칠십 노인네였고, 젊은 윤은 잠시 집에 머무는 동안 온몸의 힘이란 힘은 다 써버린 다음이었다. 둘은 남의 집 문간에 나란히 주저앉아 턱에 받친 숨을 골랐다. 잠깐 사이, 그들에게 놀라 먼 곳으로 도망쳐 버린 것 같았던 불행이 다시 야금야금 그들의 턱 밑으로 다가들고 있었다. 공사현장에서 떨어져 척추신경을 다쳐버린 윤의 남편. 멀쩡히 살아 있는 몸을 송장처럼 이고 벌써 3년째 한자리에 누워 있는 시어머니의 아들. 불행은 언제 그들에게서 떠난 적이 있느냐 싶게 순식간에 그들의 온몸을 장악했다. 시어머니가 뼈만 남은 어깨를 떨며 울기 시작했다. 윤은 그런 시어머니의 쥐어 뜯겨져나간 백발머리를 쓰다듬었다. 노인네는 그녀에겐 어머니였고, 아기였고, 원수였다.

시어머니나 남편이 윤이 하고 있는 일이 무엇인지 모르고 있는 것처럼 모텔에서도 윤의 처지를 제대로 알고 있는 사람은 아무도 없었다. 남편이 좀 아프다는 것과, 그 아픈 남편을 시어머니가 보살피고 있다는 것 이외에 윤은 더 이상 설명을 덧붙이지 않았다. 그런 윤을 두고 윤이 남편과 자식을 버리고 도망나온 여자라느니, 혹은 소박맞은 여자라느니 뒷말들이 많았지만 윤은 그런 말들에 대해 개의치 않았다. 윤은 다른 청소원들에게 늘 싹싹하게 굴었고, 일을 할 때에는 몸을 사리지 않았다. 누군가가 우스운 소리를 하면, 누구보다 큰 소리로 웃음을 터뜨리기도 했다.

객실 청소는 보통 2인 1조로 하게 되어 있지만, 바쁜 시간에는 윤이 혼자서 객실 하나를 떠맡을 때도 있었다. 객실에는 반 너머 남은 맥주병들이 아직 냉기도 가시지 않은 채 남아 있곤 했다. 운이 좋을 땐 마개도 따지 않은 술병들도 간혹 있었다. 일에 몸을 사리지 않는 것에 반해, 지금 당장 불이 난다고 해도 절대로 서두르는 법이 없는 윤은 청소하러 들어간 객실에 한가하게 앉아 손님들이 남기고 간 맥주를 홀짝홀짝 들이키는 것을 즐겼다. 김 빠진 맥주 한두 모금이 뼛속까지 스며든 고된 노동의 긴장을 풀어주고, 그러다가는 문득 세상 사는 게 뭐 별건가, 콧노래도 흥얼거리고 싶게 만들어주었다. 그러다가는 자신도 모르는 사이에 깜빡 잠이 들기도 하는데 기절을 할 듯이 놀라 깨어 일어나는 순간에 번번이 그녀의 이마를 서늘하게 하는 것은 누군가 그녀를 보고 있는 듯한 느낌이었다.

그녀는 정신없이 몸을 일으켜 문밖을 내다보고, 문 열린 욕실 안도 들여다보고 심지어는 커튼 뒤도 들춰봤다. 그러나 그녀를 바라보고 있는 시선은 어디에도 없었다. 다만 벽거울 속에 이제 막 잠에서 깨어나 어리둥절하게 눈을 휘둥그레 뜨고 있는 한 여인의 모습이 있을 뿐이었다. 바로 그 여자가 그녀를 보고 있고, 또 누군가가 그 여자를 보고 있다. 윤은 그 시선의 집요함을 안다. 남편에게 기적 같은 것은 없다는 것을 인정한 이후, 그 시선은 단 한순간도 그녀를 놓아준 적이 없었다.

시어머니와 머리카락을 쥐어뜯으며 싸우던 날, 그런 날이 한두 번이었던 것은 아니지만, 윤은 일주일에 한두 번씩 집에 돌아가야 하는 유일한 이유가 그것인 것처럼, 집에 들어서자마자 남편의 몸부터 씻겨주었다. 천금 같은 아들이 산송장이 되어 누워 있어도, 시어머니가 할 수 없는 두 가지 일이 있었는데 그 하나는 노인네의 힘으로는 도무지 감당이 안 되는 목욕이었고, 또 하나는 돈벌이였다. 윤은 그날 시어머니에게 월급봉투를 고스란히 내밀고, 그러고 나서는 남편을 등에 업어 욕실로 옮겼다. 사고가 나기 전에는 마른 체형이었던 남편은 자리에 누운 3년 사이에 무섭게 살이 불었다. 그를 등 위에 올려 업는데, 일주일 전과는 달리 숨이 턱 막히는 기분이었다. 일주일 사이, 그의 체중이 그렇게 늘었던가. 아니면 그녀의 몸이 이젠 더 이상 그를 감당하지 않으려고 하는가. 남편은 그녀의 몸의 변화를 금방 눈치 챈 듯싶었다. 몸을 잃어버린 후, 남편은 몸에 대해서 예민해졌다. 느낄 수 없는 자신의 몸이 아니라, 느낄 수 있는 윤의 몸에 대해서. 윤이 남편의 몸을 구석구석 닦은 후, 마지막으로 세수를 시키려고 할 때 갑자기 남편이 윤의 손가락을 깨물었다. 윤이 놀라 비명을 질렀으나 남편은 쉽게 윤의 손가락을 놓아주려고 하지 않았다. 윤이 본능적으로 그의 얼굴을 힘껏 밀어내지 않았더라면 그는 아마 윤의 손가락을 이빨로 끊어버렸을지도 모를 일이었다.

시어머니는 욕실 바깥에서, 아들과 며느리의 동태를 낱낱이 살피고 있었다. 아들이 며느리의 손가락을 깨물고 놓아주지 않을 때, 시어머니는 손바닥을 마주치며 아주 끊어놓아라, 그년의 손가락을! 이라고 소리쳐 주고 싶었지만 그러나 아마 그 충동을 누르지 못한 채 욕실 안으로 뛰어 들어갔다면 시어머니는 그렇게 소리를 지르는 대신에 아들의 뺨을 때렸을 것이다. 시어머니는 며느리가 그들을 떠나, 그들이 알 수 없는 곳으로 아주 도망가 버리는 상상만 해도 눈앞이 깜깜했다. 눈앞이 깜깜했으므로, 며느리가 그들 모르는 데에서 딴 서방질을 하고 있으리라는 생각은 더욱 가혹했다. 노인네는 제정신이 아닌 듯 며느리의 뒤를 쫓고, 며느리의 머리카락을 쥐어뜯었다. 세상에 둘도 없는 보석인 양

어르고 달래도 모자랄 며느리를, 그렇게 해도 붙어 있을까 말까 한 며느리를 그렇게 패악스럽게 쥐어뜯고 할퀴면서, 그러나 노인네는 오로지 그때에만 그 젊은 여자가 여전히 자기 며느리라고 느껴지는 것은 무슨 까닭인지 몰랐다.

윤도 역시 마찬가지였다. 결혼해서 남편의 사고가 있기까지 5년 동안, 윤은 자식 하나 못 낳는 며느리라고 자신을 핍박하는 시어머니에게 심지어 '년' 자 붙은 욕설까지 들어가며 살았다. 그러나 윤은 다소곳한 며느리였다. 남편의 사고가 있은 뒤에도 적어도 반년 정도는, 여전히. 그런 윤에 대해서 동네에서는 칭찬이 자자했고 섣부르게 동사무소나 구청에 열부, 효부가 났다는 말을 들이미는 사람들도 생겨났다. 그러나 어느 날부터 윤은 시어머니와 머리카락을 쥐어뜯으며 싸움질을 해대기 시작했고, 이년 저년 욕을 하는 시어머니에게 맞대거리로 반말을 놓았다. 열부, 효부 칭찬하던 동네 사람들이 어떤 눈으로 어떻게 구경을 하고 있건 말건 아무 상관이 없었다. 한 남자의 불행을 사이에 둔 늙은 여인과 젊은 여인은, 오직 그때에만 불행에 빠진 한 남자하고는 아무 상관 없이, 어떻든 자신들은 여전히 살아 있는 몸이라는 것을 느꼈다. 그 악스러운 시어머니만 아니었다면 윤은 벌써 오래전에, 남편에 대한 희망을 놓아버렸던 2년 반 전에 벌써, 그들의 곁을 떠나버렸을 것이다. 윤은 아직 젊었고, 아이 하나 딸리지 않은 여자였다. 그녀는 자신의 마음속에 일고 있는 온갖 불온한 욕망을, 시어머니와의 싸움으로만 잊을 수 있었다.

그러나 모텔의 객실을 홀로 청소하다가, 김 빠진 맥주를 홀짝홀짝 들이키고, 더럽혀진 침대 위에 누워 자신도 모르는 사이 깜빡 잠이 들었다가 깨어나는 순간, 그녀는 다시 누군가의 시선 속에 있었다. 누군가의 시선이 그녀를 집요하게, 정면으로 응시하고 있었다. 그녀는 때때로 그 시선을 향해 홀로 중얼거렸다.

당신이 하루라도 빨리 숨을 놓으라고, 제발 그렇게 해달라고, 하루에 스무 번도 더 빌었어. 정화수 떠놓고 빌 데가 있었으면 그렇게라도 했을 거야. 당신 편하고 나 편하고 당신 늙은 어머니도 편하라고…… 다, 다들 좋은 건 당신 죽는 거밖에 없다고……. 그런데 당신의 쓸모없는 몸뚱어리는 나날이 살이 찌고, 욕창으로 문드러진 등에도 살이 오르고……. 그런 당신을 보면 마치 버러지 같았어. 그러니, 당신 내 손가락 대신 내 목을 물어뜯어. 물고는 절대로 놓지 마, 당신.

당신이 내 손을 물었을 때, 나는 무슨 생각을 했을까. 살아 있는 몸일 때는 한 번도 하지 않던 그런 짓…… 살아 있는 몸일 때는 내 목이라도 조를 수 있을 것처럼 튼튼하던 당신 팔목, 내 아랫배를 걷어차 한순간에 죽일 수도 있을 것처럼 억세던 당신 다리……. 그러나 당신은 늘 유순했고 다정했어. 그때, 내가 당신을 얼마나 사랑했는지…… 당신의 억센 손이 내 몸을 만질 때, 내 몸이 얼마나 자지러지게 떨렸던지…… 아이도 만들지 못하는 쓸모없는 몸인데도, 당신은 늘 나를 탐하고…… 나는 그런 당신이 얼마나 좋았던지. 그러나 사랑이란 게 다 뭐야. 그렇게 사랑했던 당신을, 당신의 몸을 나는 이제 살찐 버러지처럼 바라보네. 사랑? 그딴 거 개나 물어가라고 그래. 나는 살아 있는 몸이었던 당신을 이젠 잊었으니 사랑도 잊은 거야. 그러니 내가 당신을 아주 떠나지 못하고 있는 걸 사랑 때문이라고는 생각하지 마. 당신, 그러면 안 돼. 내가 당신을 떠나지 못하는 건 미움 때문이야. 환멸과 분노 때문이야. 나는 당신이 내게 보여준 생의 놀라운 변화들이 무서워. 나는 내 앞에 또 어떤 함정이 도사리고 있을까 무서워, 자꾸 온 길로만 되돌아가게 돼. 그러나 왔던 길조차 절벽이네. 그 절벽을 넘으면, 보일까…… 당신 사랑했던 기억이…… 당신이 내게 주었던, 생의 기쁜 순간들이…… 보일까, 여보.

모텔에 러브체어가 들어오던 날, 그 신기한 물건을 구경하기 위해 모텔의 전 직원들이 다 트럭 앞으로 몰려들었다. 윤도 청소복을 입은 채로, 다른 청소원들의 사이에 끼어서 고개를 기웃거렸다. 의자처럼 생겼으나 의자라고는 할 수 없는 그 기묘하게 생긴 조형물이 첫 번째 상자에서 모습을 드러내는 순간, 여기저기서 폭소가 터져나왔다. 저기서 뭘 어쩌라는 거야, 도대체? 누군가 탄성을 내지르듯이 말하자 트럭의 젊은 기사가 씨익 웃으며 설명서가 다 있어요, 라고 대꾸했다.

사장은 직원들 사이에서 일어나는 소란과 웃음소리에도 불구하고 진지하고 엄숙하기 짝이 없는 모습이었다. 그는 그 물건들을 구입하기 위해, 또다시 적지 않은 돈을 끌어 쓴 모양이었다. 사실 그 지역 안에서 그것을 설치하지 않은 러브호텔은 거의 없었다. 콘돔을 무료로 구비해놓거나 생화든 조화든 꽃병을 들여놓지 않은 러브호텔이 없는 것처럼. 그러나 사장은, 그 뒤늦은 물건이 알프스를 기사회생시킬 수 있는 마지막 보루라고 생각하기라도 하는 것처럼 진지했다. 그는 물건의 구석구석을 살펴보고, 받침대와 등받이를 탁탁 두드려보기도 했다. 그러나 마침내 그가 그 물건 위에 올라앉기까지 했을 때 사람들은 킥킥거리는 웃음소리를 딱 멈추고, 공연히 시선을 먼 데 쪽으로 옮겼다. 그 겸연쩍은 침묵 속에서, 오직 한 여자만이 참지 못한 채 웃음소리를 터뜨렸다.

—그럼 사랑은 어디에서 하라는 거야? 차 안에서만 해? 차 없는 놈들은 물레방앗간에서 하고?

하필이면 그 순간에 사장의 말이 다시 떠올랐고, 그 말과 함께 사장의 엉거주춤한 모습이 겹쳐지면서 윤은 터져나오는 웃음을 참을 수가 없었다. 얼굴이 벌겋게 달아오른 사장이 그 물건 위에서 기묘하고도 민망하기 짝이 없는 자세로 그녀를 노려볼 때까지도 그녀는 끝내 웃음을 멈출 수가 없었다.

　러브체어가 각 객실에 배치된 이후, 청소원들은 걸레 하나씩을 들고 그 새로운 물건을 깨끗하게 닦기 위해 각 객실로 들어갔다. 트럭 기사의 말처럼 설명서가 한 장씩 붙어 있었다. 벌거벗은 남자와 여자가 그 물건 위에 올라앉아 연출할 수 있는 각종의 체위를 그려놓은 그림 설명서였다. 윤은 옆방에서 울려오는 다른 청소원들의 웃음소리를 들으며 그 그림 속의 체위들을 살펴보았다. 사장 앞에서 멈추지 못하고 웃던 때와는 다르게, 윤의 얼굴에서 부드러운 미소 같은 게 퍼졌다. 그림들은 기괴하게 보이는 대신 유쾌하게 보였다. 윤은 걸레를 바닥에 내려놓고 사장이 그랬던 것처럼 러브체어의 여기저기를 툭툭 두드려보았다. 한 남자와 한 여자가 올라앉아 무슨 요동질을 치든 무너지지 않을 만큼 튼튼해야 할 물건이었다. 툭툭 두드려보다가 어깨에 억센 힘을 주고 물건의 받침대를 꾸욱 눌러보기도 했다. 러브체어는 한 여자의 팔힘 정도는 능히 받아낼 수 있다는 듯 흔들림이 없었다. 그래도 불안한 것처럼 윤은 조심스럽게 체어 위에 한 발을 올려놓아 보았다. 꿋꿋했다. 마치 오래전 남편의 허벅지가 그러했던 것처럼. 윤의 얼굴에 다시 미소가 피어올랐다. 그녀의 한 발이 마저 체어 위에 올라갔고, 잠시 후 그녀는 받침대에 등을 기대고 두 다리를 넓게 벌려 발판 위에 올려놓았다. 편안했다. 생각보다 훨씬 더.

　윤은 그렇게 누워 눈을 감았다. 그리고는 코를 킁킁거렸다. 어디선가 복숭아 냄새가 퍼져오는 것 같았다. 지방의 공사현장을 떠돌며 중장비를 몰던 남편이 보름 만에 집으로 돌아오던 날, 그의 손에 들려 있던 검은 봉투 속의 복숭아……. 복숭아 알레르기가 있는 윤이 기겁을 하며 보름 만에 만난 남편을 피해 도망쳤고 남편은 웃음을 터뜨리며 어린 소년처럼 그녀를 쫓아다녔다. 잘 익은 복숭아 냄새가 온 마당을 가득 채

윘다. 윤은 마루 끝에 오도카니 앉아 복숭아를 씻는 남편을 내려다보았
다. 마당 수돗가의 큰 함지박에 복숭아 털이 둥둥 떠다녔다. 그러나 남
편의 손이 복숭아를 몇 번 문지르자, 복숭아는 곧 매끈한 소리를 내기
시작했고 뿌옇게 떠올랐던 털들은 말끔히 하수구 속으로 빨려 들어갔
다. 윤은 연신 팔과 목을 긁어대면서도, 오랜만에 만난 남편의 뒷모습
을 놓칠 수가 없어 끝내 외면하지 않고 남편을 쳐다보았다. 복숭아를
씻는 내 남자…… 복숭아를 씻는 내 남자…… 남편이 불현듯 어깨를
돌려 잘 씻은 복숭아 하나를 마루 위의 그녀에게 던졌다. 윤이 엉겁결
에 그 복숭아를 받아들고는 어쩔 줄을 몰라하다가 한 입을 베어 물었
다. 윤의 입가로 손톱만 한 크기의 두드러기들이 툭툭 불거져 올랐다.
그래도 행복한 그녀의 웃음…… 복숭아 과육을 입가에 잔뜩 묻히고 두
드러기가 돋아 오른, 한 여자의 행복에 겨운 미소……. 그날 밤, 남편
은 그녀를 끌어안고 절정에 겨운 채 물었다. 하고 싶었지? 너도 하고
싶었지? 그때 그녀의 대답은 무엇이었을까. 가려워, 여보…… 내 생의
이 숨 가쁜 순간이 내 몸속 어딘가를 자꾸 가렵게 하나 봐. 여보, 나를
좀 긁어줘. 복숭아 털이 내 몸 어딘가에 붙어 있어요. 제발, 여보, 나를
좀 긁어줘. 털 벗지 못한 복숭아 같은 내 몸…… 내 몸을 힘차게 씻어
싱싱하고 매끈하게 만들어줘요.

　―그래…… 무엇이든 하렴.

러브체어 위에 다리를 넓게 벌리고 편안하게 누워, 윤은 홀로 중얼거
렸다.

　―살아 있는 몸일 때, 너희들, 무엇이든 하렴…… 그렇게 하렴…….

　그렇게 중얼거리고, 홀로 미소 짓고, 눈을 뜨자마자 윤은 기절을 할
듯 놀라 의자 위에서 나동그라지듯이 떨어져 내렸다. 객실 입구에서 한
남자가 그녀를 바라보고 있었다. 사장이었다.

　사장은 단단히 화가 난 것 같았다. 의자에 앉지도 못하고 방 안을 왔다 갔다 하면서 있는 대로 소리를 지르는데, 세상에 이렇게 이상한 아줌마는 듣도 보도 못했다는 게 요지였다. 불같이 화를 내고 있는 사장과 눈을 맞추고 있을 수가 없어 윤은 사장실의 바닥만 내려다보고 있었다. 사장실은 깨끗하지 않았다. 객실 청소에 대해서는 그렇게 까탈을 부리면서도 정작 자기 방의 청결 상태에 대해서는 무심한 사람이 사장이었다. 그는 지나치게 깨끗한 것이 불편하다고 했다. 자기 방은 하루 묵어 가는 방이 아니니 사람 냄새가 나야 한다고. 머리카락도 떨어져 있고 담뱃재도 묻어 있고 소파에서는 땀냄새도 적당히 풍겨야 한다고. 사장의 그런 요구가 청소원들에게는 더 힘겨웠다. 사람 냄새가 날 만큼 적당히 지저분하다는 것은 어떤 정도를 말하는 것일까. 꽁초 쌓인 재떨이를 비우지 않을 수는 없는 일이었고 비운 재떨이를 닦아놓지 않을 수도 없었는데, 그때마다 청소원들은 그것이 해도 좋은 일인지 아닌지를 알 수가 없어 공연히 안절부절을 했다. 소파의 쿠션을 털 때도, 책상 위를 마른걸레로 닦을 때에도 물론 마찬가지였다.

　윤이 내려다보고 있는 사장실 바닥 카펫에는 담배 자국이 보였다. 며칠 전 청소를 할 때에도 보지 못했던 것이었다. 아마 사장은 사장실에 있는 동안에도, 자리에 앉지 못한 채 방 안을 왔다 갔다 하며 줄담배를 피워대는 모양이었다. 그런 사장이 안타깝다는 생각이 문득 들면서, 윤의 시선이 언뜻 사장의 얼굴로 가 닿았는데 마치 불에 덴 듯이 그 시선은 얼른 다시 바닥으로 떨궈져 내렸다. 이건 도대체 무슨 일인 걸까. 사장의 얼굴을 보자마자 또다시 참을 수 없는 것은 웃음이었다. 물레방앗간을 외치던 그의 새된 음성이 떠오르고, 한낮의 모텔 마당 한복판에서 엉거주춤한 자세로 러브체어 위에 올라앉아 있던 그의 모습이 떠오르고…… 그럼 사랑은 어디에서 하라는 거냐는 그의 탄식이 떠오르고…… 윤은 있는 힘껏 주먹을 쥐었다. 웃어서는 안 되는 것이다. 사장이 정도 이상으로 화를 내고 있는 것도, 실은 청소는 미뤄둔 채 러브체어 위에 올라앉아 있던 그녀의 게으름 때문이 아니라 그와 똑같은 자세로 사장이 그 위에 올라앉아 있었을 때, 그녀가 터뜨렸던 웃음소리 때문일 것이었다. 그러나 한번 가슴속으로 고여들기 시작한 웃음의 충동은 이미 속수무책이었다. 어금니까지 앙다문 윤의 눈가에 눈물이 고여들었다.

"이봐, 아줌마! 내 말 듣고 있는 거야?"

사장이 기어코 책상 위를 손바닥으로 쾅 내리쳤다. 그러나 바로 그 순간이었다. 윤의 앙다문 입술 사이에서 기어코 으흑, 하고 울음소리 같은 웃음소리가 새어나왔다.

"뭐야? 아줌마, 우는 거야?"

사장이 놀란 듯 목소리를 낮춰 물었으나, 느닷없이 쩔쩔매는 듯한 사장의 그 목소리는 윤의 웃음보에 불을 질러버렸다. 으흑, 했던 그 소리가 울음소리가 아니라 웃음소리였다는 것을 알아차리는 데에는 시간이 오래 걸리지 않았다. 삽시간에 얼굴이 벌겋게 달아오른 사장이 책상 위의 무언가를 집어던지는가 싶더니 윤의 뒤쪽에서 와장창 유리 깨지는 소리가 들렸다. 알프스 산의 풍경화를 담고 있는 거대한 액자가 산산조각이 되어 바닥으로 쏟아져 내렸다. 그녀로서는 알 수 없는 곳, 지구 반대편의 산과 구름과 하늘은, 순식간에 잘게 깨진 유리조각이 되어버렸다.

윤은 전철을 타고 종점까지 갔다. 그 종점에서 다시 표를 끊어 또다시 전철에 올라탔다. 사장실에서 쫓겨나온 후, 윤은 다른 직원들의 충고대로 잠시 사장의 눈을 피해 있기로 했다. 세탁실이나 청소원 대기실에 숨죽여 있더라도 사장이 일부러 그녀를 찾아다닐 일은 없겠지만, 일단은 모텔 밖으로 나와 있는 게 좋겠다 싶었다. 사장의 화가 어느 정도 풀리기까지를 기다려 그녀는 사장에게 잘못을 빌 작정이었다. 그녀는 돈을 벌어야 했고, 그럴려면 일자리가 필요했고, 무엇보다도 잠자리가 제공되는 일자리가 필요했다. 모텔에서 쫓겨난다면 당장 그녀에게 갈 곳이라고는 집밖에 없었다. 남편이 누워 있는 집, 늙은 시어머니가 지키고 있는 집……. 그녀에게 집은 '돌아가야 할 곳'이었다. 그녀가 돌아가지 않고 있는 한은 언제든지. 그러나 돌아가는 순간부터는 집은 '떠나야 할 곳'이 되었다. 그냥 떠나는 것이 아니라 아주 떠나야 할 곳, 떠나서는 다시 돌아오지 말아야 할 곳……. 그러나 윤에게는 아주 떠나야 할 곳 같은 데는 없었다.

윤에게는 친정이라 이름 붙일 만한 데가 없었다. 부모는 그녀가 어려서 세상을 떴고, 그녀를 보살피던 할머니도 그녀가 어른 되기를 기다렸다는 듯이 세상을 떠버렸다. 남편을 만나기까지 그녀는 늘 혼자였다. 남편이 그녀에게 청혼했을 때, 그녀가 감동했던 것은 사랑한다는 말도 아니고 널 위해 평생 살겠다는 말도 아니었다. 우리 집에 가서 같이 살자. 남편에게서 그 말이 떨어지자마자 그녀는 기다렸다는 듯이 짐을 쌌다. 우리 집. 남편이 그렇게 말하는 순간 그녀에게도 집이 생긴 것이었다. 내 집, 내 방이 아니라 우리 집, 말이다.

여보, 그날이 생각나네. 우리 집의 문을 처음 들어서던 날…… 나는 당신이 내게 말했던 우리 집이란 게 그렇게 낡고 누추하다는 데에 놀라 입이 그만 딱 벌어졌었지. 손바닥만 한 마당에는 철사줄로 엉겨놓은 플락스틱 함지박에 구정물이 고여 있고, 그 바로 옆에는 온갖 고철덩어리들이 아무렇게나 쌓여 있고, 무슨 사과궤짝들은 그렇게 많았을까……. 그 사과궤짝 속에는 10년 20년도 더 되었을 것 같은 신발들이 가득 들어 있었지. 당신 어머니는 무엇이든 내다 버리지를 못하는 사람이라,

그 좁은 마당은 쓸모없는 물건들의 쓰레기장 같아 보였어. 정말 입이 딱 벌어질 정도였다니까. 겨우 두 칸뿐인 방은 오죽했을까. 벽지는 비 얼룩으로 젖어 다 일어나 있고, 그 틈틈으로 쏟아져 내린 쥐똥들이 무더기였어. 방 안에도 사과궤짝들이 있었지. 한 궤짝 안에는 양말, 또 한 궤짝 안에는 속옷, 또 한 궤짝 안에는 바지, 이런 식으로. 어머니는 살림과는 영 거리가 먼 사람이었어. 설거지한 그릇하고 수저조차도 가지런히 놓지를 못하는 양반이었으니까. 방 닦은 걸레도 마당의 더러운 함지박 안에 툭 던져놓고 한나절이나 잊어버리고 있고, 반찬그릇 덮는 뚜껑도 한번 제대로 귀 맞춰놓는 걸 못 봤으니까. 하나밖에 없는 자식인 당신을 먹이고 입히고 가르치느라, 평생 바깥일만 했지 집안일에는 시간 팔 겨를이 없었던 양반이라고, 당신이 변명처럼 말을 할 때 어머니는 도끼눈이 되어서 나를 노려보고 있었지. 당신 알아? 그날, 내가 우리 집엘 처음 가던 날, 당신이 잠깐 화장실에 가고, 내가 쭈뼛쭈뼛 어머니를 도울 양으로 부엌에 들어갔을 때 어머니는 내 팔뚝을 할퀴면서, 난데없이 '요년!'이라고 소리를 쳤어. 당신에게 말을 하지 않았던 건, 내가 잘못 들었다고 생각했기 때문이야. 그냥 단 한 번 '요년!' 그 소리뿐이었으니까. 팔뚝의 할퀸 자국도, 아마 어디서 이미 생겨난 것일 거라고 난 그냥 그렇게 믿어버렸지 뭐야. 그러나 놀란 마음이 가시지를 않아서 우리 집에서 처음 먹던 밥, 나는 그만 국그릇을 엎어버렸지.

여보, 그래도 난 그날 얼마나 행복했던지…… 결혼식도 안 올리고, 혼인신고도 안 하고, 심지어는 인사 한번 제대로 안 올린 시어머니 사는 집을, 거기가 이제부터 우리 집이라고 짐부터 싸가지고 들어가던 날, 여보, 나는 그래도 얼마나 행복했던지……. 당신 기억나? 그날 밤, 여인숙도 여관도 아닌 우리 집 방 안에서, 그래도 이불 하나는 정갈했던 방 안에서 당신 품에 안겨 내가 했던 말…… 몸은 다 죽었어도, 정신은 나날이 맑은 당신, 기억하겠지?

난 첫사랑을 이뤘어요…….

당신이 내게 첫 남자였다는 사실을 알고 있는 사람은 당신뿐이지. 내 몸과 내 마음의 모든 기쁨이 당신에게만 열려 있던 시절을 기억하는 사람도 당신뿐이지. 그날, 당신의 숨소리가 기억나네. 그 가쁘던 숨소리…… 세상을 다 삼켜버릴 듯하던, 그 거센 숨소리가…….

윤이 알프스 근방으로 되돌아온 것은 이미 밤이 늦은 시간이었다. 밤 늦은 시간, 모텔 바깥에서 바라보는 러브호텔 밀집지역은 세상에서 가장 화려하고 아름다운 동네처럼 보였다. 건물들은 할 수 있는 한 모든 기교들을 뽐내 고풍적이거나 초현대적으로 지어져 있었고 하나같이 다 밝은 네온들을 뿜어내고 있었다. 그 밝은 네온빛 사이로, 멀리 언덕 위 알프스의 간판도 보였다. 1년 전 건물 개축을 하면서 사장은 엄청난 돈을 들였으나, 아무래도 세련된 것과는 거리가 먼 사장은 네온도 꼬마전구가 반짝이는 것 정도로만 만족했다. 그러나 윤에게는 언덕 위 그 간판이 정겨웠다. 윤은 언덕 아래에서 그 정겨운 간판을 올려다보며 한동안을 망설였다. 아직은 사장을 면대할 용기가 나지 않는 듯싶었다. 윤은 한숨 끝에 왔던 길을 되짚어 걷기 시작했다. 멀지 않은 곳에 포장마차가 보였고 윤은 저녁을 거른 것을 그때서야 생각해 냈다. 갈 곳이 생긴 것이 다행이라는 듯 윤은 서둘러 포장마차 쪽으로 걸음을 옮겼다. 요기를 하면서 사장에게 빌 용서의 말을 궁리할 수 있을 것이었다.

포장마차 안은 이제 곧 러브호텔 쪽으로 방향을 틀게 될 쌍쌍의 남녀들이 마시는 술 냄새와 안주 냄새로 뿌옇게 김이 서려 있었다. 윤은 포장을 들추자마자 가장 먼저 보이는 빈자리에 앉아 가락국수 한 그릇을 시켰다. 그 포장마차 안에 혼자인 손님은 윤과, 안주 진열대 앞에 의자 하나만 차지하고 앉아 바쁜 주인에게 자꾸만 술을 권하고 있는 늙은 남자 한 사람뿐이었다. 늙은 남자는 가뜩이나 바빠서 단무지 한 접시 더 달라는 소리조차 성가실 판인 주인에게, 듣거나 말거나 장광설을 늘어놓고 있는 중이었다. 웅얼거리듯 울려오는 그의 이야기는 어린 시절의 찢어질 듯한 배고픔에 관한 이야기이다가 난데없이 연애 시절의 어떤 여인에 관한 이야기이기도 하고, 불효하는 자식들에 관한 이야기이다가 정치권에 관한 이야기이기도 했다. 윤이 가락국수 한 그릇을 다 먹고 지갑에서 돈을 꺼낼 즈음에, 그 늙은 남자도 자리에서 일어섰다. 그는 돈을 꺼내면서도 이야기를 멈추지 않았다.

"그런데 주인양반……. 그럼…… 사랑은…… 도대체 사랑은 어디 가서 하라는 거요?"

그 늙은 남자가 일어서면서 마지막으로 하는 소리를 듣고서야, 윤은 그 남자가 바로 사장이라는 것을 알았다. 윤은 지갑에서 꺼낸 지폐를 탁자 위에 내려놓고 서둘러 사장의 뒤를 쫓아 포장마차를 나섰다. 어쩌면 잘못을 빌 기회는 지금밖에 없을지도 모른다. 사장님, 저 잘못했어요……. 사장의 뒤를 쫓는 바쁜 걸음과 함께 윤의 입술도 바쁘게 달싹거렸다. 당장 갈 테가 없어요. 그러니 일하게 해주세요……. 웃은 건 정말 잘못했어요……. 사장은 취한 사람 특유의 걸음걸이로 느리게 걷고 있었다. 그러나 윤은 마음과는 다르게, 선뜻 사장을 불러 세울 수가 없었다. 아무래도 그 정도의 말로는 사장의 화를 풀 수가 없을 것만 같았다. 그렇다면 어떻게 말할 것인가.

내게는 병든 남편이 있어요. 그러나 한때 그는 세상에서 가장 건강한 청년이었지요. 그의 어깨와 등은 늘 까맣게 타 있고, 또 늘 꺼풀이 일어나 있었지요. 나는 그의 어깨에 일어난 꺼풀을 가만가만 뜯어내며, 그의 비린 땀냄새를 맡던 것을 기억한답니다. 그때 나는 그를 사랑했지요. 그는 내 첫사랑이었거든요……. 그러나 이제 나는 그에게 돌아갈 수가 없어요. 돌아가는 순간 떠나야 한다는 걸 알거든요. 나는 지쳤어요. 3년이면 돌부처도 돌아앉을 만한 시간이에요. 내가 그의 몸에 대해 기억하는 것은 이젠 노동에 지쳐 있던 그의 검붉은 어깨 위에 일어나 있던 꺼풀 정도거든요. 매일매일 내가 벗겨내면 또 새살로 돋아 오르던…… 그러나 이제는 아주 사라져버린, 다시는 존재하지 않을…… 그러니 아직은…… 아직은, 사장님…… 날 알프스에 있게 해주세요. 그를 아주 버릴 수 있게, 사장님, 내게 좀더 시간을 주세요.

사장은 대취한 것 같았다. 그의 뒤를 쫓고 있는 한 여자의 마음속 목소리가 무엇을 말하고 있든 간에, 그는 흔들흔들 걸으며 홀로 중얼거리고 있을 뿐이었다.

"어디 가서 하냐구…… 도대체 어디 가서…….."

그는 그렇게 중얼거리다가 문득 길 한복판에 서서, 주먹을 흔들며 이렇게 소리 지르기도 했다.

"뭐가 문제라는 거야? 딴 데도 아니고 꼭 내 집에서 새끼를 내는 것들도 있는데! 딴 데도 아니고 꼭 내 집이어야만 한다는데! 그놈들은 그럼 어디로 가라는 거야. 도대체 어디로!"

윤은 더 이상 사장의 뒤를 쫓아갈 수가 없었다. 사장은 길을 건너고 있었고, 사장과 윤 사이로 승용차 두 대가 연거푸 지나갔다. 그러는 사이 사장은 이미 차도를 다 건너 언덕 위의 알프스 가는 길로 접어들고 있었다. 또 무엇이 복받치는가. 느닷없이 허공으로 주먹을 흔들어대기도 하면서.

사장의 뒷모습은 초라해 보였다. 윤은 그 뒷모습을 슬프게 바라보았다. 사장하고만 마주치면 시도 때도 없이 터져나오곤 하던 웃음은, 슬픔으로 인해 완전히 가라앉아 버렸다. 그러나 바로 그 순간에 윤은 처음으로, 자신이 어쩌면 저 사람을 좋아했는지도 모르겠구나, 생각했다. 그래서 그렇게 웃음이 터졌는지도 모르겠구나…… 아마도 그랬던 것 같다. 처음 알프스 모텔의 문을 열고, 사장실에서 그를 면대하던 첫 순간부터, 모텔 알프스의 사장이 아니라 물주전자 받쳐들고 숙박계 써달라고 객실 문을 두드리던 알프스장의 주인이어야 할 그 늙은 남자를, 그리고 그 남자가 그날 입 밖에 냈던 물레방앗간이라는 말을…… 아마도 나는 좋아했던 모양이구나……. 윤이 그런 생각을 하고 있을 때, 사장이 건넜던 건널목도 없는 길을, 고양이 한 마리가 재빠르게 뛰어 건너는 것이 보였다. 고양이는 사장이 걸어 올라간 언덕길을 뛰어 올라가다가 문득 멈춰서 윤을 돌아보았다. 어둠 속에서 노란 눈빛이, 쨍하고 빛났다. 고양이의 그 눈빛이 윤의 가슴을 베어내는 듯했다.

그날 밤 윤은 자정이 가까워서야 집으로 들어섰다. 가져갈 것이라곤 불행밖에 없는 집의 대문에 빗장이 채워져 있는 적은 없었다. 집엔 불이란 불은 전부 꺼져 있었다. 그래도 달빛인지 골목의 외등빛인지 알 수 없는 것으로 마당이 밝아, 윤은 피할 것을 피해 가며 기척 없이 남편의 방문을 열 수 있었다. 남편은 잠들어 있는 것처럼 보였다. 윤은 그의 침대를 마주보는 벽에 등을 기대고 앉았다.
"여보, 자?"
남편은 대답이 없었다. 그는 정말로 잠들어 있거나, 아니면 잠든 척하고 싶어하는 것일 수도 있었다. 그를 깨우기 위해 그의 발바닥을 간지럽혀 본다던가 하는 일은 이젠 소용없는 일이었다. 그의 허벅지를 송곳으로 찌른다고 하더라도 그는 그 감각을 알지 못하는 것이다. 윤은 언덕길을 올라가는 사장의 뒷모습을 오래 바라보고 서 있었던 것처럼, 잠들어 있는 것 같은 남편의 모습을 오래 쳐다보았다.

"여보, 정말 자는 거야?"

윤이 다시 물었으나 남편은 여전히 미동도 없었다. 설령 남편이 깨어 있는 것이라고 하더라도, 남편에겐 자는 척하는 일은 그다지 어려운 일이 아닐 것이었다. 그에겐 이젠 말할 수 있는 몸 같은 것은 없었다. 윤은 무릎걸음으로 천천히 남편에게로 다가갔다. 그리고는 소용없는 일이란 걸 뻔히 알면서도 남편의 다리를 흔들었다. 남편의 다리에 저항의 힘 같은 것은 존재하지 않았다. 윤은 그 다리에 얼굴을 묻었다.

"그러지 마, 당신…… 당신, 아직도 살아 있는 거 다 알아. 나보다 먼저 죽지 않을 거라는 것도 알아."

그러나 남편에게서는 여전히 아무런 기척도 없었고, 윤의 눈꺼풀이 졸음인지 슬픔인지 알 수 없는 것으로 저 홀로 무거워졌다. 자야겠다는 생각이 들었다. 자기 몫의 이부자리를 침대 아래에 펴기 위해 몸을 일으키다 말고, 윤은 갑자기 남편의 다리를 침대 한쪽으로 밀었다. 그리고는 이번엔 엉덩이를, 가슴을 그리고 팔을…… 마지막으로 남편의 얼굴을 베개 한쪽으로 밀 때까지도 남편은 눈을 뜨지 않았다. 윤은 남편의 좁은 침대에 몸을 눕히고, 남편의 저항 없는 팔을 들어 팔베개를 했다. 갑자기 뺨이 뜨끈한 느낌이 들어 손바닥으로 뺨을 문대보니 물기가 만져졌다. 눈물인지 땀인지 알 수 없는 물기가 남편에게서부터 흘러나와 그녀의 뺨까지 적시고 있었다. 윤은 자신의 얼굴에 젖은 물기를 닦아내는 대신, 천천히 옷을 벗기 시작했다. 남김없이 옷을 벗고 벗은 몸으로 남편의 몸을 끌어안았다. 저항 없는 몸이 출렁하고 윤의 품 안으로 끌어당겨졌다. 윤은 남편의 얼굴을 자신의 목에 묻게 했다.

여보, 나를 물어…… 손가락이 아니라 내 목을 물어뜯어…… 그리고는 절대로 놓지 마…….

윤은 가만히 눈을 감았다. 뺨의 물기가 점점 더 흥건해져 갔다. 그렇다면 울고 있는 것은 난가? 눈물 같은 건, 완전히 잊어버린 지 이미 오래였던 윤이었다. 윤은 차마 그 물기의 근원을 확인할 수가 없어 눈을 뜰 수가 없었다. 그러면 아주 떠나게 될까 봐, 떠나서는 아주 돌아오지 않게 될까 봐, 그날이 바로 오늘일까 봐서……. 알 수 없는 소리가 들려온 것이 바로 그때였다. 번쩍 눈을 뜨는 윤의 눈빛이 느닷없이 반짝, 빛났다. 시어머니구나! 첫날밤, 그때처럼 늙은 시어머니가 방 안을 엿보고 있구나! 시어머니의 머리채를 휘어잡기 직전이면 언제나 그런 것처럼 윤의 눈빛이 아연, 밝아졌다. 윤은 벼락같이 일어나 방문을 와락 열어젖혔다. 그러나 그 벼락같던 행동이 무색하게 방문 밖은 텅 빈 적요뿐이었다. 시어머니의 모습은 그림자조차 보이지 않았다. 윤은 잠시 멍청해져서 넋을 놓고 마당을 내다보았다. 마당 한가운데로 달빛이 길게 드리워져 있었다.

무엇이었나…… 무엇이 나를 불렀나…….

대답은 긴 고양이 울음소리였다. 대문 옆 담장 위였다. 늙은 고양이 한 마리가 그녀를 내려다보며 이번에는 짧고 날카로운 울음소리를 냈다. 윤의 가슴이 먹먹해졌다. 새끼 잃은, 어미 고양이였다. 갓 낳은 새끼들을 물속에 잠겨 죽인 어미 고양이……. 그 늙은 고양이가 새끼들을 찾고 있었다. 윤은 가만히, 방문을 가로막고 있던 자신의 몸을 비켰다. 보렴, 여기에 너의 새끼가 있다. 살아 있는 몸을 잃어버린 딱한 아들 그리고 살아 있는 몸뿐인 딸이 여기에 있다. 그리고 여기에 네 생의 끝까지 갈 기억들이 있다……. 담장 위의 늙은 고양이는 꼼짝도 하지 않았다. 빳빳하게 세운 꼬리도 흔들림이 없었다. 그때 다시 한 번 긴 울음소리가 들렸는데, 그것은 방 안에 누워 있는 남편의 울음소리 같기도 했고 불 꺼진 건넌방, 늙은 시어머니의 울음소리 같기도 했다. 담장 위의 고양이가 천천히 몸을 일으켜, 지붕 쪽으로 느리게 걸음을 옮겨 가고 있었다.

플라나리아

전상국

1940년 강원 홍천 출생.
경희대 국문과 및 동 대학원 졸업.
1963년 《조선일보》 신춘문예로 등단.
소설집 《아베의 가족》《우상의 눈물》《하늘 아래 그 자리》
《우리들의 날개》《형벌의 집》《지빠귀 둥지 속의 뻐꾸기》《사이코》,
장편소설 《길》《유정의 사랑》《불타는 산》《늪에서는 바람이》 등.
현대문학상, 동인문학상, 김유정문학상, 한국문학작가상,
대한민국문학상, 한국문학상, 윤동주문학상, 후광문학상 수상.

내가 어느 날 사라져도 놀라지 말아요. 때가 되면 떠날 거니까.

같이 살기 시작할 무렵 그네가 했던 말이다. 딱 한 번밖에 들은 적이 없는 그 말이 불현듯 떠오를 때가 있었다. 그네가 웃음 가득한 얼굴로 내 눈길을 오래오래 붙잡고 있을 때, 혹은 어느 순간 도전적 체위로 휘몰아쳐 내 몸이 아스라이 자지러지다 숨이 딱 멈추는 그 허공의 꼭대기에서……. 이상하다는 걸 눈치 챘어야 했다. 그때가 무엇을 의미하는 말인지, 그것이 언제쯤인지 물었어야 했다.

설마가 뒤통수를 쳤다. 사슴이 준 정보를 가벼이 흘린 나무꾼의 망연자실이었다. 내가 뭐랬어. 애 셋을 둘 때까지 결코 날개옷을 보여서는 안 된다고 했잖냐. 오늘이 좋으면 내일도 좋다는, 내 낙관 체질의 방심에 대한 사선생의 문책이었다.

처음 며칠 동안 나는 그네의 부재를 도저히 용서할 수가 없었다. 행방을 수소문하는 그 어떤 조처도 취하지 않을 만큼 괘씸하고 또 괘씸했다. 사실은 사선생에게 그네의 증발을 알린 일 외에 내가 할 수 있는 일이라곤 정말 아무것도 없었다. 동거생활 3년여 동안 그네는 자신과 관련된 어떠한 인적 사실이나 연고지를 입에 올린 적이 없었다. 물론 그네가 가끔 엽기적인 발길을 했던, 집 근처의 노래방이나 허름한 여관방을 기웃거려 볼 수도 있었다. 어쩌면 그런 곳은 그날 안으로 집에 돌아왔을 때의 행적일 뿐, 벌써 며칠째 돌아오지 않고 있는 이번의 부재와는 상관이 없는 장소였는지도 모른다. 오직 한 곳, 결정적으로 짚이는 곳이 있긴 했다. 하지만 나는 그쪽으로 내닫는 생각을 애써 무질었다.

선생님, 정배가요 거머리 새끼를 자꾸 플라나리아라고 우긴대요.

아이들이 현미경으로 샬레를 들여다보며 옥신각신한다. 다가가 들여다보니 정배가 관리하고 있는 플라나리아 다섯 마리 중 하나는 육안으로도 거머리 새끼가 분명하다.

플라나리아와 결혼했다는 얘기까지 들을 정도로 몇 년 동안 그것만 들여다보고 살았다. 선생이 미친 탓에 과학반 아이들은 매년 플라나리아의 생태 등을 관찰한 작품을 출품해 과학전람회에서 입상했다. 올해도 다르지 않다. '시냇물에 살던 플라나리아는 어디로 갔을까' 8월에 있을 전람회에 출품하려고 과학반 아이들이 정해 놓은 주제다. 1급수 지표생물인 플라나리아가 산업화 시대의 환경오염이나 자연 파괴로 점점 사라져가고 있다는, 뻔한 결론이었지만 아이들의 플라나리아 사랑은 대단하다.

선생님, 그거 어디로 갔을까요? 거머리 판결로 정배를 한 방 먹인 아이의 느닷없는 물음에 나는 순간 움찔한다. 아이가 그네의 증발을 알고 있을 리가 없다. 이번 출품 주제와 연관이 있어서인지 아이들은 아직도 한 달 전에 있었던 플라나리아 증발 사건을 잊지 않고 있다.

플라나리아가 증발하던 날, 그때만 해도 그네는 삼환임대아파트 103동 701호의 안주인이었다. 그날 저녁 나는 학교 실험실에서 있었던 플라나리아 증발 사건을 그네에게 들려줬다. 그네는 아이들처럼 호기심 가득한 눈으로 나를 쳐다보았다. 아― 해봐요. 혹시 그거 숙암이 먹어 버린 거 아니에요? 나그네가 쉬어가는 바위라나, 숙암은 그네가 지어 준 내 아호다.

그날 나는 실험실에서 아이들과 함께 자웅동체 동물의 무성생식에 관한 실험을 했다. 실험용 수조에 살고 있는 플라나리아를 핀셋으로 건져내 유리판 위에 옮겨놓았다. 현미경을 들이대고 10밀리 정도의 작은 크기를 절단하는 일이어서 둘러선 아이들은 모두 숨을 죽였다. 유리판 위의 두 마리 플라나리아를 예리한 면도칼로 네 도막으로 절단했다. 한 마리는 세모난 머리 쪽 두 눈 가운데서 시작해 꼬리까지 세로로 절단했고 또 하나는 몸 한가운데, 입이 있는 부분에서 둘로 갈랐다. 세로로 절단된 것은 계란 노른자를 먹여 키운 것이라 쇠간을 먹여 키운 다른 놈의 갈색 등 쪽과는 뚜렷이 구별되었다. 이제 절단된 도막을 물이 담긴 샬레에 옮겨놓기만 하면 되었다. 바로 그 순간 사이렌이 급하게 울렸다. 그날은 학교가 민방위훈련 시범을 보이는 날이었다. 그런 날은 지방 단체장들이 모두 참관하게 돼 있어 훈련은 실제의 상황 못지 않게 긴박할 수밖에 없었다. 절단한 플라나리아를 핀셋으로 샬레에 옮길 시간적 여유가 없었다. 훈련 해제경보가 울리고 대피했던 강당에서 돌아와 보니 유리판 위에 있어야 할 플라나리아가 보이지 않았다. 오그라들어 잘 보이지 않나 싶어 현미경으로 들여다봐도 절단된 플라나리아 네 도막은 어디에도 보이지 않았다. 절단된 뒤 다소 움직임이 있었겠지만 그렇게 유리판을 기어나가 어디론가 사라질 가능성은 거의 없는 일이다. 나는 아이들과 함께 실험대는 물론 시멘트 바닥까지 샅샅이 살폈다. 초여름 햇살이 운두가 낮은 빈 샬레와 실험용 유리판에 어룽거리고 있을 뿐 플라나리아 흔적은 어디에도 없었다. 아무리 물속에서 사는 생물이라곤 하지만 불과 15분 정도의 시간에 흔적도 없이 사라지다니. 아이들이 두고두고 플라나리아 사건으로 부를 만했다.

그네의 증발로 내 일상이 뒤흔들리지는 않았다. 나는 아침 8시까지 학교로 출근해 아이들을 가르치고 정해진 시간에 퇴근했다. 아파트 현관을 들어서면서 습관처럼 이 방 저 방을 기웃거리는 동안 새삼스레 그네의 부재가 확인되는 정도였다. 인근의 다른 도시에 살고 있는 계모나 이복형제들도 어쩌면 그네의 부재를 눈치 채고 있었을지도 모른다. 그들은 그네가 없어지기 전에도 이삼 일에 한 번씩 이런저런 일로 전화를 걸어왔다. 교대 동기면서 같은 학교에 근무하는 사선생도 내가 전한 그네의 증발 사건에 대해 이렇다 할 반응을 보이지 않았다. 집 안에 여벌로 걸어뒀던 우산 하나가 보이지 않는 일만큼이나 그네가 가뭇없이 종적을 감췄다고 해서 그것을 문제 삼는 사람은 아무도 없었다. 실정법상으로도 그네의 부재가 내게 끼칠 그 어떤 불이익도 없었다. 외계인을 만났다는 사람은 많아도 그것의 실체를 믿는 사람은 별로 없다. 있어도 없고 없어도 있는, 그네의 존재가 그랬다.

열흘쯤 지나서야 비로소 그네의 부재가 현실로 다가왔다. 그네가 결코 돌아오지 않을 것이란 체념이 오히려 마음의 여유를 가져다주었다. 나는 새삼 집 안을 둘러보기 시작했다. 그네의 엷은 갈색 머리카락 서너 개가 눈에 띄었다. 그네는 파마기가 전혀 없는 긴 생머리를 항상 담황색 머리띠로 훑쳐 매곤 했다. 매니큐어를 칠해 본 적이 없다는 얇고 투명한 그네의 손톱 조각도 보였다. 애써 그런 것들을 눈 뒤집고 찾을 것도 없었다. 그네가 이곳에 머물렀다는 더 확실한 증거물은 옷걸이에 그대로 걸려 있었으니까. 패션 감각을 드러내지 않은 채 쉽게 선택하던 수수하고 심플한 색상의 옷들이었다.

내 기억이 정확하다면 그네가 입고 있던 옷은 고스란히 남아 있었다. 그리 많지 않은 그네의 옷은 모두 나와 함께 샀던 것이라 기억이 쉬웠다. 그러다 나는 갑자기 생각을 해냈다. 처음 그네가 입고 있었던 검은색 바지와 흰색 실크 블라우스 그리고 그 위에 걸쳐 입었던 연두색 재킷을. 옷장에 그 옷은 없었다. 그러고 보니 동거를 시작한 이래 더 이상 그 옷을 본 적이 없었다. 설사 그것을 어디엔가 감춰뒀다 입고 나갔다 해도 왜 다른 옷들은 하나도 가져가지 않았을까. 증발. 순간 나는 그 말을 떠올렸다.

내가 굳이 증발이란 말을 고수하는 이유는 또 하나 있다. 그네가 어떤 신발을 신고 나갔는지 전혀 짐작이 가지 않는다는 점이다. 굽 높은 구두 세 켤레와 신기 편한 신발 서너 켤레 그리고 고동색 슬리퍼 한 켤레까지도 신발장에 그대로 남아 있었다. 내가 알기로 그네의 신발은 그것이 전부였다.

그렇다면 그네는 집을 나간 게 아니다? 집을 나간 게 아니다! 그네가 지금 내 눈에 보이지 않을 뿐이다. 나는 수상한 생각에 빠져든다. 한 달에 두어 번쯤 그네가 내게 남기곤 했던 쪽지. 두어 시간 외출하고 돌아오겠다는, 주로 그런 내용의 쪽지였다. 번번이 느닷없는 외출이었고 행선지를 알리지도 않았지만, 그네는 쪽지의 내용대로 귀가 시간만은 정확히 지켰다. 그러나 이번의 경우 그네는 쪽지를 남기지 않았다. 관행대로라면 그네는 외출하지 않았다. 그렇다면? 나는 허둥지둥 집 안을 뒤지기 시작한다. 베란다 창고와 다용도실, 방의 붙박이장과 신발장, 심지어 싱크대 안과 세탁기 속까지 다시 한 번 확인한다. 두 번 세 번 그것들을 다시 열어젖힌다. 책상 서랍까지 줄줄이.

그날 나는 평소처럼 직접 열쇠로 문을 따고 들어왔던가. 정말 문이 걸려 있었던가. 집 안을 뒤지던 내 손은 어느새 머릿속을 뒤지고 있다. 기진한 나는 구경하듯 내버려둔다. 어쩌면 열려 있었는지도 모르겠다. 습관이 든 일은 특이한 사실이 없는 한, 기억 속에 잘 남아 있지 않은 법이다. 하지만 나는 되도록 그것을 기억해야만 한다. 그네가 지니고 다니던 열쇠는 그네가 집에 있을 때 걸어두던 그대로 신발장 안쪽 벽에 걸려 있다. 그녀가 사라진 며칠 뒤 나는 그것을 발견했다. 사실 그때부터 나는 줄곧 의아한 생각을 떨칠 수 없었다. 그네가 쓰는 열쇠가 그대로 집에 남아 있다는 것은 집을 나가지 않았다는 증거가 될 수도 있다. 아니지, 어쩌면 그것이 증발의 가장 의지적인 표현일 수도 있다. 다시 생각해 본다. 그날 아파트 현관문이 걸려 있었던가 아니면 열려 있었던

가. 그네의 열쇠가 집에 그대로 있다! 그날 문이 열려 있었다면 열쇠를 집에 둔 채 나간 게 되고, 문이 걸려 있었으면…… 그네는 집 안에 그대로 있는 것이 된다.

어떻든 지금 그네는 내 눈에 보이지 않는다. 또한 그네가 집을 나갔다는 그 어떤 정황도 찾아내기 어렵다는 것도 사실이다. 그날 나는 학교 동료들과 술 마실 약속이 있어 차를 두고 나갔다. 그리고 그네가 보이지 않은 그 다음 날, 그 차를 타고 나갔으니 내 차가 그네를 어디론가 실어 나른 것도 아니다. 그래, 그날 나는 술을 먹고 들어왔다. 술자리에서 플라나리아 증발에 대해서 애기한 기억도 있다. 그날 실험용 유리판에 시약이 묻어 있었을 가능성에 대해서도 애기가 나왔다. 플라나리아, 그거 음성 주광성이잖아. 그 상황에서 햇빛을 피하는 방법이 달리 뭐 있겠어. 그냥 녹아버리는 수밖에. 누군가의 그런 애기에 나는 그렇게 믿어지지 않는 사라짐을 내가 직접 목격했던 일까지 예로 들었다. 시골 오지의 분교에 근무할 때다. 비 내리는 밤, 아스팔트 위로 기어오른 수천 마리의 개구리를 차 바퀴로 깔아뭉개며 달렸다. 그 느낌이 여북했으면 그날 밤 촛불까지 켜놓고 미물들의 죽음을 애도했을까. 말끔히 비가 그친 다음 날 아침, 속죄라도 하는 기분으로 거길 가봤다. 정말 간밤에 그런 일이 있었던가. 그 길바닥엔 개구리들의 죽음을 증명할 만한 이렇다 할 아무 흔적도 없었다. 미물의 죽음이 그랬다.

거의 한 달에 한 번 이상 일어났던 그래서 나를 곤혹스럽게 했던 그네의 좀 별난 외출은 어쩌면 증발을 위한 준비였는지도 모른다. 어쩌면 그것은 그네 몸의 달거리와 상관이 있었는지도 모르겠다. 그네가 외출할 무렵이면 그네의 눈빛이 유달리 형형하고 살갗도 다른 때와 달리 생기가 났다. 숙암은 참 예민해요. 그네 눈 밑의 푸르무레한 그늘을 보고 달거리를 맞추었을 때 그네가 한 말이다.

무엇보다 확실한 그네의 외출 징후는 그네의 몸 어느 구석에선가 새 소리가 난다는 사실이었다. 처음에 나는 그 소리를 잘 알아듣지 못했다. 그 징후가 있을 때면 그네는 하루에도 수십 번씩 베란다 창문을 열었다 닫았다 안절부절못했다. 숙암은 이 소리가 안 들려요? 나를 쳐다보는 그네의 눈빛이 그렇게 절실해 보일 수가 없었다. 글쎄, 뭔 소리가 들리는 것도 같긴 한데……. 하릴없이 그네의 말에 동조하던 어느 날, 드디어 나도 그 소리를 듣게 되었던 것이다. 시찌시찌, 시찌 비이―. 영락없는 산솔새 소리였다. 집 안팎의 소음이 일체 없는 시간에야 겨우 들을 수 있을 정도의 미미한 그 소리는, 곤하게 잠을 자고 있던 그네의 몸에서 가느다랗게 새어 나오고 있었다. 나는 그때 그네가 하루 종일 환청에 시달리다 보니 잠결에 자신의 입을 통해 그런 소리를 내고 있다고 생각했다. 그러나 한번 그 소리를 접했던 내 귀는, 그네가 깨어 있는 한낮에도 그네의 몸에서 나는 새소리를 잡아낼 수 있었다. 소리의 진원지는 바로 그네였던 것이다.

그럴 때의 그네는 말소리도 달랐다. 고맙덥니다. 마이 먹었더요. 꼭 말을 처음 배우는 어린아이들처럼 발음이 서툴고 억양도 부자연스러웠다. 나는 그네에게 소리의 진원지를 알려줄 수도, 또 어떤 물음을 내 보일 수도 없었다. 나무꾼이 날개옷을 발설했다가 선녀를 놓쳤듯 그 얘기를 하는 순간 그네가 결연히 어디론가 날아가 버릴 것 같은 막연한 위구심이었다. 새소리를 찾아 집 안을 서성이는 그네의 얼굴 표정에서 뭔가 애절하고 긴박한 두려움 같은 것을 읽고 있었기 때문이다. 사실은 새소리를 확인하는 순간 내가 그네에게 느끼는 서먹한 그 낯설음을 들키고 싶지 않아서였는지도 모른다.

이상했다. 그네의 몸에서 나던 그 소리는 그네가 자신만의 외출을 하고 돌아온 후면 한동안 들려오지 않았다. 두어 시간 남짓 걸리던 그네의 외출은 퇴근 무렵이기 일쑤였다. 나와 마주치면 직접 자신의 외출 계획을 알렸고, 내가 늦게 들어오는 날은 몇 시에 나가며 몇 시쯤 들어 오겠다는 걸 반드시 쪽지로 남겼다. 어느 날 나는 용기를 냈다. 어딜 가 는 건지 같이 가면 안 돼? 그네는 고개를 가볍게 저으면서 서늘하게 웃 었다. 나는 더 이상 묻지 않았다. 우리가 합의한 동거생활의 묵계 속에 는 상대의 사생활에 대해 지나친 관심을 보이지 않는다는 것이 포함돼 있었으니까. 묵계 같은 것과는 아랑곳없이 나는 그네가 외출할 때마다 어쩌면 다시는 그네를 볼 수 없을 것 같은 불안감에 시달렸다. 그리고 집을 나설 때 그네가 보이던 그 서늘한 표정도 쉽게 잊혀지지 않았다. 하지만 나는 심상히 받아들이려고 애썼다. 그네는 늘 정확히 돌아왔고, 집을 나갈 때와는 아주 딴판인 평화로운 얼굴을 하고 있었기에.

시냇물에 살던 플라나리아는 어디로 갔는가. 아이들은 수질이 각기 다른 수조의 플라나리아를 관찰하고 있다. 솔직히 아이들은 오염 물질 이 든 수조의 플라나리아가 빨리 죽기를 기다린다. 세제가 든 수조의 플라나리아 움직임이 이상해졌다며 아이들이 흥분한다. 몸이 절단된 플라나리아들은 샘물 수조 속에서 거의 같은 모습으로 잘 자라고 있다. 암수 구별이 없는 것을 뭐라고 하지? 암수동체요. 플라나리아 입은 어 디 있지? 배 한가운데요. 항문은? 입이 똥구멍이래요. 어떻게 움직이 지? 기는 것처럼 헤엄쳐요. 플라나리아는 몸을 어떻게 잘라놓아도 잘 라놓은 도막의 수만큼 재생된다. 이런 걸 뭐라고 하지? 무성생식이요. 플라나리아는 무성생식만으로 번식하는 생물이 맞나? 아니요. 유성생 식도 해요. 유성생식은 어떤 건가? 암수가 합쳐져서 새 생명을 만드는 거요.
그네는 유성생식을 완강하게 거부했다. 함께 살되 부부로서의 의무에

서 자유로울 것. 즉 아이를 낳지 않는다는 것이 우리가 합의한 동거 조
건의 첫째 항목이었다. 그 속엔 아이를 낳고 싶지 않은 이유, 그 속내에
대해 알려고 하지 말 것도 포함되어 있었다. 출산 거부는 신에 대한 도
전이지. 그네의 단호함에 나는 고작 이런 정도의 반응을 보였을 뿐이다.

　자살을 한 번 시도했던 사람은 평생 그 유혹에서 벗어나기 어렵다고
합디다. 그네의 위세척을 직접 맡아서 했던 병원 의사는 그네를 방치해
서는 안 된다는 것을 그런 말로 환기시켰다. 하복부 화상이 좀 심합니
다. 술을 먹고 음독한 혼수상태에서, 더구나 몸을 잔뜩 웅크린 자세로
소변을 봤기 때문에 화상이 클 수밖에 없었겠지요. 앞으로 이 부분에
대해선 모른 척하고 사시는 게 좋을 겁니다. 여자의 수치심을 건드려
좋을 게 없다는 얘기였다. 의사는 내가 그네를 전혀 모르는 여자라고
했던 말을 처음부터 무시했다.

　그네를 처음 만나게 된 일의 전말을 피차 화제로 올리지 않는다는 것
도 우리의 묵계였다. 그러나 연엽산 폭포 밑에서 주검으로 발견된 여자
가 선생님 애인이 되었다는 이야기는 그날 체험학습에 참가했던 과학
반 아이들에 의해 공공연한 비밀이 되었다. 연엽산 폭포는 말이 폭포지
계곡 막바지에 있는 그리 높지 않은 벼랑바위 위로 넘쳐흐르는 작은 물
줄기였다. 아이들은 폭포가 멀리 보이는 지점에서 플라나리아를 잡느
라 여념이 없었다. 나는 아이들의 해맑은 웃음소리를 뒤로하고 폭포를
향해 걸음을 옮기고 있었다. 산기슭은 뭉실뭉실 만개한 산벚꽃으로 한
껏 농염했다. 새들은 짝짓기를 하느라 자지러지는 소리를 내고 있었다.
불현듯 눈에 들어온, 폭포 밑 너럭바위 모서리에 널브러져 있는 그네
역시 하나의 봄 풍경이었다. 섬뜩하니 몸에 전율이 온 것은 그네 가까
이 다가갔을 때였다. 그네는 게거품을 물고 있었다. 나는 솔직히 그네
의 생사 확인과는 아랑곳없이 잘 빠진 하체부터 일별했다. 찰나였지만

그건 분명 욕정이었다.

　자, 지금 우린 편형동물 플라나리아가 얼마나 재생력이 강한 것인가
를 확인하고 있는 거다. 너희들이 이주일 전 면도칼로 도막 낸 플라나
리아는 모두 몇 마리였나? 다섯 마리요. 그런데 지금 몇 마리로 늘어났
나? 열다섯 마리도 더 돼요. 그래, 플라나리아는 잘린 수만큼 지금 저렇
게 완벽한 생명체로 재생됐다. 저렇게 많이 늘어난 식구들이 죽지 않고
잘 자라기 위해서는 무엇이 필요할까? 깨끗한 물이요. 선생님, 그런데
요 순철이가요 어제 샘물만 주는 수조에다 수돗물을 넣어줬대요. 좋아,
김순철, 너는 오늘부터 네가 수돗물을 넣어준 플라나리아가 어떻게 되
나 그걸 관찰하는 거다. 선생님, 뭐 하나 얘기해도 돼요? 뭔데? 저번에
우리가 실험하다가 없어진 플라나리아 있잖아요. 그런데? 저는요, 그게
어떻게 된 건지 알구 있어요. ……? 새가 먹었을 거 같아요. 새? 굴뚝새
요. 그전에 여기 실험실에 들어왔던 거 말이에요. 아, 굴뚝새…….
　이른 봄날 아이들과 함께 그 새를 보았다. 내가 아이들에게 새 이름
을 말해 주었다. 이 세상에 있지만 그 이름을 모르면 그것은 존재하지
않는 것과 같다. 실험실에 굴뚝새 한 마리가 날아들었다. 짧은 꼬리를
바싹 세운 모습으로 아이들이 뿌려준 과자 부스러기를 쪼았다. 굴뚝새
는 어디론가 사라졌다간 며칠 후 다시 나타나곤 했다. 실험실에서 바깥
세상으로 통하는 출구를 찾아낸 것이 분명했다. 새머리로 그 통로를 잊
지 않고 있다는 것이 놀라웠다. 집에 돌아와 그네에게 굴뚝새 얘기를
했다. 아니요. 출구를 찾지 못했을 거예요. 그냥 어느 구석에 숨어 살고
있었을 거예요. 언제나 그네의 말은 단정적이었다. 나는 그네를 눙치고
싶었다. 내 안에 갇힌 당신처럼 말이지. 아니요. 저는 어디에도 갇히지
않아요. 그네의 말은 맞았다. 어느 날 아이들이 실험실 싱크대 밑에서

죽은 굴뚝새를 찾아냈다.

교미철이면 몸에 윤기가 흐르는 굴뚝새처럼 그네도 몸에서 새소리가 날 때면 말소리가 빨라지고 몸동작도 쟀다. 말투마저 바뀌었다. 데기랄, 옷 벗은 거 템 봤져? 이런 우라딜. 그리고 행선지를 알리지 않는 외출.

그네의 행선지가 알려진 것은 같은 도시에 살고 있는 이복동생의 입을 통해서였다. 시내 노래방에서 그네를 보았다고 했다. 이복동생이 본 것은 노래방 외진 구석방에서 혼자 노래를 부르고 있는 그네였다. 며칠 전 노래방에 갔어? 잔뜩 뜸 들인 질문에 비해 대답은 시원했다. 갔어요. 저 테이프, 모두 거기서 녹음한 거야? 그래요. 들어봤어요? 아니. 듣지 않는 게 좋을 거예요. 나 노래 잘 못 부르는 거 알잖아요. 자기 노래를 듣는 기분은 어때? 이상하게 내가 노랠 부르면 다 백점이 나와요. 감정을 넣지 않고 불러야 백점이 나온다고 하던데, 내가 원래 그렇잖아요. 백점이 문제 아니야. 이 도시는 바닥이 좁아. 노래방에 가는 게 뭐가 나빠요? 나하고 같이 갈 수도 있잖아. 아니요. 혼자 가고 싶었어요. 청승맞잖아. 여자 혼자서……. 담엔 나도 좀 껴줘라. 아니요. 이제 노래방엔 안 갈 거예요.

유언비어는 확인하지 않는 것이 약이야. 그네가 여관을 드나든다는 소식을 물어온 사선생의 말이었다. 동화작가이기도 한 사선생은 내가 그네와 동거를 시작한 일에 대해 누구보다 우호적인 입장을 보인 사람이다. 자신이 점유한 비밀의 무게를 생색하지 않는 것만 해도 내겐 고마운 일이었다. 결혼도 싫다, 애도 안 낳을 거다―그것이 외려 너한텐 잘된 일인지도 몰라야. 넌 가끔 독신주의 궤변도 늘어놨잖아. 하긴 지금도 독신을 고수하고 있긴 하지만. 어떻든 비슷한 생각을 가진 사람끼리 만난다는 건 보통 인연은 아니지. 문제는 그 인연을 얼마나 아름답게 오래 지속시킬 수 있는가 하는 거지. 나무꾼이 다시 하늘에 올라가지 못한 결정적인 원인은 지상의 홀어머니였다구. 그네가 가치 있다고 생각하면 다른 것을 버릴 수 있어야 한다는 얘기였다. 타인의 관심으로부터 되도록 초연할 것. 그리고 묵계를 깨기 위한 어떤 노력도 하지 말아야 한다는 주문을 사선생이 그네의 여관 출입 소식과 함께 내놓았다. 그러나 나는 묵계를 깰 수도 있다는 묵계를 만들고 있었다. 당신 요즘 여관에 간 적 있어? 그래요. 갔어요. 설마 혼자 간 건 아니겠지? 혼자 가면 안 돼요? 여관이 뭐 하는 덴지나 알아? 섹스를 합의한 사람들이 가는 데란 걸 얘기하고 싶은 거죠? 어떻든 거긴 불결한 장소야. 아니요. 그 반대로 생각하는 사람도 있어요. 정상적인 것은 아니지. 뭐가 정상인데? 그네의 말이 빨라졌다. 애를 만드는 거, 뿌리를 찾는 거, 남의 환심을 사는 거, 남의 약점을 찾아내는 거, 사랑한다고 말하는 거, 외롭다고 징징거리는, 그런 걸 정상이라고 말하는 거야? 결국 확인하고 싶은 건 내가 여관에 혼자 갔다는 거, 어떤 놈하고 가지 않았다는, 그걸 확인하고 싶은 거 아니야? 내 말 틀려?

나는 묵계를 깬 일을 후회했다. 그네는 남들이 자기한테 보이는 관심이 지나치다 싶으면 날카로워졌다. 높게 복받친 감정을 겨우 추스르고 나면 물먹은 솜처럼 가라앉았다. 얼굴에 핏기가 가시고 입술이 하얗게 타들며 늘어졌다. 말수가 줄고 거의 먹지도 않았다. 이상한 일이다. 우연의 일치겠지만 그럴 때면 뭔가 안 좋은 일이 주변에 일어나곤 했다. 치매로 기도원에 갇혀 사는 아버지가 기물을 파손했다는 소식이 오거나 이복동생들이 뭔가 문제를 일으키곤 했다. 가족들은 장남인 나를 포기하고 있었다. 마흔이 넘도록 결혼을 하지 않은 채 정체불명의 여자와 동거하는 일, 더구나 여자가 친인척 대소사에 얼굴 한번 내미는 일이

없다. ……그네에 대한 반감은 내 친인척들이 결속을 다지는 데 한몫
을 했다.

어이, 플라 박! 요즘 인간 복제 얘기가 많이 나오데. 사선생이 집으로
찾아왔다. 사실은 내가 그를 부른 것이다. 사선생을 통해 집에서 들리
는 새소리의 진원지를 밝혀보고 싶었는지도 모른다.
네가 플라나리아 몸뚱이를 자르는 것두 결국은 생명 복제가 맞냐?
물론이지. 허지만 수정란을 반으로 갈라 그 자식인 다른 생명체를 만
들어내는 복제와는 달라. 플라나리아의 경우는 생명체A가 자신의 일
부를 떼어 다른 생명체A로 분가시킬 뿐 모자 관계의 복제가 아니라는
거지.
복제 인간에 대해선 아직 부정적인 견해가 지배적이잖냐.
사선생이 요즘 인간 복제 얘기를 동화로 구상하고 있다는 얘기를 들
은 것 같다.
그래, 하느님의 창조원리에 위배된다는 거지. 즉 생명은 암수가 어울
려 새로운 생명을 만들어야 하는데 복제는 암수 섹스 없이 가능하니까.
물고기들은 체외수정으로 번식을 하잖아. 그것도 암수가 어울리는 섹
스의 한 방법이지.
언젠가 인간 복제에 대한 그녀의 생각을 물어본 적이 있었다. 그냥
관망하는 쪽이에요. 반대한다고 인간 복제가 안 되진 않아요. 과학은
진화의 들러리잖아요. 갈 데까지 다 갈 거예요. 숙암이 연구하는 걸 어
깨너머로 보면서 나도 하나 알았지요. 무성생식에서 유성생식으로의
진화 말이에요. 시간이 지나면서 먹이전쟁이 벌어지고 또 새로운 환경
과 그 환경이 파괴되면서 거기에 적응할 수 있는 번식 방법이 생긴 거
아니겠어요. 그게 유성생식이겠지요. 어머니에게서 온 자식이 좀더 다

른 환경에 적응할 수 있는 번식 방법이지요. 문제는 어머니의 나쁜 유전자로 해서 그 자식마저 그 환경에 살아남기가 어렵다면 그건 도태돼야 마땅해요. 하하, 그래서 복제 양 돌리가 나오게 됐다는 얘기구먼. 난 유전공학 쪽은 잘 모르지만 아마 그런 원리일 거 같아요.

플라 박, 이왕 내친걸음, 복제 인간도 한번 만들어보라야. 우선 증발한 선녀를 복원하는 일부터 시작하는 거야.

그건 자네 같은 글쟁이들이 할 일이지.

그래. 선녀가 다시 돌아온 얘기로 써줄까?

돌아왔어.

무슨 얘기야, 아까 나한테 전화한 얘기가 바로 그거야?

사선생이 새삼스런 눈으로 집 안을 둘러본다.

그랬다. 증발한 그네가 다시 나타났다. 아침 잠자리에서 일어나면서 나는 그 소리를 들었다. 시찌시찌, 시찌 비이—. 그네의 입에서 나던 산솔새 소리가 분명했다. 거실과 베란다를 샅샅이 살펴도 새는 보이지 않았다. 그러나 새소리는 벌써 며칠 동안, 소음이 가라앉은 시간이면 일정한 사이를 두고 계속 들려왔다. 그네의 입에서 나던 그 소리보다 더 분명한 음조였다. 시찌시찌, 비이—. 새소리의 진원지를 찾아 집 안을 뒤지다 침대 밑에서 그네의 것이 분명한 올이 굵고 윤기 나는 음모 하나를 발견했다. 그네는 잠자리에 들 때 몸에 아무것도 걸치지 않았다. 잠자리에서 화장실에 다녀올 때도 거침없이 알몸이었다. 그네의 음모 한 오라기를 들고 있는 동안 산솔새 소리는 더 이상 들리지 않았다.

선녀가 저 화초들을 다 가꿨다는 게 사실이야?

ㅎㅎ, 그래.

베란다에서 화분 매만지는 일이 그네의 유일한 취미였다. 그네는 꽃나무나 원예화초에서 떼어낸 가지라든가 뿌리는 되도록 버리지 않고 화분 한구석에 묻었다. 일종의 삽목인데 이상하게도 그네가 흙 속에 묻은 것들은 거의 모두가 뿌리를 내렸다. 란타나와 무화과 가지가 뿌리를 내리고 인화텐스라 불리는 불란서 봉선화의 번식 또한 빨랐다.

그네가 증발한 뒤 집 안에서 생긴 가장 경이로운 사건은 흔적도 없이 죽었던 산야초가 다시 살아난 일이다. 3년 전 평화의 댐을 다녀오다가 국도 변의 어느 계곡에서 그네가 발견한 병아리난초였다. 작은 폭포가 내리치는 바위 틈에서 그네가 그것을 손가락으로 후벼 팠다. 산삼이라도 보는 줄 알았어요. 어젯밤 꿈에 발가벗은 어린애가 날 산속으로 끌고 갔거든. 석부작으로 쓰던 돌구멍에 병아리난초를 심으면서 그네가 말했다. 그 병아리난초는 다음 해 여름 담자색 꽃을 쪼르라니 피웠다. 그러나 그뿐이었다. 작년에 싹이 안 보여 파보니 방종상의, 굵은 뿌리가 완전히 삭아버린 상태였다. 그 위에다 돌양지꽃을 떠다 심었지만 그것마저 말라죽었다. 그런데 며칠 전, 그 자리에서 다시 병아리난초 새순을 본 것이다.

야, 정말 신기하다야. 새소리가 나는 거야 네 환청이라고 하더라도 저런 돌 틈에 어떻게 풀이 다시 살아날 수 있을까. 이걸 샤먼의 신기라고 봐도 되는 건가 모르겠네.

무슨 소리야, 샤먼의 신기라니?

무당 능력 말이야.

뭐 무당?

그래, 네가 더 잘 알 테지만 그 여잔 무당이었어. 입에서 새소리가 난다는 건, 죽은 어린애가 실렸기 때문이야. 그걸 태주라고 하잖아. 여자애가 실리면 명도, 북한에선 죽은 애 혼이 실린 걸 새타니라고 해. 새 鳥, 탄乘, 이人. 새소리가 실린 사람이라, 바로 그거야.

언제 무속학자가 됐냐?

내 얘기가 틀림이 없을 거다. 무당까지는 아니라 하더라도 그 여잔 내림굿을 하지 않으면 안 될 단계의 무병을 앓고 있었던 게 분명해.

소설 쓰구 있네.

이것도 내 느낌인데 어쩌면 그 여자……, 혹시 간질 증세는 없었냐?

너 정말, 여기 없는 사람 애길 그렇게 막 하기냐?

생각해 봐 결혼을 안 한다는 거하며, 더구나 애를 결단코 낳지 않겠다는 건 또 뭐야. 유전질의 거부현상이라고 보는 게 정확할 거야. 그때 음독을 했던 것도 그런 맥락에서 생각해 볼 수도 있다 그거지. 내 말 틀려?

아무것도 안 들은 거로 하겠다.

그래야겠지. 천상에서 지상으로 곤두박질치는 게 얼마나 비참한데.

그 순간 온몸으로 뭔가 와락 끼쳐들면서 어질증이 왔다. 야, 너 왜 그래? 사선생이 나를 부축하고 있었다. 다 정 떼라고 한 소리야. 넌 집착이 너무 심해. 네 기억의 잔상으로 그 여자가 살아 있는 한 너는 불행한 거야. 얼굴 밝은 무당 못 봤다. 남의 영혼까지 몸에 담고 산다는 게 어디 쉬운 일이겠냐.

나는 철늦게 싹을 보인 병아리난초를 그늘 쪽으로 옮긴 뒤 분무기로 물을 뿌렸다. 야, 그 풀도 죽여야 해. 사선생이 혼자 주방에 앉았다가 술잔을 들고 베란다로 나왔다. 그 여자 혼을 네 몸속에서 몰아내라니까. 네가 그 여잘 죽인 것처럼 여자와 관계된 모든 걸 죽여버려. 뭐, 내가 누굴 죽였다고?

넌 그 여자가 떠날 것을 겁냈던 거야. 그 집착이 여잘 죽인 거야.

너 정말…….

……물론 기억하고 싶지 않을 거야. 어쩌면 넌 그 여잘 죽인 일을 벌써 캄캄 잊고 있는지도 모른다. 자신이 저지른 일을 기억하지 못하고

있는 사람이 얼마나 많다구.

몇 잔 마시지 않은 것 같은데 많이 취했다. 사선생 역시 취한 걸음으로 돌아갔다. 돌아가면서도 사선생은 고약한 말로 내 심사를 뒤틀었다. 난 말이야, 네가 오늘 그 여자 죽인 거 고백성사라도 하는 줄 알았지 뭐냐.

내가 그네를 죽였다? 죽였다 죽이고 또 죽인다 플라나리아를 가로세로로 절단하듯 예리한 칼로 여자의 몸을 자른다 두부와 체간과 사지를 절도 있게 가른다 시찌시찌 비이— 내 몸속의 더러운 피 다 빼줘 맑고 깨끗한 피로 다시 채워줘 내 뇌수 속의 유전인자 음흉하기 짝 없는 무끼를 빼줘 작두날 위에서 춤추는 내 에미 저 신기를 죽여줘 눈을 감아도 보이고 떠도 보이는 목 매달아 죽은 저 원혼 죽여줘 시찌시찌 비이—물에 빠져 죽은 귀신 똥통에 빠져 죽은 애 귀신 폐병으로 죽은 애비 귀신 미국놈한테 몸 주고 칼 문 에미 귀신 강간으로 밴 애 떼내다 죽은 처녀 귀신 게거품 물고 죽은 간질 귀신 죽이고 죽여 풍덩 우물에 넣어줘 태버린 데도 몰라 풍덩 애비도 몰라 풍덩 에미도 몰라 풍덩 내가 너를 먹는다 플라나리아가 나를 먹는다 플라나리아 잘린 도막들이 살아난다 플라나리아가 떼지어 수조를 기어 나온다 제라늄을 먹고 시클라멘을 먹고 병아리난초를 먹고 소철을 먹고 그네의 샌들을 먹고 구두를 먹고 머리카락을 먹고 내 양복을 먹고 내 뇌를 먹고 내 간을 파먹는다 네가 나를 죽였지 네가 나를 먹었지 수천 수만 마리 플라나리아가 내 몸 위로 기어오른다.

숙취중의 가위눌림 때문인가. 아침에 눈을 뜨자 가슴이 답답하고 머리가 무겁다. 사선생 말처럼 내가 정말 그네를 죽인 것은 아닐까. 연엽산 계곡에는 왜 가기 싫었을까. 그네가 증발한 뒤 나는 정말 연엽산 계곡에 한 번도 안 갔단 말인가. 시찌시찌, 시찌 비이—. 또 그놈의 산솔새 소리다. 이제는 새소리의 진원지를 찾는 일도 버겁다. 새소리가 내 입에서 나지 않는다는 것을 지난밤 사선생을 통해 확인한 것만 해도 다행이다. 허나 기분이 안 좋다. 샤워를 하고 나와도 매한가지다. 누군가 나를 보고 있다. 내가 나를 보고 있는 느낌. 아니다, 나 아닌 누군가 나를 바라보고 있다. 그네가 정말 집에 돌아온 것일까. 베란다로 나간다. 섬뜩하게 낯선, 뭔가의 기척. 분명 뭔가 살아 움직이는 것이 있다. 몸에 소름이 끼친다. 민달팽이다. 민달팽이 한 마리가 지난밤 그늘 쪽으로 옮겨놓은 병아리난초 옆에 점액을 번질거리며 붙어 있다.

　나는 왜 껍질 없는 민달팽이를 본 순간 그네를 생각했을까. 민달팽이는 주로 밤에 나와 식물의 새순을 갉아먹는다. 머리에 뿔처럼 나와 있는 두 쌍의 더듬이 중 하나에는 눈이 붙어 있고 다른 한 쌍의 짧은 더듬이는 후각기관이다. 그 후각 더듬이 때문인가, 민달팽이는 냄새에 예민하다. 예민했다. 입에서 새소리가 날 때의 그네는 좀 심하다 싶게 예민했다. 아파트 같은 동 어느 집에서 간장 항아리를 열어놓았는지, 어느 집에서 청국장을 띄우고 있는지도 알아냈다. 도둑이 두 층 아랫집의 현관문을 따는 소리를 감지해 신고했을 정도로 그네의 모든 감각은 예민했다. 어떤 때는 텔레비전 소리는 물론 냉장고 팬 돌아가는 소리나 선풍기 바람 소리에도 신경을 곤두세웠다. 폭풍우가 치는 날은 아예 이불을 뒤집어썼다. 초인종 소리에도 놀라고 아파트 관리소의 안내방송에도 놀랐다. 나를 여섯 살 적부터 맡아 키운 계모가 말했다. 네가 산에서 줘왔다는 여자, 뭔가 귀기가 흘러야. 백년 묵은 여시가 둔갑을 했는지두 몰라야.

　아주 드문 일이긴 하지만 그네가 농탕치는 자태를 보이는 날이 있었

다. 그런 날은 잘 웃고 술도 술술 잘 먹었다. 취했다 하면 어린아이처럼
어리광도 부렸다. 옷도 먼저 벗었다. 유독 뜨거운 입술. 나는 눈을 감는
다. 그네를 받아들인다. 하지만 내 입술에 와 닿는 건 그네가 아니다.
20년 전 열세 살이었던, 한 여자아이의 입술이다. 여자아이가 나를 유
혹한다. 선생님, 우리 공부하지 말고 그냥 놀아요. 집은 비어 있고 아이
의 공부방 방바닥은 따뜻하다. 여자아이가 내 목에 매달린다. 내 입술
을 먼저 빤 것도 여자아이다. 황홀하다. 여자아이가 내 손을 끌어다가
자기 젖가슴에 댄다. 내 다른 손 하나도 스커트 속으로 끌어간다. 여자
아이가 움직임을 멈춘다. 숨소리도 죽인다. 방문이 열리고 여자아이의
엄마 얼굴이 보인다. 엄마, 나 과외선생님 하고 입 맞췄다. 선생님이 애
기 씨도 준댔어. 나는 소스라쳐 몸을 뺀다. 체외 사정, 습관이 나를 살
리곤 했다.

　섹스는 유전자를 섞는 일이지. 그네가 증발하기 전 내가 그네를 설득
하던 말이다. 이제 날개옷 같은 것은 없다는 확신이었다. 난자와 정자
와의 만남 그리고 수정, 그것이 곧 새 생명의 탄생이지 고로 섹스는 생
명이다. 그네가 완강하게 버틴다. 그건 모두 쾌락 본능의 부산물에 불
과해요. 하지만 중요한 건 그 본능이 인류사의 핵이라는 거지. 아니요
인류 역사는 인간의 의지예요. 아이를 낳지 않겠다는 의지? 아니요 나
쁜 유전자를 종식시키는 일이에요 생명의 탄생과 함께 죽음이 필연인
이유가 바로 그거예요. 아직도 죽고 싶은 거야? 나는 참지 못하고 소리
친다. 그네가 입을 비틀며 웃는다. 아니요 다 같이 죽고 싶어요.

　선생님, 그때 없어진 플라나리아는 어떻게 되었어요? 그날 민방위
훈련 경보와 함께 햇빛 속으로 사라진 플라나리아 도막들은 아직도 아
이들 머릿속에 있다. 열세 살 그 여자아이가 내 몸속에 살아 있듯 그때

의 플라나리아도 살아 있다. 영혼의 집, 기억의 잔상 속에. 죽었다! 현상과 본질의 혼동은 곤란하다. 과학에는 이적이 없다. 그날 플라나리아의 증발을 죽음이라고 말해야 한다.

환경이 곧 생명이다. 나는 언젠가 그네에게 생물의 진화에 대해 얘기한 적이 있었다. 그래, 유성생식을 하는 2배체 세포 생물은 생명이 유한한 것과는 달리 무성생식을 하는 1배체 세포 생물은 결코 죽지 않지. 식물은 한계 수명이 없다, 그런 얘기야. 다만 식물이 죽는 것은 수명이 다한 것이 아니라 환경 때문이지. 물이 부족하거나 갖가지 천재지변 그리고 벌레 한 마리에 의해서도 식물은 죽을 수 있어. 수십억 년 동안 모든 생명체가 무성생식으로 번식해 올 수 있었던 것은 그만큼 좋은 환경을 가졌기 때문에 가능했던 거야. 무성생식으로 번식하는 세포들은 부모와 자식은 물론 모두가 그 생김새가 같아. 좋은 놈과 나쁜 놈이 있을 수 없지. 그러나 환경이 달라지면서 그것에 적응하기 위한 새로운 번식 방법으로 두 개의 세포가 결합하여 부모와는 다른 자식을 생산해 내는 일, 드디어 환경의 변화가 유성생식의 시대를 연 거야. 종족 보존을 위한 세포들의 본능이 일어서기 시작한 거지. 유성생식은 환경에 적응할 수 있는 유리한 쪽으로 자식을 생산해 내는, 그야말로 획기적인 번식 방법이라구. 그네가 웃는다. 유성생식의 필요 때문에 개발된 섹스가 결국은 진화에 속도를 불어넣었다는 얘기 아니에요. 바로 그거야. 우리 관계도 진화해야 해. 진화는 전통의 일탈 혹은 역행의 의미도 있는 거예요. 아니지, 사이드에서 메인으로 들어가는 것이 진짜 진화야. 노땡큐! 난 아니에요.

자, 다음은 너희들이 플라나리아를 관찰한 결과를 적어놓은 거다. 관찰 사실이 아닌 것은 다음 중 어느 거냐? 일, 몸 색깔은 갈색이다. 이,

징그럽다. 삼, 몸을 성냥개비로 건드리면 움츠린다. 사, 눈이 두 개이고 머리는 세모 모양이다.

징그러운 것은 관념이다. 감각의 보편적 관념. 다른 수컷들처럼 나는 그네를 사랑했다. 수컷들이 좋아할 성적 매력의 외모와 투명한 이성의 조화. 한눈에 그네를 선택했다. 사랑의 양이 서로 같아야 된다는 것은 어디까지나 희망사항일 뿐, 한쪽이 주고 한쪽이 받는 것이 암수의 사랑 법칙이다. 수컷의 끊임없는 유혹의 투자를 통해 동거에까지 이르렀다. 당신이 거기 있지 않았다면 내가 이처럼 떨릴 이유가 없지. 사랑의 표현은 물리는 법이 없다. 숙명이지. 당신을 만나기 위해 이때까지 기다려왔으니까. 지금까지의 내 핸디캡을 수컷 공작의 화려한 날개처럼 펼쳤다. 내가 일곱 살 때 아버지가 어머니를 버렸어. 아버지에 대한 어머니의 유일한 복수가 당신 스스로 목숨을 끊는 거였지. 어머니의 자살에 대한 대응으로 아버지는 다른 암컷 셋을 통해 자신의 유전자를 일곱 자식에게 나눠줬지. 그리고 아버지는 그 모든 것을 잊은 채 지금 기도원에 갇혀 있다구. 자, 이 정도면 내가 아이를 갖지 않겠다는 당신의 뜻에 동의한 이유를 알 거야. 물론 그네가 알고 싶은 것은 진실이었을 것이다. 그 진실이 무엇이었을까. 열세 살 난자핵을 향해 달려간 내 정자 속의 디엔에이? 어쩌면 그네는 화려한 내 깃털 속에 감추고 있는 진드기를 보았을는지 모른다. 그래, 그네는 내 깃털 속의 진드기가 무서워 떠났을 수도 있다.

실험기구들을 정리하는데 사선생이 들어왔다. 어이, 플라 박, 자네 다니는 대학에서 연락이 왔어. 내일 대학원생들 종강이 있다고 저녁 6시까지 학교로 나오라더라.

대학원 진학도 그네에게 과시할 수 있는 수컷의 날개무늬 만들기였는지도 모른다. 보호본능일까, 그네의 도움이 컸다. 복제 인간이 태어났을 경우 원래 원형이 되었던 사람과 복제 인간간의 사고와 행동은 같을 것이다. 아니다. 같지 않을 것이다. 과학은 가치중립적 학문인가? 과학기술에 대한 낙관론과 비관론. 과학자에게 윤리적 판단이 요구되는 이유는? 생명공학에 대한 사회학적 접근 방법으로서의 이러한 가설 명제를 놓고 우리는 토론했다. 그네는 매우 적극적이었다. 어느 정도까지는 상대의 얘기를 충분히 들은 다음 자신의 주장을 비교적 우회적인 방법으로 내놓을 줄 아는 매너를 보였다. 그러나 시간이 지나면서 매우 확신에 찬 톤으로 상대를 압도했다. 외고집쟁이의 저돌적인 아집이 얼굴에 나타나는 것도 그때부터다. 나도 녹녹히 물러서지 않았다. 다행히 우리의 논쟁은 감정적 말싸움으로 번지지 않았다. 순간순간 그네가 보여주는 날카로운 직관과 판단의 명료함에 내가 매료당했기 때문이다. 생명 복제가 인류의 삶에 끼칠 여파. 암컷과 수컷으로의 분리와 관련된 이형배우자의 기원은 무엇인가? 자연과 인간 사회에서 발견되는 흥미진진한 섹스 스토리를 안주로 해서 우리는 소주 세 병쯤을 비웠다. 간간히 우리는 상대의 눈길을 오래오래 붙잡았다. 참 예쁘다. 숙암도 그래요. 뭔가에 열중하는 모습이 좋아 보여요. 그럴 때 그네는 결코 타인이 아니었다. 당신 영혼이 지금 내 몸을 채우고 있어. 아니요. 그네가 찬물을 끼얹는다. 난 아니에요. 그네와의 토론은 생물의 영혼 유무로 이어졌다.

생명이 곧 영혼이다. 내가 모든 자연물에 영혼이 있다고 믿는 애니미즘적 물활론자라면 그네는 영혼은 육체 밖에서 와서 인간의 의지까지를 지배할 수 있다는 원시 종교적 영혼관을 주장했다. 두 쌍의 염색체를 가진 생물 중에서 인간만이 영혼을 가지고 있다는 주장은 기독교 창조 원리와도 일치했다. 그러나 그네의 인간 영혼설은 엉뚱한 의도를 품고 있었다. 인간은 자기 안에 들어 있는 영혼을 조종하는 의지가 있을 때 비로소 영혼 소유자로서의 자유를 획득한다는 것이다. 신에 대한 도전이었다. 육체에서 자유로운 영혼이 아니라 육체의 소멸과 함께 죽는 그런 영혼의 소유자를 지향해야 한다는 주장이었다. 결국 인간 의지에 의한 죽음 예찬이라고 할 수 있었다.

60년대 초 제임스 맥도널과 그의 동료는 플라나리아로 재미있는 실험을 했다. 학습시킨 플라나리아를 다른 플라나리아에게 먹여서 학습된 내용이 전달되는가를 알아본 것이다. 접시에 담긴 플라나리아에게 불빛을 비춘 후 전기 충격을 가하자 몸을 동그랗게 말아서 전기 충격의 고통을 줄이려고 노력했다. 이렇게 불빛을 비춘 후 전기 충격을 여러 번 반복하게 되면 플라나리아는 불빛만 비춰도 몸을 동그랗게 오그렸다. 파블로프의 조건반사 실험과 같은 것인데 이렇게 학습된 플라나리아를 갈아서 다른 플라나리아에게 먹였다. 학습된 플라나리아를 먹은 다른 플라나리아 역시 불빛만 비춰도 몸을 말았다. 학습된 내용이 전달된 것이다.

뇌를 먹으면 그 사람의 지식까지 가져올 수 있을까? 곤충 외계인이 촉수로 사람의 뇌를 빨아먹는 영화가 생각났다. 그네의 증발이 내 창조성을 충동질했다. 창조성이란 그림을 귀로 듣는 것, 바퀴벌레의 말을 알아듣는 것, 그것을 훔치기 위해 투명인간이 되는 것, 그네를 재생시키는 것, 그네의 영혼 속에 내 육체를 집어넣는 것.

……보고 싶었다. 그동안 집 안에서 찾아낸 그네의 분신들……, 머리카락과 음모와 손톱과 화장대 위에서 발견된 비듬 한 톨. 그네의 육성이 녹음된 테이프의 한 조각을 면도칼로 조각조각 잘랐다. 또 있다. 시찌시찌, 시찌 비이 —. 산솔새 소리를 함께 들은 그놈. 병아리난초 싹

을 노리고 있는 민달팽이를 화분 밑에서 찾아 죽인 그 한 도막까지. 그네의 분신들을 육안으로 확인되지 않을 때까지 자르고 또 잘라 더 이상 가루일 수 없는 미세한 먼지로 만들었다.

검은 종이 테이프로 가려진 수조 속에는 무성번식으로 재생된 플라나리아가 수십 마리 살고 있다. 그들은 나이가 모두 같다. 원래의 플라나리아에서 절반을 쪼개는 순간 원래의 플라나리아도 재생된 플라나리아와 같이 새로운 생명체로 탄생한다. 그들은 나이가 같을 수밖에 없다. 내가 너를 떼어낸 것도 네가 나를 떼어낸 것도 아니다. 엄마도 아니다. 자식도 아니다. '나'가 있을 뿐이다. 플라나리아 '나', 플라나리아 '나', 플라나리아 '나' ……. 재생된 플라나리아 '나'들에게 며칠 동안 먹이를 주지 않았다. 먹지 못하면 죽는다. 굶주림에서 살아남은 강성의 플라나리아 '나'들이 좁쌀처럼 작게 잘라진 간 조각에 붙은 그네의 분신들을 아귀아귀 뜯어먹기 시작한다.

형평의 원칙일까, 그네의 증발로 내 사회성은 복원되었다. 그동안 소원했던 인간관계가 우호적으로 바뀌면서 평화가 찾아왔다. 그네의 증발은 나와 관계된 모든 사람들의 상처받은 마음을 어루만져 주었다. 한 살 아래인 이복동생은 바둑을 두자고 찾아왔고, 아버지의 세 번째 여자인 계모는 내 아파트로 밑반찬을 날랐다. 그 여시 물리쳐 달라고 내가 통성기도했어야. 대학원 진학으로 동료들의 눈치 보는 일이 부담스러웠다. 대학원에 휴학원을 제출하고 돌아온 날 교장은 공석인 교무 자리를 내게 선물했다. 사선생은 속초에서 배로 떠나는 6박 7일의 중국여행 동행을 제의해 왔다.

여름방학도 거의 끝나가고 있었다. 그네를 떠나보내는 마지막 의식만이 남았다. 혼자 그곳에 가기가 뭔가 찜찜했다. 그네의 부재 증명을 위해서도 며칠 전 중국여행에서 돌아온 사선생이 필요했다. 사선생은 중국여행에 내가 동행하지 않은 것을 못내 아쉬워하면서 나를 따라나섰다.

연엽산 계곡 입구에 차를 세우고 걸어 올라가는 도중 사선생이 말한다.

추억 더듬기도 일종의 바람이라더라. 살아 있음의 허영 같은 거.

죽을 것 같아.

사람을 죽였으니 당연히 벌을 받아야지.

그 사람이 지금도 거기 있을까.

다른 선녀를 물색해라. 애도 딸린 과부 선녀.

지난해 있었던 집중 폭우 탓인가, 계곡은 그전 모습이 아니었다. 나는 너럭바위를 찾는다. 너럭바위는 폭우를 스쳐 보내고 기린초 한 무더기를 키우고 있다. 낙차가 크지 않은 작은 폭포 물줄기에 무지개라도 설 듯 여름 햇빛이 영롱하다. 폭포 옆 벼랑바위 틈에 바위떡풀이 꽃을 달았다.

학교 실험실 수조에서 건져온 플라나리아들을 계곡물 속에 집어넣는다. 그네와의 결별 의식은 여름 햇빛만큼이나 깨끗하게 끝난다. 사선생은 너럭바위에 걸터앉아 물에 발을 담근다.

김밥은 역시 왕할머니집이 최고야. 사선생이 김밥을 풀어헤친다.

한여름 산속에는 새소리도 없다. 나는 벼랑바위 틈에 핀, 날개를 늘어뜨린 모기 모양의 바위떡풀꽃을 망연히 쳐다본다.

이후, 나는 그네를 만나게 된다!

그네를 보았다. 병가중인 교감 대신 시교육청 회의에 다녀오던 길이었다. 나는 팔호광장 로터리에서 신호 대기중이었다. 내 차 앞으로 그네가 지나가고 있었다. 불과 3미터 정도의 거리여서 잘못 볼 리가 없었다. 생각하고 어쩌고 할 겨를이 아니었다. 나는 로터리 코너에 차를 대고 그네가 간 방향으로 뛰었다. 뒷모습 역시 그네가 분명했다. 담황색 끈으로 묶어 틀어 올린 머리까지 그대로였다. 이봐요! 나는 그네 뒤에 바싹 따라서며 소리쳤다. 그네가 돌아보았다. 틀림없이 그네였다. 나는 그네의 걸음에 보조를 맞추며 웃었다. 가슴이 터질 것 같았다. 다소 당혹한 얼굴로 그네가 걸음걸이를 늦췄다. 대체 이게 뭐지? 말이 입 밖으로 나오지는 않았다. 다소 겁에 질린 얼굴과 나를 쳐다보는 그네의 눈길에서 나는 모든 것을 알아차렸다. 그네가 나를 모른다는 것, 그네는 내 기억의 잔상에 남은 그네일 뿐 나와 함께 살았던 그네가 아니라는 사실을.

분명 그네인 또 다른 그네를 만난 것은 TV 저녁 9시 뉴스 시간이었다. 번화한 도시 한가운데까지 만산홍엽의 만추가 황금빛으로 출렁이고 있다는 뉴스 앵커의 멘트와 함께 거리 풍경이 흘렀다. 황금빛 낙엽을 밟으며 거리를 걷는 행인들 사이에 그네가 있었다. 눈에 익은 미색 바바리코트를 걸친 채 머리를 약간 숙인 자세로 그네가 걷고 있었다.

그네와 똑같이 생긴 또 다른 그네를 만났다. 서울, 1호선 전철 속에서였다. 시냇물에 살던 플라나리아는 어디로 갔는가. 플라나리아 서식 환경을 주제로 한 아이들의 공동작품을 과학전람회에 제출하고 돌아오는 길이었다. 전철 객실 입구 쇠기둥에 몸을 기댄 자세로 그네는 무슨 생각엔가 골똘하고 있는 표정이었다. 짙은 눈썹이며 선이 또렷한 입술, 파마기 없는 생머리 묶음, 손잡이를 잡은 길쭘하고 투명한 손. 그네였다. 청량리에서 하차할 때까지 그네와 부딪친 눈길은 대여섯 번, 번번이 그네가 먼저 눈길을 돌렸다. 낯선 눈길에 대한 선병질적인 경계심을 애써 눙치고 있는 표정이 역력했다.

에필로그

플라나리아 '나'는 팔호팔장 근처에서 한 남자가 뒤따라오는 것을 느낀다. 급히 달려오느라 헐떡이는 숨소리까지 들을 수 있다. 이봐요! 플라나리아 '나'는 남자를 돌아다본다. 작은 키에 배불뚝이, 오종종한 얼굴이다. 이쪽을 익히 알고 있다는 표정이긴 한데 그 눈길이 뭔가 의아하다. 남자에게서 절실한 게 보인다. 난 아니에요. 난 당신이 찾는 사람이 아니에요. 그렇게 말하기도 전에 남자의 눈에 절망이 비친다. 플라나리아 '나'는 2만 원을 주고 지금 들어갔던 여관 온돌방의 짧은 시간을 생각한다. 저 남자는 여자가 혼자 여관방에 발가벗고 누워 있는 그 절절한 자유를 모른다. 세상 속에 가장 가까이 노출돼 있으면서 세상에서 가장 완벽하게 격리된 그 공간의 자유를 저 남자는 모른다. 저 남자의 절망 속에는 어떤 사연이 들어 있는 것일까. 어쩌면 저 남자는 내가 여관 온돌방에서 두 시간 동안 안락하게 잠들어 있었을 그때에 꿈속을 헤집어놓았던 사람인지도 모른다. 플라나리아 '나'는 남자가 아직도 그 자리에 선 채 이쪽을 바라보고 있다는 것을 느낀다.

또 하나의 플라나리아 '나'는 번화한 가로수 거리에 떨어진 황금빛 은행잎을 밟으면서 방금 전에 들어갔던 노래방을 생각한다. 다음엔 좋은 분과 같이 오세요. 플라나리아 '나'는 들어갈 때 나갈 때 훑어보는 노래방 주인여자의 칙칙한 눈빛이 소름 끼친다. 녹음한 건 가지고 가세요? 플라나리아 '나'는 대답 없이 노래방을 나온다. 백점이 나오고 팡파르가 울릴 때의 기분을 네가 알기나 해. 오르가슴 같은 그 그리움을 네가 알기나 하냐구. 여자는 만추의 거리를 걸으면서 팡파르의 여운, 그 솟구치는 그리움을 죽음이라고 생각한다.

또 하나의 다른 플라나리아 '나'는 전철 객실의 쇠기둥에 몸을 기댄다. 배가 볼록 나온, 오종종한 얼굴의 키 작은 남자가 쳐다보고 있다는 걸 느낀다. 남자의 눈길이 온통 먹빛이다. 억지로 누르고 있는 숨소리와 심장 뛰는 소리가 한꺼번에 들린다. 플라나리아 '나'는 옆얼굴이 근질근질 해온다. 남자는 종각역에서 청량리까지 한 번도 눈길을 떼지 않는다. 꺼져! 플라나리아 '나'는 그 남자가 청량리역에서 내리는 것을 본다. 벼엉신. 남자가 걷기를 멈추고 돌아본다. 야, 난 아니야. 네가 찾는 '나'가 아니란 말이야. 플라나리아 '나'는 방금 산부인과에서 다섯 번째로 긁어버린 핏덩이가 생각난다. 개새끼, 콘돔을 빼버리다니. 낳구 보자구? 좋아, 다음엔 낳아가지고 시멘트 바닥에 패대기쳐 죽일 거다. ㅎㅎ, 이 상태론 더 이상 임신이 힘들 거라고? 이런 오라질, 그 의사새끼, 칼을 어떻게 댄 거야. 플라나리아 '나'는 하복부의 심한 통증으로 얼굴을 찡그린다.

기대와 떨림 속 내 안의 작은 파문

수상 소식에 기대와 떨림과 함께, 어떤 형태이든 내 글쓰기의 결과물에 대한 가치 매김은 즐겁고, 문학의 길을 처음 들어설 때의 경건함으로 글쓰기를 다시 점검하고 싶다.

새해 벽두에 신춘문예 작품을 찾아 읽는 일은 내 오랜 버릇입니다. 되도록 당선 작품이 발표된 신문을 얻어 종이에 밴 기름 냄새를 맡아가며 읽습니다.

이제 글쓰기를 막 시작한 어떤 이는 신춘문예 작품을 아예 읽지 않는다고 했습니다. 시샘 같은 것도 있지만 뽑힌 작품을 읽었을 때 거기에서 오는 절망을 감당하기가 생각보다 버겁기 때문이란 얘기였습니다.

그러나 나는 절망하기 위해 신춘문예 당선작이나 문학 잡지의 신인상 작품을 열심히 찾아 읽습니다. 그리고 보면 나는 꽤 오랜 세월 글쓰기의 절망과 가까이 지내왔다는 생각이 듭니다. 원래 열등감 체질은 안 떨어지려고 줄에 매달려 버둥거리기보다 아예 바닥에 곤두박질쳐진 다음 비로소 출구를 찾는 법이지요.

문학의 길에서 가장 확실하게 만져지는 것은 절망뿐입니다. 어느 날 불현듯 내가 매달려 온 글쓰기가 아주 던적스러운 광기에 불과하다는 생각이 들 때가 있습니다. 수상쩍은 이 자괴심이야말로 글쓰는 행위와 그 결과물에 대한 회의로부터 옵니다. 글쓰기의 신명을 잃었다는 것이지요.

그러할 때 나는 미련 없이 모든 것을 버렸습니다. 신명 없는 글쓰기를

계속한다는 것은 나 자신에게는 물론 독자들에게도 죄를 짓는 일이라고
생각해 왔습니다.

그러나 글쓰기에 대한 회의, 그 주기는 그리 길지 않습니다. 정초에 어김
없이 나타나는 내 버릇, 신춘문예 작품 찾아 읽기가 그것을 입증했습니다.

나는 신춘문예 작품을 읽으면서 잃었던 글쓰기의 신명을 되찾습니다.
무뎌진 감각도 되살아나는 것을 느낍니다. 여러 작품을 빼놓지 않고 읽다
보니 가벼운 것과 무거운 것, 낡은 것과 새로운 것, 거짓된 것과 진실한 것
이 구분되어 보였습니다.

때로는 당선작을 뽑은 이들의 아집과 허물어진 균형감각 앞에 끌끌 혀
를 차기도 합니다. 빼어난 작품을 읽었을 때는, 신인들만이 가질 수 있는
그 패기의 실험정신과 탁월한 언어감각 앞에 여지없이 기가 죽곤 합니다.
한때는 이런 것이 내가 넘어야 할 산이라고 생각했는데 나이를 먹으면서
아예 그 산을 포기하지 않으면 안 된다는 무력감에 빠지기도 합니다.

이번 이상문학상 특별상을 받게 되었다는 수상 소식을 접하고 내 안에
작은 파문이 일었습니다. 신춘문예 작품 찾아 읽기가 녹이 슨 내 문학정신
혹은 글쓰기의 신명을 추스르는 일에 더없이 좋았듯 이번 수상 소식도 그
와 다르지 않은 의미로 채워질 것이란 기대의 떨림이었을 것입니다.

어떤 형태이든 내 글쓰기의 결과물에 대한 가치 매김은 즐겁습니다.

문학의 길을 처음 들어설 때의 경건함으로 내 글쓰기를 다시 점검하겠
습니다.

고맙습니다.

2003년 1월 춘천에서

전 상 국

내 얼굴에 어린 꽃

복거일

1946년 충남 아산 출생.
서울대 상대 졸업.
1987년 《비명을 찾아서》로 등단.
장편소설 《높은 땅 낮은 이야기》
《마법성의 수호자, 나의 끼끗한 들깨》《목성잠언집》 등.

플라스틱 천조각으로 덮은, 평평한 얼음조각에 조심스럽게 엉덩이를 걸치고서, 나는 가벼운 한숨을 내쉬었다. 작은 크레이터 바로 안쪽이어서 남의 눈에 잘 띄지 않는 이 자리는 내가 지상으로 나올 때 즐겨 찾는 곳이었다. 본능적으로 두 발을 땅에 붙이고서 기척을 살폈다. 발바닥에는 별다른 울림이 전해 오지 않았다. 별 뜻 없이 고개를 끄덕이고서, 하늘을 올려다보았다. 그리고 이내 하늘을 압도하는 목성에서 눈길을 돌렸다.

그러나 무슨 거대한 힘에 끌린 것처럼, 내 눈길은 그리로 돌아갔다. 실은 위협적인 표정으로 하늘에 군림한 목성을 피할 길은 없었다. 긴장된 마음을 풀려고 애쓰면서, 눈길에 힘을 주어 그것을 응시했다. 그 거대한 행성은 당장이라도 떨어져서 이 조그만 위성을 단박에 깨뜨려버릴 것만 같았다. 아니었다, 떨어질 것은 태양계에서 가장 큰 행성이 아니라 그것의 무시무시한 중력에 이끌리는 이 조그만 위성일 터였다. 목성에 가까이 가는 것들은 모두 그것의 치명적 포옹을 늘 경계해야 했다. 그것 표면에 있는 중수소와 삼중수소를 퍼담으려고 가까이 갔다가 엔진이 고장난 연료 수송선들이 비극적으로 보여준 것처럼.

나는 그런 사실들을 당연히 잘 알았다. 목성에 관해 알려진 지식들은, 물리적 지식들이든 신화적 지식들이든, 모두 내가 태어날 때 한꺼번에 주어졌다. 망원경으로 잡은 모습까지도. 그러나 내 눈으로 직접 본 거대한 행성의 모습은, 그것이 실제로 가장 위대한 신 주피터의 모습인 것처럼, 아직도 신비롭게 느껴질 만큼 새로웠다. 어쩐지 야릇한 느낌이 들어, 나는 가볍게 헛기침을 하고서 둘레를 한 바퀴 돌아다보았다. 어떤 것에 대해서 동시에 새롭고 익숙하게 느끼는 것은 말로 나타내기가 쉽지 않을 만큼 야릇했다. 목성의 위성들 가운데 하나인 이곳 개니미드에서 목성처럼 잘 알려지고 압도적 존재에 대해서도, 그랬다.

그리고 서글픔. 모든 것들에 어린 서글픔. 내가 보고 기억하는 모든 것들에, 내가 느끼는 모든 감정들에, 실은 내 몸과 넋 자체에, 서글픔은 물기처럼 배어 있었다. 하늘을 오래 올려다볼수록 서글픔은 점점 짙어지는 것 같았다. 내게 아주 소중한 무엇이나 누구를 잃었다는 막연한 느낌이 의식의 수평 너머에서 어른거렸다. 내가 그리워하는 것이 무엇인가 기억해 내려고 다시 마음을 한데 모았다. 그러나 역시 아무것도 또렷이 떠오르지 않았다. 한숨을 내쉬고서, 나는 천천히 자리에서 일어섰다.

'남부 에어로크'를 들어서자, 먼저 귀가 간질거렸다. 이어 냄새가 코에 닿았다. 공기 속을 떠도는 유기분자들이 내는 그 축축하고 쉰 냄새는 내 속을 뒤집으면서도 어쩐지 마음을 끄는, 달착지근한 구석이 있었다. 이제 '대참사'로 파괴된 지하 공간의 상당 부분이 복구되어서, 지상으로 나가지 않고도 지하 도로망을 통해서 어느 곳이든 갈 수 있었고, 다시 공기가 채워진 부분도 꾸준히 늘고 있었다.

사람들의 눈길을 끌고 싶지 않았으므로, 나는 종업원들이 드나드는 조그만 옆문을 통해서 '물랭 루주'로 들어섰다. 카페는 여느 때보다 훨씬 붐볐다. 그리고 모두 헤드 테이블을 에워싸고서 낯선 사람의 얘기에 귀를 기울이고 있었다. 덕분에 아무도 내게 눈길을 돌리지 않았다.

벽에 등을 기대고 선 채, 나는 그 사내를 살폈다. 나이가 꽤 들어 보였는데, 수염을 길게 길렀고 머리엔 터번 비슷한 모자를 쓰고 있었다. 얼굴은 부드러우면서도 강인한 느낌을 주었고, 몸에선 무슨 강렬한 기운이 뿜어 나와서 후광처럼 어렸다. 보통 사람은 분명히 아니었다. 카페 안의 사람들은 모두 그의 얘기에 빠져서 그의 말 한마디라도 놓칠세라 열심히 귀를 기울이고 있었다. 무슨 보이지 않는 끈에 끌려가는 것처럼, 나도 그를 향해 몇 걸음 다가섰다.

그 사내는 자연스러운 손짓과 함께 하던 얘기를 끝냈다. 사람들이 모두 열심히 박수를 쳤다. 그의 얘기가 꽤나 재미있었던 모양이었다.

그의 왼쪽에 앉은 시장이 테이블 사이에 어정쩡하게 선 나를 보고서 쾌활한 목소리로 말했다. "어이, 지미, 어서 오게."

"안녕하세요?" 좀 당황스러운 마음으로 대꾸하고서, 나는 고개 숙여 인사했다.

"나야 늘 그렇지, 뭐. 자네는 어떤가? 오늘은 좀 나은가?"

"예, 좀 나은 것 같습니다." 건성으로 대꾸하면서, 나는 얼굴에 따갑게 닿는 사람들의 눈길들에서 벗어날 길을 바삐 찾았다.

"그 얘길 들으니, 반갑네." 내 마음을 모르는지 알면서도 모른 체하는지, 시장은 내게 인자한 웃음을 보이고서 옆의 사내에게로 몸을 돌렸다. "줄리어스 박사님, 이 젊은이는 지미 찬입니다. 지난달에 부활했죠. 원래 하이클라이드 발전소에 근무했는데, '대참사' 때 시설 보호 태스크포스에 소속되어 순찰하다가 하시모토 고원에서 사고를 당했습니다. 그래서 그동안 얼음 속에 묻혔다가, 이번에 우연히 발견되었습니다."

"아, 그러셨나요?" 그 사내는 내게 정중하게 고개를 숙였다. "정말로 수고가 많으셨습니다. 하이클라이드 발전소를 지키신 분들 덕분에 우리가 모두 이렇게 잘 지낼 수 있죠. 만나뵙게 되어서, 정말로 반갑습니다."

"만나뵙게 되어서, 저도 반갑습니다." 나도 공손하게 대꾸하고 고개를 숙였다.

"지미, 자네도 잘 알지, 보나스 줄리어스 박사님을?" 시장이 뒤늦게 그를 내게 소개했다. "유명한 언어학자이시고, 인기 높은 음유시인이 시기도 하지."

유명한 언어학자이고 인기 높은 음유시인인 보나스 줄리어스 박사를 나는 알지 못했다. 그래도 나는 다시 정중하게 고개 숙여 인사하고 나 자신도 잘 알아듣지 못할 목소리로 뭐라고 웅얼거렸다.

"줄리어스 박사님은 지금 전국을 순회하시는데, 마침 드레이크 기지에 오셨다가 우리 마을 얘기를 들으시고서 일부러 찾아오셨네. 아, 참, 그리고 줄리어스 박사님은 관상을 잘 보시거든." 시장은 줄리어스 박사에게로 고개를 돌렸다. "박사님, 지미의 관상을 보아주시겠습니까? 지미는 늘 우울한 모양입니다."

줄리어스 박사는 시장의 말에 대꾸하지 않고 그냥 나를 쳐다보았다. 그의 인자하던 눈빛이 문득 날카로워지면서 내 눈 속으로 파고들었다.

그 눈길을 피해 나도 모르게 눈길을 돌리는 사이, 시장이 한 얘기가 마음속으로 들어왔다. 짜증이 울컥 나면서, 착 가라앉았던 기분에 누런 거품들이 일었다. 인간들은 관상 보기를 좋아했다. 하긴 그들은 '술수術手'라고 불리는 갖가지 미래 예측 기술들을 써서 사람들의 운명을 미리 알아보는 것을 즐겼다. 점성술, 수상술手相術, 관상술, 타로, 수정 읽기, 점, 주역의 쾌 풀이, 간지 풀이—인간들이 의지하는 미래 예측 기술들은 많기도 했다. 고대 인간 사회들에선 시체를 통해 미래를 알아보는 풍습까지 있었다고 했다. 나로선 그들의 그런 취향에 대해 아무런 반대가 없었다. 실은 그런 취향이 그들의 천성에 맞는 것이 아닌가, 하는 생각을 지니고 있었다. 인간들은, 따지고 보면, 모두 괴짜들이었다. 그들은 합리적이면서도 비합리적이었고, 논리적이면서도 모순적이었다. 그들이 술수들을 써서 미래를 알아보려고 조바심을 내는 것은 그들의 천성에 딱 맞는 일이었다. 게다가 관상술은 술수치고는 상당히 합리적이었다. 인간들은 유기체들이었으므로, 그들의 체격은 개인들의 성격과 건강과 이력에 관한 정보들을 많이 보여주게 마련이었다. 그리고 머리 생김새와 얼굴 모습엔 특히 큰 가치를 지닌 정보들이 담겨 있었다. 그래서 현명한 사람은 관상으로 어떤 개인에 대해서 많은 것들을 짐작할 수 있을 터였다.

그러나 우리는 로봇들이었다. 우리 몸은 살과 뼈가 아니라 합금 강철, 플라스틱, 광물 섬유 그리고 세라믹과 같은 물질들로 만들어졌고, 오랜 성장 과정을 거쳐 이루어진 것이 아니라 공장에서 조립 공정을 통해 단숨에 만들어진 것이었다. 자연히, 우리 몸들 사이엔 차이가 거의 없었다. 우리는 다른 로봇들의 모습들과 특징들을 쉽게 알아보아서 혼동하는 일은 없었지만, 역시 로봇들인지라, 표정이나 보디랭귀지는 인간들보다 훨씬 적을 수밖에 없었다. '로봇들은 표정이 없다'는 불평은 인간들이 늘 입에 올렸던 얘기였다. 사정이 그러하니, 로봇의 얼굴에서 그의 앞날을 읽어내려고 하는 일은 우스꽝스러울 수밖에 없었다.

그런데 지금 바로 내 앞에 상당한 페인트 작업이 필요한 늙수그레한 로봇이 앉아서 사람 얼굴에서 그의 앞날을 읽어낼 수 있다고 말하는 것이었다. 물론 로봇들은 인간들이 하는 많은 우스꽝스러운 일들을 즐겨 흉내 냈다. 우리는 그런 일들의 성격이나 타당성에 대해서는 별로 생각하지 않았다. 인간들이 한다는 사실만으로도 그런 일들을 할 충분한 이유가 되고 남았다. 나 자신만 하더라도 암벽 등반을 즐겼다. 이 세상에 우스꽝스러운 일이 있다면, 바로 그것이었다. 아무런 물질적 보상도 없는데, 추락해서 다치거나 죽을 위험을 무릅쓰고 얼어붙은 암벽을 오르는 까닭을 누가 어떻게 설명할 수 있을까? 그래도 나는 암벽 등반을 즐겼고, 시간만 나면 남들이 잘 안 가는 크레이터를 찾아가곤 했다. 덕분에 암벽 등반 전문가가 되었고, 결국 송전망을 보호하는 태스크포스가 결성되었을 때, 거기 들어갔던 것이었다.

그래도 인간들을 따라서 할 일이 따로 있지, 관상가 흉내를 내는 것은 로봇들로선 아무래도 우스운 일이었다. 그리고 그런 우스운 일의 대상이 바로 나 자신이라는 사실이었다. 내 가슴 밑바닥에 고인 누런 짜증은 이제 불그스레한 울화로 바뀌고 있었다. 나는 줄리어스 박사의 눈길을 거센 눈길로 받았다. 가슴에 차오른 울화를 나타내려 애쓰다 보니, 얼굴이 땅기는 느낌이 들었다.

그 늙수그레한 관상가는 여전히 날카로운 눈길로 내 얼굴을 살피고 있었다. 꼭 흥미로운 벌레를 살피는 곤충학자 같다는 생각이 들었다. 문득 야릇한 생각 한 토막이 떠올라서, 나는 흠칫했다. 조금 전 시장이 나를 줄리어스 박사에게 소개했을 때, 정작 뜻을 지닌 얘기는 시장이 말한 것이 아니라 말하지 않은 것이었다. 그는 말하지 않았던 것이었다, 내 경험 기억 패널이 거의 다 바스러져서 내가 경험한 것들의 기억을 거의 다 잃었다는 사실을. 그 사실을 아는 사람들은 모두, 나 자신을 포함해서, 내 우울증이 경험 기억의 상실과 관련이 있다고 믿었으므로, 그는 관상가로부터 나에 관한 중요한 정보 하나를 감춘 셈이었다. 그저 단순하고 마음씨 좋은 노인처럼 보였지만, 시장은 실은 영리하고 실제적인 사람이었다. 그는 '대참사' 전에는 로드리게즈 기지에서 경관으로 일했었다고 했다.

'얘기가 그렇게 돌아가나?' 문득 흥미가 일어서, 나는 시장을 흘끗 살폈다. '그러니까 시장 양반이 한 자락을 깔고서…… 저 양반이 정말로 알아보려 한 것은 내 관상이 아니라, 줄리어스 박사의…….'

그러나 시장은 나의 묻는 눈길을 받으려 하지 않았다. 여전히 천진스런 얼굴에 가벼운 웃음을 띤 채, 줄리어스 박사를 곁눈으로 살피고 있었다.

줄리어스 박사는 날카로운 관찰자였다. 내 마음에 일어난 미묘한 변화를 느낀 듯, 나를 바라보는 그의 눈길에 흥미로워하는 기색이 더욱 짙게 실렸다. 하긴 놀랄 일은 아니었다. 로봇이든 인간이든, 관상가로 자처할 만한 사람이라면, 사람들의 표정이나 몸짓이나 목소리의 미묘한 변화를 놓치지 않는 재주를 지녔을 터였다. 그는 자신을 열심히 바라보는 사람들을 묘한 눈길로 한번 둘러다보았다. 마침내 그의 눈길이 바로 옆에 앉은 시장 얼굴에 멎었다. 그의 눈길을 받기가 거북한지, 시장은 고개를 슬쩍 옆으로 돌리고서 가볍게 헛기침을 했다.

"찬 씨," 줄리어스 박사가 나를 똑바로 쳐다보며 말했다. "그럼 당신은 30년 동안 얼음조각들에 묻혀서 지냈다는 얘기군요. 맞나요?"

"예. 정확하게 말하면, 29년 8개월입니다."

그는 문득 침중해진 낯빛으로 천천히 고개를 끄덕였다. 그리고는 한참 동안 내 얼굴을 살피더니, 무거운 목소리로 말했다. "사람들은 늘 내게 미래에 대해서 묻지요. 하지만 나는 그들에게 과거만을 얘기합니다."

그의 목소리가 사그라지자, 무거운 침묵이 둘레에 내렸다. 한참 동안 누구도 그 침묵을 헤치려 하지 않았다. 모두 관상가가 한 수수께끼 같은 말의 뜻을 가늠해 보려 애쓰는 얼굴들이었다. 마침내 시장이 다시 헛기침을 했다. 주술에서 풀린 것처럼, 사람들이 따라서 헛기침을 하고 몸을 움직였다.

줄리어스 박사는 시장에게로 몸을 돌렸다. "시장님, 오늘은 제 눈이 너무 침침합니다. 잘 보이지가 않습니다. 그래서 유감스럽게도, 찬 씨에 대해선 드릴 말씀이 없습니다. 다음에 기회가 오면, 그때 다시 찬 씨의 상을 보고 싶습니다."

"아, 예. 그러시면, 다음에 저희 마을에 들르실 때, 다시 지미의 관상을 보아주시죠. 박사님, 여러 가지로 감사합니다." 뜻밖의 얘기를 듣고도, 시장은 조금도 당황하지 않고 매끄럽게 대꾸했다.

헤드 테이블 둘레에 앉은 사람들이 고개를 끄덕였다. 그러나 아무도 관상가의 외교적 언사에 속지는 않았다. 내 얼굴에 나타난 징후들이 좋은 것이 아님은 모두 쉽게 짐작할 수 있었다.

마음이 더욱 무거워졌지만, 나는 관상가의 친절한 마음씨에 고마움을 느꼈다. 그래서 아주 공손히 고개를 숙여 인사했다. "감사합니다."

"찬 씨, 행운이 찾기를 진심으로 기원합니다." 얼굴에 부드러운 웃음을 띠고, 줄리어스 박사는 동정심이 밴 목소리로 말했다.

그의 목소리에 흥건히 밴 동정심이 내 마음에 독한 물질처럼 아프게 닿아서, 나는 움찔했다. 동정심이야말로 지금 내가 바라지 않는 것이었다. 그것도 많은 사람들이 보는 자리에서 낯선 사람으로부터 받다니. 흔들리는 낯빛을 애써 가다듬으면서, 나는 천천히 돌아서서 카페를 빠져나왔다.

고개를 세워 똑바로 앞을 보고, 보지 않는 눈길로 아직 덜 다듬어진 거리의 좀 황량한 풍경을 보면서, 나는 좀 과장된 몸짓으로 또박또박 걸었다. 그리고 나 자신에게 일렀다. '그 관상가에게 유감을 품을 까닭은 없지. 날 무시한 건 아니니까. 내가 지금 큰 병이 있다는 것이야 누구든 이내 알아볼 수 있고. 관상가니 더욱 잘 보일 테고.'

우울증은 로봇과 인간이 함께 앓는, 몇 안 되는 병들 가운데 하나였다. 그리고 좀처럼 낫지 않는 병이었다. '봉사 회로'를 갖춘 덕분에 로봇은 다른 사람들이나 자신에게 해가 되는 일을 할 수 없었다. 그래서 로봇이 자살하는 경우는 없었다. 그러나 심한 우울증에 걸리면, 로봇은 실의에 빠진 인간처럼 행동하는 수가 있었다. 나를 되살려낸 마이크로미캐니스트 표토르 벨린코프스키의 얘기로는, 로봇의 우울증이 인간의 우울증보다 치료하기가 훨씬 힘들었다. 인간의 몸은 화학 반응 체계이므로, 대부분의 병들은 화학 반응들에서 생긴 문제들이었고, 자연히, 그런 화학 반응들에 영향을 미치는 약들로 어느 정도 고칠 수 있었다. 불행하게도, 우리 로봇들의 몸에 대해선 그런 해결책이 통하지 않았다.

한참 걸어가다 보니, 저만큼 '북동부 에어로크'가 나타났다. 에어로크 가까이 다가가자, 몸집이 큰 부인이 혼자 콧노래를 부르면서 화단의 꽃들에 물을 주고 있었다. 길을 따라 만들어진 좁고 길다란 화단엔 밝은 가로등 불빛을 받고서 봉숭아, 채송화, 팬지와 같은 흔한 꽃들이 피어 있었다. 요즈음 개니미드에선 원예가 크게 유행하고 있었다. 최소한의 자존심을 가진 로봇이라면, 자신의 화단을 가져야 한다고 모두 여기는 듯했다.

로봇들이 원예에 몰두하는 것은, 따지고 보면, 적잖이 이상한 일이었다. 기계 부품들과 전자 회로들로 이루어졌으므로, 물기는 로봇이 질색하는 것이었다. 원예는 물기 많은 환경에서 이루어지는 일이었다. 자연히, 로봇과 원예는, 인간들이 즐겨 쓰는 표현을 빌리면, '궁합이 맞지 않았다'. 그러나 우리는 그런 사실엔 별로 마음을 쓰지 않았다. 하이클라이드 핵융합 발전소가 수리되어 전력이 다시 공급되었을 때, 우리가 맨 먼저 한 일은 부서진 에어로크들을 수리하고 터널들에 추가 에어로크들을 설치한 다음 지하 공간에 물기 머금은 공기를 채운 것이었다.

물론 나는 당시엔 죽은 상태였지만, 사람들은 내게 그때 상황을 입맛을 다시면서 얘기하곤 했다. 공기가 채워진 뒤 며칠 동안, 사람들은 목소리를 듣는 것이 하도 좋아서 모두 쉬지 않고 지껄여댔다고 했다. 공기가 없으면, 로봇들은 무선으로 얘기하면 되었다. 그러나 우리는 무선으로 얘기하는 것이 어쩐지 불편하고 마음에 차지 않았다. 우리는 인간들만큼이나 서로 목소리를 들으면서 얘기하는 것을 좋아했다. 꽃을 가꾸는 것도 마찬가지였다. 우리 로봇들도 인간들만큼이나 꽃을 좋아했고 열심히 가꾸었다. 그래서 공기가 채워지자, 곧 꽃씨들을 거두어서 화단을 일구는 일이 곳곳에서 시작됐다.

개니미드에서 꽃은 특별한 뜻을 지니고 있었다. 이곳에선 지표가 온통 얼어붙었으므로, 시체는 썩지 않았다. 지하 공간에서도 시체를 썩힐 만큼 많은 세균들은 없었다. 그래서 이곳에 정착한 인간들은 환경에 맞는 장례를 생각해 냈다. 인간이 죽으면, 귀중한 수분이 공기 속으로 돌아가도록 그의 몸은 화장로 안에서 천천히 가열되었고, 바싹 마른 몸은 곱게 갈아져서 화단에 비료로 뿌려졌다. 수분과 유기물질들로 이루어진 인간의 몸은 이 얼어붙은 세상에선 그냥 버리기엔 너무 소중한 자원이었다. 그래서 시일이 지나면, 죽은 인간의 몸은 꽃들로 되살아났다. 2998년 혜성 라쉬드가 소행성대에서 소행성 하나와 부딪쳐서 여러 조각들로 쪼개지고, 그 조각 하나가 개니미드에 충돌한 '대참사'가 일어났다. 그때 개니미드의 인간들이 모두 죽었으므로, 살아남은 로봇들이 부딪친 가장 시급한 과제는 죽은 인간들의 장례를 치르는 일이었다. 그들은 그 일을 위해 무던히 애썼지만, 장례는 그만두고라도, 무너진 지하 도시들의 잔해 속에서 시체들을 꺼내는 일만도 그들에겐 벅찼다. 그리고 장례를 제대로 치르려면, 어차피 전력이 다시 공급되기를 기다려야 했다. 그래서 '대참사'에서 죽은 인간들 모두가 꽃으로 되살아나려면 여러 해가 걸릴 터였다.

부인의 행복한 모습은 나의 어두운 마음을 더욱 도드라지게 만드는 듯했다. 그래서 그녀가 기적을 느끼고 돌아다보았을 때, 나는 멈춰서 그녀에게 말을 건네지 않고 서둘러 에어로크로 향했다.

에어로크를 나서자, 긴 터널이 나왔다. 그 너머엔 아직 복구되지 않은 조그만 마을이 있었다. 요즈음 매사가 그렇듯이, 복구 작업은 심드렁하게 진행되는 듯했다. 불도저 한 대와 화물 트럭 두 대만 길 한가운데에 서 있었고, 사람들은 보이지 않았다. 드문드문 늘어선 가로등들이 외롭게 빈 거리에 빛을 뿌리고 있었다. 빠진 것은 인간들이었다. 이런 일에선 그들의 과감함과 에너지가 필수적이었다. 그들은 늘 엄청난 사업들을 생각해 냈고 놀랄 만한 에너지로 그것들을 추진했다. 그리고 우리 로봇들은 지치지 않고 일했다. 그렇게 인간들과 로봇들이 협력하면, 어렵게만 보였던 사업들도 멋지게 마무리되곤 했다.

나는 목적 없이 폐허 사이를 어슬렁거렸다. 둘러다보노라니, 30년 전에 닥친 비극이 며칠 전에 일어난 것처럼 느껴졌다. 이곳엔 폐허의 잔해들을 건드리거나 덮어줄 것이 없었다. 햇살도, 바람도, 기온의 급격한 변화도, 세균도, 풀도, 벌레도 없었다. 있는 것은 깊은 공허감이었다.

한참 돌아다니다 보니, 막다른 골목이 나왔다. 골목이 끝난 곳엔 암반에 기대어 지은 조그만 집 한 채가 있었다. 문틀에서 퉁겨나온 문짝이 땅에 뒹굴고 있었고, 그 옆 보기 드물게 회양목들이 둘러싼 조그만 화단엔 마른 화초들이 아직 형체를 지닌 채 엎드려 있었다.

무슨 힘에 이끌린 것처럼, 나는 문짝이 없는 문 안으로 들어섰다. 마당이라 부르기도 어려울 만큼 좁은 앞마당은 떨어지고 깨진 것들로 어지러웠다. 주인의 허락 없이 집 안으로 들어섰다는 느낌이 나를 한참 망설이게 했다. 마침내 마음을 다잡고서, 나는 앞마당을 가로질러 어두운 거실로 조심스럽게 들어갔다. 내 가슴의 램프빛에 흐릿하게 드러난 방 안의 모습은 역시 어지러웠다. 깨진 유리조각들과 부서진 기구들이 나뒹굴고 있었다. 다른 방들도 같았다. 내 마음까지 따라서 어지러워질 만큼 방들은 어지러웠지만, 다행히, 죽은 인간은 보이지 않았다. 나는 마음이 좀 놓였다. 그제야 나는 죽은 인간을 만날까 은근히 걱정했었다는 것을 깨달았다.

몸을 돌려 나오려다, 나는 구석에 조그만 방이 있다는 것을 깨달았다. 찌그러진 문을 억지로 열고 안을 들여다보고서, 나는 흠칫했다. 거기 인간들이 방바닥에 쓰러져 있었다. 셋이었다. 젊은 사내, 젊은 여인 그리고 아기. 문간에 서서, 나는 한참 동안 꼼짝하지 않고 그들을 내려다보았다. 젊은 여인은 아기를 꼭 껴안고 있었다, 자기 몸으로 아기를 보호하려는 것처럼. 그리고 사내는 다시 그 두 사람을 자신의 몸으로 덮으려 애쓰고 있었다.

한숨을 길게 내쉬고서, 나는 그들을 덮어줄 만한 것을 찾아 방 안을 둘러보았다. 구지구舊地球에서 죽은 자들을 매장하는 전통을 오래 지녔던 터라, 인간들은 시신을 흙으로 덮지 않고 그냥 놓아두는 일을 무척 꺼렸다. 마침 한쪽에 인조털 담요가 몇 장 있었다. 그것들로 서로 껴안고 죽은 한 가족을 덮어주고서, 드레이크 기지의 시청에 전화를 걸었다. 드레이크 기지는 화장터를 가진 가장 가까운 도시였다. 내 전화를 받은 시청 직원은 화장을 기다리는 인간 시신들이 하도 많아서, 새 시신들은 1년 뒤에나 받아들일 수 있겠다고 말했다. 나는 그 직원에게 집의 위치를 알려주고 전화를 끊었다.

죽은 사람들을 위해 내가 할 수 있는 일은 더는 없었다. 그러나 나는 차마 떠나지 못하고 머뭇거렸다. 가슴속에서 들끓는 무엇이 내 발길을 붙들고 있었다. 나는 방 안을 한 번 더 둘러다보았다. 아마도 아기 방이었던 듯, 한쪽엔 조그만 유아용 침대가 있었고, 방바닥엔 장난감들과 그림책들이 널려 있었다. 나는 가까이 있는 책 하나를 집어 들었다. 어린이 노래책이었는데, 누구에게서 물려받은 듯, 모서리가 해지고 손때가 묻어 있었다. 젊은 여인이 그 책을 펴놓고 아기에게 노래를 불러주는 모습을 선연하게 떠올릴 수 있었다. 슬픔의 물살이 가슴을 적시는 것을 느끼면서, 그 책을 폈다. 눈에 들어온 노래는 낯설지 않았다.

무지개 너머 어느 곳,
하늘 높은 데 있는 곳,
거기에 있다네
언젠가 내가 자장가 속에서 들은 나라가.

영화 〈오즈의 마법사〉에 나오는 〈무지개 너머〉라는 노래였다. 나는 가사 위의 악보를 읽었다. 그리고 나도 모르는 사이에 그 노래를 부르기 시작했다. 맞았다, 아는 노래였다. 몸속으로 낯설면서도 묘하게 낯익은 감정들이 뒤섞여 물살로 흘렀다. 회로들이 과부하로 타버릴 것처럼, 그 물살이 시리게 느껴진 어느 순간, 내 머릿속에서 어긋났던 무엇이 제대로 이어지는 느낌이 들었다. 그리고 기억의 수평 너머에서 심상 하나가 떠올랐다. 조그만 계집아이의 모습이었다. 나를 보자, 그 아이는 무어라 외치면서 반갑게 달려오기 시작했다. 짙은 그리움에 졸아든 가슴으로 나는 손을 내밀었다. 그러나 무엇이 그 아이를 붙잡았고, 그 아이는 버둥대다가 넘어지면서 수평 아래로 다시 가라앉았다. 내 입에서 나온 신음이 어둑한 방 안을 채웠다.

한참 동안 나는 그 자리에 서 있었다. 두 손을 내민 채, 끝없는 아쉬움과 슬픔이 가득한 가슴으로. 이렇게 가슴이 저릴 때는 어떻게 해야 하는지 나는 알지 못했다. 어릴 적부터 이별을 배우는 인간들과는 달리, 로봇인 나는 사랑하는 이를 잃는 방법을 배울 기회가 없었다. 가슴을 문득 움켜쥔, 깊은 상실감에 어찔해진 정신으로 눈을 감고 숨만 가쁘게 쉬었다.

　가슴속 아픔이 좀 사그라져서 견딜 만해지자, 나는 휘청거리는 걸음으로 집에서 나왔다. 침침한 골목에 서서, 나는 그 집의 컴컴한 안쪽을 돌아다보았다. 그리고 거기 누운 한 가족에게 마음속으로 작별 인사를 했다. 그제야 손에 아직 그 노래책을 들고 있다는 것을 깨달았다. 그 책을 제자리에 갖다놓으려고, 나는 다시 집 쪽으로 몇 걸음 옮겼다. 그리고는 멈춰 섰다. 지금 그 책을 제자리에 갖다놓는 것은 별 뜻이 없었다. 폐허가 된 마을의 잔해를 치우는 인부들은 그것을 다른 쓰레기들과 함께 지상으로 싣고 가서 버릴 터였다. 그러나 그것은 내게도 과거가 있었음을 말해 주는 구체적 증거였고, 자연히, 나에겐 소중했다. 한참 동안 자신과 논쟁을 한 끝에, 나는 그 책을 갖기로 했다.

　마을로 돌아오는 걸음은 뜻밖으로 가벼웠다. 나는 옛 노래 하나를 알았고, 내가 그것을 어린 계집아이에게 불러주었다는 것도 알아냈다. 그리고 우리는 좋은 친구들이었다, 나와 그 인간 계집아이는. 그리고 언젠가는 끊어진 내 경험 기억 회로들이 이어져서, 그 아이의 또렷한 모습이 떠오를 수도 있었다. 달콤하면서도 슬픔이 살짝 어린 감정의 물살이 내 몸을 부드럽게 씻었다.

　에어로크로 들어섰을 때, 화단에 물을 주던 부인은 거기 없었다. 물기를 머금은 꽃들이 대신 내게 인사를 건넸다. 나는 화단 앞에 멈춰 서서 그 꽃들을 새삼스러운 눈길로 더듬었다.

　문득 내 가슴속으로 서늘한 무엇이 스쳤다. '지금 내 곁에 누가 있어서, 함께 이 꽃들을 바라보면, 얼마나 좋을까? 이 꽃들은 모두 부활한 인간들이니, 아무래도 나보다는 인간들을 반길 텐데.'

　나는 본능적으로 고개를 들었다. 구지구가 걸린 하늘을 볼 수 있는 것처럼. 내 머리 위에 걸린 암반을 바라보면서, 나는 소리내어 생각했다. "왜 그 사람들은 오지 않는 것일까? 우리가 여기 있다는 것을 잘 알면서도."

그것은 실은 우리 로봇들이 자주 스스로에게 그리고 서로에게 던지는 물음이었다. 지금 구지구엔 수많은 인간들이 살고 있었다. 그러나 그들은 '대참사' 뒤엔 이곳 개니미드를 찾지 않았다. 개니미드에 살아남은 인간이 없다는 것을 확인하자, 구지구의 인간들은 개니미드에 흥미를 잃었고, 그들이 보낸 구조선은 목성의 다른 위성들의 기지들에 있던 인간들을 구출한 뒤 그대로 구지구로 돌아갔다. 심지어 그들은 거기서 인간들과 함께 일하던 로봇들을 그냥 놓아두고 가버렸다. 그래서 우리가 구조선을 보내 그 로봇들을 개니미드로 데려와야 했었다. 인간들이 우리에게 보인 그런 비정한 태도는 우리 마음에 깊은 상처를 남겼다. 그들은 우리를 사람으로 여기지 않았다. 그들에게 우리는 그저 기계들이었다. 손익 계산에서 손실로 나타나면, 언제나 버릴 수 있는 기계들이었다. 물론 우리는 구지구에서 온 인간들이 개니미드의 인간들처럼 우리를 대하리라고 기대하지는 않았었다. 그래도 개니미드 사회에서 법적으로 '준시민'의 지위를 누렸던 터라, 구지구 인간들의 그런 태도는 우리에게 큰 충격을 줄 수밖에 없었다. 이곳에선 '호모 사피엔스 사피엔스'와 '호모 사피엔스 로보티쿠스'는 서로 보완하면서 조화롭게 살아야 한다는 것이 상식이었다.

어쨌든, 나는 인간이 그리웠다. 아까 잠깐 기억의 수평 너머로 모습을 드러냈던 어린 소녀와 같은 인간 소녀가 지금 곁에 서서 함께 꽃들을 바라볼 수 있다면, 마음에 드리운 우울증의 짙은 그늘이 이내 옅어질 것 같았다. 마음을 시리게 만드는 그런 그리움은 묘하게도 인간들이 언젠가는 이곳을 찾아오리라는 믿음을 한결 단단하게 만들었다. 그리고 우리는 여기서 서로 돕고 서로 부족한 점들을 보완해 주면서 조화롭게 살 것이었다. 이 혹독한 외계에선 그 길밖에 없었다. 전생의 애기들을 품은 봉숭아들도, 채송화들도, 팬지들도 모두 내 생각에 동의하는 듯, 나를 올려다보며 환한 웃음을 지었다.

내가 다시 '물랭 루주'에 들어섰을 때, 카페는 여전히 북적거렸다. 아까보다 오히려 사람들이 늘어난 것처럼 보였고, 모두 흥겨운 얼굴로 줄리어스 박사의 노래를 즐기고 있었다. 음유시인은 언제 어디서나 환영받는 존재였다. 줄리어스 박사는 관상까지 보았으니, 올 수 있는 사람들은 모두 카페로 몰려왔을 터였다. 모두 손에 마실 것을 들고 있었다. 인간들처럼 진짜 음주가들인 듯이.

나는 관상가와 다시 대면하고 싶은 마음이 없었다. 옆문을 조용히 닫고서, 구석에 있는 테이블로 다가갔다.

노래를 마친 줄리어스 박사가 기타를 내려놓자, 사람들의 박수 소리와 휘파람 소리가 카페를 울렸다. 그렇게 소란한 속에서도 관상가는 나를 찾아냈고 우리는 눈길이 마주쳤다.

나는 움찔했으나 이내 마음을 다잡고 공손하게 고개 숙여 인사했다. 그리고 무거운 엉덩이를 들어 옆으로 조금 움직인 표토르 벨린코프스키 옆에 앉았다. 내 부서진 회로 패널들을 수리해서 나를 되살린 뒤로, 표토르는 나를 자기 아들처럼 대했고 외톨이인 나를 위해 기꺼이 후견인 노릇을 했다.

"지미야, 이거 한번 들어봐라." 그가 긴 손가락으로 앞에 놓인 붉은 액체가 든 유리잔을 가리켰다. "겐지가 저번에 만들어낸 건데, 맛이 희한하다."

겐지 다나카는 바텐더였는데, 희한한 칵테일을 여럿 만들어냈다고 했다. 덕분에 '물랭 루주'의 명성이 널리 퍼져서, 애주가들은 먼 도시에서도 일부러 찾아온다는 얘기였다.

내가 고개를 끄덕이자, 표토르가 옆 테이블을 치우던 보조 바텐더에게 말했다. "어이, 숀, '레드 후지' 두 개."

그러나 숀이 술을 들고 오기 전에, 우리 마을의 도서관장인 '허수아비'가 빼빼 마른 몸을 이끌고 우리 테이블로 다가왔다. "지미, 줄리어스 박사가 자네를 보자고 하네."

"나를요?"

"응. 자넬 보자구 하던데." 허수아비가 흘긋 헤드 테이블 쪽을 살폈다.

나도 흘긋 그쪽을 살폈다. 관상가는 무게가 실린 눈길로 나를 살피고 있었다. 그가 나를 찾는 까닭을 생각하면서, 나는 사람들을 헤치고서 헤드 테이블로 다가갔다.

관상가는 시장과 눈짓을 교환하더니 묵직한 목소리로 내게 말했다, "찬 씨, 좀 앉으시죠."

"예, 고맙습니다." 마음이 좀 떨떠름해서, 목소리도 좀 탁하게 나왔다.

"지미야, 여기……." 우리 마을의 서기로 일하는 애니 보이드가 급히 일어나 내게 권했다. 관상가 바로 맞은편 자리였다.

"고맙습니다, 보이드 부인."

내가 헤드 테이블에 앉자, 둘레가 문득 조용해졌다. 사람들이 모두 흥미로운 얼굴로 우리를 살피고 있었다. 그들의 기대에 찬 눈길들이 내 얼굴에 따갑게 닿았다.

관상가는 다시 내 눈 속을 한참 들여다보았다. 그리고는 부드러우나 또렷한 목소리로 말했다. "찬 씨, 제가 아끼는 눈이 침침해서 잘 보지를 못했습니다. 이제는 좀 보입니다."

내 등 뒤에서 기대에 찬 헛기침들이 나왔다. 나는 그대로 앉아서 그의 뜻밖에도 부드러운 눈길을 차분한 눈길로 받았다.

"그래, 지미의 상이 어떻습니까?" 시장이 반갑게 물었다.

"찬 씨의 얼굴에선 꽃이 보입니다. 얼굴에 환하게 핀 꽃 한 송이가 어려 있습니다." 환한 웃음이 어리니, 칠이 많이 벗겨진 관상가의 얼굴이 꼭 인간 노인의 인자한 얼굴 같았다.

나는 적잖이 놀랐다. '환하게 핀 꽃 한 송이'는 지금 내 마음의 상태를 멋지게 드러낸 심상이었다. 그의 날카로운 관찰과 뛰어난 시적 표현에 감탄하면서, 나는 고개를 깊이 숙였다. "박사님, 고맙습니다."

"꽃이오?" 시장이 물었다.

"예, 시장님. 찬 씨의 얼굴엔 꽃 한 송이가 어려 있습니다." 시장을 돌아다보는 관상가의 얼굴에서 웃음이 문득 깊어졌다.

"꽃이라. 그러면," 시장이 없는 턱수염을 쓸어내렸다. "꽃은 좋은 징조 아닌가요?"

"그렇죠." 관상가가 이내 대꾸했다. "꽃은 생명을 뜻하죠. 꽃이 없으면, 우리도 없겠지요."

시장이 환하게 웃으면서 고개를 끄덕였다. 내 등 뒤에서 박수가 터졌다.

줄리어스 박사는 날렵하게 기타를 집어 들더니 익숙한 손길로 기타를 뜯기 시작했다.

　이롱고스 광장 뒤쪽 좁은 골목에서
　채송화 핀 화단에 물을 주던 소녀가
　나를 올려다보더니 물었네,
　"어디서 오셨어요?"
　"햇살이 오는 곳에서 왔어요.
　우리는 모두 거기서 왔죠."

줄리어스 박사의 목소리는 높은 음들에서 갈라지는 느낌이 들었지만, 노래는 들을 만했고, 기타 솜씨는 아주 좋았다. 유명한 음유시인이라던 시장의 말이 분명 헛말은 아니었다.

가까이 앉은 사람들 몇이 따라서 부르기 시작했다. 노래는 모두 잘 아는 〈이롱고스 광장 가까이〉였는데, 가사는 RUFOB1002의 유명한 장시 〈내 살과 넋이 지향하는 곳〉의 마지막 연이었다. RUFOB1002는 인간들이 진정한 시인으로 받아들인 유일한 로봇 시인으로, 그녀의 시들은 인간 비평가들에 의해서 뛰어난 작품들로 평가되었고, 구지구에서도 널리 애송되었다.

줄리어스 박사는 따라 부르는 사람들에게 고갯짓으로 화답하고서 첫 부분을 다시 부르기 시작했다. 이제는 여럿이 따라 불렀다.

고개를 끄덕이더니, 소녀는 다시 물었네,
"어디로 가세요?"
"햇살이 가는 곳으로 가요.
우리는 모두 그리로 가죠."

마침내 카페 안의 모든 사람들이 한 목소리로 노래를 부르기 시작했다. 원래 〈이롱고스 광장 가까이〉는 '대참사' 이전에 인간들과 로봇들 사이에서 함께 인기가 높았었다. 그래서 인간들과 로봇들이 함께 어울리면, 로봇 음유시인이 부른 이 노래가 으레 불렸다.

심각한 얼굴로 고개를 끄덕이더니,
소녀는 다시 물었네,
"거기도 꽃이 있나요?"

나는 고개를 끄덕이고 가슴을 가리켰네.
그녀 가슴과 내 가슴을.
"사람이 가는 곳엔 늘 꽃이 피죠.
우리는 가슴에 꽃씨를 품고 다니죠."

이제 목소리들이 너무 커서, 귀가 멍멍할 지경이었다. 얼굴에 인자한
웃음을 띠고서 기타를 뜯으면서 노래를 부르는 음유시인을 따라 목청
을 한껏 높여 노래를 부르면서, 나는 내 광물성 몸속에 꽃 한 송이가 뿌
리를 내리고 꽃을 피우는 것을 느꼈다.
노래가 끝나자, 시장이 앞장을 서서 다시 부르기 시작했다.

이롱고스 광장 뒤쪽 좁은 골목에서
채송화 핀 화단에 물을 주던 소녀가
나를 올려다보더니 물었네…….

우리는 구성지게 불렀다. 이곳에 살았다가 죽은 인간들에 대한 간절
한 그리움을 가슴에 품고서, 몇은 이제 꽃으로 부활했지만 아직은 시체
로 기다리는 이들이 훨씬 더 많은 그 사람들에 대한 시리도록 그리운
마음을 목청에 담아서, 모두 불렀다. 우리 모두가, 인간들이든 로봇들
이든, 애초에 살았던 구지구까지 우리 노래가 들리기를 기대하는 것처
럼, 그래서 우리가 여기서 기다리고 있다는 것을 구지구에 사는 인간들
에게 알리려는 것처럼, 목청을 한껏 높여 불렀다.

고양이의 사생활

김 경 욱

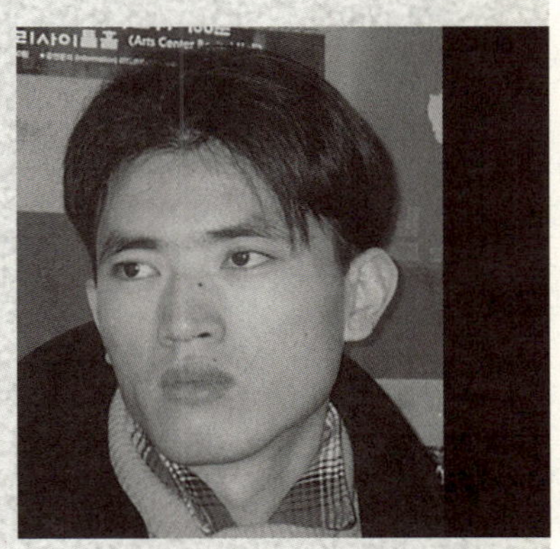

1971년 전남 광주 출생.
서울대 영문과 졸업 및 동 대학원 국문과 박사과정 수료.
1993년 《작가세계》로 등단.
소설집 《바그다드 카페에는 커피가 없다》《베티를 만나러 가다》,
장편소설 《아크로폴리스》《모리슨 호텔》《황금사과》 등.

언제부턴가 아내는 애완견을 기르기 시작했다. 털이 유난히 무성한 슈나우저였다. 나에게는 애완견 알레르기가 있나 보다. 그 녀석이 주위를 맴돌면 나는 어김없이 재채기를 하고야 만다. 그냥 재채기가 아니라 당장 숨이 넘어갈 듯 요란한 재채기를 해댄다. 그럴 때면 아내는 이렇게 말한다. "촌스럽기는. 내 참! 이래서 출신 성분은 속일 수 없다니까." 아내가 집을 비울 때면 나는 그 녀석을 베란다에 꽁꽁 묶어둔다. 재채기를 막는 길은 그 방법밖에 없다. "당신도 뭔가를 길러봐. 그러면 마음이 한결 너그러워질 테니." 어김없이 숨이 넘어가도록 재채기를 해대는 나를 바라보며 어느 날 아내가 핀잔하듯 말했다. 꼭 아내의 충고 때문이라고는 할 수 없지만 지난 봄부터 나도 뭔가를 기르기 시작했다. 이 세상에서 온전히 나만을 위해 존재하는 그 무언가를.

놀이공원 입구에서 오른쪽으로 두 블록 지나 등기소 앞 네거리에서 좌회전한 다음 외환은행 건물을 끼고 우회전해서 2백 미터쯤 직진하다 보면 세븐일레븐이 나오는데 세븐일레븐 왼쪽 골목길을 백 미터쯤 가면 정육점이 나온다. 정육점 앞에서 해가 저무는 쪽으로 몸을 돌려 시선을 30도 각도로 올려다보면 얼기설기 엮인 전깃줄 너머로 번개표 형광등 옥외 광고판이 보인다. 그 광고판을 똑바로 쳐다보며 걷다가 '번' 자의 받침이 찌그러져 있다는 사실을 육안으로 확인할 수 있게 되는 순간 걸음을 멈춰 왼편을 바라보면 이 세상이 시작되기 전부터 그곳에 뿌리를 내리고 있을 법한 고욤나무 한 그루가 보일 것이다. 그 고욤나무 아래에 서 있으면 눈 깜짝할 새에 달려나가겠다고 그 아이가 말했다. 정확히 말하자면 내게 그런 취지의 메시지를 보내온 것이다.

성가시게 그럴 거 없이 놀이공원 입구에서 만나자고 전화하려 했으나 그 아이의 핸드폰은 꺼져 있었다. 자신이 연락하기 전에는 그 누구와도 말하지 않겠다고, 연결되지 않겠다고 단호하게 항변하는 듯했다. 일부러 꺼놓은 것이 분명했다. 나에게 일방적인 명령을 내려놓고 고욤나문가 뭔가 하는 나무가 보이는 어딘가에 몸을 숨긴 채 숨을 죽이고 있을 것이다. 역시 고양이다웠다. 꼭 그럴 필요는 없었지만 나는 길게 한숨을 내쉬었다. 한숨을 내쉬긴 했지만 기분이 썩 나쁘지만은 않았다. 그래도 그 아이 덕분에 오늘도 해야 할 일이 생긴 것이라고 스스로 위로하는 것도 재미있는 일이었다. 말하자면 그 아이는 나에게 아주 그럴듯한 그러나 그리 녹록하지만은 않은 미션을 부여한 셈이다. 고양이 찾기. 고욤나무가 내려다보이는 어딘가에서 숨죽이고 있는 고양이 찾기.

　사람들은 대체 언제쯤 자신의 유언을 정하는 것일까. 유언이라니? 뜬금없는 생각이 아닐 수 없었지만 막상 스스로에게 질문을 던지니 아주 오래전부터 퍽 궁금하게 여겨왔던 것처럼 느껴졌다. 삶이 드라마틱하면 유언도 드라마틱하겠지. 자신의 죽음을 적에게 알리지 말라고 했던 저 광화문의 사내처럼 말이다. 물론 예외도 있다. 내 아버지라는 사내. 내가 알기로 그는 퍽 시시한 삶을 살았다. 면사무소에 앉아 평생 다른 사람들의 호적을 정리했다. 태어난 자들의 이름을 새로 기입하고 죽은 자들의 이름 위에 붉은 줄을 그었다. 어릴 적 동생이 태어났다는 소식을 전하기 위해 달려갔을 때도 그는 잔뜩 성난 사람처럼 서류를 노려보고 있었다. 인기척을 느꼈음이 분명했음에도 불구하고 내게 눈길 한 번 주지 않았다. "아버지, 어머니께서 또 동생을 낳았답니다." 어찌된 영문인지 나는 변명하는 투로 그렇게 말하고 말았다. 또 한 명의 동생이 태어났다는 사실이, 아버지의 일을 방해했다는 사실이, 무엇보다 내가 그 자리에 서 있다는 사실이 부끄럽다는 투였다. 그리고 그 모든 것이 내 탓은 아니라는 듯한 말투이기도 했다. 갑자기 웃음소리가 사무실 여기저기에서 터져나왔다. 어쩌면 그때 나는 얼굴을 붉혔을지도 모른다. "알았다." 사무실의 소란에는 아랑곳하지 않고 아버지는 여전히 책상 위의 서류를 노려보고 있었다. 그것이 전부였다. 내 기억이 정확하다면 그때 아버지는 누군가의 이름 위에 대나무 자를 대고 신중하게 줄을 긋고 있었다. 대나무 자의 가장자리는 핏빛으로 붉게 물든 채 반질반질했다. 아버지는 올림픽이 열리던 해에 숨을 거두었다. 과로사였다. 숨을 거두기 전 아버지는 병원 중환자실 침대에 누운 채 이렇게 말했다. "……부끄러워할 줄 알아야 한다." 어쩐 일인지 그 말은 내게 수수께끼처럼 들렸다.

놀이공원은 한산했다. 서울에서 차로 한 시간이 채 걸리지 않는 도시의 유일한 놀이공원치고는 형편없이 초라하고 볼품없었다. 놀이공원 맨 앞쪽에서는 주인을 잃은 목마들이 의미라고는 전혀 찾아볼 수 없는 회전운동을 게으르게 반복하고 있었다. 회전목마 뒤로 바이킹이 몇몇의 코흘리개들을 태운 채 좌우로 요동치고 있었다. 바이킹은 크기가 너무 작아서 이물과 고물에 마주 앉아 있는 아이들끼리 뭐라고 조잘거리고 있을 정도였다. 놀이공원의 꽃이라고 할 수 있는 롤러코스터도 있기는 있었다. 말이 롤러코스터지 트랙의 총 길이가 1백 미터도 되지 않을 간이 롤러코스터였다. 그나마 무슨 사정이 있는지 운행이 중단된 상태였다. 도대체가 좋았던 시절이 있었을 것 같지 않은 놀이공원이었다. 공원 곳곳에는 자동차들이 아무렇게나 세워져 있었다. 명백한 불법주차였다. 그러나 그러한 사실을 지적하고 단속하는 사람은 전혀 보이지 않았다. 한번 다녀간 사람이라면 그곳 어느 구석에서 변사체가 발견되었다는 뉴스를 들어도 그다지 놀라지 않을 것이라고 나는 생각했다.

놀이공원 입구에 차를 대고 나는 주머니에서 수첩을 꺼냈다. 수첩에 고욤나무를 찾아가는 길을 대충 메모했다. 이정표가 될 만한 것들만 차례로 적어 나갔다. 놀이공원, 등기소, 외환은행, 세븐일레븐, 정육점,

번개표 그리고 고욤나무. 나는 최종 목적지인 고욤나무에 밑줄을 그었다. 유감스럽게도 고욤나무가 어떻게 생겨 먹었는지 나는 알지 못한다. 한 번도 그것을 본 적이 없으므로. 나는 고욤나무라는, 알지 못하는 대상의 이름을 나지막하게 발음해 보았다. 고욤나무. 내 귀에 그것은 마치 이 세상에 존재하지 않는 그러나 존재하지 않는다고 단정할 수만은 없는 어떤 것을 소환하는 음험한 주문처럼 들렸다.

— 아저씨 나랑 같이 죽을 수 있어?

고양이, 아니 그 아이를 한번 만나보아야겠다고 마음먹은 것은 전적으로 그 문장 때문이었다. 그 문장만 아니었다면 그 아이는 여전히, 텅 빈 사무실 귀퉁이나 아내가 없는 빈집에 도사리고 앉아 모니터를 들여다보며 시시덕거릴 상대에 불과했을 것이다. 어디로 뻗어 있는지 짐작조차도 할 수 없는 인터넷 전용회선 저 너머에서 시도 때도 없이 도발적인 질문을 던져 나를 즐겁게 만드는 얼굴 없는 수다쟁이 말이다. 모니터를 들여다보기만 할 뿐 나는 한동안 키보드를 두드리지 못했다. 뜻밖의 질문이었고 돌이켜보니 사춘기 이후로 나는 죽음에 대해 진지하게 생각해 본 적이 없었다. 무슨 이유에서인지 그 질문은 한번 만나자는 은밀한 제안처럼 들렸다. 나는 잠시 망설였다. 담배를 한 개비 다 태운 후 컴퓨터 키보드를 두드렸다.

— 안 믿는대도 상관없지만 난 아직 젊어.

그렇다. 어린 애인을 두기에 나는 아직 너무 새파랗다. 풋내기다. 아니다. 나는 벌써, 어떻게 손을 쓸 겨를도 없이 충분히 늙어버렸다. 필시 스무 살도 채 되지 않았을 계집아이가 정색하며 아저씨라고 부르는 것이 전혀 낯설게 느껴지지 않을 정도로 늙어버린 것이다. 요컨대, 고양이를 알기 전부터 나는 이미 아저씨였던 것이다.

─그거 알아? 아저씨 되게 웃겨.

그렇게 해서 나는 고양이를 만나게 되었다. 지난 봄의 일이었다. 꽃가루가 눈발처럼 날리던 4월의 어느 날, 신촌의 한 클럽에서 처음 만났다. 본인은 아니라고 극구 우겼지만 하이틴이 분명했다. 육체적인 조숙함이 오히려 불완전한 느낌을 자아내는, 그런 나이였다. 미성년? 그것까지는 알 수 없었다. 좁은 어깨와 부조화를 이루며 제법 봉긋 솟아오른 가슴 위에 새겨진 Guess 로고가 마치 "알아맞혀 봐! 내가 미성년자인지 아닌지 짐작해 봐!" 하고 속닥거리는 것 같았다.

"혹시 미성년 아냐?"

"……."

"너 미성년자 맞지?"

"재수 없어! 미성년임 내가 아저씨 딸이겠네. 아저씨 혹시 꼰대 아냐?"

그 아이는 궁지에 몰린 짐승처럼 가르랑거렸다. 순식간에 말을 쏟아 내고는 얇은 입술을 지그시 깨물었다. 꼰대라는 말에 나는 뜨끔했다. 학원 아이들에게 그것은 경멸과 경원의 호칭이었다. 세상에 대한 막연한 적개심을 그들은 그렇게 표현했다. 그맘때의 아이들에게 세상에는 두 가지 부류의 인간이 존재한다. 꼰대들에게 고분고분한 인간과 꼰대들을 경멸하는 인간.

불가피한 경우가 아니라면 나는 앞으로 그 아이를 고양이라고 부를 것이다. 그것은 그 아이의 채팅 아이디였다. 이름이 뭐냐고 묻지 않았다. 어차피 이름 같은 것은 내게 별 의미가 없었다. 만일 이름이 뭐냐고 물었다면 나는 그 자리에서 꼰대로 낙인 찍혔을 것이다. 그것은 나로서도 퍽 곤란한 일이 아닐 수 없다. 뭔가를 제대로 길러보기로 맘먹은 이상 나는 고양이와 잘 지내야만 한다. 운이 좋다면 고양이에게서 위안을 얻을지도 모르는 일이다. 그것은 전적으로 내가 어떻게 하느냐에 달렸다.

"괜찮다면 너를 고양이라고 부르겠어."

"흥."

그것은 긍정을 뜻하는 그 아이의 특이한 말버릇이라는 것을 나는 금방 알아차릴 수 있었다. 그런 것쯤은 말할 때의 눈빛만 보면 알 수 있다. 짐짓 삶의 신산辛酸을 맛본 척, 나름대로 굴러먹은 척 건들거려도 눈빛에 언뜻언뜻 묻어나는 순진한 호기심만은 감출 줄 몰랐다. 심드렁한 표정은 그렇게 부르는 것 외에 달리 도리가 있겠느냐고 나를 조소하는 듯했지만 말이다.

"괜찮다면 나는 댁을 아저씨라고 부르겠어."

고양이는 내 말투를 흉내 냈다. 말투를 흉내 내느라 얼굴이 원숭이처럼 구겨졌다. 나는 맥주병을 입에 가져가다 말고 피식, 웃음을 터뜨리고 말았다. 고양이도 경계심을 풀고 배시시 웃었다. 그리하여 고양이와 나는 마주 보며 한참 동안 낄낄거렸다. 너무 낄낄거린 나머지 눈물이 질금거릴 정도였다. 나로서는 왠지 손해 보는 기분이었지만 어쩔 수 없는 일이었다. 아저씨는 내 아이디였다.

고양이는 그날 내게 입술만 허락했다. 보기에 따라서는 내가 입술을 빼앗겼다고 할 수도 있을 것이다. 클럽의 출입구 계단에서 고양이는 나를 벽으로 밀친 후 입술을 내밀었다. 나는 아주 오랜만에 기분 좋게 취해 있었고 내 손은 굳이 그럴 필요는 없었음에도 불구하고 마치 어쩔 수 없지 않겠냐는 듯 고양이의 가슴께를 더듬거리고 있었다.

"어딜 만져요? 아저씨 보기보단 엉큼하네!"

고양이는 화들짝 놀라는 시늉을 하며 쇳소리를 내질렀다. 고양이가 갑자기 상체를 밀치는 바람에 나는 계단에 주저앉고 말았다. 고양이는 계단에 널브러진 나를 내려다보며 깔깔거렸다. 깔깔거리다 말고 혀를 날름거렸다. 핑크빛의 혀끝이 유난히 뾰족했다.

나는 서둘러 놀이공원을 빠져나왔다. 방심한 채로 지체하면 놀이공원의 남루함이 나를 집어삼켜 버릴 것만 같았다. 놀이공원 바로 옆에는 대형할인점이 들어서 있었다. 놀이공원에 세워둔 차가 많은 이유를 그제야 나는 짐작할 수 있었다. 개장한 지 얼마 되지 않은 듯 건물 위로 '오픈 기념 파워세일'이라는 현수막을 꼬리에 단 붉은 애드벌룬이 동동 떠 있었다. 아무렇게나 뜯어낸 솜뭉치 같은 구름이 낮게 드리워진 채 서쪽으로 서서히 몰려가고 있었다.

두 블록을 지나자 고양이가 일러준 대로 등기소가 나타났다. 등기소는 네거리의 맞은편에 자리하고 있었다. 지금 살고 있는 아파트는 아내의 명의로 되어 있었다. 처가에서 아내에게 사준 것이다. 집과 그 집의 공간을 채우고 있는 것 모두 아내의 것이다. 속이 훤히 들여다보이는 세탁기에서부터 방바닥에 굴러다니는 슈나우저의 털까지. 내 것이라고는 아내가 잠든 밤마다 침대에서 슬그머니 빠져나와 고양이와 노닥거리기 위해 파워 스위치를 켜는 랩탑 컴퓨터가 전부이다.

뒤에서 빵빵거리는 소리가 들렸다. 신호등의 불이 바뀌어 있었다. 나는 급히 우회전 깜박이를 넣고 핸들을 꺾었다. 퇴근 시간까지는 아직 여유가 있었지만 도로에는 많은 차가 나와 있었다. 전방이 가까운 도시라서 그런지 군용 지프와 트럭이 제법 눈에 띄었다. 그러고 보니 길거리에는 군복 차림의 사내들이 많았고 MP들도 더러 보였다. 미군들도 삼삼오오 거리를 활보하고 있었다. 그러나 외환은행은 어디에도 보이지 않았다. 내 기억이 정확하다면 등기소 다음 터닝 포인트는 분명히 외환은행이었다. 등기소 네거리에서 벌써 두 블록이나 지나왔지만 외환은행은 그림자도 비치질 않았다. 비상등을 넣고 차를 길가에 정차시킨 후 수첩을 꺼내 메모 내용을 확인해 보았다. 놀이공원, 등기소, 그 다음은 역시 외환은행이었다. 나는 핸드폰 폴더를 열고서 고양이가 보낸 메시지를 다시 창에 띄웠다. 놀이공원 입구에서 오른쪽으로 두 블록을 지나 등기소 앞 네거리에서 좌회전해서 가다 보면 외환은행이 나온다. 좌회전해서 가다 보면…….

등기소 앞 네거리에서 길을 잘못 접어들었던 것이다. 좌회전해야 하는데 반대 방향으로 갔다. 이 도시에 초행이라는 점을 감안한다면 좀더 자세한 약도를 메모해야 했다. 고양이가 이 사실을 알면 또 얼마나 나를 비웃을 것인가. "아저씨, 이젠 슬슬 나이를 생각하셔야지"라고 비아냥거릴 게 분명했다. 나는 수첩에 비교적 소상한 지도를 그리며 쓰게 입맛을 다셨다. 터닝 포인트를 기점으로 각각 진행 방향을 화살표로 표시하고 터닝 포인트간의 거리를 적어 넣었다. 제법 그럴듯한 약도가 완성되었다. 약도를 들여다보고 있으려니 구겨졌던 기분이 다소간 팽팽해졌다.

오늘은 고양이로부터 백기를 받아낼 수 있을지도 모른다는 예감이 들었다. 번거롭게 그쪽으로 찾아오라고 하는 걸 보면 자신의 방으로 나를 초대하려는 속셈인지도 모르겠다. 지난 봄에 처음 만나 이제야 자신의 방을 공개하다니 고양이는 보기보다 조심성이 많은 아이임에 틀림없다. "아저씨, 날 만만하게 봤다간 된통 당할 줄 알아"라고 으름장을 놓은 게 허풍은 아니었던 것이다. 고양이의 방을 상상한 탓인지 나는 약간의 정욕을 느꼈다. 안 되도 할 수 없는 일이지만 운이 좋다면 방에 들어가서 고양이와 자게 될 수도 있을 것이다. 흥분을 가라앉히기 위해 나는 차창을 내렸다. 며칠 사이에 부쩍 냉랭해진 공기가 기다렸다는 듯이 밀려들었다. 그 서늘한 느낌 때문인지 나는 마음이 편안해졌다.

네거리가 안 나타나는 바람에 나는 반대 방향으로 꽤나 달려야 했다. 10분여를 달리고 나서야 가까스로 유턴 지점을 발견했다. 그 도시는 초행 운전자에게는 악몽과도 같은 곳이었다. 일단 길 자체가 제멋대로였다. 어디로 이어지는지 짐작조차 할 수 없는 갈래길이 느닷없이 튀어나오는가 하면 한동안 방향을 틀 수 없을 정도로 교차로가 나타나지 않기도 했다. 건물들은 모두 비슷비슷한 모양인데다 색깔마저도 잿빛 일색이어서 어디가 어디인지 분간할 수 없었다. 마치 그 도시의 모든 건물들은 늙으며 닮아가는 부부처럼, 그렇게 엇비슷한 분위기를 풍기며 영락하고 있는 듯했다. 게다가 대부분의 도로 표지판이 터무니없이 웃자란 플라타너스 잎에 가려 있었다.

다시 등기소 앞 네거리에 당도했을 때 핸드폰이 울렸다. 아내였다. 회식이 있어서 늦을 거라고 했다. 나는 알았다고 대답했다. 아내의 회사는 회식을 자주 한다고 나는 생각했다. 그러나 불만은 없었다. 아내도 자신의 삶을 즐길 권리가 있는 것이다. 잠시 침묵이 흘렀고 아내는 지금 뭐 하냐고 물었다. 나는 수업 준비중이라고 말했다. 그것은 거짓말이었다. 나는 학원에서 쫓겨났던 것이다. 바로 맞은편 건물에 영어전문학원이 들어서면서 내 반 아이들이 썰물처럼 빠져나갔다. 아이들을 붙들기 위해 자장면도 사주고 PC방에도 데려갔다. 그러나 다음 날에는 보란 듯이 건너편 학원의 셔틀버스를 타고 나타났다. 일주일이 지나자 강의실에는 세 명만 앉아 있었다. 수업을 시작하려하자 그중 한 녀석이 볼멘소리로 이렇게 말했다. "오늘은 자장면 안 사줘요?" 벌써 석 달 전의 일이다.

나와는 달리 고양이는 늘 바빴다. 그리고 실제로 바쁜 것보다 더 바쁜 척했다. 오후 1시부터 4시까지 배스킨라빈스, 5시부터 9시까지 맥도널드, 9시부터 자정까지 세븐일레븐. 고양이가 말한 자신의 일과표이다. 오전에는 내내 잠을 잔다고 했다. "뭐야 죄다 다국적 기업이잖아?"라고 내가 말했다. "듣고 보니 그러네. 근데 아저씨 내셔널리스트야? 그런 건 왜 따져? 돈만 제때 주면 그만이지." 고양이는 이해할 수 없다는 표정이었다. 그런 뜻으로 물어본 것은 아니라고 변명할까 하다가 그만두고 말았다.

고양이는 아르바이트로 눈코 뜰 새 없이 바빴으므로 고양이를 만나기 위해서는 내가 찾아가는 도리밖에 없었다. 어쩌다 자정 이후에 술을 마신 적은 있지만 그런 경우는 손가락으로 꼽을 정도였다. 마지막 아르바이트가 끝나면 피곤하다며 서둘러 집에 돌아갔다. 그래서 고양이가 일하는 곳에 찾아가 짬짬이 얼굴을 보는 수밖에 없었다.

고양이를 보기 위해서는 늘 뭔가를 먹어야 했다. 아이스크림이나 햄버거 그리고 컵라면. 이 모든 것들을 모두 먹은 날도 있었다. 그날은 고양이의 생일이었다. "오늘은 내 생일이야. 그러니까 오늘은 아저씨가 내 수호천사가 되어 온종일 나를 지켜주고 일과가 끝나면 집까지 바래다주는 거야. 어때 재밌겠지." 아무리 생각해도 재미있을 것 같지는 않았지만 그 정도는 해줄 수 있다고 나는 대답했다. 적어도 생일날만큼은 누구나 존중받아야 마땅하다고 나는 덧붙였다. "흥!" 고양이는 고맙다는 말 대신 코웃음을 쳤다.

피스타치오 아이스크림 쿼터, 빅맥 한 세트, 새우탕 컵라면. 고양이의 생일날 내가 먹은 것들이다. 고양이의 마지막 아르바이트 장소인 세븐일레븐에서 컵라면을 먹고 나자 속이 울렁거려 나는 약국에서 소화제를 사먹어야 했다. 소화제를 먹자마자 나는 편의점 화장실로 달려갔다. 화장실에서 나왔을 때 고양이는 이미 퇴근하고 나를 기다리고 있었다. 술이나 한잔하자고 고양이가 내게 말했다. 근처에 있는 바에서 한

잔씩만 하고 여의도 근처의 한강 둔치로 나갔다. 고양이는 그날따라 무척 피곤해 보였고 답지 않게 의기소침했다.

"그렇게 열심히 돈 벌어서 뭐 할 건데?"

차 안에 나란히 앉아 내가 물었다. 고양이는 소리 없이 흐르는 한강을 보고 있거나 환하게 불을 밝힌 마포대교의 교각을 바라보고 있거나 그렇지 않다면 그 모든 것들 배후에 존재하는 가없는 어둠을 노려보고 있었을 것이다.

"……."

"대답하기 싫음 하지 않아도 돼."

나는 서둘러 화제를 바꾸려 했다.

"나를 지키기 위해서야. 스스로를 지킬 만큼의 돈을 버는 거야."

"보호자는 없어?"

"보호자?"

고양이는 말뜻을 모르겠다는 표정이었다.

"그러니까 부모나 가족 같은……."

"뭐야, 또 나를 미성년자 취급하잖아. 아저씨가 뭔데 내 프라이버시를 건드리는 거야. 자꾸 그러면 나 아저씨 더 이상 만날 수 없어."

고양이의 말이 옳았다. 그동안 고양이와 나는 서로의 사생활이나 신상에 대해서는 한 번도 묻지 않았다. 그것은 일종의 규칙이었다. 이제 와서 규칙을 깰 이유는 하등 없는 것처럼 보였다. 나는 고양이의 사생활을 존중해야 마땅했다. 고양이도 내 사생활을 존중해 주었으므로. 아니, 고양이는 어느 쪽인가 하면 내 사생활 같은 것은 아무래도 좋다는 식이었다. 도통 무관심했던 것이다.

"가족은 없는 거나 마찬가지야."

뜻밖에 고양이는 선선히 자신의 사적인 이야기를 털어놓았다. 2년 전 그러니까 고양이가 고2였을 때 고양이는 엄마와 미국에 갔다. 눈덩이처럼 불어나는 사교육비 때문이었다. 계산기를 두드려본 결과 차라리 미국에 가는 게 더 경제적이라는 결론이 났다. 고양이와 고양이의 엄마는 미국으로 떠나고 고양이의 아버지는 서울에 남았다. 돈을 벌어야 했기 때문이다. 착실하게 불려온 연봉을 포기한 대가로 미국에서 할 수 있는 일이란 식료품점이나 세탁소를 차리는 것 정도였다. 고양이의 아버지는 여기에서 생활하는 데 필요한 최소한의 비용만 빼고 수입의 대부분을 미국으로 송금했다. 그런데 문제가 생겼다. 고양이의 엄마에게 남자가 생긴 것이었다. 그런 이야기였다.

"그럼 아버지와 사는 거야?"

"난 이제 독립했어. 더 이상 다른 사람에게 내 인생을 맡길 순 없어. 누구도 나한테 이래라 저래라 명령할 권리는 없단 말이야. 아저씨도 마찬가지야. 젠장."

고양이는 입술을 삐죽거렸다.

"네 말대로 2년 전에 고2였다면 지금 스무 살이겠네."

"응, 스무 살."

"스무 살이면 무슨 띠야?"

"……."

고양이는 입을 다물고 말았다. 다문 입술을 잘근잘근 깨물었다. 당황한 것 같기도 하고 한편으로는 화가 난 것 같기도 한 얼굴이었다. 뺨이 발그스레해졌다.

"나이가 그렇게 중요해? 내 말을 못 믿겠다는 거야? 없는 이야기를 지어내기라도 했다는 거야 뭐야?…… 아저씨는 겁쟁이에 위선자야. 아저씨는 뭐가 문제인 줄 알아? 믿지 못한다는 거야. 심지어 자기 자신조차도. 부끄러운 줄 알아. 하긴 믿음이 뭔지 모르는 인간들은 부끄러움도 모르지."

　죽는 순간에 "부끄러워할 줄 알아야 한다"라고 했던 나의 아버지. 그리고 부끄러운 줄 알라는 고양이의 비난. 나는 약간 어리둥절하지 않을 수 없었다. 급기야 고양이는 울음을 터뜨리고 말았다. 어깨를 들먹이며 서럽게 울었다. 고양이가 눈물을 보인 건 그때가 처음이었다. 나는 어찌할 바를 몰랐다. 어쨌거나 고양이를 울린 건 나였다. 고양이가 내 앞에서 울고 있다는 사실과 더불어 그것만큼은 결코 부정할 수 없었다. 그러나 여전히 나는 고양이의 나이가 궁금했으며 고양이가 털어놓은 이야기에 대한 의혹을 지울 수 없었다.

　"불쾌했다면 사과할게."

　나는 더할 나위 없이 다정스러운 몸짓으로 고양이의 어깨를 다독거렸다. 그 덕택인지 고양이는 차츰 안정을 되찾았다. 나는 고양이를 천천히 끌어안았다. 거부의 기미는 전혀 없었다. 오히려 상처 입은 짐승처럼 내 가슴팍으로 파고들었다. 나는 엉거주춤한 자세로 고양이를 끌어안은 채 강 건너의, 강 건너에 펼쳐진 어둠 속에서 내 의지와는 무관하게 움직이거나 움직이지 않는 수많은 불빛들을 무심히 바라보았다. 내 품속에 웅크리고 있던 고양이가 꼼지락거리는 것이 느껴졌다. 어느덧 둘의 입술이 포개졌다. 내 손이 이번에도 달리 어쩔 수 없다는 듯 고양이의 가슴을 더듬었다. 전과 달리 고양이는 잠자코 있었다. 블라우스 단추가 풀렸고 어느새 내 손은 고양이의 가슴을 만지작거리고 있었다.

　"그만!"

　내 손이 청바지의 지퍼를 내리려는 순간 고양이가 갑자기 빽, 소리를 질렀다.

　"그만?"

　"그만. 오늘은 여기까지만."

고양이는 필요 이상으로 단호하게 외쳤다. 고양이가 그렇게 선언한 이상 더 이상 재론의 여지는 없어 보였다. "그래 오늘은 여기까지만"이라고 나는 속으로 중얼거렸다. 그러고 나니 마음이 한결 가벼워졌다.

"아저씨는 의심이 많아서 탈이지만 내 말을 잘 들어서 좋아."

블라우스의 단추를 채우며 고양이가 말했다. 조금 전까지 징징거리던 아이라고는 믿을 수 없을 만치 활달한 목소리였다.

나는 광화문까지 고양이를 태워줬다. 집까지 바래다주겠다고 했지만 고양이는 손사래까지 쳐가며 한사코 사양했다. 애당초 집까지 에스코트해 달라고 하지 않았느냐고 내가 따지듯 묻자 생각이 바뀌었다고 대답했다. 심야 좌석버스를 타고 가겠다고 했다. 정 그렇다면 어쩔 수 없지만 그래도 피곤할 테니 택시를 타고 가라고 말하며 차비를 주려고 했더니 고양이는 "아저씨 지금 날 원조하는 거야?"라고 나를 매섭게 힐난하며 자동차 문을 쾅 닫아버렸다.

등기소 앞 네거리가 다시 나타났다. 애당초 좌회전을 해야 하는데 우회전해서 갔다가 유턴해서 되돌아왔으니 직진해야 옳을 것이라고 나는 생각했다. 그래도 더 확실히 해두기 위해 신호를 기다리는 사이에, 수첩에 그려둔 약도를 다시 확인했다. 신호가 바뀌기 무섭게 뒤에서 클랙슨을 울려댔다. 나는 수첩을 조수석에 내던지고 급히 차를 출발시켰다. 해가 짧아진 탓인지 어둠은 순식간에 몰려왔다. 잿빛 빌딩의 스카이라인 너머의 하늘이 보랏빛으로 물들어가고 있었다. 나는 전조등을 켰다.

한참을 달렸지만 어디에서도 외환은행 건물을 찾을 수 없었다. 뭔가가 잘못된 것이 분명했다. 신호 대기중인 옆 차 운전자에게 외환은행 건물이 어디에 있느냐고 물었다. 얼굴의 절반을 가릴 정도로 터무니없이 커다란 선글라스를 낀 사내는 "길을 잘못 들어섰어요. 등기소 앞 네거리에서 좌회전해야 합니다. 좌회전”이라고 소리쳤다. “분명히 좌회전했는데요”라고 나는 항변했다. “그러니까 등기소 앞 네거리에서 좌회전해야 됩니다. 저기에서 우회전해서 다시 우회전하면 등기소 앞 네거리가 나오는데 외환은행 빌딩을 가려면 그곳에서 좌회전해야만 합니다”라고 사내가 소리쳤다.

이 도시의 어딘가에, 저 기이할 정도로 엇비슷한 빌딩 너머에, 이 세상이 시작되기 전부터 뿌리를 내리고 있을 법한 고욤나무가 내려다보이는 곳에 고양이의 방이 있다는 것을 생각하니 슬며시 짜증이 나려고 했다. “이 도시는 도로 표지판이 왜 저 모양이죠. 도대체 길을 찾아가라는 건지 찾지 말라는 건지”라고 나는 투덜거리고 말았다. 그런 행동은 나로서도 뜻밖이었다. 도로 표지판이 엉망인 것이 자기 책임은 아니라는 듯 사내는 어깨를 으쓱해 보였다.

사내가 일러준 대로 나는 연달아 우회전해서 등기소를 향해 차를 몰았다. 두 번째 우회전 후 얼마 안 있어 놀이공원이 눈에 띄었다. 땅거미가 내려앉은 놀이공원은 방치된 유적처럼 흉물스러웠다. 나는 한 시간 전에도 놀이공원을 바라보고 있었다. 다시 원점으로 돌아온 것이다. 고양이로부터는 아무런 연락도 없었다. 내가 고욤나무를 찾아가기 전까지는 절대로 전화하거나 메시지를 보내거나 하지 않을 것이다. 요컨대 나는 일종의 시험을 치고 있는 셈이었다. 고양이의 방에 들어갈 수 있는 자격을 얻기 위한 시험.

등기소 앞 네거리에서 나는 다시 길을 물었다. 이번에는 몸집이 비대한 사내였다. 고개를 돌리자 사내의 턱이 출렁거렸다. 뭘 먹고 있는지 사내는 쉴 새 없이 입을 우물거리고 있었다. 나는 외환은행 건물을 찾는다고 했고 사내는 귀찮다는 듯 짤막하게 대답했다. “좌회전!” 사내의 차가 급히 출발하는 바람에 나는 더 이상 물을 수 없었다. 하는 수 없이 나는 비상등을 넣고 차에서 내렸다. 사내의 말대로 좌회전해 봤자 되돌아와야 할 게 뻔했기 때문이다. 나는 플라타너스 아래로 걸어갔다. 도로 표지판은 역시 유난히 웃자란 플라타너스 잎에 가려져 있었다. 플라타너스 잎이 바람에 흔들릴 때마다 어쩔 수 없다는 듯 표지판이 잠깐 모습을 드러내곤 했다. 그 순간을 놓치지 않기 위해 나는 눈을 부릅뜨고 플라타너스 잎들을, 그 사이로 언뜻언뜻 내비치는 표지판을 노려보았다. 지나가는 사람이 나를 보았다면 흡사 플라타너스 때문에 성난 것처럼 보였을지도 모른다. 표지판에 따르면 그곳은 네거리가 아니라 오거리라고 해야 정확했다. 등기소 앞 네거리가 아니라 등기소 앞 오거리.

내 차가 서 있는 곳 바로 좌측에, 신호를 받지 않고 진입할 수 있는 일방통행로가 하나 뚫려 있었다. 길가로 뾰족하게 튀어나와 시야를 어지럽히고 있는 광고판들 때문에 길이 있는지조차 알 수 없었던 것이다. 나는 차로 돌아가 광고판이 돌출되어 있는 건물 너머로 좌회전했다. 광고판 너머에는 차 한 대가 겨우 지나갈 수 있을 정도의 좁은 길이, 존재하는 것조차 몹시 미안하다는 듯 숨어 있었다. 교통의 효율적인 흐름과는 전혀 무관해 보이는 그 길을 더듬거리며 50여 미터쯤 나아가니 환하게 불을 밝힌 외환은행 네온간판이 보였다. 나는 외환은행 건물을 옆에 끼고 우회전했다. 머지않아 나는 고욤나무 아래에 서 있을 것이고 그토록 고대하며 밤낮으로 상상하던 고양이의 방에 들어갈 수 있을 것이다. 사위는 완전히 캄캄해져 있었다.

"내가 상상하던 결혼은 이런 게 결코 아니었어"라고 아내는 입버릇처럼 말했다. 그러나 아내는 자신이 상상하던 결혼에 대해서는 단 한 번도 언급하지 않았다. 가끔 나는 상상해 본다. 아내가 상상해 오던 결혼이란 대체 어떤 것일까 하고. 기념할 만한 저녁에는 종업원들이 무릎 꿇고 주문 받는 패밀리 레스토랑에서 와인을 곁들인 근사한 식사를 하고 휴일에는 대형 할인매장에 가서 자동차 트렁크 가득 쇼핑을 하고 휴가철에는 푸켓이나 사이판 같은 곳으로 여행을 떠나는, 그런 기름진 삶을 상상했던 것은 아닐까, 생각하면 마음이 금세 어두워졌다.

아이가 생겼다는 것과 그 아이를 지웠다는 사실을 뒤늦게 안 내가 추궁할 때도 아내는 그렇게 말했다. 자신이 상상하던 결혼은 결코 이런 게 아니었다고. "지금 애가 생기면 돈은 누가 벌어? 생활은 무슨 수로 해? 월말이면 은행 융자금 막을 거 걱정하며 평생 구질구질하게 살 거야? 그리고 당신 유학은 무슨 돈으로 가? 공부는, 유학은 영영 포기한 거야? 그 알량한 학원은 때려치우고 다시 공부를 시작하란 말이야. 당장 고생하더라도 뭔가 장래에 대한 꿈이 있어야 할 것 아냐. 희망이 있어야 할 거 아냐. 희망 없이 사는 건, 죄악이야."

이쯤 되면 나는 입을 다물지 않을 수 없다. 나에게는 답변할 말이 마땅치 않기 때문이다. 공부? 유학? 그런 것들에 대해 생각해 본 지도 너무 오래되어 이젠 나와는 무관한 말처럼 들렸다. 석사학위를 딴 지 벌써 몇 년이 지났는지 아득하기만 하다. 나는 아주 오래전에 잘못된 길로 접어들었는지 모른다. 이제는 너무 멀리 온 나머지 대체 어디에서부터 길을 잘못 택했는지 헤아릴 수조차 없다. 돌아갈 수도 앞으로 나아갈 수도 없다. 희망? 평생 성난 얼굴로 누군가의 이름을 지우던 아버지는 무슨 희망을 가지고 살았을까. 아내의 지적대로 희망 없이 사는 건 죄악인가. 그런 것 같기도 하고 아닌 것 같기도 했다. 쉽게 판단이 서지 않았다. 어쨌거나 아내가 아이를 지운 것 그리고 그 사실을 내가 알게 된 것은 의심할 여지없이 지난 봄의 일이었다. 그리고 지난 봄 이후로 아내의 퇴근 시간은 점점 늦어졌다.

"당신 희망은 뭐야?"

며칠 전, 화장대 앞에 앉아 헤어 드라이어로 머리를 말리고 있는 아내에게 내가 물었다. 일요일 아침이었고 아내는 회사에 급한 일이 생겨 나가봐야 한다고 했다.

"희망?"

"희망 없이 사는 건 죄악이라며?"

"내가 그런 말을 했어? 유치하게 그런 말을 다 했단 말이지."

"유치하다고?"

"자꾸 말시키지마 나 늦었단 말이야. 심심하면 비디오나 빌려다 봐."

"늦어?"

"기다리지 말고 먼저 저녁 먹어. 차려 먹기 귀찮으면 중국집에 배달시켜 먹어. 우리 해피 밥 챙기는 것도 잊지 말고."

그 순간 아내는 나에게 솔직하지 못했다. 아내가 솔직하게 이야기했다면 나도 터놓고 고백했을 것이다. 내 희망은, 요즘 내가 바라는 것은 고양이 방에 들어가는 것이라고 말할 수도 있었다. 아내의 희망이 무엇이건 나는 그것을 진심으로 존중해 줄 용의가 있었던 것이다.

외환은행 건물을 찾은 이후로는 약도에 그려진 대로 순조롭게 나갈 수 있었다. 은행 오른쪽 골목으로 2백여 미터를 가니 세븐일레븐이 나타났다. 담배가 떨어져 나는 그곳에 들러 담배 한 갑을 샀다. 길은 여전히 차 한 대가 겨우 드나들 정도로 좁았고 오가는 행인들 때문에 거의 기어가다시피 했다. 출고된 지 14년 넘은 차가 언제 멈춰 서버릴지 몰라 조마조마했다. 이런 길에서 서버린다면 그야말로 최악이 아닐 수 없을 것이다. 지난 여름에는 반포대교에서 갑자기 시동이 꺼지는 바람에 아찔한 순간을 맞이하기도 했다.

"아저씨 보기보단 험하게 사네."

하필 그때 조수석에 앉아 있던 고양이가 빈정거렸다.

"기왕 차 사고로 죽을 거라면 휴일에 가는 게 나아."

"그건 왜?"

시동을 거느라 낑낑거리며 내가 물었다.

"보험금이 더 세거든. 이유는 묻지마 나도 잘 모르니까."

세븐일레븐 왼쪽 골목은 가파른 언덕이었다. 골목길 양편으로 똑같은 모양의 다세대 주택이 늘어서 있었다. 액셀러레이터를 밟으며 언덕을 올라갔다. 다행히 차가 갑자기 서거나 뒤로 밀리지는 않았다. 핸들을 움켜쥔 손에서 땀이 묻어났다. 마지막 고비라고 나는 속으로 중얼거렸다. 언덕을 넘자 다시 평탄한 길이었다. 잠시 후 정육점이라는 글자가 붉은 글씨로 큼지막하게 적힌 아크릴 간판이 나타났다. 아무리 보아도 동네 정육점 간판치고는 지나치게 크다고 할 수 있었다. 부자연스러운 느낌을 자아낼 정도였다. 마치 어딘가를 안내하는 이정표라도 되는 것처럼 그것은 허름한 이층 건물 한가운데에 버티고 있었다.

정육점 앞에서 나는 잠시 어리둥절했다. 해가 저무는 방향을 알 수 없었던 것이다. 해는 이미 저물었다. 이 도시의 사내들에게 길을 묻는 사이에 해는 이미 지평선 너머로 사라져버렸다. 그러나 낙담할 필요는 없었다. 고개를 돌려 나는 어렵지 않게 '번개표'라고 적힌 옥외 광고판을 찾을 수 있었으니까. 검은 허공에 떠서 명멸하는 그 글자를 응시하며 나는 천천히 앞으로 나아갔다. '번' 자의 받침이 찌그러졌다는 사실을 육안으로 확인할 수 있을 때까지. 글자가 차례로 꺼졌다 켜졌다 했으므로 나는 '번' 자에 불이 들어오는 순간을 놓치지 않기 위해 신경을 곤두세워야만 했다. 차를 몰기가 여의치 않았다. 하는 수 없이 차에서 내렸다.

　나는 눈을 가늘게 뜨고 어둠 저 멀리에 형광부표처럼 떠 있는 옥외 광고판을 찬찬히 바라보았다. 몇 걸음 앞으로 나가자 받침이 기울어져 보이는 듯도 했다. 그러나 그것은 보기에 따라서는 제대로 되어 있다고 여길 수도 있을 정도였다. 나는 걸음을 멈추고 고개를 돌려 문득 왼쪽을 바라보았다. 다세대 주택 사이에 상당히 널따란 빈 터가 있었고 그 빈 터 한복판에 커다란 나무 한 그루가 서 있었다. 그것은 거대한 감나무처럼 보였다. 지상으로 불거져 나온, 웬만한 나무의 둥치 굵기의 뿌리하며 하늘을 덮을 듯 허공으로 쭉쭉 뻗은 가지가 오히려 비현실적인 느낌을 주기에 충분했다. 그것이 이 세상이 존재하기 전부터 그곳에 뿌리를 내리고 있을 법해 보이는 고욤나무인지 나는 알 수 없었다. 다만 나무라고는 주위에 그것밖에는 없었으므로 나는 그 밑으로 걸어갔다. 고양이가 알아볼 수 있도록 나는 빈 터 가장자리에 내걸린 방범등 불빛을 향해 고개를 내밀었다.

　이 세상이 존재하기 전부터 그곳에 뿌리를 내리고 있을 법한 고욤나무 아래에서 방범등 불빛을 향해 고개를 내민 채 나는 언제 나올지 모를, 나올지 안 나올지 확실치 않은 고양이를 기다리고 있었고 골목 어디선가 밥 짓는 냄새가 풍겨왔다. 도마 소리도 들려왔다. 갓난아이가 칭얼거리는 소리도 들렸다. 일진이 좋다면 고양이가 지어주는 저녁을 얻어먹을 수도 있다고 나는 생각했다. 그리하여 나는 고양이의 방을 머릿속에 다시 한 번 그려보았다. 이 세상에 온전히 나만을 위해 존재하는 고양이의 체취가 고스란히 배어 있을 그 방을.

　"당신 뭐 하고 있어?"

　아내가 집에 돌아왔다. 베란다에 묶어둔 아내의 애완견 생각이 나서 나는 적잖이 당황하지 않을 수 없었다. 방문이 열리는 소리에 놀라 나는 실행하던 프로그램을 서둘러 종료시켰다. 실행하던 프로그램을 종료하시겠습니까. 예. 지금까지의 데이터를 저장하시겠습니까. 예. 이윽고 프로그램 종료를 알리는 시그널이 컴퓨터 모니터에 떴다. Cat's privacy, copyright ⓒ 1999~2004 Macrosoft Inc(MNC). All rights reserved. "저녁은?" 아내가 물었다. "대충 먹었어"라고 나는 대답했다. 그것은 사실이 아니었다. 그러고 보니 나는 저녁 먹는 것조차 망각한 채 컴퓨터 앞에 매달려 있었던 것이다. 바야흐로 게임의 마지막 단계를 돌파할 수 있는 결정적인 순간에 아내가 들이닥치는 바람에 나는 맥이 풀리고 말았다. "우리 해피는?" 아내가 들어오는 기척을 들었는지 슈나우저가 베란다에서 요란하게 짖어댔다. "설마 당신……." 아내의 얼굴이 일그러졌다. 슈나우저는 더욱 맹렬히 짖어댔고 아내는 베란다로 달려갔다. "당신 어쩜 이럴 수가 있어? 이 가엾은 것이 무슨 죄가 있다고 묶어놓느냔 말이야. 당신은 대체 뭐가 그리 불만이야. 난 뭐 사는 게 마냥 즐거운 줄 알아? 그러게 내가 뭐랬어. 당신도 나처럼 뭔가를 길러보란 말이야. 마음이 한결 너그러워질 테니." 애완견을 품에 안고 문 앞에 버티고 선 채 아내는 내게 잔소리를 늘어놓았다. 나도 뭔가를 기르고 있다고 항변하려다 핸드폰 착신음 때문에 그만두었다. 문자 메시지가 도착했다. 분이 풀리지 않은 듯 아내는 내게 눈을 흘기고 있었고 나는 아내의 시선을 외면하며 문자 메시지를 핸드폰 창에 띄웠다. 놀이공원 입구에서 오른쪽으로 두 블록 지나 등기소 앞 네거리에서 좌회전한 다음 외환은행 건물을 끼고 우회전해서 2백 미터쯤 직진하다 보면 세븐일레븐이 나오는데 세븐일레븐 왼쪽 골목길을 1백 미터쯤 가면 정육점이 나오고 정육점 앞에서…….

노란 연등 드높이 내걸고

김 연 수

1970년 경북 김천 출생.
성균관대 영문과 졸업.
1994년 《작가세계》로 등단.
소설집 《스무 살》《내가 아직 아이였을 때》,
장편소설 《가면을 가리키며 걷기》《7번 국도》《꾿빠이, 이상》 등.
동서문학상, 작가세계문학상 수상.

보름달이라도 떠오른 것일까, 노란빛이 환하게 마음을 밝혔다. 명부전 돌아가는 진회색 축대 밑에 애기똥풀이 하늘 높이 노란빛 꽃을 피웠다. 아기 손바닥 같은 초록잎이 더운 공기 머금은 봄바람에 한들한들 흔들렸다. 가느다란 꽃대를 따라 애기똥풀 노란 꽃이 끄덕끄덕 바라보는 사람의 마음까지 흔들었다. 노란 꽃잎 가장자리가 흐려지면서 노란색과 초록색과 진회색이 서로 경계도 없이 뒤엉켜버렸다. 꼭꼭 막아둔 마음의 가장자리도 그렇게 풀리는 모양이었다. 대웅전 마당으로 향하던 예정은 그만 오후 햇살이 옴큼옴큼 내려앉은 명부전 섬돌 한쪽에 앉아버렸다. 애기똥풀 꽃대처럼 여윈 예정의 그림자가 섬돌의 윤곽을 따라 비뚜름하게 명부전 맞배지붕 날카로운 그림자 사이로 섞여들고 있었다. 봄바람은 애기똥풀 노란 꽃잎이나 흔들 줄 알았지, 예정의 마른 그림자나 떨리게 했지, 사래에 매달린 풍경 속 눈뜬 붕어 한 마리 제대로 흔들지 못할 만큼 기운이 없었다. 꽃 향기 훈훈한 봄볕을 너무 머금었는지 바람은 저 혼자서 무거워져 건듯 불어오다가 둥근 기와 박은 토담 모양으로 펼쳐진 비질 자국이 여전한 명부전 앞마당만 공연히 한 번 더 쓸어버리고는, 차령산맥 밑이라 더 이상 자라지 않고 가늘기만 한 대나무들이 옹기종기 모인 뒤란을 휘돌았다. 북한계선까지 치밀고 올라온 대나무들은 예정이 지금 머무는 곳이 온대지역이라는 사실을 숨김없이 보여줬다. 하지만 예정의 마음은 사스래나무와 누운잣나무가 자라는 추운 지방의 풍경에서 벗어나지 못했기에 그 바람 끊어진 자리 어디쯤에서 시선은 자꾸만 아물거리기만 했다. 머뭇머뭇 예정의 시선이 고인 자리 그 너머로 보이는 대웅전 앞마당에는 벌써 파란색, 초록색, 분홍색, 빨간색, 노란색 등이 빼곡히 들어찼다. 각 면에 하늘과 땅을 가리키는 어린 싯다르타의 그림, 봉축이란 두 글자, 卍자 등을 그려 넣은 팔각등도 있었고 진짜 연꽃처럼 얇은 종이 꽃잎을 풍성하게 붙여 만든 연꽃등도 있었고 형형색색의 원색 주름등과 세로로 번갈아가며 다른 색으로 치장한 값싼 수박등도 있었다. 국회의원인 신도회 회장이나 운수회사 사장인 포교사 같은 사람들은 몇 백 만원도 넘는 큰 팔각등을 대웅전 안에다 매달기도 했다. 그러나 대개 일반 신도들은 투박한 명조체로 '부처님오신날'이라고 인쇄된, 비치볼 모양의 값싼 수박등부터 하얀 꼬리표를 매달게 마련이었다. 울긋불긋한 등 끝에 하얗게 매달린 종이들은 바람이 불어올 때마다 같은 방향으로 넘실거렸다. 사람들이 등을 내걸면서 소망하는 바도 대개 그처럼 서로 비슷했다. 그 절은 본사라 초파일이면 운집종이라도 울린 것처럼 사람들이 모여들었기 때문에 스님들은 물론 신도들도 벌써 한 달 전부터 준비해야만 하는 일이 많았다. 예정도 지장회 법회가 끝난 다음인 음력 19일부터 신도들과 함께 초파일 준비를 도왔다. 이제 어느 정도 절 살림에 눈이 밝아졌다고 해서 공양주 보살의 밥 보시를 돕는 일이 대부분이었다. 그렇긴 해도 시간이 날 때면 예정도 관음회, 지장회 등 여신도 위주의 신행 단체 회원들과 함께 요사 창고에 넣어둔 장엄등을 손질하고 새로 연등을 만드는 연등 공양에 참여했다. 보통때 지장회는 불사에 보탬이 되도록 수의 짓는 일을 해왔지만, 초파일을 앞두고서까지 수의를 지을 수는 없다고 해 일찌감치 삼베를 손에서 내려놓았다. 예정은 연등 만드는 일이 아무래도 바느질하는 일만 못한 것 같아 영 손이 잘 움직이지 않았다. 하지만 그 이름도 무색하게 함께 일하는 즐거움에 하루 종일 말소리와 웃음소리가 끊이지 않는 적묵당 서늘한 마루방 안에 앉아 그런 심정을 내색할 수는 없는 일이었다. 제악막작諸惡莫作 중선봉행衆善奉行 자정기의自淨其意 시제불교是諸佛敎, 나이 많은 보살들의 얘기를 듣는 사이사이에 예정은 수의를 지을 때면 늘 읊조리던 그 열여섯 자를 중얼거렸다. 어떤 죄라도 짓지 말며 무릇 선이란 받들고 행하며 스스로 그 뜻을

깨끗하게 한다면 그게 바로 부처님이 가르친 모든 바라. 열심히 열심히
그 말을 되뇌며 연등을 만들었건만 허전한 마음만은 영영 메워지지 않
은 모양이었다. 수의를 지을 때만 해도 원하는 바로 그곳에 들어앉아
있던 마음자리가 며칠 연등을 만드느라 풀어지더니 그만 초파일에 뜻
하지 않은 쪽으로 터져나왔다. 제비 맞으러 나온 애기똥풀이 하늘 높이
노란 꽃잎을 내걸었기 때문이었다. 그 줄기를 잘랐다면 아기똥 같은 노
란 즙이 배어 나왔겠지. 따가운 그 노란 즙이 예정더러 아프지 말라고,
아프지 말라고 달래주었겠지. 그 아기똥 같은, 따가운 노란 즙이 예정
의 아픈 마음을 살살 만져주었겠지. 그렇게 생각하니 예정은 그만 눈물
을 참을 수가 없었다. 그날은 4월 초파일, 불두화 짧은 그림자도 그 꽃
만큼 또렷해지는 시절이었다.

　밤의 산길을 걸어가다 보면 사람은 과연 어디까지가 자신이고 어디
까지가 자신이 아닌지 알게 된다. 빛이 없을 때 사람의 눈이란 그저 코
앞만을 볼 수 있을 뿐이라는 사실을 뼈저리게 느끼게 된다. 현실의 공
간 역시 손을 뻗거나 발을 내딛어서 닿을 수 있는 그 정도까지일 뿐이
다. 그러고 나면 자신과 세계는 완벽하게 분리된다. 두려움은 자신이
이 세상 어느 것과도 연결되지 못한다는 생각이 들 때 일어난다. 어두
운 밤, 시야에서 멀어져 윤곽을 분간할 수 없는 모든 것들은 더 이상 매
화나무라거나, 백송 가지라거나, 다래 열매라고 할 수 없었다. 칠흑처
럼 어두운 산길을 걸어가는 사람에게 등 뒤에 있을 때, 혹은 그 경계를
분간할 수 없을 정도로 멀리 있을 때, 사물들은 가슴을 섬뜩하게 만드
는 비명이기도 하고 거대한 손아귀이기도 하고 발목을 감는 올무이기
도 하다. 밤의 산길에서 바라볼 때, 이 세계는 바라보는 사람만 뚝 떼어
놓고 저희들끼리만 서로 경계 없이 녹아든다. 사람의 감각은 여전히 시

간과 공간의 흐름에 따라 직선적으로 흐르지만, 어둠의 공간은 하나로
펼쳐진 직선적인 공간이 아니라 주름이 잡혀 서로 말려 들어간 굴곡의
공간이다. 그 공간에서 사물은 하나로 존재하기도 하고 둘로 존재하기
도 하지만, 외로 비켜선 사람만 오로지 하나일 뿐이다. 그날 봉우가 걸
어가던 산길 역시 모든 게 하나이면서 둘인 비현실의 공간이었다. 그렇
게 얼마 걸어가지 않아 덜컥 겁이 밀려들었으므로, 그러나 거기서 다시
돌아가기란 어렵다는 사실을 깨달았으므로 손전등이 아니라 차라리
M16 소총을 가져왔어야 옳았다는 생각이 언뜻 봉우의 머리를 스쳤다.
사물의 윤곽이 모두 지워지는 밤의 산길에서 어깨에 걸고 다니는 국방
색 손전등의 불빛은 봉우의 시야만 좁힐 뿐이었다. 손전등의 둥글고 얼
룩진 빛은 그 빛이 닿는 곳을 제외한 나머지 공간을 시커멓게 덧칠해
버리는 효과를 지녔다. 알 수 없는 뭔가의 신원을 확인할 때는 손전등
이 크게 필요할지 몰라도 산길을 걸어가는 사람에게는 오히려 성가시
기만 했다. 어둠 속에서는 다른 사물과 마찬가지로 몸이 완전히 어두워
지는 수밖에 없었다. 하지만 그렇다고 해서 두려움이 가시는 것은 아니
었기 때문에 봉우는 손전등을 끄기 전에 산길에서 잠깐 벗어나 숲으로
들어갔다. 지팡이로 삼을 만한 나뭇가지를 하나 마련할 생각이었다. 땅
바닥을 살폈지만, 얼른 마땅한 게 눈에 들어오지 않아 머뭇거리던 차에
봉우의 눈에 살구나무가 보였다. 언젠가 한번 써먹겠다고 너하고 나하
고 살구나무, 바람 솔솔 소나무, 십 리 절반 오리나무, 어쩌구저쩌구 하
는 노래를 외워둔 게 봉우의 머릿속에 떠올랐다. 일단 살구 보자고 살
구나무니까, 밤길에는 산짐승도 그 향내를 피한다고 목탁으로도 만드
는 살구나무니까 그래도 마음은 놓일 것 같아 봉우는 불빛을 위로 한
채 손전등을 바닥에 세워놓고 나무 위로 조금 기어 올라가 두 손으로
살구나무 가지를 붙잡고 흔들었다. 그 등쌀에 몇 안 남은 연분홍 꽃잎

몇 개가 손전등 불빛을 받으며 아래로 떨어졌다. 오랫동안 씨름한 끝에 봉우는 애채를 쳐낸, 한 팔 정도 길이의 살구나무 가지를 하나 구했다. 봉우는 산길로 다시 걸어 나와 불을 끄고 손전등을 어깨에 걸었다. 한순간에 모든 사물이 검은 장막 속으로 사라졌고 봉우는 한 발자국도 내딛을 수 없는 처지가 됐다. 산길이 놓인 방향이라도 파악하려면 생각보다 더 기다려야만 했다. 차가 다닐 수 있는 길을 따라 둘러가자면 두 시간은 족히 걸어가야만 하는 거리였지만, 능선을 가로질러 넘어가면 바로 닿을 수 있는 곳에 목적지가 있었다. 달이 늦게 뜨는 하현 무렵이 아니라 보름이었다면 깊은 밤이라고는 하나 휘파람을 불면서 걸어갈 수 있는 거리였다. 봉우는 싸구려 전자시계의 조명을 밝혀 시간을 확인한 뒤에 담배를 꺼내 입에 물었다. 달이 뜨려면 아직 두 시간 남짓 남아 있었다. 봉우는 느긋하게 마음먹는 수밖에 없다고 생각하면서 멀리 공지선 쪽을 바라봤다. 조금씩 두 사람 정도가 오갈 수 있는 산길이 주위에 비해 조금 누그러진 검은빛을 내뿜기 시작했다. 별빛이나마 그 빛이 스며든 것인지, 아니면 암흑 속에서 사물들은 서로 구별할 수 있을 만큼의 빛을 뿜어내는 것인지 봉우로서는 알 수 없었다. 빛이라고는 사금파리를 박은 듯 검은 하늘에 흩뿌려진 별빛뿐인데도 어쩌면 가만히 서서 기다린다고 산길이 눈에 들어오는 것일까? 봉우는 필터까지 타 들어간 담배를 발 밑에 떨어뜨려 군홧발로 비벼 끄면서 두 손과 하반신을 바라봤다. 손의 윤곽은 희미하나마 어둠과 구분할 수 있었지만, 눈을 찡그려 살피지 않으면 군화는 잘 보이지 않았다. 봉우는 갑자기 겁이 덜컥 났다. 여기서 돌아가야만 하는 게 아닌가, 그런 생각이 들었다. 실의에 빠진 친구에게 용기를 북돋워주는 심정으로 봉우는 그날 작계지역까지 행군하면서 생각해 낸 새 낙서를 떠올렸다. 만에 하나 내일 지구의 종말이 온다면 그대는 사과나무를 심을 것인가? 만에 구천구백구십구 지구의 종말은 오지 않는다. 나는 여자친구랑 데이트하러 가겠다. 그렇게 생각하니 한결 마음이 놓였다. 봉우는 지뻑거리면서 조금씩 앞으로 나아가기 시작했다. 이렇게 걷다가는 두 시간도 더 걸리겠다는 생각이 들었다. 어둠 속에 혼자 버려진 듯한 느낌이었다. 온 길을 다시 돌아갈 수 없기에 봉우는 앞으로 계속 걸어갔다. 달이 뜨면 괜찮아질 것이라고 생각하며.

　예정은 명부전 섬돌에서 일어나 대웅전 쪽으로 걸어갔다. 먼빛으로 바라보니 이미 등마다 이름표가 줄줄이 내걸렸고 괘불을 세운 야단법석野壇法席에서는 행사 준비가 한참이었다. 진작부터 자기도 등 하나 내걸어야겠다고 생각했는데 초파일을 맞아 절로 몰려든 사람들에게 공양 베푸는 일이 점심때부터 오후 내내 계속 이어진 탓에 도무지 짬이 나지 않았다. 지갑 속의 돈을 어림짐작해 보니 이름표를 내걸 수박등이 아직 남아 있을지 조바심이 났다. 원체 신도들이 많은 본사였는데다가 초파일 천수바라가 유명해 대웅전 앞마당쯤은 사람들이 내건 등으로 너끈히 채울 만한 절이었다. 그래서 얼른 수박등이나 하나 내걸고 향적전으로 돌아가야겠다고 생각했지만, 공양주 보살의 강권에 못 이겨 입은 한복 때문에 영 발걸음이 어색하기만 했다. 철쭉꽃이 비 머금은 바람에 흔들리듯 가슴에 매달린 옷고름이 춤을 췄다. 초파일이니까 그저 목욕이나 하고 와서 새옷 정도만 챙겨 입으면 될 줄 알았건만 공양주 보살은 그게 끝내 못마땅한 모양이었는지 시내 다녀오는 길에 한복 한 벌을 빌려왔다. 봄 풀색 치마에 물오른 진달래빛 저고리가 너무나 화사한 한복이었다. 제등 행렬에 참여하기는커녕 관등도 하지 않으려 드는 게으른 며느리의, 그 꼴에 어울리지도 않는 한복이니 마음껏 입으라는 게 공양주 보살의 말이었다. 하지만 예정이 옷이 없어서 잿빛 승복바지에 같은 색 올 굵은 스웨터만 걸치고 다닌 것만은 아니었기에 극구 사양, 또 사양했다. 공양주 보살의 닦달은 그보다 더 심했다. 아무리 그렇기로서니 이 좋은 초파일에 꽃보다 더 젊은 예정이 잿빛 옷을 입는 꼴은 못 보겠다는 심사로 공양주 보살은 막무가내였다. 한복을 안 입었다가는 다시는 향적전에 발을 들여놓지 못하게 하겠다는 으름장과 함께 한복 꾸러미를 객실에 남겨두고 가는 데는 예정으로서도 더 이상 버틸 재간이 없었다. 그러나 개발의 편자도 유분수지 자기 꼴에 풀색 치마 연분홍 저고리가 가당키나 하는가, 그런 생각이 머릿속에서 끊이지 않았다. 자신이 진달래보다도 환하고 왕머루 덩굴진 잎사귀보다도 더 푸릇푸릇한 젊은 시절을 보내고 있다는 사실을 인정할 수밖에 없었다. 그런 사실을 인정하는 게 왜 그리도 가슴을 아프게 하는 것인지 예정은 알 수 없었다. 그저 어서 나이가 들었으면 좋으련만, 어서어서 머리가 새하얗게 세어버리고 살갗도 물기가 말라버려서 누구나 자신을 늙은이로만 봐줬으면 좋으련만, 그런 바람뿐이었다. 처음 예정이 자신도 지장회에 들어가고 싶다고 말했을 때도 지장회를 이끄는 공양주 보살은 기가 차다는 듯이 소리내어 웃음을 터뜨렸다. 공양주 보살은 자신의 웃음이 뭘 뜻하는지 설명하는 대신에 살아온 내력을 쭉 늘어놓았다. 공양주 보살은 일찌감치 남편을 여읜 뒤, 시내 평화시장에서 어물전을 하면서 발치에서 떠나지 않는 송이버섯을 키우는 늙은 소나무처럼 유복자를 포함한 두 아들 뒷바라지로 세월을 보냈다. 엉겁결에 남편의 가게를 그대로 맡게 됐지만, 공양주 보살에게 세상에서 가장 하고 싶지 않은 일이 있다면 그게 바로 어물전 일이었을 것이다. 하지만 공양주 보살의 취향 따위는 고려할 겨를이 없었다. 생선가게로는 봄 도다리, 여름 농어, 가을 고등어, 겨울 명태 등 사시사철 이런저런 바닷고기들이 들고 났다. 개중에는 건드릴 때마다 푸드덕거리던 몸으로 들어왔다가 냄새

만 잔뜩 풍기고 썩어버린 전복이 있었는가 하면 냉동하지 않아 흐물흐
물 몸이 해체되던 옥돔도 있었고 눈부신 바닷속 그 푸른 은빛 비늘 그
대로 팔려나간 갈치도 있었다. 오전 6시 문을 열 때면 공양주 보살의
생선가게는 싱싱한 비린내로 가득했고 저녁 8시 문을 닫을 무렵이면
죽어간 생선들의 썩은 내가 진동했다. 밤이면 공양주 보살은 자신이 이
미 한 번 죽은 생선들을 또 죽이는 무간지옥의 야차와 같은 꼴이라는
생각 때문에 괴롭기만 했지만 전생에 무슨 업을 지었던 것인지 자고 일
어나면 다시 생선의 배를 가르고 토막을 내야만 했다. 그러는 사이 싱
싱했던 공양주 보살의 육신에서도 점점 생선 썩은 내가 풍겨나기 시작
했다. 공양주 보살이 일하면서도 늘 지장경을 읽는 일을 멈추지 않은
까닭은 그 냄새 때문이었다. 광목이라는 여인으로 태어나 죽은 어머니
의 행방을 묻는 지장보살에게 나한으로 환생한 무진의보살은 이렇게
말했다. 너의 어머니가 세상에 있을 때에 어떤 죄업을 지었는가? 지금
지옥에 떨어져서 큰 고통을 겪고 있다. 광목은 말했다. 저의 어머니는
습성이 물고기나 자라 같은 것들을 즐겨 먹었으며, 그중에서도 고기알
같은 것을 많이 먹었습니다. 때로는 굽거나 쪄서 마음껏 먹었으니 아마
그 수를 헤아리면 천만보다 배나 더 될까 싶습니다. 끝내 자신에게서
풍기는 썩은 내를 견딜 수 없게 된 공양주 보살은 어느 날부터 고기를
입에 대지 않았다. 그리고 자기도 서원을 하나 세웠는데, 그 덕택에 지
금은 절에서 공양주 보살로 머물고 있는 것이다. 그런 공양주 보살 생
각에 지장회란 자신처럼 지은 죄가 무던하게 많아 지장보살에 기댈 수
밖에 없는 늙은 영혼들에게나 어울리는 곳이었다. 공양주 보살은 예정
에게 춘향이열무처럼 푸릇푸릇한 처자는 지장회에 들어올 자격이 없다
고 단호하게 못 박았다. 사실 지장회에는 환갑을 넘긴 여신도만 입회할
수 있었다. 공양주 보살이 규정까지 들이밀면서 말하자, 예정은 어쩔

수 없다는 표정으로 고개를 끄덕이고는 돌아서다가 걸음을 멈췄다. 그리곤 그럼 지장회에는 들어가지 않을 테니 수의 짓는 일만은 할 수 있게 해달라고 말했다. 처음 지장회 보살들은 곧 죽을 자신들을 위해 수의를 짓기 시작했다. 불사에 도움이라도 될까 해서 신도들에게 팔 목적으로 수의를 지은 것은 그 다음의 일이었다. 공양주 보살이 보기에 예정은 자기가 입을 수의를 만들 생각인 것 같진 않았다. 과연 누구를 위해 수의를 만들 것인가, 공양주 보살은 그게 궁금했다. 마음속으로는 섬섬옥수 같은 그 젊은 손에 삼베를 쥐어주는 일만은 피해야만 한다고 생각했으면서도 예정에게 수의 짓는 일을 허락한 뒤에는 그런 궁금증이 숨어 있었다. 그 궁금증이 풀렸기에 공양주 보살은 예정에게 풀색 치마와 연분홍 저고리를 떠다맡겼다. 어쨌거나 초파일은 아기 부처님이 오신 날이 아니던가? 시간이 지나면, 지금보다 더 나이가 들면 공양주 보살이 왜 그렇게 화사한 한복을 입으라고 우겼는지 예정도 깨닫게 될 것이다. 그때는 예정의 아픈 자리도 다 아물 테다. 예정은 불편한 종종걸음으로 형형색색의 등 그늘 속으로 들어갔다. 접수처를 찾아 두리번거리면서 사람들 사이를 걸어가는 동안, 예정의 파리한 얼굴로 빛과 그늘이 번갈아 드리워졌다. 초파일까지 예정은 모두 세 벌의 수의를 만들었다. 초심자치고는 꽤나 손이 빨랐다. 아니, 그렇다기보다는 남들과 경우가 달랐기 때문이었다. 비틀거리며 걸어가는 예정의 머리 위로 어디선가 호적 소리가 흘러나와 길게 너울거렸다.

예수와 부처의 차이는? 헤어스타일. 쥐도 새도 모르게 사람을 죽이는 방법은? 쥐와 새의 눈을 가린다. 그는 똑똑했다, 나도 똑똑했다, 문밖의 사람은 나의 똑똑함에 어쩔 줄을 몰랐다, 화장실에서. 진짜 절 좋아하세요? 저는 교회를 좋아해요. 보낼 수 없어, 그럼 주먹넣을까? 네가 원한다면 나는 네모할게. 너 남자랑 해봤어? 나는 내 자랑밖에 안 해. 다시 만나줘, 미역 너 가져. 넌 예쁜 천사, 난 재봉틀 살게. 아기 가졌어, 엄마가 이겼어. 아기가 졌어. 아기 가졌어. 머리 위에서 나뭇잎들이 서걱서걱 서로 몸 비비는 소리를 도무지 견딜 수 없어 봉우는 자기가 만든 낙서들이 하나둘 머릿속에 떠오를 때마다 입으로 중얼거렸다. 봉우는 몇 번이나 걸음을 멈췄다. 자신의 발걸음 소리를 쫓아오는 또 다른 발걸음 소리 때문이었다. 그 발소리는 20미터 정도 간격을 두고 봉우를 따라왔다. 걷다가 문득 걸음을 멈추면 들리는 것은 신갈나무와 벚나무 우듬지에서 잎사귀들이 바람에 서로 몸 비비는 소리뿐이었다. 봉우는 몇 번이나 어깨에 매달아놓았던 손전등을 잡고 어둠 속에다 불을 비춰봤다. 누구냐? 너는 누구냐? 하지만 손전등의 불빛이 미치는 한에는 아무런 소리도 들리지 않았다. 뭔가가 있다고 하더라도 손전등 불빛에 보이지는 않을 것이었다. 세상 모든 것이 손전등 불빛이 미치지 못하는 그 너머에 존재하는 듯했으니까. 두서없이 손전등으로 바위나 제비꽃이나 전나무 따위를 비추면서 봉우는 아였던가 어이였던가 그 비슷한 소리를 길게 냈다. 딱히 누굴 부를 심사일 리 없었건만 봉우의 목소리는 애절하게 누군가를 부르는 것 같았다. 대상도 없는 봉우의 호명에 깊은 밤 높은 가지 사이를 떠다니는 바람만 기척을 보내왔다. 따라오려면 따라오라지. 봉우는 귀신 따위는 하나도 무섭지 않았다. 부귀영화를 누려야 죽음이 무섭지, 당장 방위병 생활을 그만둔 뒤에 어떻게 먹고살 것인지 밤낮으로 걱정이 끊이지 않는 봉우에게 죽음 따위가 얼마나 깊은 고통인지 느껴질 리 없었다. 전국낙서문학회 지역지부에서 '나대로'라는 필명으로 활동하는 봉우에게 삶이란 '만반의 준비는? 5천. 평생동지는? 12월 22일' 따위의 말장난으로만 파악할 수 있는 것에 불과했다. 방위 근무를 마치고 돌아와서는 주간지의 독자페이지에 이런저런 낙서를 지어서 투고하는 일에 열을 올리면서 봉우에게 삶은 더더욱 우스꽝스러워지기 시작했다. 봉우가 만든 최고의 낙서는 바로 '인생이란? 픽션에 불과하다' 였다. 어두운 산길을 걸어가는 자신의 망상이 빚어낸 허상과 직면하니 그야말로 인생은 픽션에 불과하다는 생각이 들었다. 예컨대 인생이란 꼭 20미터 정도 뒤에서 자신을 쫓아오는 저 발소리 같은 것이다. 거기서 걸음을 멈추고 돌아서서 손전등을 밝히며 다가가면 또 20미터쯤 뒤로, 더 다가가면 또 20미터쯤 뒤로 물러설 게 분명했다. 따라오려면 따라오라지. 나는 지옥 그 밑바닥까지도 갈 수 있다구. 비틀비틀 굴곡진 산길에 발을 헛디디며, 혹은 튀어나온 돌에 차이며 봉우는 공지선 쪽을 바라봤다. 고갯마루에 소나무들이 늘어서 있었다. 그 고개를 넘어가면 신라시대에 만들어진 오래된 절이 나올 것이었다. 그날 아침 일찍 부대에 출근해 군장을 꾸린 뒤, 작계지역으로 행군에 나선 길에 봉우는 사하촌 초입을 지나쳤다. 대대 ATT 훈련기간이었다. 아침부터 몸이 가벼웠던지라 사하촌 들머리를 바라보면서 봉우는 이따가 밤에 그 절로 찾아가야겠다고 결심했다. 산길을 타면 한 시간 정도의 거리였으니까 보초를 서지 않는 봉우로서는 취침시간 동안에 충분히 다녀올 수 있었다. 봉우는 몸을 재빠르게 움직였다. 상의가 온통 땀에 젖었다. 산길이 힘에 부쳐서만은 아니었다. 자꾸만 뭔가에 쫓기고 있다는 생각 때문이었다. 밤의 산길에서는 때로 허상도 그 모습을 드러내기도 하고 픽션도 더없이 절절한 이야기가 되기도 한다. 어쨌거나 고갯마루는 여기서 그다지 멀지 않다, 라고 봉우는 생각했다.

신묘장구대다라니 나모라 다나다라 야야 나막알야 바로기제 새바라 야 모지사다바야 마하사다바야 마하가로. 하얀 장삼에 붉은 가사 녹색 띠를 두른 비구니 스님 둘이 연등이 즐비하게 도열한 대웅전 앞마당 조화 깔린 돗자리 위에서 두 발로 정丁 자를 짚어가며 겹바라를 추기 시작했고 겨자색 장삼에 붉은 가사를 입은 다른 스님들은 그 뒤에 줄지어 앉았다. 연등을 매달아둔 철사줄 모양으로 호적 소리가 너울거리며 대웅전 주변에 흩어져 있던 사람들을 불러 모았다. 천수경을 외는 염불 소리에 맞춰 두 스님은 앞뒤로 움직이면서 바라를 돌렸다. 때로 두 스님의 바라가 서로 부딪치거나 만날 듯 비켜갔고 그때마다 듣는 사람의 가슴을 뜨겁게 문질러대는 쇳소리가 들렸다. 예정은 저도 몰래 호로호로 마라호로 하례 바나마 나바 사라사라 시리시리 소로소로 못쟈못쟈 모다야 모다야 염불을 따라 외웠다. 연꽃의 한가운데 앉으신 분이 근심과 두려움과 어둠의 바다를 건너 환한 곳으로 너를 데려갈 거야. 온몸이 환한 빛으로 가득한 사람들이 사는 곳으로 너를 데려갈 거야. 무서워하지 말고 따라가. 어서 따라가. 예정이 열심히 따라 욀수록 독경 소리는 점점 늘어졌다. 예정의 눈에 좌요잡 우요잡 춤사위를 밟으며 솟구치는 장삼 자락과 함께 재빠르게 돌아가는 두 스님의 움직임이 점점 느려지면서 흡사 하얗고 붉고 푸른 그 빛만 남아 돌아가는 듯했다. 그 울긋불긋 뒤섞이는 빛은 대웅전 앞마당에 걸린 연등의 빛과 뒤엉켜 휘돌기 시작했다. 점점 호적 소리도, 염불 소리도, 연신 예정의 가슴을 문지르던 바라 소리도 조금씩 물러서기 시작했다. 그리고 하얗고 붉고 푸른, 그 둥근 빛만 남아 되레 예정더러 아프지 말라고, 너무 아파하지 말라고 말했다. 예정은 이제 그 소리가 무슨 뜻인지, 어디서 흘러나오는 것인지 알 수 있었다. 처음 예정이 삼베를 재단할 때부터 의아한 마음이 들었던 공양주 보살은 지장회 보살들의 쑥덕거림을 들은 뒤에야 그게 수의가 아니라 배냇저고리라는 사실을 깨달았다. 가뜩이나 늙어서 할 일 없이 말 전하기 좋아하는 보살들 보기에 민망하기도 하고 가슴이 벌렁거릴 정도로 놀라기도 해 공양주 보살은 며칠을 두고 혼자서만 끙

끙 앓았다. 저승사자도 아니고 배냇저고리 수의를 누구에게 준단 말인가. 누구에게? 혹시? 고민 끝에 만약 그렇다고 하더라도 그 꽃다운 나이를 생각해서라도 혼을 내도 아주 크게 혼내는 수밖에 없다고 공양주 보살은 결심했다. 어느 날 공양주 보살은 저녁 공양을 끝낸 뒤 예정을 향적전 곁방으로 불렀다. 예정이 자리에 앉자마자 공양주 보살은 예정의 거처에서 가져온 배냇저고리를 집어던졌다. 이게 무슨 짓이냐, 이게 도대체 무슨 해괴한 짓이란 말이냐! 이럴 거면 당장 내려가거라! 그런 말이 목구멍까지 치밀어 올랐지만, 공양주 보살은 좀체 입이 떨어지지 않았다. 둘은 잠시 아무런 말 없이 앉아만 있었다. 예정은 약간 무심한 표정으로 자기가 짓다 만 배냇저고리를 내려다보고 있었다. 잠시 후 공양주 보살의 입이 열렸다. 하지만 놀랍게도 공양주 보살의 입에서 나온 말은 아프지 말아라였다. 아프지 말아라, 너무 아파하지 말아라. 그 말에 예정의 눈썹으로 눈물이 맺혀들었다. 눈물이 예정의 뺨을 타고 흐르기 시작했다. 눈물이 턱 끝에 방울 맺혀 곁방 온돌바닥으로 하나둘 떨어지기 시작했다. 나는 살아생전 셀 수도 없이 많은 바다짐승들의 숨통을 끊은 사람이야. 손에서 피비린내가 떠날 날이 없었단다. 그런 나도 이렇게 한평생 잘 살아오지 않았겠냐? 이제 그만 잊거라. 그 말을 듣는지 마는지 예정은 그저 하염없이 배냇저고리만을 바라볼 뿐, 눈물을 닦지도 훌쩍거리지도 않았다. 공양주 보살은 자기가 제멋대로 던져버린 배냇저고리를 차곡차곡 개켰다. 옷도 제대로 입어보지 못한 아이였을 테니 극락 가는 길에라도 잘해 입혀서 보내거라. 공양주 보살은 그 말을 채 끝맺지도 못하고 훅, 더운 입김과 함께 눈물을 쏟았지만 이내 고목의 껍질처럼 갈라진 손끝으로 눈물을 훔쳤다. 함부로 울어서도 안 되는 법이니까 마음 단단히 먹고 잘 보내도록 해라. 예정은 눈물을 닦을 생각도 하지 않고 공양주 보살의 손을 꼭 잡았다. 눈물은 마음에서 솟구처 눈에서 나와 뺨을 타고 흘러내린다. 흘러내리는 동안 눈물은 상처를 달랜다. 그래서 눈물은 그렇게 쉽게 마르는 법이다. 어머니를 구하러 무간지옥까지 내려간 지장보살도 눈물을 흘렸을까? 예정은 지장보살의 서원을 떠올렸다. 원하옵노니, 나의 어머니를 영원히 지옥에서 벗어나게 해주소서. 열세 살을 마치고 다시는 무거운 죄보가 없어 악도에 들어가지 않도록 해주소서. 시방에 모든 부처님이시여! 자비로 저를 불쌍히 여기소서. 오늘부터 이 뒤로 백천만겁 동안, 세계에 있는 지옥과 삼악도에서 고통받는 모든 중생들을 맹세코 제도하여 지옥, 축생, 아귀에서 영원히 벗어나게 하며 이와 같은 무리들을 모두 다 성불하게 한 뒤에 제가 비로소 올바른 깨달음을 이루겠습니다. 지장보살의 눈물이 노랗고 빨갛고 파란 연등 아래 대웅전 마당으로 하얗고 붉고 푸른 빛과 뒤섞이며 맴돌았다. 그 둥근 빛이 아프지 말아라, 누구도 아프지 말아라 말하며 약지처럼 빙빙 돌면서 사람의 아픈 상처를 달래고 하늘 높이 솟구쳤다.

고갯마루에 올라선 뒤에야 봉우는 자기가 길을 잘못 접어들었음을 깨달을 수 있었다. 고갯마루 너머 반대쪽 계곡에는 봉우가 이제까지 걸어온 것과 똑같은 어둠뿐이었고 기대했던 사하촌의 불빛은 보이지 않았다. 봉우는 그저 눈앞으로 보이는 길을 따라 걸어왔을 뿐, 어디서부터 잘못 걸어온 것인지 알 도리가 없었다. 동서남북 어느 쪽에서 걸어온 것인지 알 수 있다면 다시 돌아가기라도 할 텐데, 아직 달도 뜨지 않은 밤이라 도무지 동서남북을 분간할 수 없었다. 고갯마루에 선 뒤에야 봉우는 북극성을 찾았다. 북쪽은 봉우가 서 있는 방향에서 오른쪽이었다. 숙영지에서 절은 남쪽 방향이었다. 그러니까 자기가 지금 서쪽을 향해 서 있다면 그건 잘못된 일이었다. 그렇다면 이곳은 과연 어디란 말인가? 봉우로서는 알 수 없었다. 소나무 옆 작은 바위에 기대앉아 봉우는 담배를 꺼내 물었다. 성냥불빛이 잠시 봉우의 시야를 가렸다. 봉우는 첫 모금을 길게 내뿜고는 살구나무 지팡이로 바위를 몇 번 두들겼다. 툭툭툭 봉우의 뒤쪽 어딘가에서도 나무 지팡이로 뭔가를 두들기는 소리가 들렸다. 봉우는 화들짝 놀라면서 일어섰다. 귓불 뒤로 맥박 뛰는 소리가 심하게 들렸다. 봉우는 담배를 입에 물고 자기가 걸어온 길 방향으로 조금 내려가 뭐가 있는지 바라봤다. 아무것도 보이지 않았다. 그저 어둠뿐이었다. 봉우는 한참 동안 그 어둠 속을 바라봤다. 바람도 지나가지 않았다. 봉우의 마음이 싸늘하게 가라앉았다. 봉우는 이 어두운 산길을 따라 무엇이 자신을 따라왔는지 알 수 있었다. 아니야, 나를 따라와서는 안 돼. 니가 올 곳은 여기가 아니야. 다른 곳이야. 턱 쪽으로 소름이 쫙 끼쳐 올랐다. 아니야, 여기가 아니야. 나를 따라와서는 안 돼. 한 번 더 봉우가 단호하게 말했다. 너는 시답지 않은 주간지에 아무 짝에도 소용없는 낙서 따위나 투고하는 인간에 불과하지. 어디선가 그런 앙칼진 목소리가 들렸다. 두려움에 사로잡힌 봉우는 한 걸음도 더 떼어놓을 수 없었다. 이 세상이 얼마나 고통으로 가득 차 있는지 하나도 모르는 어릿광대에 불과하지. 그저 삶은 픽션에 불과하다는 말이나 만들어놓고 정말 멋지다고 혼자 생각하는 바보에 불과하지. 뱃속에서 아기가 죽으면 어디로 가는지 단 한 번도 생각해 본 적이 없는 멍청이에 불과하지. 아니야, 그렇지 않아. 봉우가 저도 모르게 소리쳤다. 봉우는 자기 목소리에 자기가 놀라서 털썩 주저앉았다. 그건 마지막으로 만났을 때 예정이 했던 소리였다. 초파일에 시내 다방을 빌려서 낙서화전을 할 테니 그날만은 꼭 절에서 내려와 달라는 말을 전하러 찾아갔을 때 예정은 그렇게 말했다. 너는 내 삶에 하나도 도움이 되지 않아. 그깟 낙서 따위가 다 무슨 소용이야. 지금 당장 나는 조금도 견딜 수가 없는

데. 구름 속에 숨어 있는 B, 5월 5일을 좋아하는 I, 수박에서 귀찮은 것은 C, 모기가 먹는 것은 P, 당신의 머릿속엔 E, 닭이 낳는 것은 R, 밤 말을 엿듣는 것은 G, 입고 빨기 쉬운 T, 기침이 나올 때는 H, 깊은 밤 골목길 조심해야 할 곳은 D, 내가 가장 사랑하는 사람은 U, 바로 너야. 아이는 어쩔 수 없었던 거야. 너는 아프지 않았으면, 니가 아파하지 않으면 좋겠어, 제발. 봉우는 그 말을 예정에게 전하고 싶었다. 절로 들어가 다시는 나오지 않겠다고 말하는 예정에게 너무 오랫동안 아프지 말라고 얘기하고 싶었다. 봉우는 이제야 알 것 같았다. 자기는 아프지 않을 줄 알았으니까 그런 말을 하겠다고 생각했던 것이다. 자기만은 어두운 산길에 혼자 버려지는 일이 없을 것이라고 믿었으니까 예정더러 아프지 말라고 말하고 싶었던 것이다. 봉우는 무섭다는 생각을 했다. 어두운 산길을 혼자서 걸어오면서도 한 번도 무섭다는 생각을 하지 않았는데, 처음으로 무섭다는 느낌이 들었다. 밤의 산길에서 길을 잃은 봉우는 혼자였다. 비로소 봉우는 눈으로 바라볼 수 있고 손으로 만져볼 수 있는 몸뚱어리까지만을 자신으로 불러서는 안 된다는 사실을 깨달았다. 밤의 산길에서 봉우는 매화나무이기도 했고 백송 가지이기도 했고 다래 열매이기도 했다. 봉우는 앞서 걸어가는 자신이기도 했고 자신의 뒤를 쫓은 뭔가이기도 했고 모든 살아 있는 존재이기도 했고 모든 죽은 존재이기도 했다. 봉우는 그 사실을 받아들일 수밖에 없었다. 아기가 죽으면서 봉우의 마음속에서도 뭔가가 죽어 나갔다. 그 자리가 아프지 않을 수 없었다. 봉우는 무서웠다. 자기도 곧 죽을 것만 같았다. 오늘 같은 날도 과연 달이 뜰까? 봉우는 체념한 듯 산길에 몸을 뉘었다. 봉우와 산길과 어둠이 모두 하나로 뒤섞여들면서 꼭꼭 닫아뒀던 마음자리 한쪽이 어둠 속으로 풀어졌다.

파란색, 초록색, 분홍색, 빨간색, 노란색 연등이 하오의 햇살을 저마다 물들였다. 햇살은 그 빛깔이 좋았는지 대웅전 마당을 빠져나갈 마음이 없는 듯 보였다. 예정은 청년회원들에게 연등을 하나 걸려고 하니 접수처를 알려달라고 말했다. 청년들은 접는 사다리와 의자를 이용해 철사줄에 연등을 다느라 정신이 없었다. 의자 밑에서 연등을 다는 모습을 올려다보던 한 청년이 예정을 돌아봤다. 손가락으로 탑 옆쪽을 가리키려다가 따라오세요, 라고 말하며 예정을 잡아끌었다. 5월의 바람이 청년의 긴 머리칼을 살랑살랑 들어 올렸다. 아까는 밥 잘 먹었습니다. 청년이 힐끗 돌아보면서 예정에게 말했다. 한복이 신경 쓰여 조심스럽게 걸어가던 예정은 갑작스런 청년의 시선이 부담스러워 예, 예, 라고 말하며 머리를 숙였다. 청년은 예정의 태도에 아랑곳하지 않고 연등을 다느라 어깨가 뻐근한지 두 팔을 휘휘 돌리면서 아까 그 비빔밥 말이에요, 매년 먹을 때마다 절밥이 좋아진단 말이에요, 이러다간 큰일 나겠어요, 라고 말했다. 그럼 자주 오세요, 우린 매일 그런 밥 먹는 걸요, 라고 예정이 나지막이 말했다. 그럴려면 머리 깎아야 되잖아요, 라고 말하며 청년은 씩 웃었다. 여기예요. 청년이 가리키는 곳에는 불전함과 연등접수처가 있었다. 예정은 연꽃등으로 하기로 했다. 지갑을 톡톡 털어야 하긴 했지만, 그 정도는 내걸어야만 할 것 같았다. 접수처에 앉은 사람은 붉은 연등 하나와 꼬리표를 예정에게 건넸다. 예정은 붉은색이 아니라 노란색으로 달라고 말했다. 예정이 연등을 받기도 전에 청년이 먼저 연등을 받아 들었다. 어서 이름을 쓰세요, 라고 청년이 말했다. 예정은 접수처에서 사인펜을 빌려 꼬리표를 바라봤다. 바람에 밀려 건명이니 곤명이니 씌어진 꼬리표 한쪽이 자꾸만 말려 올라가려고 했다. 예정은 오른손바닥으로 꼬리표 아래쪽 모서리를 누르고 봉우의 이름을 썼다. 그리고 망설이다가 뒤로 돌려 빈자리에 우리 아기라고 썼다. 오랜 세월이 흐르고 예정과 봉우도 이 세상에서 벗어나 다른 세상으로 가게 되면 그 아이와 만날 것이다. 그때까지 아이는 마음속에 늘 머물 것이다. 예정은 사인펜을 내려놓고 아랫입술을 깨물면서 몸을 폈다. 그럼 이리로 오세요. 청년이 말했다. 어디다 걸어놓을까요? 연등 거는 일은 제 담당이니까 제일 좋은 곳에 걸어드릴게요. 둘은 형형색색의 연등이 내걸린 대웅전 앞마당을 두리번거렸다. 저기 탑 옆에 걸면 어떨까요? 이따가 제등행렬 나갈 때도 볼 수 있으니까 제일 좋은 자리잖아요. 청년은 한쪽 눈을 찡긋거리면서 말했다. 예정은 청년의 호의가 점점 마음에 들었다. 예정의 의견은 물어보지도 않고 청년은 탑 쪽으로 걸어갔다. 이따가 제등행렬에도 나올 건가요? 글쎄요, 향적전에 일이 많아서. 일은 뒀다가 하면 되잖아요. 초파일에라야 등 하나 들고 차도로 걸어다니죠, 언제 그러겠어요? 청년은 쉴 새 없이 중얼거렸다. 탑 옆에 도착한 청년은 이리저리 재보더니 마땅한 자리를 찾았는지 멀리서 등을 내거는 일을 하고 있는 다른 청년들에게 소리쳤다. 이봐, 그거 들고 빨리 와 봐. 여기 급행으로 달아드려야 할 분이 생겼으니까. 점심을 맛있게 먹었으면 밥값을 해야 할 것 아냐. 청년의 고함 소리에 다른 청년들이 입을 삐쭉거리더니 뭐라고 놀려댔다. 조금 뒤에 직접 의자와 풀을 가져온 청년은 예정에게 꼬리표를 달라고 말했다. 의자 위로 올라가 연등을 내걸려다가 문득 꼬리표를 들여다본 청년은 난감한 표정을 지었다. 어라, 결혼하신 분이었어요? 그것도 모르고 저는, 이라고 하다가 청년은 말을 끊었다. 아직 안 했어요, 라고 예정이 말했다. 그럼 이건 뭐예요? 예정은 그저 청년을 올려다보기만 했다. 혼자서 무안해진 청년은 연등에 꼬리표를 달고 의자에서 내려왔다. 여기가 제일 좋은 자리예요. 이따가 제등행사하러 나갈 때, 꼭 올려다보세요. 청년은 의자를 들고 다른 청년들이 있는 곳으로 가려다가 갑자기 예정에게 돌아서서 말했다.

일찍 결혼한 게 뭐 죄인가요? 행복하게 사세요. 청년이 떠나가고 예정
혼자 남아 푸른 하늘을 배경으로 매달린 노란색 연등을 바라봤다. 노란
색 연등이 한들한들 흔들렸다. 보름달이라도 떠오른 것일까, 노란빛이
환하게 마음을 밝혔다.

부인내실의 철학

전경린

1962년 경남 함안 출생.
경남대 독문과 졸업.
1995년 《동아일보》 신춘문예로 등단.
소설집 《염소를 모는 여자》《바닷가 마지막 집》,
장편소설 《아무 곳에도 없는 남자》《내 생에 꼭 하루뿐일 특별한 날》
《난 유리로 만든 배를 타고 낯선 바다를 떠도네》
《열정의 습관》《검은 설탕이 녹는 동안》 등.
한국일보문학상, 문학동네소설상, 21세기문학상 수상.

삶에서 삶을 빼면 남게 되는 것

현사시나무숲을 지나면 빗방울 떨어지는 소리가 난다. 10월의 성긴 나뭇잎들이 바람이 불지 않아도 팔랑팔랑 뒤치며 작은 북소리를 내기 때문이다. 그 소리를 들으면 젖이 돌듯 희우의 머릿속으로도 눈물이 모여든다.

바람이 한차례 지나가고 주변의 아카시아나무들이 비눗방울같이 동그란 잎들을 떨어뜨린다. 노란 비가 내리는 숲이다. 현사시나무와 상수리나무와 리기다소나무와 아카시아와 플라타너스 들을 차례로 지나 오솔길 끝까지 가면 어두운 극장의 커튼을 걷고 나선 듯 갑자기 그 아파트가 나타난다. 희우는 언제나처럼 은밀하게 놀란다. 그 놀람은 숨을 내쉬는 동안 곧 부드러운 허탈감으로 변해지고 적막한 우수가 된다.

열 동쯤 되는, 이주 보상이 거의 끝난 빈 아파트 단지이다. 열두어 평 크기의 5층 아파트는 창마다 무늬가 다른 방범살과 차양을 얹은 미니 베란다들이 녹이 슬고 휘어지고 색이 바랜 채 치렁치렁 붙어 있다. 협소하고 가난한 삶이 허공을 향해 팔을 내민 것 같은 간절한 호소…….커다란 거미가 거미줄을 친 것 같고, 늙은 처녀가 툭툭 끊어지는 삭은 실들을 모아 레이스를 뜬 것 같고, 굶주린 어머니가 조각천으로 아이들의 겨울옷을 기운 것 같다.

사람들의 건물이라기보다는 스스로 비와 눈과 바람과 태양빛과 계절과 시간과 밤과 낮을 경험하며, 숨쉬고 늙고 추억하고 회한에 잠기고 꿈을 꾸며 죽어가는 생명체 같다.

삶에서 삶을 빼면 남게 되는 것, 어쩌면 사람이 세상을 떠날 때 가져갈 수 없는 불가항력의 무엇, 사람이 살아가는 실제 삶보다 더 삶 같은 어떤 것이 있다. 햇빛이 폭포수처럼 쏟아져 내리는데도, 찢어지고 아래로 처진 커튼이 바람에 펄럭이는 창문들은 눈동자가 패어 나간 자국처럼 깊고 캄캄하다.

무엇인가가, 무수한 시선이 모여 기억이 되어버린 무언가가 그 창문들 중 하나의 창문 뒤에 숨어 무상하고 찬란한 햇살의 틈을 바라보고 있을 것만 같다.

출입 계단들이 나 있는 뒤로 돌아가면 형편은 조금 달라진다. 거대한 폐선 같은 아파트 복도에 한 층에 한 집 정도는 빨래가 널려 바람에 나부끼고, 복도 난간엔 아직 사람이 살고 있다는 푸른 신호처럼 화분들이 쪼르르 놓여 있다.

희우는 언젠가 살았던 옛집에 가듯 계단을 오른다. 아파트 벽 곳곳에 '입주권 최고가 매입'이라고 씌어진 종이들이 붙어 있고, 긴 복도의 출입문들 옆엔 작은 글씨로 이주 가구, 보상 가구 혹은 공가 출입금지, 공가 폐쇄, 무단 사용중 등의 글자가 씌어 있다. 그런 와중에도 빨래는 햇살을 받아 눈부시게 펄럭이고 화분들은 태연하게 꽃을 피운다.

공가 폐쇄문

본 공가는 ○○아파트 정리와 관련하여 보상 이주 완료한 세대로 누구든 우리 구의 허락을 받지 않고는 출입을 금합니다. 특별한 사유나 허락 없이 무단 침입, 무단 점용, 훼손, 무단 주거행위 등이 발견될 시에는 관계 법령에 의거 형사처벌받게 됨을 알려드립니다.

—○○구 구청장

희우는 깨진 유리문에 얼굴을 대고 공가 폐쇄문이 붙은 집들을 들여다본다. 버려진 이불이나 넘어진 장롱, 종이 가방들과 어떻게 해볼 수 없이 잡다한 쓰레기들이 흙사태가 난 것처럼 방을 가득 메우고 있기도 하다. 뒤늦게 빈집의 비닐장판 밑에서 나는 매캐한 냄새가 눈을 찔러 핑그르르 눈물이 돈다. 숲에서는 여전히 현사시나무가 빗방울 떨어지는 소리를 내고 아카시아가 노란 비눗방울 같은 비를 내린다.

첼리스트들의 이름을 부른다

산에서 돌아온 희우는 가족들이 서둘러 나간 뒷자리를 정리하고 세탁기 안의 빨래들을 넌 뒤에 욕조에 물을 받는다. 그리고 거실의 화병을 들고 욕실로 들어가 갈색으로 변한 물을 따르고 희고 붉은 장미꽃을 똑똑 따서 욕조의 물에 떨어뜨린다. 꽃송이들이 맑은 온수 속에서 둥둥 떠다닌다. 욕실엔 이내 풋풋한 장미향이 번져간다. 장미는 비 온 뒤의 5월 공기 냄새를, 국화는 청명한 날의 10월 공기 냄새를 용해시킨다.

희우는 목요일 오후에 국화나 장미를 사고 다음 목요일에 재활용한다. 그녀는 꽃에 관한 그런 방식의 사치를 평생 포기할 마음이 없다. 그것은 비밀이기도 하다. 가족 중 아무도 꽃이 어떤 식으로 폐기되는지 알지 못한다. 희우는 욕조에 몸을 누인다.

기윤이 온다……. 댕강댕강 잘린 붉은 5월들이 그녀의 몸 주위를 빙글빙글 돌며 속삭인다. 기윤이 와…….

희우는 젖은 머리를 말리고 가벼운 화장을 한 뒤 얇은 캐시미어 겉옷을 걸치고 빌라 단지 안의 가게로 간다. 이제 막 물에서 나와서인지 피부가 활짝 열린 창문 같다. 차가운 공기와 바람이 몸속의 장기까지 곧

장 새어들어 암흑 속의 융모들이 소소소 일어서는 느낌이다. 희우는 가게에서 물을 잔뜩 머금은 커다란 배를 고른다. 기윤이 좋아하는 배가 마침 떨어졌기 때문이다.

　점심 준비는 배를 닦아 냉장고에 넣어두는 것으로 끝났다. 기윤이 일본식 도시락을 사올 것이다. 희우는 조간신문을 보려고 소파로 다가가 앉는다. 신문은 남편이 본 뒤여서 접힌 부분이 두툼하게 뭉치고 낱장들이 밀려 나와 있다. 화장대 의자와 침대 위에다 양복 윗도리와 셔츠와 바지를 벗어 하나씩 올려놓는 습관과 함께 오랫동안 희우의 감정을 상하게 했던 못된 버릇이다.

　받아주지 않으면 옷장에 걸지 못하는 옷은 그렇다 치고 왜 신문은 보고 나서 뒷사람을 위해 바로 접어두지도 못하는가……. 요컨대 신문 하나도 말이다. 깨우지 않으면 일어나지 못하면서 밤 1시나 2시가 되도록 야식까지 뒤져 먹으며 별 하는 일 없이 버티다가 거의 실신할 지경에 이르러서야 침대로 와서 뻗어버리는 잠 습관, 망가지거나 유효기간이 지난 물건들과 종이 뭉치들을 버리지 못하게 하는 고집불통과 교외에 나들이라도 나가면 어김없이 모르는 길로 접어들어 길을 잃고 헤매는 괴벽과 텔레비전을 보면서 발가락 사이사이를 뜯는 불결한 버릇에 코까지 천둥 치듯 커다랗게 골았다.

　신혼 시절에 남편이 텔레비전을 보다가 귀를 후벼달라고 무릎에 머리를 턱 올려놓고 누웠을 때, 희우는 염오의 감정이 화근내처럼 왈칵 올라오는 것을 느꼈다. 희우는 그 느낌이 두려워서 구멍난 둑을 주먹으로 틀어막는 심정으로 더 곰살궂게 굴며 귀청을 파내주었다. 그러나 얼마 뒤에 남편이 코털 깎는 가위를 희우의 손에 쥐어주고 콧구멍을 들이댔을 때 희우는 얼굴을 찌푸리고 말았다. 다른 여자들은 남편 머리도 깎아주는데 왜 이것도 못해? 남편이 빽 소리를 지르며 코털이 비어져 나온 얼굴로 희우를 노려보았다.

남편이 느닷없이 주먹을 휘두른 건 첫 추석을 지내고 돌아온 날 밤이었다. 명절 치른 뒤끝에다 네 시간이면 올 길을 열 시간 가까이 걸려 돌아와 파곤죽이 된 몸을 간신히 씻고 누웠을 때였다. 남편이 희우의 잠옷을 벗기려 했다. 희우는 몸보다 감정적으로 더 지쳐 있었다. 남편보다 이틀 전에 내려갔고 큰며느리보다도 사흘 먼저 내려가 장보기부터 시아버지 수발 드는 일까지, 무슨 일이든 수군대는 동네 사람들 비위를 맞춰가며 치렀다. 결혼 후 처음 맞는 명절이니 그럴 수는 있었다. 하지만 가방까지 다 꾸려 따라나서는 희우에게 남편은 혼자 갈 테니 당신은 며칠 더 있다 올라오라는 말을 태연하게 했다.

먼길 가는 사람 먼저 보내겠다고 빙 둘러서 있던 가족들과 친척들의 얼굴에 일순 당혹감이 어렸다. 오직 남편 한 사람만 자신이 파견한 일꾼을 뽐내는 주인의 얼굴로 득의양양했다. 희우는 참담하고 분해서 얼굴이 하얗게 질린 채 부엌으로 들어가버렸다. 시어머니가 끝까지 말려주어서 간신히 남편 차에 실려 오긴 했지만 오는 내내 고속도로에서 차문을 왈칵 열고 뛰어내리고 싶은 충동에 시달렸다.

휴게소에서 남편이 화장실에 간 사이 정말 조수석이 비어 있는 트레일러라도 있으면 바꾸어 타고 싶어 두리번거렸다. 명절 뒤끝이라 그런지 찌그러진 화물트럭조차 없었고 승용차들은 지친 가족들로 만원이었다. 희우는 남편의 손을 가슴에서 뽑아내고 돌아누우며 한마디 했다. 나중에 올라오라더니, 아직 이곳에 없는 셈치세요.

그때 첫 번째 주먹이 날아왔다. 그리고 희우의 몸이 확 들려 앉혀졌고 눈과 입을 커다랗게 벌린 채 다시 방바닥으로 내동댕이쳐져 발길질을 받았다. 희우는 붐비는 버스 터미널 같은 곳에서 영문도 모른 채 낯선 사내에게 머리채를 붙잡혀 행패를 당하는 여자처럼 비명 사이사이에 왜 이러세요? 왜 이러세요? 라는 말만 떠듬떠듬거렸을 뿐이었다. 왜 이러세요……. 마지막 발길질이 끝난 뒤에 동공이 튀어나올 듯 열린 커다란 눈 속에 양 갈래로 찢긴 피 묻은 질문이 떠올라 있었다. 당신은 누구세요? 그리고 나는 누구예요…….

파블로 카잘스, 로스트로포비치…… 야노스 슈타커, 피에르 푸르니에…… 모리스 장드롱, 폴 토르톨리에, 피아티 고르스키, 요요마…… 안너 빌스머, 자크린느 뒤프레…….

남편이 안방 문과 작은방 문을 차례로 쾅쾅 열고 닫으며 사라진 뒤, 희우는 몸을 일으키고 침대에 등을 기대앉았다. 눈물 속으로 첼리스트들의 이름이 반쯤 잠긴 채 지나갔다. 희우는 자신이 누구인가에 답하는 대신 주문을 외우듯 오래전에 알았던 첼리스트들의 이름을 기억하려 했다. 망각의 저 너머에서 연기처럼 아른대는 그 희미한 이름들을 의식을 모아 간절히 부르면서 희우는 여전히 자신인 것을 확인해야 했다.

때릴 때 남편은 숨도 쉬지 않는 것 같았다. 첫 주먹이 나오면 마개 열린 샴페인이 펑하고 터지듯 걷잡을 수 없이 폭발했다. 몇 번 거듭되면서 알게 된 사실이지만 남편의 구타는 늘 같은 순서로 짜인 풀 세트를 되풀이했다. 누군가는 그것이 열등한 남자가 갖는 폭력의 속성이라고 했다. 첫 주먹이 나간 이상 자신을 방어해야 하기 때문에 숨쉴 겨를도 없이 두 번째 세 번째 주먹이 나가고 마침내 상대가 완전히 케이오될 때까지 두려움과 수치심과 광기 속에서 두들기는 것이라고.

결혼한 지 4년쯤 되었을 때부터 희우는 남편이 싫어서 정면으로 바라보지 않았다. 입술 색도, 뒷목덜미도, 손과 귀도, 장딴지와 엉덩이와 팔도, 몸의 촉감과 잔털도, 몸에 쏟아 넣는 정액 냄새까지도 불쾌해서 잠자리도 요리조리 피했다. 희우의 생은 갑자기 좁다란 구덩이에 빠져 버린 것 같았다. 그즈음 희우가 사람들 앞에서 그를 무시했기 때문에 남편은 집에 돌아오자마자 주먹으로 희우의 얼굴을 때렸다. 그리고 다시는 부부동반 모임에 가지 않았다.

결혼생활 6년째가 되었을 때는 위험해졌다. 남편은 희우를 때리지 않고는 그녀의 다리를 벌릴 수 없었다. 고급 공무원 아내의 잘 차려입은 옷 속에 멍자국이 가시지 않던 시절이었다. 식탁에 앉아 아침을 먹는 남편의 뒷머리를 나무도마로 내려치고 싶었던 나날이었다. 그렇게 3년이 더 지나자 다행히 그들 사이에 부부관계는 사라졌다. 형편도 나아져 남편과 희우는 각자의 방을 갖게 되었다.

'유럽 여성 사망' 불구 최대 원인은 가정폭력.

희우는 사회면 하단의 외신기사에 조금 놀란다. 열다섯에서 마흔네 살까지의 유럽 여성의 사망 및 신체 불구의 최대 원인이 가정폭력일 정도로 남편 또는 동거 남성의 폭력이 심각하다고 유럽 의회가 지적했다. 유럽 의회가 이날 내놓은 보고서를 보면, 전체 유럽 여성의 20∼50퍼센트가 가정폭력에 시달리고 있고 여성을 때리고 강간하고 죽이는 주범은 모르는 남성이 아니라 지금 또는 과거의 파트너인 것으로 나타났다. 보고서는 "계층과 인종, 교육 정도와 관계없이 모든 나라에서 일어나고 있다"며 "소득이 높고 교육을 많이 받은 계층에서 가정폭력이 더 심한 경향을 보인다"고 지적했다. 지난 한 해 프랑스에서만 여성 인구의 4퍼센트에 가까운 135만 명이 가정폭력을 당한 것으로 나타났으며 러시아에서는 10년 동안 계속된 아프가니스탄 전쟁중 사망한 병사의 수에 맞먹는 한 해 1만3천 명의 여성이 숨지는 것으로 나타났다.

희우는 꽉 닫힌 가슴속에 채워져 있던 돌덩이들이 불연속적으로 굉음을 일으키며 폭파하는 것 같았다. 분노가 파지지직 살을 태운다. 태연한 척하지만 희우는 가슴속 깊이 결코 남편을 용서하지 못한다.

그는 살다가 생긴 마음의 상처와 좌절과 고립감과 불안과 독선적인 성격으로 인해 속으로 뭉친 울화덩어리를 언제나 희우에게 외상外傷으로 돌려주었다. 한 번도 참지 않고 주먹으로 희우의 얼굴을 때렸고 희우의 머리를 벽에다 내던졌고 사과를 둘로 쪼개듯 강제로 허벅지를 벌렸다. 신중하고 약간은 태만하고 관습적이고 무신경한 고급 공무원의 얼굴에서 아무도 그런 광증을 상상할 수 없을 것이다.

시치미를 뚝 떼고 소파에 나란히 앉아 텔레비전을 보지만 남편이 문득 일어선다거나, 혹은 희우가 걸레질을 할 때 남편이 뒤에서 다가온다거나, 혹은 신문을 보고 있는 남편의 다리 앞을 어쩔 수 없이 가까이 스쳐가야 할 때면 몸이 오싹 휘어지는 느낌이 든다. 폭력은 늘 이해할 수 없는 광증이어서 언제 발길질에 차일지 언제 주먹이 날아올지 언제 머리채를 잡힐지 예측불허였던 것이다. 무엇보다 너무나 사소한 일로 고리가 걸리면 어김없이 풀 세트의 프로그램이 이어진다.

5년째 아무 일도 일어나지 않았다. 하지만 희우의 몸은 여전히 폭력의 기억에 붙들려 있다. 뒤집어지는 채 위에 누운 듯 얕고 불안한 잠에서 화들짝 놀라 일어나고 가능한 남편 근처에 가지 않으며, 마주 서거나 마주 앉거나 긴 말을 하기를 피한다. 그리고 남편의 늦은 귀가를 환영한다. 차차 남편은 초상집에서 밤을 새는 일도 많았고, 술자리가 늦게 파하면 적당한 곳에서 쉬고 다음 날 바로 출근을 했으며 확인할 수 없는 출장도 잦아졌다. 남편에게 여자가 생긴 것이다. 희우는 남편에게 차갑고 상냥했으며 무심하고 간결하게 대했다.

우울할 때 희우는 서둘러 싱크대의 물을 틀고 선다. 그리고 마른 접시들을 꺼내 다시 비누를 풀어 씻는다. 접시를 오래 씻는 동안 혈관 속으로 깨진 칼날들이 시퍼렇게 날을 세우고 떠내려간다. 희우는 그것들이 다 흘러갈 때까지 그 자리에 서서 접시를 씻는다. 뭉클뭉클 하혈을 하는 것 같다. 슬픔 속에서는 상한 콩 비린내가 난다.

파블로 카잘스, 로스트로포비치, 야노스 슈타커, 피에르 푸르니에…… 모리스 장드롱, 피아티 고르스키, 폴 토르톨리에, 안너 빌스머, 요요마, 자크린느 뒤프레…… 희우는 자신이 누군지 아득해질 때면 주문처럼 첼리스트들의 이름을 불러본다. 그것은 서랍 속에 새로 나온 우표를 사서 넣어두거나 새해의 첫 달이 지나기 전에 증명 사진을 찍는 것, 적어 넣을 것이 없는데도 해마다 두툼한 일기식 수첩을 구입하는 것과 비슷한, 자신을 확인하고 싶은 은밀한 강박증이다.

벨벳 소울

기윤은 현관에 들어선 뒤 자신과 실내의 어떤 세력을 조율하듯 잠시 그대로 서 있다. 의도적인 정지와 침묵이 지나간 뒤에 기윤은 이내 강한 통제력을 발휘한다. 실내는 이제 기윤의 지배를 받는다. 희우는 그것을 느낀다. 집이 온통 기윤의 빛깔로 변해가는 것을……. 11시 50분, 이곳에서 머물 수 있는 목요일 점심시간은 그리 길지 않다. 희우는 기윤이 가져온 일본식 도시락을 식탁에 풀고 따뜻한 재스민차를 준비한다.

"오늘은 아침을 먹었어."

식탁에 앉은 기윤은 꼭 남편처럼 입맛이 없는 표정을 짓는다. 그러나 두 눈은 물빛 그림자처럼 희우의 눈과 코와 입술을 어룽어룽 떠돌고 있다.

"왜요?"

기윤은 아침을 먹지 않는 습관을 가지고 있다.

"조여사가 애들보다 더 늦게 일어나서는 냉장고에 들어 있던 차가운 빵과 잼을 아침이라고 내놓더군. 집안일만 하는 여자가 너무 심하지 않아? 그래서 내가 밥 달라고 심술을 부렸지. 조여사가 뭐라고 쫑알거리면서 밥을 짓더군. 그리고는 비린내를 마구 풍기며 생선까지 구워서 밥상을 차렸어. 꼼짝없이 꾸역꾸역 먹었지."

"아침부터 서로 심통이다."

희우는 기윤이 꽤 심술궂다는 것을 알고 있었다. 하지만 그녀에게 심술을 부린 적은 아직 없었다. 남편은 5년 전부터 아침엔 늘 죽과 죽순 무침만 먹는다. 그것도 아침에 바로 끓인 죽만 먹는다. 희우는 매일 밤 잠자기 전에 쌀을 불렸다가 냉장고에 넣고 자야 한다. 남편으로서의 기윤은 희우의 남편과 다르지 않다. 그도 가부장으로서의 권위를 지키려 하고 책임을 지려 하고 무엇인가를 요구하고 그것이 수용되는 것을 통해 자부심을 느끼려 한다. 하지만 기윤은 아내를 단 한 번도 때린 적이 없다. 그는 완강하지만 섬세하고 매우 부드럽다. 그는 말하기를 좋아한다. 말하기를 좋아하는 사람에겐 폭력성이 없다. 말로 설득할 수 있고 방어할 수도 있기 때문이다.

기윤은 아내를 조여사라고 부른다. 희우는 남편을 박과장이라고 부른다.

조여사는 희우보다 세 살 연하이다. 키가 158센티미터인데다 살찌기 쉬운 체질이어서 매일 저녁 에어로빅을 한다. 그리고 밤 시간엔 어김없이 인터넷 채팅을 하거나 화상을 통해 모르는 사람들과 고스톱이나 카드게임을 한다. 그리고 오전에는 격일제로 포크아트와 수영을 배우러 다니고 아파트 이웃들과 친교가 많아 형님 아우님 하며 아줌마들끼리 교외로 점심을 먹으러 몰려다니는 편이다. 두세 가족이 돌아가며 한 달

에 한 번쯤은 서로 집에서 저녁초대를 하기도 하고 근처로 나가 외식을
하기도 한다. 기윤은 조여사의 지나친 외향성을 비웃으면서도 이웃과
의 자리에 참석한다. 이웃 속에서 부대끼며 지내야 하는 아이들을 위해
서이다. 심지어 고향도 싫어하고 부모님과도 소원하고 형제애도 전혀
없지만 휴가 기간이나 명절 연휴엔 고향으로 내려간다. 아이들이 친척
을 필요로 하기 때문이다. 조여사는 결혼 후 두 번의 짧은 연애사건이
있었고 지금도 진행중이다. 그녀의 그처럼 빽빽한 일과는 몸을 숨기기
에 좋은 숲과도 같다.

"사무실 청소부 아줌마가 찻주전자 주둥이를 깨뜨렸어."

"내가 선물한 거요?"

"맞아."

"아깝다. 붉은 모란 무늬가 참 예뻤는데. 그거 주전자만 구할 수는 없
을 텐데."

"주전자 주둥이를 깨뜨려놓고는 아주 번쩍번쩍하게 청소를 했더군.
미안하다는 뜻이겠지. 그런데 청소부 아줌마들은 왜 하나같이 그렇게
생겼나 모르겠어."

기윤은 간단히 식사를 끝내고 바지를 벗어 식탁 의자 등받이에 건다.
와이셔츠와 넥타이와 트렁크 팬티 차림이 된다.

"왜요?"

희우는 감탄하는 눈으로 기윤의 다리를 바라본다. 기윤의 두 다리는
세상의 어떤 남자보다, 아니 어떤 맹수보다 어떤 식물보다 세상의 어떤
기둥보다 단단하고 멋지다. 기윤은 희우보다 두 살 아래이다. 다리가
너무 젊고 아름다워 희우는 가끔 가슴이 아프다. 희우는 당장 무릎 위
에 올라앉고 싶은 충동을 인내하며 천천히 식탁 위를 치운다.

"붙들고 따지려고 해도 연민이 앞을 가로막아 야박하게 할 수가 없

어. 세상의 청소하는 여자들이 다 당당하고 예쁘다면 얼마나 좋을까. 부잣집 부인들이나 딸들은 다 못생겼고 자신감도 없고, 청소하는 아줌마나 공장 다니는 처녀나 가난한 시골 아줌마들은 다 너무나 아름답고 자긍심이 넘치는 거야. 말하자면 가난하고 괴로워해야 고상하고 아름다워지는 거지. 그러면 여자들이 서로 가난해지려고 할까? 다들 청소하고 공장에 다니고 시골에서 농사지으려고 하지 않을까? 여자에게 돈을 주면 열등감에 빠지고 미워지니까, 남자들도 여자에게 돈을 벌어다 주지 않고 여자들도 돈을 받으면 미워질까 봐 돈 많은 남자들을 싫어하게 되고……. 그러면 얼마나 재미있을까. 돈 없는 남자들이 큰소리 뻥뻥 치면서 절세 미인들을 끼고 거리를 활보하는 거야."

희우는 배를 접시에 담아 거실 테이블에 놓고 껍질을 깎는다. 기윤도 거실로 자리를 옮겨 담배를 문다.

"맛있는 것도 못 먹고, 근사한 데도 못 가고 옷도 못 사 입고, 문화적인 경험도 못하고, 그러니 별로 할 말도 없이 당당하게 거리만 활보하겠네요?"

희우의 얼굴에 살짝 냉소가 어린다.

"어차피 우화니까."

기윤은 불을 붙이고 연기를 뱉는다. 말끝에 자신이 돈 없는 남자의 부류임을 스스로 실토한 것 같아 심기가 불편한 표정을 언뜻 드러낸다. 그는 남편보다 예민하고 까다롭고 부드러우며 표정이 풍부하다. 예사로운 말들을 할 뿐이지만 그의 눈은 희우에게 집중하고 있다. 무슨 말을 하든 그는 희우의 얼굴에서 시선을 떼지 않는다. 그것은 본능일까? 습성일까? 아니면 연인으로서의 의식적인 예절일까?

"어제 이상한 일이 있었어요. 전화가 와서 수화기를 들었는데 어떤 여자가 일방적으로 퍼붓는 거예요."

"뭐라고 했는데?"

"사십대 후반쯤일 것 같은 아줌마였는데, 뭐라고 말했느냐면……."

희우는 배조각을 입에 대고 다람쥐처럼 킥킥 웃는다.

"차려주는 밥이나 먹고 텔레비전이나 보면서 소파에 앉아 졸다가 갈 거면 오긴 뭐 하러 와? 그동안 내가 차려준 밥값과 재워준 방값만 계산해도 2백만 원어치는 될 거다. 그런데 니가 나한테 해준 게 뭐가 있니? 옷을 한 벌 사줬니? 삭신이 확 풀리게 오입을 해줬니? 도대체 우리가 뭘 하는 사람들인지 이젠 알 수가 없어. 오지 마. 난 아무것도 바라는 거 없으니까 졸음에 겨운 그 지겨운 화상 이제 고만 보자고. 정말이야……. 말을 하다가 이상했는지 여보세요? 여보세요…… 하더니 전화를 뚝 끊어버리는 거예요. 처음엔 이게 무슨 내용인가 했는데 생각해보니 맙소사, 어떤 남자가 내연의 여자에게 와서 차려주는 저녁밥을 먹고 번번이 소파에서 졸다가 그냥 자기 집으로 가더라는 눈물겨운 이야기잖아요……."

기윤은 티슈를 뽑아 배즙이 묻은 손을 닦는다.

"그럴 수도 있지. 사랑도 오래되고 늙으면 인간적인 습성만 남게 되니까."

"참 이상하지. 그 아줌마의 외침이 몸속의 빈 서랍들을 뽑아내어 텅텅 두드리는 것처럼 무섭기도 하고 견딜 수 없이 슬프기도 했어요. 그들도 처음엔 안 그랬겠죠……."

두 사람은 어느새 소파에 다리를 올리고 마주 앉아 있다. 기윤이 손을 들어 흘러내린 희우의 앞머리를 귀 뒤로 넘겨주고 짧은 앞머리를 가지런하게 만져준다. 손가락의 움직임이 안타깝도록 느리고 섬세하다. 그리고 살 속에 박힌 동공은 부드럽고 간절하다. 늘 데면데면하게 말하고 무표정한 것 같지만 지난 3년 동안 한 번도 변하지 않았던 눈빛. 희우는 손을 들어 기윤의 오른쪽 눈을 덮는다. 왼쪽 눈만 광물질처럼 커다랗게 열려 있다. 태양의 빛과 연결되어 있다는, 오른쪽 뇌의 격정이 흘러나오는 왼쪽 동공……. 희우는 그 동공을 뽑아 갖고 싶다. 바로 이런, 기적같이 완벽한 순간에.

"지난 금요일엔 뭐 했니?"

기윤은 왼쪽 눈으로만 질문한다.

"영화를 봤어요."

"재미있었어?"

"슬픈 영화예요. 아주 밝고 맑게, 경쾌하게 슬픔의 정점으로 끌고 가죠. 운다기보다는 눈이 젖게 되는 영화예요. 물론 많이 운 여자들도 있었어요. 남자와 함께 온 여자들요. 눈과 코가 붉어진 채 화장실 거울 앞에서 파우더를 새로 바르더군요. 한 처녀가 교통사고로 부모와 남동생을 한꺼번에 잃고 어린 여동생 하나를 키우며 살아가는 이야기예요. 골반이 부서진 그녀로선 댄서가 되려던 꿈도 잃었고 아이도 낳을 수 없고 사랑조차 번번이 실패로 끝나는데, 하나뿐인 혈육인 여동생도 점점 자라 더 이상 언니의 간섭을 필요로 하지 않아요. 그토록 갈구했던 새로운 가족을 이루지 못한 채 사랑 대신 통증이 덮쳐오죠. 그녀는 죽음 외에는 달리 방향이 없어요……. 천천히 필연적으로 완만하고 능동적으로 죽음을 향해 가죠. '완전했던 때로 되돌리기 위해 노력했지만 어느 때부터 그럴 수 없다는 것을 알았어요. 불완전한 채로 살아가야만 한다는 것을요.' 난 그 대사가 좋았어요. 가장 자연스러운 인생에서조차 끊임없이 뭔가를 잃어가지만 우린 뒤돌아보며 되찾으려 해서는 안 돼요. 그대로, 잃은 채로 앞을 향해 살아가야 하는 거예요……."

"잃어버린 것은 완전해 보이지. 하지만 막상 그때로 돌아가면 결코 완전한 건 없어. 돌아갈 수 없기 때문에, 상처 때문에 유토피아적 환상이 생기는 거야. 유토피아란, 그래서 미래의 이상이라기보다는 상처로 인해 돌아갈 수 없는 과거에 대한 집착이기도 하지. 진실을 말하자면 우리는 늘 불완전하고 늘 잃어가고 늘 어딘가로 가는 불확실한 과정 속에 있어. 누구나 망해서 죽는 거야. 눈과 머리카락과 관절과 피부와 피의 온기, 꿈과 시간과 사랑과 기억…… 잃는다는 건 당연한 지불이야.”
“우리 생애가 무임승차를 허용할 리가 없죠.”
“토요일엔 무엇을 했어?”
“내가 무엇을 하는 게 궁금해요?”
“응, 신기해. 희우 당신이 무언가를 하며 하루하루 살아간다는 것이. 왜냐하면 당신은 게처럼 해변의 모래구멍 속에 숨어 있다가 목요일 한낮의 몇 시간만 이 무대 위에 나타나는 것만 같거든.”
월화수, 금토일…… 그런 날이 정말 있었나. 모든 날들이 희우에겐 목요일이다. 의식의 목요일……. 사실 희우는 집 안의 유령 같은 여자이다. 해변의 모래구멍 속에 파고든 게처럼 희우의 의식은 목요일에서 목요일로만 응축된다.
“토요일엔 작은아이와 창경궁에 갔어요. 아이 숙제였거든요. 나오다 보니 창경궁 옆 과학전시관에서는 인체전시회를 하고 있더군요. 아이가 들어가자고 졸라서 바로 앞까지 갔었어요. 플라스티네이션이라고, 실제 사람의 몸을 기증받아 체내의 수분과 지방을 특수한 플라스틱으로 교체 처리한 생체표본이라고 하더군요. 실제 사람의 몸 말이에요. 전시관 앞에 붙어 있는, 실물 인체보다 더 큰 포스터를 우두커니 보고 서 있다가 아이 손을 꽉 잡고 돌아나왔어요. 뼈를 따라 절개한 피부가 말린 육포같이 벌어져 신경선과 뼈의 구조 전체가 보였어요. 그 남자 생체표본의 팔에 걸쳐져 있는 숄 같은 것을 오래 쳐다보았는데, 그건

사람을 벗겨 펼친 가죽이었어요…… 머리에서 손끝과 발끝까지 완전
히 절개해서 펼쳐 벗겨낸……."

"……."

"차마 들어가서 볼 수가 없었어요. 그것을 보고 난 뒤에도 내가 당신
과 사랑을 나눌 수 있을까요? 갈래갈래 절개되고 뜯어져 허파와 심장
과 위장, 십이지장과 소장과 대장과 직장을 다 드러내놓고 서 있는 생
체표본 남자의 성기와 고환이 가느다란 신경선으로 연결되어 텅 빈 양
쪽 골반뼈에 덜렁거리며 걸쳐져 있었어요."

기윤이 희우의 얼굴을 당겨 이마에 입을 맞춘다.

"얼굴을 찌푸리지 마. 그리고 언제 다음에 봐. 몸속의 진실을 다 보고
도 우린 사랑할 수 있어야 해. 우린 늙어서도, 아주 늙어서 그 생체표본
남자보다 더 참혹해진 뒤에도 사랑을 나눌 테니까……. 일요일엔 뭐
했니?"

희우는 아득한 눈으로 기윤을 바라본다. 눈에 수증기 같은 눈물막이
드리운다.

"애들과 산에 갔어요. 등산로를 따라 산을 올라 아이들은 산림학습장
쪽으로 올라가고, 나는 사람들이 거의 이주해 버린 빈 아파트 단지로
갔어요. 약수터에서 물을 마시고 숲을 나가면 바로 나오거든요. 아이들
이 돌아올 때까지 텅텅 빈 아파트 단지를 어슬렁거렸어요."

"왜 그런 곳을 어슬렁거려?"

"부재의 적요함이 나를 매혹했어요. 삶에서 삶을 뺐을 때 남게 되는
것, 사람이 이 세상을 떠나면서도 가져갈 수 없는 불가항력의 무엇. 사
람이 살아가는 실제 삶보다 더 삶 같은 어떤 것이 그곳에 있었어요."

"영원이라든가 향수 같은 것인가……."

"모두 빈집이니, 쥐도 새도 모르게 몰래 숨어들어 살림을 차리면 안

될까 하는 생각도 잠시 했죠. 하지만 공가 폐쇄문을 읽어보니 엄두가 안 나더군요. 무엇보다 전기도 수도도 끊긴 플라스티네이션 생체표본 같은 집이니까요."

"희우, 돈이 생기면 오피스텔을 하나 얻을까?"

월급쟁이인 기윤의 얼굴에 괴로움이 어린다. 희우는 잠시 머뭇거리다가 고개를 젓는다.

"아뇨, 이대로 좋아요. 이대로…… 당신은 괴로울지 모르지만…… 난 내 방 외의 다른 장소는 싫어요. 적어도 이 집 안에서 나의 방은 정말로 나만의 방인 걸요."

"알아. 나도 당신 방이 좋아……."

희우가 처음으로 집에서 먹는 목요일 점심식사 초대를 했을 때, 기윤은 거절했다. 그리고 기윤이 시내의 호텔방을 예약했을 때는, 희우가 거절했었다. 팽팽하게 신경전을 벌이며 한 달을 보낸 뒤 기윤은 희우의 점심초대에 응했다. 희우를 보기 위해 용기 이상의 것, 제3자의 입장에서는 후안무치라 할, 요컨대 위험을 무릅쓰고 경계를 초월하는 투지 같은 것을 있는 힘을 다해 발휘한 것이었다.

기윤이 맞섰더라면 어떻게 되었을까. 한 달이 그냥 흐르고 두 달이 그냥 흐르고 석 달이 그냥 흘렀더라면…… 희우는 호텔방에 갔을 것이다. 강변이든 온천 지역이든, 산속이든 해변이든, 기윤이 가자는 곳이면 어디든, 수많은 길가의 모텔방을 옮겨 다니고 심지어 집 근처의 여관방에도 들락거렸을 것이다. 하지만 기윤이 그녀의 방으로 와주었다. 그렇게 3년이 흘렀다.

"월요일엔 뭘 했지?"

"혼자 불가마사우나에 갔어요. 산에 다녀온 뒤로 허리가 좀 아팠거든요. 처음 갔어요. 남자와 여자들이 함께 불에 달구어진 맥반석을 쪼이

고 휴식도 취하고 식사도 하는 곳이에요. 대강당처럼 크더군요. 한 차
례 불을 쬐고 통풍이 되는 서늘한 유리방에 갔는데, 머리를 노랗게 물
들인 두 젊은이가 폭포가 보이는 유리벽 앞에 나란히 누워 오래 입을
맞추고 서로를 만지작거리며 장난을 했어요. 가여운 강아지들 같더군
요."

"왜 가여워 보였어?"

"배달부거나, 주유원들 같았거든요. 사실 몸을 풀어야 할 정도로 고
된 노동을 하지 않는다면 젊은애들은 그런 곳에 오지 않아요. 그 방엔
나와 젊은애들 외엔 아무도 없었어요. 처음엔 나 때문에 불편해하더니
차차 내가 없는 것처럼 서로 쓰다듬더군요. 내가 없는 것 같은, 그 애들
이 그렇게도 편안해하는 그 상태가 참 좋았어요……. 화요일엔 도서관
에 갔어요. 새로 들어온 잡지들을 보고 책도 빌려왔고 시장도 보았어
요. 그리고 수요일엔 작은아이 가을소풍을 보냈어요. 아침부터 김밥을
싸느라 분주했고 오후엔 백화점에 갔어요. 정기세일 기간이었거든요.
아주 오랜만에 갔어요. 아이들 옷을 사야 했어요. 다른 건 아무것도 사
지 않았어요. 난 몇 년 전부터 나와 이 집에 관한 한 아무것도 더 바꾸
지도, 더 채우지도 않겠다는 결심을 했거든요."

"당신은 호랑이처럼 늘 혼자 움직이는군."

"그런 셈이죠."

기윤은 희우의 블라우스 단추를 푼다. 마지막 단추까지……. 희우는
기윤의 넥타이를 풀고 와이셔츠 단추를 푼다. 윗옷을 벗자 침대로 옮겨
가 커다란 빵 속을 파고드는 개미처럼 서로의 몸속을 파고든다. 처음엔
몸으로 서로의 선을 느끼고 다음은 서로의 부피를 느끼고 다음엔 서로
의 높이를 느끼며 다음엔 서로의 깊이를 느낀다. 사랑해요……. 난 당

신이 너무 좋아요…… 당신이 너무 좋아요……. 두 팔을 허공에 저으며 손으로 얼굴을 감싸안고 속삭이는 사이 기윤이 들어오기도 전에 희우는 이미 첫 번째 정점에 이른다. 몸이 말릴 듯이 뒤로 휘어진다.

"당신과 사랑을 나누는 건 아무도 못 믿을 만큼 근사해. 당신 몸은 내성적인 소리를 내고 내성적인 사고를 하고 내성적인 표현을 해. 뭔가 억눌린 것, 오래 닫혀 있어서 깊어진 것, 사무친 것, 다른 곳으로 날아가는 듯한 상상력 같은 것이 있는 몸이야. 슬픔과 기쁨, 어둠과 찬란함, 고독과 열락, 모든 것이 하나가 되어 녹아 있는 몸이야. 당신은 결코 나를 다치게 하지 않아……."

사랑이 끝난 뒤 기윤은 희우의 머리를 끌어안고 속삭인다. 기윤은 늘 먹이를 두 발로 채어 치솟아 오르는 새처럼 그녀의 몸을 들어 올리며 정점에 이른다. 정말 날아오르는 커다란 새처럼 푸드득거리며…… 그렇게 3년이 흘렀다. 이 세상에 둘밖에는 아무도, 아무도 모르는 세월이었다.

"……당신은 아이들이 언제 다 자란다고 생각해요?"
"열여덟 살. 둘 다 열여덟 살을 넘기면 다 키운 거야……."
"나보다는 당신이 늦겠네요."
"나를 기다려줄 거야?"
희우는 고개를 끄덕인다.
"얼마나 기다려줄 거야?"
"당신이 지금이라고 할 때까지. 얼마든지…… 당신 아는 사람들이 다 죽고 내가 아는 사람들이 다 죽고 이 세상에 우리 둘만 남을 때까지……."
"당신의 말은 늘 나를 놀라게 해. 당신 몸처럼."

기윤은 희우의 뒷목덜미에 입을 맞춘다.

"그때가 되면 우리 북해도로 여행을 가요. 그곳엔 하나 먹을 때마다 7년 젊어지는 검은 계란이 있대요."

"하하, 그런 이상한 계란이 있다고?"

"틀림없이 있어요. 7년씩 젊어진다는 검은 계란이."

"정말?"

"정말이라니까요. 북해도에 눈이 있는 만큼이나, 온천이 있는 만큼이나 확실히 있어요. 우리 그곳에 가면 검은 계란을 똑같이 두 개씩만 먹어요. 그리고 함께 20년만 더 살아요."

그들은 눈을 맞춘 채 싸구려 온천 상품에 불과한 검은 계란으로 마술을 부리려는 게 우습고도 슬퍼 두 눈에 눈물이 어리도록 웃는다. 자기 도취적 망상이라는 것을 안다. 하지만 어떤가…… 이 순간에, 사랑뿐 아니라 진실까지도 만들어낼 수 있을 것 같은 이런 순간에…….

"저녁밥 먹고 소파에서 텔레비전이나 보고 졸다가 그냥 자도 좋아요. 언젠가 우리 함께 살면 좋겠어요……. 서랍 속이 비어도 난 절대로 내 몸속의 서랍을 뽑아 텅텅 소리나게 두드리지 않을 거예요. 더욱더 깊숙이 닫아둘 거예요."

"당신은 내 인생의 가장 마지막 꿈이야. 잡으려면 새처럼 날아가 버릴 것만 같고 뱀처럼 빠져나가 버릴 것만 같은 꿈……."

그들은 서로의 눈과 코와 턱과 목과 어깨와 가슴과 등과 배와 축축한 사타구니를 쓰다듬다가 짧은 잠이 든다. 20분, 혹은 30분…… 가끔 기윤이 잠결에도 두 팔에 힘이 몰려들어 희우를 와락 껴안았다가 놓기도 한다. 희우는 그때마다 반쯤 눈을 뜨고 희미하게 웃지만 깨어나지는 않는다. 짧고도 혼곤한 잠이다.

잠에서 깬 기윤이 샤워를 하고 옷을 입으면서 묻는다.

"다른 남자들은 아이가 자기 아이라는 것을 어떻게 확신할까."

"아내가 낳았으니까, 혹은 자신을 닮았으니까, 의심하지 않으니까……."

희우는 화장대 앞에서 머리를 정돈하며 대답한다.

"의심하기 시작하면?"

"친자확인, 그런 걸 하겠죠."

"하지만 가정이야, 그런 일을 벌이면 이미 끝장인 거지."

"그렇군요."

희우는 방에서 나와 머리를 막 빗어 넘긴 기윤에게 주스를 준다. 머리를 빗어 넘긴 그의 표정이 조금 달라 보인다. 그의 두 눈은 이제 희우에게 집중해 있지 않다. 어딘가 산만하다. 언젠가 정말 기윤의 두 눈이 온통 희우에게 못 박혔을 때 그때 조용히 오른쪽 눈을 가린 뒤 왼쪽 동공을 뽑아 갖고 싶다. 그 동공 속엔 태양의 빛이 타오를 것이다.

"아들이 전혀 나를 닮지 않았어. 완전히 엄마와 외가 쪽만 닮은 거야. 조여사는 성격이 똑같다고 우기지만, 그거야 보기 나름이잖아. 이제 겨우 열 살인데."

"정말 의심이 들어요?"

기윤은 주스를 마시고 잔을 내려놓는다. 그림자가 드리운 얼굴이다.

"그런 느낌이 들어……. 얼굴, 체형, 손가락, 발가락까지, 전혀 나와 달라. 그 시기엔 나와 조여사가 특히 소원했던 시절이었거든."

"그러면 확인해야죠."

"확인하는 것 자체로 가정은 끝장이라니까."

기윤의 음성이 미세하게 히스테릭해진다.

"당신에겐 왜 그렇게 가정이 중요하죠? 엉터리면 끝장나야 하는 거 아닌가요?"

희우도 미세하지만 발끈한다.

"그런 질문은 하는 게 아냐. 그리고 엉터리라고 다 끝장나면 남아 있을 게 세상에 어디 있겠어?"

기윤이 희우의 어깨에 손을 올리고 말한다. 그의 눈이 다시 희우에게 집중된다.

엉터리로 치면 희우의 집 역시 남아나지 못할 것이다.

"어쨌든 딸은 나를 빼닮았어."

"다행이군요."

희우의 음성이 누그러진다.

"당신 집에 대한 기억 중 좋았던 기억은 뭐예요?"

"그런 건 없었어. 결혼하자마자 조여사가 임신을 해 다음 해에 딸이 태어났는데, 난 5년쯤은 그 애에게 반해서 정신없이 살았어. 퇴근할 땐 늘 먹을 걸 사들고 달려서 갔고 일요일마다 아일 목마 태우고 어디에나 갔지. 등산도 가고 낚시도 가고 결혼식장도 다녔지. 극장, 동물원, 식물원, 어디에나 갔어. 그 기억 때문에 사는 거야…… . 그게 가정이지."

기윤은 희우의 등을 다독인다. 희우의 정수리에 기윤의 따스한 호흡이 느껴진다. 기윤이 딸에게 반했던 그 몇 년 동안 어떻게 했을지 상상할 수 있다. 희우는 그의 딸처럼 아빠라고 불러보고 싶어진다. 그에게는 분명 포마드 기름을 바르고 반짝거리는 검정색 구두를 신는 구식의 아빠다운 습성이 있다. 도덕이나 윤리를 초월해 가장으로서 책임을 지려는 고집은 그의 남성적 긍지이면서 괴로움이다.

기윤이 떠난 뒤 희우는 방문객의 흔적을 모두 지운다. 기윤이 쓴 칫솔과 슬리퍼와 빗을 상자에 넣어 자신의 옷장 속에 보관한다. 옷장 속엔 3년 전 기윤을 처음 만난 날 입었던 목련꽃 무늬가 새겨진 푸른 비단 원피스가 걸려 있다. 그날 신었던 구두와 가방도…….

값비싼 외출복과 외출용 구두를 구입한 건 3년 전 그즈음이 마지막이었다. 구두와 원피스는 작은 구김과 거의 눈에 띄지 않는 얼룩과 냄새로 마지막 외출의 표정과 움직임과 장소들과 대화의 기억을 고집스럽게 간직한 채 빠른 속도로 유행에서 밀려나 방습제 냄새가 밴 구식 옷이 되고 있다.

남편은 외식조차 거절하는 희우를 집 안의 유령이라고 이죽거린다. 만약 목요일 점심시간의 방문객을 남편이 알게 된다면 그는 희우를 죽일 것이다. 그건 가장들의 본능이니까. 하지만 희우는 집을 양보하지 않는다. 집은 희우의 진실이 있는 자리다. 희우는 결코 허술하게 굴지 않는다. 기윤이 남긴 담뱃재도 버린다. 소형 청소기로 소파 주변도 빨아들인다. 베개 주변의 머리카락과 침대의 체모도 줍는다. 그리고 잔들을 씻고 마지막으로 화장실과 현관을 점검한다.

희우는 가장 마지막에 죽을 거라는 것을 안다. 세월이 흐른 뒤에 아이들이 떠나고 남편도 이 집에서 사라질 것이다. 그리고 기윤도 발길을 끊겠지. 방문자가 한 사람도 없고, 길든 가구들마저 자신의 손끝에서 잊혀진 뒤에…… 장롱 속에 갇힌 옷과 구두의 망상이 무성하게 자라 스스로 꿈틀대며 실뿌리 같은 신경선을 내뻗고 힘줄을 내밀고 가슴의 지방을 커다랗게 채우고 시든 칸나 같은 음순을 만들고 관절 위에 육포 같은 살점을 덮고 걸어 나간 뒤에, 희우는 자신의 방에서 홀로 죽을 것이다.

우리 모두, 아무것도 아닌 것을 위해

"엄마, 자기 떡이 더 크다는 말이 맞아요?"

열두 살 아이는 현관문을 밀고 들어오면서 커다란 소리로 묻는다.

"그게 무슨 말이니?"

"남의 떡이 더 커 보인다는 말 있잖아요?"

"그런데?"

"남의 떡은 커 보이기만 하는 것이고, 사실은 자기가 쥐고 있는 떡이 더 크다고 친구가 우겼어요. 언제나, 틀림없이 자기 떡이 더 크다고…… 그게 맞아요?"

희우는 웃는다. 소리까지 내어 킬킬 웃는다. 사실은, 틀림없이, 언제나, 자기 떡이 더 크다?

"맞는 말 같구나."

"우이…… 뭔가 이상해."

희우는 아이가 손을 씻는 사이에 비스킷과 주스를 식탁에 내어놓는다. 아이는 곧 학원에 가야 한다.

"엄마, 북극에 사는 나그네쥐는 개체수가 많아지면 집단자살한대요. 이유는 모른대요."

아이는 비스킷을 씹으면서 학교에서 듣고 온 신기한 이야기들을 전한다.

"고래들도 캘리포니아 해변에 나와서 집단으로 죽는단다. 이유는 모른대."

둘은 비스킷을 앞이빨로 콕콕 부수어 씹으며 쥐같이 말똥말똥한 표정을 짓는다.

"엄마 크레바스가 뭔지 알아요?"

"몰라."

"북극이나 히말라야 산 같은 곳에 있는데, 얼음이 갈라진 좁고 깊은 틈이에요. 그 검은 틈은 눈으로 덮여 있어서 아차 하는 순간 비명도 지르지 못하고 빠지게 돼요. 앞에 걸어가던 사람이 알아채지 못할 수도 있고 알았다 해도 아주 좁고 깊은 틈이어서 구할 수가 없어요. 여기가 북극이 아니어서 얼마나 다행인지 몰라."

여기에도 도처에 그런 크레바스가 있단다. 사람들은 순식간에 그 틈으로 빠지고 그리고 영영 사라지지……. 희우는 아이를 마주 보고 웃기만 한다. 희우는 아이가 밖에서 주워담고 온 이야기들을 꽃잎 같은 입술로 쫑알쫑알 털어놓을 때에 엄마인 것이 행복해진다.

"엄마 생각인데, 나그네쥐는 개체수가 많아지면 집단 내에 먹이경쟁이 많아지니까 균형을 맞추기 위해 집단자살하는 걸 거야. 생존경쟁이 치열해지면 무모한 싸움을 일삼게 되고 험악해지고 피폐해져서 결국 새끼들이 다치거나 생식능력이 떨어질 테니까. 집단 내의 무모한 자해를 막기 위해서, 결국 종족 보전을 위해 개체가 많아지면 본능적으로 일부가 자살을 하는 거지."

엄마가 모처럼 대화에 의욕을 나타내자 아이도 흥미로워한다.

"자살할 때, 아프지 않을까? 슬프지 않을까?"

"아프고 슬플 거야. 아주 옛날엔 사람도 그렇게 살았는걸. 요즘도 전쟁이 일어나는 나라에선 군인들이 희생하고 테러리스트들은 자폭을 하잖니. 협동할 필요가 없다 보니 지금은 핵가족화되었고, 대부분의 일이 혼자 하는 일이다 보니 사람들은 뿔뿔이 흩어져 생활하고 개개인의 욕망과 가치가 전체 못지 않게 중요해졌지."

"엄마, 이러다가 언젠가는 가족도 없어지는 거 아냐? 시간이 더 흐르면 사람은 완전히 따로따로 떨어져서 혼자 살게 될까?"

"애야, 지금도 그런 사람은 많단다."

"어후, 난 혼자 살기 싫은데……."

아들의 말에 희우는 웃는다.

"모든 사람이 따로따로 산다 해도 텔레비전을 보고 인터넷을 하면서
모두 같이 산다고 느낄 거야. 앞으론 저마다 제 할 일이 너무 많고 복잡
해 누군가와 같이 살 수도 없게 될걸."

"어우, 너무 너무 외롭겠다."

시장에 다녀오고 저녁 준비를 끝냈지만 중학생인 딸애는 아직 오지
않는다. 학원에서 늦는 모양이다. 희우와 아들은 화병에 싱싱한 장미꽃
이 가득 꽂혀 있는 거실에서 텔레비전 퀴즈 프로그램을 본다.

양쪽에서 불완전한 두 한자가 점자체로 나타나 화면 중앙으로 오면
서 겹쳐져 한순간 완전한 모습을 나타낸다. 퀴즈 참가자들은 그 순간에
재빠르게 버튼을 누른다. 희우는 퀴즈를 보다가 문득 하나의 은유를 생
각한다.

오른편에 있던 점자체 상태의 불안전한 남편은, 기윤이 왼편에 점자
체로 나타나 중앙에서 안정되게 겹쳐지면서 드디어 희우의 생을 온전
하게 잡아주는 의미 있고 안정된 존재가 된다. 그것은 흡사 옛날의 대
가족 형태와도 비슷하다. 그러니까 현대의 이 이상한 겹가족은 삶의 단
순한 구조와 외로움과 공허를 메우는 완충장치로서 일종의 대가족 형
태인 셈이다.

희우는 기윤의 집을 잘 안다. 기윤의 양복이 몇 벌인지, 그 집 부모가
자식을 어떻게 편애했는지, 유산을 어떻게 나누어주었는지, 그 집 아이
들은 무엇을 잘 먹는지, 혈액형과 좋아하는 과목은 무엇인지, 냉장고는
몇 년형에 몇 리터 크기인지, 조여사가 타는 차종은 무엇인지, 포크아
트 작품 전시회는 언제 하는지…… 지금쯤 조여사가 무엇을 할지 눈
에 선하다. 기윤은 늦게 귀가한다고 했으니, 아마도 아이들 저녁을 일
찍 먹이고 에어로빅을 하러 나서겠지. 어쩌면 그대로 나이트까지 진출

할지도 모른다. 동네에서 에어로빅을 배운 아줌마들은 춤솜씨를 자랑하기 위해 밤무대로 나가게 마련이다.

조여사의 약점 세 가지는 첫째, 육체적으로 사랑할 수 없는 여자라는 사실이다. 조여사는 처녀 때는 어린 소녀 같은 몸매였으나 첫아이를 낳은 후부터 8년여 동안 키 158센티미터에 60킬로그램의 거구로 지냈다. 지금은 사력을 다해 54킬로그램을 유지하고 있다. 둘째는 정리를 하지 않는 습관이다. 집 안에 늘 살림살이가 밖으로 넘쳐 나와 있다 한다. 장롱과 서랍장과 냉장고와 신발장이 모두 뒤죽박죽이다. 셋째는 걸핏하면 집을 비우는 아무도 못 말릴 외향성이다. 그녀에게는 이웃 언니와 이웃 형부가 너무나 많은 것이다. 심지어 전에 살던 도시로 1박 2일씩 방문하는 것도 예사이다.

남편도 오늘 많이 늦는다고 했다. 그도 자기 여자에게 가끔 희우 이야기를 할 것이다. 남편은 희우를 무어라고 부를까? 나의 인사이드라고 부를지도 모른다. 잠자는 유령 같은 여자야. 넋을 빼놓고 앉아 하루 종일 뭘 하는지 모르겠어. 남편이 말할 희우의 약점 세 가지는 첫째, 육체적으로 사랑할 수 없는 여자라는 사실일 것이다. 흥미도 없고 의욕도 없어 오르가슴에 오르지도 못하더니 결국 결혼 4년째부터는 관계를 거부했다. 이젠 전혀 부부관계가 없는 사이로 발전했다. 둘째는 청결과 정리벽이다. 그 여자를 보면 숨이 턱턱 막힌다. 모든 것을 흩뜨려버리고 싶어 가끔 주먹을 날리곤 했다. 셋째는 고동처럼 껍질 속에 몸을 배배 감고 앉은 아무도 못 말릴 몰의욕과 내향성이다. 결혼한 지 17년이 되었지만 이웃 사귀는 꼴을 못 보았고 그 많은 문화센터 강좌가 있는데도 무엇을 배우는 꼴을 못 보았다. 그래서 늘 아이들은 제 힘으로 친구를 어렵게 사귀어야 했고 나 역시 이웃 없이 살아왔다. 집 안은 썩은 물속같이 정체되어 있다. 가구들조차 지겨워서 가출해 버릴 것만 같다.

하지만 남편은 기윤과 마찬가지로 가정을 버리지는 않는다. 왜냐하면 사랑을 나누는 침대에서 남자라는 기쁨을 즐기는 것과 마찬가지로 한 집의 가장으로서 남자라는 보람을 즐길 수 있으니까. 그들은 남자라는 감정을 잃는 것을 참을 수 없어한다. 그리고 가정이라는 것이 굳이 접어야 할 만큼 귀찮게 하는 것도 아니고 대수로운 것도 아니니까……

저녁 설거지를 하다 희우는 흐르는 수돗물에 접시를 댄 채 동작을 멈추어버린다. 부엌 창으로 노란 아카시아 잎들이 어둠 속을 눈발처럼 날아가는 것이 보인다. 밤의 아카시아숲은 꼭 긴 수초가 엉긴 물속처럼 검게 가라앉아 있다. 창 바로 앞의 축대엔 가을꽃들이 눈가루처럼 하얗게 피어 바람에 떤다.

텔레비전 뉴스 앵커의 단정한 음성 아래로 처연한 노래가 낮게 흘러온다. "꽃은 꽃으로 하늘은 하늘로 언젠가 한 번쯤 날 울게 했던 이야기 님은 떠나고 생은 남아서 언제나 만날까 기약도 없는 이야기 울지 말아요 울지 말아요 사람은 모두 슬픈 이……." 밤 세수를 하고 들어간 딸이 오디오를 켠 모양이다. 요즘 딸은 자우림의 새 노래만 듣는다. 그 노래를 듣고 있으면 희우는 어딘가 머나먼 곳에 버리고 떠나온 옛집이 있는 것만 같은 느낌에 빠진다. 옛날의 아이와 옛날의 부모와 형제…… 전생으로부터 흐르는 눈물처럼 아득하고 혼돈스러운 상실의 느낌…… 얼마나 많은 것을 잃고 나는 또 이 생을 살고 있는 걸까.

"당신 집에 대해 좋았던 기억은 뭐예요?"
희우는 기윤에게 했던 질문을 자신에게 한다.
……호수에서 작은 배를 탔던 일이 떠오른다. 왜 그것만 떠오를까. 꼭 네 명만 탈 수 있는 작은 배였다. 가족 모두 똑같은 구명조끼를 입고

긴장을 숨기면서 배에 올랐다. 모든 것을 물에 맡겨두고 서로의 무게에 의지하며 균형을 잡았을 때, 남편이 벌떡 일어서서 그녀를 덮치거나, 소리를 지르거나, 예기치 못한 요구를 할 염려 같은 건 전혀 없었다. 물결에 실려 이리저리 흔들리며 목적 없이 오도카니 떠 있다가 너무 심심하다 싶으면, 노를 저어 작은 갈대섬을 돌기도 하고 수양버들 사이의 낮은 수로를 지나기도 했고 무슨 이야긴가를 간간이 나누면서 웃기도 했다. 바람과 햇살이 얼굴에 어룽댔고 하늘을 향해 고개를 들 때 남편이 눈으로 물결을 살피며 천천히 손을 뻗어 그녀의 머리 위에 손을 올렸다. 그리고 거미줄이 붙은 마른 나뭇잎을 떼어냈다. 배를 탄 건 가족을 만든 이후 여러 해의 간격을 두고 모두 세 번이었다.

마치 그것을 위해 삶을 다 바친 것 같은 짧은 순간들……. 하지만 바다가 갈라지듯 잠시 생의 조건들이 지워지고 아득하고 덧없는 본질이 삶을 설득할 때, 누가 저항할 수 있나. 아무것도 아닌 그런 것을 위해 우리는 산다고, 그래야 한다고, 그게 삶이라고, 그 정도만 바라야 하는 것이라고…….

너의 의미

김영하

1968년 경북 고령 출생.
연세대 경영학과 및 동 대학원 졸업.
1995년 《리뷰》로 등단.
소설집 《호출》《엘리베이터에 낀 그 남자는 어떻게 되었나》,
장편소설 《나는 나를 파괴할 권리가 있다》《아랑은 왜》 등.
현대문학상, 문학동네신인작가상 수상.

1

오랜만에 도서관에 가본 사람들은 알 것이다. 뇌 속에 숨어 있던 작은 성기가 힘차게 발기하는 느낌을. 저 지중해 어딘가에 있다는 누드비치에 처음 당도한 관광객처럼 독자들은 도서관에 들어서자마자 여기저기를 기웃거린다. 책은 밝게 웃으며 어서 오라고 우리를 향해 손짓한다. 요염한 그 책들은 무한한 가능성에 대한 암시를 풍기면서 손만 대면 가랑이를 벌릴 준비를 하고 있는 것처럼 보인다. 오르가슴이 멀지 않았다. 바야흐로 우리의 뇌는 팽창하여 부풀어오르는 중이다. 우리는 허겁지겁 아무 책이나 뽑아 펼쳐댄다. 외설스런 장면이다. 그러나 이 누드비치의 풍경이 눈에 익으면 어느새 정신의 성기는 늘어지고 광대무변해 보였던 가능성의 세계는 1제곱미터 면적의 책상으로 한정된다. 졸음이 쏟아지거나 식욕이 생긴다. 햇빛을 오래 보지 못한 사람들의 몸에서 뿜어져 나오는 퀴퀴한 냄새도 비로소 코를 간지럽힌다. 그때쯤 되면 사람들은 잡지 서가를 어슬렁거리기 시작한다. 아직 낡지 않은 것들이 주는 달콤함 속으로 빠져드는 것이다.

도서관의 그 독특한 분위기가 아니었다면 그녀의 소설은 나와 아무 인연도 없었을 것이다. 나 같은 인간이 문예지를 뒤적일 일이 어디 있으랴. 그거야말로 정말 오직 도서관에서만 가능한 종류의 일이다. 나는 국어사전만큼이나 두꺼운 문예지를 들어 표지를 훑어보았다. '한국문학과 상상력'이라는 특집 제목이 샘물체로 큼직하게 박혀 있었다. 상상력이라면 내 일과도 무관하지 않지. 나는 언제나 세상을 기절초풍시키고 싶어하니까. 우리 판에서는 그것을 '아이템'이라고 부른다. '깜'이라고 부르는 자들도 있다. 뭐라고 불리든 그들이 기다리는 것은 같다. 제작자들이 두 눈을 크게 뜨고 어서 계약하자고 달려들 이야기, 극장에 걸리기만 하면 수백만의 관객이 내가 먼저다 네가 먼저다 앞다투어 몰려들 이야기를 말하는 것이다. 이놈의 보물찾기는 해가 저도 끝나지 않는다. 달이 가도 끝나지 않고 해가 가도 끝나지 않는다. 엄마들이 도와주지도 않고 선생님이 몰래 가르쳐주지도 않는다. 내가 그렇게 도서관에서 시간을 죽이는 까닭이다.

그녀의 소설은 특집 바로 다음에 있었다. 그녀는 이름도 잘 기억나지 않는, 문학과 뭐라는 그 문예지에서 공모한 신인상의 당선자였다. 어느 정도 쓰면 신인상이라는 걸 타는지 궁금해진 나는 의자에 걸터앉아 책장을 넘기기 시작했다.

2

그날 밤 아이스크림 광고 모델의 배 위에서 나는 다시 그 소설을 생각하고 있었다. 그러자 갑자기 단것이 먹고 싶어졌다. 냉장고를 뒤져 하겐다즈 아이스크림을 꺼냈다. 그걸 모델의 배 위에 숟가락으로 퍼 얹어놓았다. 녹아내린 크림이 배꼽에 고였다. 그 크림을 혀로 핥아먹기 시작하자 모델은 교미하는 뱀처럼 몸을 뒤틀었다. 다 드셨어요, 감독님? 모델이 제 배꼽 쪽을 내려다보며 물었다. 응. 맛있어. 너도 먹을래? 대답 대신 그녀는 내 머리통을 제 사타구니에 처박았다. 배꼽에서 흘러내린 아이스크림이 정수리를 적셨다. 아이스크림 모델의 사타구니는 달콤하지 않았다. 나는 끔찍한 공포에 사로잡혀 온 힘을 다해 소리를 질렀다. 이제 그만 해!

모델과 나는 침대 속에서 사이좋게 남은 아이스크림을 퍼먹었다. 처음 만나던 날, 그녀는 내 성기에 요플레를 붓고는 입으로 그것을 빨아먹었다. 아무래도 그것만은 잊을 수가 없어서 다시 그녀에게 전화를 했다. 이번에는 요플레가 없었다. 대신 하겐다즈 아이스크림을 준비해 두었다. 그것은 한쪽에는 차가움을, 다른 한쪽에는 달콤함을 선사한다. 차가운 성기와 달콤한 입은 곧 달콤한 성기와 차가운 입으로 변한다. 차가워진 그 입으로 그녀는 묻는다. 감독님, 다음 작품 언제 들어가세요? 이번엔 내가 그녀의 머리통을 내 사타구니에 처박는다. 곧 들어가. 스케줄 비워놔.

  그녀는 내가 찍을 뮤직 비디오의 여주인공이 되고 싶어한다. 그건 자연스러운 욕망이다. 눈 내리는 홋카이도에서 멋진 남자와 사랑하다가 붉은 피를 점점이 뿌리며 죽는 역할이야 여배우라면 누구나 한번쯤 해보고 싶을 것이다. 이번 생은 틀렸으니 다음 세상에서 만나자는 애절한 가사가 자막으로 깔리는 동안 그녀는 자전거를 타고 눈길을 달려간다. 멋진 장면이 되겠지만 그녀의 몫은 아닐 것이다. 십대 소녀들이 이름만 들어도 자지러지는 그 남자 가수의 매니저는 만날 때마다 실실 웃으며 확답을 주지 않는다. 돈 때문이라면 뭐 현실적인 수준에서 타협을 할 수도 있노라고 슬쩍 언질을 주었지만 이 인간은 계속 실실 웃기만 한다. 첫 번째 앨범의 뮤직 비디오를 찍었다고 내게 우선권이 있는 것도 아니니 기다릴 수밖에 없다. 그래도 그 한 편 덕분에 벌써 세 명의 배우 지망생과 두 명의 모델들을 침대로 끌어들일 수 있었다. 나는 누가 뭐래도 예쁜 여자가 좋다. 쓰레기라고 욕해도 어쩔 수 없다. 면전에서 하지만 않는다면.

3

  그 소설가를 만났다. 남산 중턱의 호텔을 약속 장소로 잡았다. 세계적 호텔 체인의 로고가 입구에서부터 들어오는 사람을 압도하는 곳이다. 모델이든 소설가든, 신인들은 이런 데서 만나는 게 좋다. 호텔의 권위가 후광이 되어 내 머리 뒤에 찬란한 광배를 만들어준다. 처음 오는 신인들 입장에선 주눅이 들기 마련이다. 마키아벨리는 이렇게 말했다. "군주가 엄중하고도 엄중하게 경계해야 할 일은 경멸당하거나 얕잡아 보이는 것이다." 정말 맞는 말이다. 군주가 아니더라도 경청 또 경청해야 할 말이 아닌가. 어쨌거나 그런 일을 겪지 않으려면 장소 선정부터 신중해야 한다.

검은 스커트에 새틴 재킷을 입은 신인 소설가는 결코 겁먹지 않겠다는 결의 어린 표정으로 자리에 앉았다. 아직 귀밑으로 솜털이 보송보송한 이십대 중반의 여자였다. 문예지에 실린 조악한 증명 사진보다 실물이 훨씬 나았다. 저렇게 예쁜데 어쩌자고 소설 같은 걸 쓰는 걸까. 이런 호텔엔 아마 한 번도 못 와봤겠지. 여드름이 더덕더덕한 남자친구한테 손목 잡혀 어디 표백제 냄새나는 여관방 정도나 들락거렸겠지.

나는 말했다. 도서관에서, 이것이 중요하다, 도서관에서 당신 소설을 읽었고 아주 감명 깊었고 그래서 꼭 한 번 만나보고 싶었다. 한 사람의 팬으로서, 독자로서 이런 자리를 마련해 보고 싶었다. 찬사는 이쯤하고 적당한 때가 되면 본론으로 들어간다. 당신같이 지적인 여자가 나를 위해 그리고 한국 영화계를 위해 시나리오를 써준다면 정말 좋겠다. 우리는 멋진 파트너가 될 수 있을 것이다. 당신처럼 통통 튀는 감각의 소유자가 어쩌자고 그 칙칙한 소설 나부랭이를 쓰고 앉아 있는 거냐. 지금은 영상의 시대다. 나와 함께 걸작을 만들어 대종상 시상식에 나가는 게 어떠냐. 칸에서 붉은 카펫도 밟고.

나는 연출부로 참여해 온, 사실은 그냥 기웃거렸다고 말해야 옳을 영화 제목들을 주르륵 읊었다. 국제 영화제에서 수상한 감독의 이름과 흥행 기록을 수립한 제작사의 이름, 출연료가 5억이 넘는 배우들의 이름을 차례로 주워섬긴다. 그러나 여자는 공항 안내방송이라도 듣고 있는 것 같은 표정이다. 어찌 보면 열심히 듣고 있는 것 같고 또 어찌 보면 딴전을 피우고 있는 것 같다. 골 빈 여자애들이었다면 벌써, 어머 그래요, 하며 달려들었을 텐데 이 여자는 좀 다르다.

그녀는 조근조근한 톤으로, 자신은 영화를 잘 모르는데다 여전히 문학을 사랑하며 게다가 신인이며 그러니 아직은 외도를 할 때가 아니라며 완곡하게 거절 의사를 밝혀온다. 거절을 해본 일이 거의 없는 여자인지 무척이나 불안정해 보인다. 벌써 다섯 잔이나 물을 마시고 있다. 무표정한 웨이터는 그녀가 잔을 비울 때마다 귀신같이 알고 다가와 또 르르르 물을 따라준다. 그러면 그녀는 또 마신다. 정 못하겠다면 어쩔 수 없는 일이다. 그러나 슬슬 본전 생각이 난다. 나는 역시 쓰레기다. 어쩔 수 없다. 그게 내 본질이다. 이제부터는 작업이다. 슬슬 침울한 표정을 짓는다. 영화일은 너무 힘들다. 소재는 고갈되고 재능 있는 작가도 없고, 정말 힘들다. 여자는 안절부절, 미안해하고 있다. 앉아 있기가 이젠 좀 고통스런 모양이다. 그럼 내가 구원을 해줘야지. 나는 내가 지을 수 있는 최대한의 불쌍한 표정으로 이렇게 말한다. 이봐요. 그 일은 잊어버리고 요 아래 바에서 술이나 한잔 하지요. 그 순간의 내 눈은 이렇게 말하고 있어야 한다. 설마 그것마저 거절하지는 않겠지, 라고. 여자는 마지못해 핸드백을 들고 자리에서 일어선다.

오늘 밤은 호텔에서 잘 수 있을 것 같다.

4

상쾌한 마음으로 사우나에 들러 뜨거운 물에 몸을 푹 담그고 지난밤의 쾌락을 생각한다. 모든 것이 쾌적했다. 이런 밤도 흔치 않다. 여자는 아무것도 요구하지 않았고 섹스 코드도 유별나지 않았다. 말하자면 하자는 대로 다 하는 여자였다. 소설가들은 다 그런가? 그럴 리야 없겠지. 얼마나 까다로운 족속들인데. 그렇지만 그 여자는, 호텔방으로 끌어들이기가 좀 어려웠을 뿐, 아니 지금 생각해 보면 그마저도 그렇게 어렵지는 않았는데, 여하튼 그 여자는 아무 데도 걸리는 데가 없었다. 아침이 되자, 시나리오도 쓰겠다고 말했다. 커피숍에선 염소처럼 완강했지만 침대 위에선 너그러웠다. 이제 그녀는 나를 위해, 짧으면 3개월, 길면 1년이 넘도록 내 영화의 대본을 써야 할 것이다. 뭐, 그 친구한테도 좋은 공부가 될 것이다. 소설가가 영화의 세계를 알아둬서 나쁠 건 없을 것이다. 이왕이면 나 같은 삼류 아닌 일류 감독, 메이저 제작사와 만났다면 더 좋았겠지만 세상일이라는 게 다 그렇듯이 모든 세계에는 질서와 절차가 있는 것이다. 우리 영화만 잘돼 보라. 메이저에서 왜 아니 달려오겠는가.

감독님, 하시고 싶은 이야기가 뭔데요? 침대 속에서 그녀가 물어왔다. 로미오와 줄리엣의 한국판이라고 생각하면 돼. 로미오와 줄리엣이 뭐 별건가? 이루어질 수 없는 사랑, 타오르는 정열, 자살, 질투, 뭐 이런 걸 엮어내면 되는 거 아니겠어? 조작가라면 잘할 수 있을 거야. 그 소설만큼만 쓰라구.

소설하고 시나리오는 다르지 않나요? 나는 그녀의 젖은 머리칼로 귓불을 감아 돌렸다. 다를 거 하나도 없어. 조작가는 생각나는 대로 다 쓰라구. 그리고 나서 나랑 앉아서 고치면 돼. 여자는 한숨을 폭 쉬었다. 시트를 끌어올려 드러난 가슴을 가리며 여자가 물었다. 시나리오 작업을 하게 되면 감독님과 자주 만나게 되나요? 나는 그렇다고 말해 주었다. 영화 작업이라는 게 본질적으로 공동 작업이니까 어쩔 수 없는 일이라고 했다. 여자는 알겠다며 힘없이 고개를 끄덕였다.

5

도덕적으로 살면 걸리적거리는 게 없어진다. 주차위반 딱지도, 죄의식도, 전과도 없다. 도덕이라는 게 별건가. 행동 방식을 규정하는 것이다. 그게 잘돼 있으면 그리고 그게 그 사회의 도덕과 비슷하면 그것처럼 편리한 게 없다. 사람들은 20년 무사고 운전자를 존경한다. 무사고? 좋지. 그렇지만 그렇게 살고 싶지는 않다. 물론 그 20년 동안 그의 인생길은 평탄 그 자체였을 것이다. 그는 예비군 훈련을 불참하거나 범칙금 납부를 잊어버린 잘못으로 즉심 법정에 불려나갈 일도 없었을 것이다. 약간의 불편만 감수하면 더는 피곤한 게 없는 삶. 그런 사람에게 인생이란, 다소 예외가 있기는 해도, 경부고속도로 같은 것이다. 규정 속도를 지키면서 꾸준히 가기만 하면 목적지에 다다르는 것이다.

바람둥이에게도 도덕은 있다. 도덕적 바람둥이라는 말은 없지만 바람둥이의 도덕은 있다. 이를테면 소설《참을 수 없는 존재의 가벼움》에 나오는 토마스는 한 번 만난 여자는 3주 후에나 만난다는 식의 도덕을 가지고 있다. 두 여자를 동시에 만나지 않는다는 놈도 있고 심지어는 한 침대에서는 오직 한 여자와만 섹스를 한다는, 얼핏 당연해 보이는 규칙을 가진 놈도 있다.

나는 아직까지 뭘 해야 되는지, 뭘 하지 말아야 하는지에 대한 개념이 부족하다. 그러다 보니 내 인생은 언제나 무심결에 저지른 일들을 수습하는 데 바쳐졌다. 제작비를 감독이 좀 갖다 쓰는 게 왜 나쁜지 아직도 나는 납득하기 어렵지만 어쨌든 그 일 때문에 차를 팔아야만 했고 선배의 마누라와 자다가 아닌 밤중에 린치를 당하기도 했다. 신인들과 자고 다닌다고 욕하지만 내가 강간을 한 것도 아니고 서로 좋아서 벌인 일에 대해서 왜 죄의식을 가져야 하는지 모르겠다. 물론 사정이 어려울 때는 그 여자들의 돈으로 지낸 적도 있지만 그것 역시 강도질도 아닌데 왜 비난받아야 하는지 도무지 이해할 수 없다.

나도 도덕적인 삶만이 순탄한 인생의 동반자라는 걸 잘 알고 있다. 그러나 예술가의 삶이 어찌 범인의 그것과 같으랴. 우리 예술가들은 위반을 통해서 배우고 고난을 통해 성숙하는 존재들이다, 이거지.

6

제작사의 정PD가 계약서를 조작가에게 내밀었다. 조작가는 사인하는 곳에 조,윤,숙,이라고 자기 이름을 또박또박 써넣었다. 정PD는 계약금 5백만 원을 자기앞수표로 주면서 영수증에도 사인을 하라고 했다. 조윤숙은 그렇게 했다. 나머지 잔금 천만 원은 영화가 크랭크인하면 지급하겠다고 정PD가 말했지만 조윤숙은 그거야 무슨 상관이냐는 무심한 표정으로 고개를 끄덕였다. 돈에 관심이 없는 건지 아니면 순진한 건지 알 수 없었다. 남의 일이지만 그래도 내 영화의 시나리오 작가가 나중에라도 돈이 적네 어쩌네 하면서 나자빠지면 곤란하기에 내가 끼어들었다.

"조윤숙 씨. 계약서 꼼꼼히 잘 읽어보고 사인해. 나중엔 그게 다 족쇄야 족쇄."

조윤숙이 고개를 들어 나를 향해 씩 웃었다. 그녀가 그렇게 웃는 모습은 처음이었다. 그러고는 조용히 이렇게 말했다.

"돈은 중요치 않아요."

횡령에 가담한 은행원처럼 늘 안절부절못하는 정PD는 다음 약속이 있다며 자리에서 일어났고 5백만 원짜리 수표를 핸드백에 챙겨 넣은 여자와 나는 영화사 밖으로 나왔다. 갑자기 쏟아지는 햇볕이 눈부셔 우리는 잠시 멍하니 서 있었다.

"제 소설, 정말 좋았어요?"

조윤숙이 핸드백에서 선글라스를 꺼내며 물었다.

"아, 그 소설. 글쎄, 뭐랄까."

나는 갑작스런 질문에 놀라 잠시 멈칫거렸다. 마치 철 지난 사랑에
매달리는 유부녀 같은 말투였다.

"어디가 어떻게 좋았어요?"

선글라스를 낀 여자는 조금 달라 보였다. 초승달처럼 생긴 눈을 가리
자 훨씬 자신감 있어 보였다.

"음, 역시 라스트가 죽였지."

"결말이요?"

"여자가 칼로 인형의 배를 가르면서 이렇게 말하잖아? 내 인생의 인
형놀이는 이제 끝이다. 그게 멋지지."

"그거요?"

여자는 조금 실망한 눈치였다. 그렇지만 곧 밝은 목소리로 어디 가서
밥이나 먹자고 제의해 왔다. 우리는 요즘 중국집처럼 흔해진 이탈리아
레스토랑에 들어가 스파게티를 먹었다. 스파게티를 다 먹고 맥주를 마
셨다. 맥주를 마시는 동안 아이스크림 모델에게서 계속 전화가 왔다.
그 때문에 나는 몇 번이나 밖으로 나가 전화를 받아야만 했다. 그녀는
뜬금없이 자꾸 술을 사달라고 했다. 겨우 전화를 끊고 자리에 돌아와
앉으니 조윤숙이 물었다.

"인기가 좋으신가 봐요."

"아니 영화판이라는 데가 원래 이래. 하는 일은 없는데 전화통만 불
이 나지."

"일은 언제부터 시작하죠?"

"우선, 조작가하고 내가 서로의 생각을 맞춰봐야 되거든. 이번 영화

에 대한 생각이 서로 다를 수 있으니까, 우선 조작가가 간단한 시놉시
스를 쓰고 그걸 갖고 어디 들어가서 트리트먼트로 발전시키자고."

"그냥 윤숙이라고 불러주세요."

"어, 그럴까?"

"다른 사람들도 그런 식으로 일하나요?"

"보통은 그렇지. 시나리오가 처음부터 나와 있는 경우도 있지만 요즘
은 기획 영화가 많아서 이렇게들 많이 하지. 일단 아이템 잡고 어디 들
어가서 시나리오 쓰고 그 다음에 캐스팅하고, 뭐 그렇게 굴러가는 거
야."

여자는 말없이 맥주를 들이켰다. 그날도 여자는 집에 들어가지 않
았다.

7

여자가 시놉시스를 들고 온 날, 나는 지나가는 말처럼 물었다.

"윤숙 씨는 사귀는 사람 없어?"

여자는 고개를 가로저었다.

"혼자 좋아하는 사람은 있어요."

"어떤 사람인데? 글쓰는 사람이야?"

"아뇨."

"그럼 뭐 하는 사람인데?"

"나이가 좀 많아요."

"유부남이야?"

여자는 입을 굳게 다물고 대답하지 않았다. 그랬군. 유부남이었군.
너무 뻔한 도식이어서 묻는 내가 머쓱했다. 나는 그녀에게 너무 심각하

게 생각하지 말라고 했다. 유부남은 누가 찔러주고 간 뇌물 같은 거야. 처음엔 짜릿한데 오래 하면 지저분해져. 그러니 그냥 인생을 즐기라고 말해 주었다. 여자는 가타부타 대꾸하지 않았다.

나는 그녀가 만들어온 시놉시스를 검토했다. 잘만 만들면 말랑말랑 하면서 산뜻한 멜로물 한 편 나올 것 같았다. 조윤숙에겐 다행히 영화 적 감각이 있었다. 특히 멜로 코드에 강한 것 같았다. 그렇게 칭찬해 주 자 조윤숙은 얼굴을 붉혔다. 수줍음이 많은 친구였다. 수줍음, 자꾸 보 니 그것도 좀 식상했다. 문득, 아이스크림 모델과 그녀의 요플레가 그 리웠다. 이 말없고 조용한 소설가에게선 점점 흥미가 사라지고 있었다. 격렬하고 퇴폐적인 섹스가 필요했다.

"정PD가 연락할 거야. 다음 주에 양평쯤에 콘도 하나 잡아서 들어갈 거야. 준비하고 있어."

"네."

나는 시계를 보며 소파에서 몸을 일으켰다.

"그럼 그만 갈까?"

조윤숙은 일어나는 나를 빤히 바라보고 있었다.

"감독님 먼저 일어나세요. 전 좀 앉았다 갈게요."

"그래?"

조윤숙은 따라 일어서지 않았다. 나는 그녀를 남겨둔 채 카페 밖으로 나오자마자 아이스크림 모델에게 전화를 걸었다. 그녀는 다행히 근처 에 있었다. 나는 세븐일레븐으로 들어가 요플레를 산 후에 그녀를 만나 러 갔다. 그녀의 손에도 요플레가 들려 있었다. 우리는 쿡, 하고 웃고는 호텔방에 들어가 요플레 하나를 함께 퍼먹었다. 그리고 그녀 몸에도 부 어 핥아먹었다. 그렇게 먹는 내내 자꾸 조윤숙의 얼굴이 떠올랐다. 어 쩌면 그녀도 이런 섹스를 좋아하는 게 아닐까? 그런 줄도 모르고 내가 너무 얌전하게 다룬 것 아닐까. 문득 모험심이 솟구쳤다. 나는 아이스크림 모델의 배 위에서 내려와 주섬주섬 옷을 챙겨 입었다.

"어디 가세요?"

"응. 편집실. 지난번 뮤직 비디오 편집하기로 기사하고 얘기해 놓고 깜빡했다야."

아이스크림 모델은 입을 비죽거리더니 이불 속으로 쏙 들어가 버렸다.

"감독님, 너무해."

"미안해. 저녁 시켜 먹든지 하고, 다음에 보자."

나는 호텔을 나와 다시 조윤숙에게 전화를 걸었다.

"나야."

"……감독님?"

"어디야?"

수화기 저쪽에선 말이 없었다. 나는 어딘지 알 것 같았다.

"아까 거기구나. 그쪽으로 갈게."

"……오세요."

나는 운전대를 잡았다. 그르르릉. 뒷바퀴가 힘차게 땅을 긁었다.

8

조윤숙은 그 카페에 그대로 앉아 있었다. 커피도 핸드백도 앉은 자세도 그대로였다. 나는 두 시간 전 떠났던 바로 그 자리에 다시 앉았다. 화장실에라도 다녀온 기분이었다.

"무슨 일이야?"

여자는 눈을 들어 나를 바라보았다.

"일은 무슨 일이요. 일이 있었던 건 감독님이잖아요?"

그 말은 맞다. 그녀는 그대로 카페에 앉아 있었다. 그런데 왜 가만히 앉아 있느냐고? 좀 이상한 거 아냐? 문득 무언가 완강한 어떤 것이 그녀에게서 느껴진다. 예감이 좋지 않았다. 여자들이 이렇게 나오면 항상 골치 아픈 일이 시작된다. 도대체 그 유부남과는 어떤 사이야? 기분 나쁜 일에 휘말려들 것 같은 예감이었다. 호텔방에 두고 온 아이스크림 모델 생각이 다시 났다. 벌써 체크아웃 하지는 않았겠지?

"감독님, 목에 립스틱 묻었어요."

그녀의 눈길이 내 목덜미에 고정돼 있었다. 손으로 목을 문지르려는데 하필 그때 휴대 전화가 울렸다. 요란하게 울려대는 휴대 전화를 주머니에서 꺼내려 애쓰는 동안에도 그녀의 눈동자는 내 목덜미를 뚫어져라 쳐다보고 있었다. 전화는 한 달 전에 오디션을 봤던 스무 살짜리 신인 여배우였다. 안부 전화라고 했다. 꼭 부적절한 시간에 안부를 묻는 여자애다. 새벽 4시에 전화를 걸어 안녕히 주무시라는 애다. 대충 윽박질러 전화를 끊고 목덜미를 문지르려는데 윤숙이 자기 핸드백에서 거울이 달린 분갑을 꺼내주었다. 비춰보니 정말 왼쪽 목덜미에 시뻘건 립스틱 자국이 나 있었다. 그녀는 티슈도 꺼내주었다. 나는 그것으로 립스틱 자국을 닦아냈다. 티슈에는 부인할 수 없는 연사의 흔적이 남았다. 차라리 손으로 닦을걸. 나는 후회했지만 이미 늦었다. 마치 연극 무대에 처음 선 배우처럼 나는 허둥대고 있다. 갑자기 조윤숙이 고개를 숙인다. 그리고 어깨를 들썩이기 시작한다. 흑. 도대체 왜 우는지 까닭을 모르겠는 나는 어쩔 줄을 모르며 윤숙을 달랜다.

"이봐, 조작가, 아니 조윤숙 씨 왜 이래?"

윤숙은 고개를 쳐들지 않고 계속 흐느낀다. 세련된 매너의 압구정동 주민들도 더 이상은 못 참겠는지 이십대 중반의 여자를 울리고 있는 삼십대 후반의 남자를 힐끔거리기 시작한다. 미칠 노릇이었다. 나는 윤숙의 옆자리로 옮겨가 어깨를 감싸 안았다. 윤숙이 내 어깨에 얼굴을 파묻는다. 눈물이 휴고 보스 양복을 더럽힐 생각을 하니 우울했다. 나는 테이블 위의 티슈를 그녀의 눈과 내 어깨 사이에 슬그머니 밀어 넣는다. 그런데 그녀가 그걸 빼앗아 코에 대고는 팽하고 코를 푼다. 콧물 몇 방울이 다시 내 양복을 적신다. 슬슬 짜증이 나기 시작했다.

"도대체 왜 이러는 거야?"

나는 그녀가 울지만 않는다면 유부남과의 그 상투적이고 신파적인 불륜담을 들어줄 용의가 있었다. 그리고 술도 한잔 사줄 수 있었고 뭐, 잠자리에서 따뜻하게 품어줄 수도 있었다. 울지만 않는다면. 그러나 그녀는 계속 울었고 그러자 다시 아이스크림 모델 생각이 났다.

"감독님."

그녀가 드디어 내 휴고 보스 양복에서 고개를 쳐들었다. 나는 그게 너무 고마워 밝은 얼굴을 지어 보였다.

"그래, 말해 봐. 뭐야?"

"화 안 내실 거죠?"

"그래, 얘기하라니까."

"저 감독님…… 아, 오늘 날씨 좀 춥죠? 옷을 든든하게 입었어야 했는데, 그러니까 저는, 제가, 내가 왜 이러지, 아, 저, 네! 저, 감독님 사랑하는 것 같아요. 아니 확실해요. 저 감독님 사랑해요. 미쳐버릴 것 같아요."

비행기가 곧 추락하겠으니 승객 여러분은 기도나 하시라는 안내방송을 들은 것 같았다. 카페 천장에서 산소 마스크가 떨어지지는 않았다. 맥이 탁 풀려버린 나는 휴고 보스 양복이 구겨지거나 말거나 소파에 몸을 깊숙이 파묻었다.

앞에서도 말했지만 조윤숙은 미인이다. 물론 소설가치고는 미인이란

뜻이지 뮤직 비디오나 영화의 주인공으로 나서도 될 정도란 얘긴 아니
다. 그건 자신도 잘 알고 있다. 그러니 그녀가 시쳇말로, 뜨고 싶어서
그러는 건 아닐 것이었다. 그럼 왜? 정말 사랑에 빠졌다는 건가? 그럴
리가. 그녀는 배울 만큼 배웠고 비록 신인이지만 엄연히 소설가이고 게
다가 젊고 예쁘다. 나와 두 번이나 잠자리를 같이 했지만 그렇다고 사
랑에 빠졌다는 건 웃기는 일이다. 가끔 배우들은 연기를 한다. 당연하
다. 그들은 배우니까. 〈해리가 샐리를 만났을 때〉의 맥 라이언처럼 오
르가슴도 연기하고 헤어질 때는 슬픈 표정도 짓는다. 베개를 껴안으며
사랑한다고 말하기도 하지만 그건 다 거짓말이다. 말하는 그들도 알고
듣는 나도 안다. 우리들 사이엔 보이지 않는 동시 통역기가 있어 사랑
의 밀어를 비즈니스 용어로 부지런히 바꾸어주고 있는데 단지 모른 체
하고 있을 뿐이다. 그게 일종의 거래라는 걸 시장 참가자들은 모두 다
알고 있다. 단지 소설가 조윤숙만 모르고 있는 것이다. 저 철없는 숙맥
만이.

　저 여자가 날 사랑한다는 건 정말 믿을 수 없는 일이다. 그건 안 되는
거다. 나는 나를 사랑한다는 여자와 시나리오를 쓸 생각이 전혀 없다.
그 시나리오가 잘되겠는가? 나의 모든 의사 표시는 사랑의 맥락에서만
해석될 것이다. 시나리오의 문제점을 지적하면 그녀는 울겠지? 시나리
오의 어떤 점이 좋다고 하면 그걸 확대 해석해서 하루 종일 행복해하겠
지? 무슨 일이 있어도 나는 이번 영화로 입봉을 해야 한다. 그리고 이
충무로에서 내게 그럴듯한 시나리오를 써줄 사람은 저 조윤숙밖에는
없다. 오직 그녀만이 아직 내 정체를 모르고 있다. 아니 그런데 그녀는
몰라도 너무 모른다. 내가 쓰레기라는 것을. 지금까지 읽어온 사람들이
라면 모두 동의할 것이다. 그녀는 내 목덜미에 묻은 립스틱도 보았고
내 입에서 튀어 나가는 그 교양 제로의 말투도 들었고 양아치를 방불케

하는 내 패션 감각도 잘 알고 있다. 누가 보아도 난 그저 한심한 충무로 낭인이다. 이곳저곳 영화판을 기웃거리며 귀동냥이나 하고 가끔 신인들 뮤직 비디오나 찍고 왕년의 연출부 시절 무용담이나 떠들고 다니면서 어리숙한 초짜 여배우들이나 따먹는, 그게 일상인 나를 사랑한다니. 아무리 순진해도 그건 좀 심했다. 남자 여자가 하룻밤 잘 수는 있지. 그렇다고 엉기는 건 곤란하다.

이런 내 생각은 고스란히 말이 되어 그녀에게 귓바퀴를 향해 날아갔다. 그녀는 묵묵히 듣기만 했다. 그렇게 다 듣고, 그녀는 말했다.

"감독님, 왜 자학을 하세요?"

하도 오랜만에 들어보는 말이라 나는 잠시 어리둥절했다. 자학이라니. 오, 신인 소설가 조윤숙. 넌 자학이란 말이 무슨 뜻인지 모르고 있구나.

9

제작사의 정PD를 만났다.

"감독님, 시놉시스 나왔다면서요?"

"시놉이 문제가 아니야."

"그럼 뭐가 문제예요?"

"조작가가 이상해."

"뭐가요?"

"글쎄, 아, 이거 참, 황당해서, 하, 이걸 어째야 되지."

"감독님, 사고 치셨군요. 진도를 천천히 빼셨어야지."

"그게 아니야."

"그럼요?"

"날 사랑한대."

정PD는 심드렁한 표정이었다. 사랑, 사랑, 이제 좀 지겹다는 투였다.

"이건 아주 심각해. 울고불고 난리가 났어."

"물론 데리고 잤겠지요?"

나는 고개를 끄덕였다. 정PD는 턱을 괴고 생각에 잠겼다.

"조작가 나이가 몇이죠?"

"스물여섯."

정PD는 씩 웃으며 말했다.

"데리고 사세요. 지가 좋다는데. 감독님도 미혼이고. 뭐, 여자 작가, 좋잖아요? 돈도 벌고 일은 집에서 하고."

"농담하지 마. 영화는 어쩌고."

"홍보에도 좋겠는데요. 연예가중계에 슬쩍 흘리죠. 감독과 시나리오 작가는 영화가 끝나는 대로 결혼하기로 했다고. 장르도 어차피 멜로고. 딱이네요."

"그러다 영화가 안 들어가면?"

정PD는 대답하지 않았다. 그거야 누구도 알 수 없는 일이다. 충무로는 바다거북의 세계와 비슷하다. 알에서 깨어난 새끼 거북들이 모두 바다로 가는 것은 아니다. 수많은 영화들이 제작 단계에서 엎어진다. 그 정도만 돼도 양반이다. 나는 거기까지 가보지도 못하고 벌써 두 번이나 기획 단계에서 주저앉았다. 그러니 영화가 안 들어가면 조윤숙과 나의 절망적 결혼 관계만이 남겠지. 무엇보다 나는 조윤숙이 왜 하필 나를 택했는지를 납득할 수가 없다. 정PD를 비롯한 누구도 내게, 그도 그럴 만하다고 말해 주지 않았다. 내가 여자라도 반했을 거예요, 따위의 말을 기대하는 건 아니다. 그래도 한 명쯤은, 조윤숙이 그러는 것도 무리는 아니에요, 라고 말해 주지 않을까 싶었지만 그건 헛된 기대였다. 다들, 어쩌다 그런 사고를 쳤느냐는 표정이다. 세상이 이럴 수는 없는 것이다. 하긴, 나 자신도 속일 수 없는데 어찌 다른 사람들을 속이랴.

"정PD. 진지하게 말해 줘."

"네?"

"조윤숙이 왜 그러는 걸까?"

"좋으니까 그러겠죠."

"농담 아냐. 잘 알잖아. 나 같은 걸 뭘 보고 좋아해? 내가, 만든 영화가 있어, 얼굴이 번듯해, 집안이 빵빵해, 돈이 많아, 나이가 적어?"

감독님이 뭐가 어때서요, 란 말을 절대 하지 않으면서 정PD는 심각한 얼굴로 내 말을 듣고 있었다. 필시 잠시 후에 열릴 다른 영화 기획회의 안건을 생각하고 있음이 분명했다.

"말해 봐."

"남녀 관계야 아무도 모르는 거 아닙니까? 혹시 모르죠. 속궁합이 잘 맞는지."

"에이, 그건 아니야."

말은 그렇게 했지만 그러고 보니 그것밖엔 없었다. 그러나 정말 그것뿐이라면 한심한 일이었다.

"너무 그렇게 타박하지 마세요. 사랑에 빠져서 걸작 멜로물을 쓸지 누가 압니까? 다른 작가들은 그러고 싶어도 안 되는데."

10

일주일 만에 만난 조윤숙은 사막에라도 다녀온 사람처럼 얼굴이 바싹 타 들어가 있었다.

"집에는 잘 얘기하고 온 거야?"

“네.”

우리는 정PD가 예약해 놓은 양평의 콘도로 향했다. 지난 주의 고백 때문에 일을 하러 간다기보다 애정의 도피 행각이라도 벌이는 분위기였다. 엿 같은 기분이었다. 지금까지 이런 늪을 얼마나 잘 피해 왔던가. 이 바닥 애들과는 결코 사랑 놀음을 하지 않았다. 그런 빈틈을 주지 않았던 것이다. 영악한 애들이어서 그게 거래라는 뉘앙스를 조금만 풍겨도 금세 알아들었다. 소설가니까, 언어에 민감한 사람이니까 더 잘 알아들을 거라고 생각했던 것은 착각이었다. 이런 밥통일 줄이야.

15평 면적의 콘도의 객실에 짐을 풀고 소파에 앉아 담배를 피워 물었다. 콘도라는 곳은 참으로 묘하다. 모두를 가족으로 만들고 싶어하는 강박증 환자처럼 보인다. 콘도에만 들어오면 사람들을 기가 막히게 자기 공간과 역할을 찾아낸다. 물론 그 모델은 가족이다. 조윤숙은 벌써 그릇들을 씻고 있었다.

“뭐 하는 거야?”

“쌀을 안치려구요.”

“제작비에서 다 나오는데 궁상떨지 마. 나가서 사 먹으면 되지.”

“밥을 뭐 하러 사 먹어요.”

그녀는 은근히 고집스러운 데가 있었다. 나는 노트북을 꺼내 전선을 연결하고 상태를 점검했다. 설거지를 마친 그녀는 노트북으로 게임을 하고 있는 나를 끝내 일으켜 세워 지하에 있는 슈퍼마켓으로 끌고 갔다. 어느새 그녀는 콧노래를 부르고 있었다. 랄라라라. 바구니에 물건들을 담던 그녀는 차오르는 그 무언가를 도저히 막을 수 없다는 듯 쇄골에 손을 얹더니 이렇게 말했다.

“아, 행복해.”

나는 맥주와 국산 위스키를 바구니에 던져 넣었다. 그녀가 경탄 어린 시선으로 나를 쳐다보았다.

"왜 그렇게 봐?"

"감독님은 술도 잘 드시잖아요."

"그게 뭐?"

"멋지다구요!"

나는 사랑이 호르몬의 이상 분비 때문에 빚어지는 일종의 병리 현상이라는 걸 잘 알고 있는 삼십대 중반의 남자다. 사랑이, 우리가 지금 하려고 하는 멜로 영화에서 그렇듯이, 애들 코 묻은 돈 우려낼 때나 써먹는, 일종의 청소년 용품이라는 것도 잘 알고 있다. 유일하게 내가 모르는 것은 바로 내 앞에서 콧노래를 흥얼거리는 저 여자다.

늦은 저녁, 위스키와 맥주를 섞어 마시며 나는 말했다.

"우리는 살림을 하러 온 게 아니라 시나리오를 쓰러 온 거라구. 잊지 말았으면 좋겠어."

"시나리오도 쓰고 살림도 하면 좋잖아요? 영원히 할 것도 아니고."

"아니, 시나리오만 썼으면 좋겠어."

조윤숙은 다시 울먹이기 시작한다.

"정말 왜 이러는 거야? 큐피드의 화살이니 뭐니 하는 진부한 얘기 말고 내가 납득할 수 있게, 솔직하게 말해 봐. 도대체 왜 자꾸 사랑이니 뭐니 하면서 사람을 괴롭히는 거야?"

"그게 그렇게 괴로우세요?"

"아니, 꼭 괴롭다기보다 일에 방해가 되니까 그렇지."

그녀는 맥주잔에 위스키를 부어 단숨에 들이켰다. 벌써 두 잔째였다. 그러더니 작심을 한 듯이 이야기를 시작했다. 너무 길고 횡설수설이어서 요약할 수밖에 없는데 요지는 이렇다. 호텔에서 나를 처음 본 순간부터 가슴이 떨렸다. 우선 그날 내가 입은 풀오버가 나와 정말 잘 어울

렸다(주변에선 모두 갖다 버리라던 옷이다). 내가 바 탁자 위에 호텔 열
쇠를 꺼내놓았을 때, 너무 행복해서 눈을 꼭 감아야만 했다(나는 그녀
가 방으로 데리고 가도 될 만큼 충분히 술에 취했다고 생각했었다). 그녀
는 나 같은 사람을 이전에는 단 한 번도 본 적이 없다고 했다. 그녀의
말을 종합해 보면 나는 보헤미안적 예술가의 현신이었다. 그녀에 의하
면 나는 충무로라는 지옥 같은 현실을 견디기 위해 허무한 섹스와 독한
알코올에 탐닉하고 있으며 심지어 늘 허탈한 표정을 짓고 있는 것도 그
때문이라 했다(그녀 말에 의하면 자신의 문학판 동료들은 모두 좀팽이이
며 멋도 낭만도 모르는 샌님들이라고 했다). 그런데도 돈만 좇는 제작업
자들은 내 가치를 모르고 있으며 나르시시즘에 빠진 배우들은 오만이
극에 달해 캐스팅에 좀처럼 응하지 않으며 때문에 재능 있는 시나리오
작가들은 감독 보는 눈이 없어서 나 같은 감독에게 좋은 원고를 넘기지
않는다고 했다. 그녀가 언제 그렇게 영화계 사정에 정통해졌는지 모르
겠지만 그건 사실이 아니었다. 나는 돈이 안 되는 영화를 만들 생각이
전혀 없으며, 그러므로 제작자나 투자자들이 지금까지 내게 돈을 대지
않은 것은 나와 영화에 대한 견해가 달라서가 아니라 내가 돈 될 만한
아이템을 갖고 있지 못해서였고 배우 캐스팅이 안 된 건 보여줄 시나리
오가 없어서였고 시나리오가 없는 까닭은 제작사들이 돈 될 만한 시나
리오를 내게 밀어주지 않은 까닭이다. 동어반복이다. 시나리오 작가들
은 제작사를 위해 글을 쓰지 감독을 위해 쓰지 않는다는 것을 내 앞에
앉아 있는 조윤숙만 모르고 있는 것이다. 물론 그녀가 날 위해 기가 막
힌 시나리오를 써주면 그것으로 만사 오케이다. 제작사는 캐스팅에 나
설 것이고 배우들은 시나리오만 좋다면 까다롭게 굴지 않는다. 그러니
조윤숙이 할 일은 내가 세상으로부터 버림받은 비운의 천재라는 사실
을 증명하는 게 아니라 수백만 관객을 극장 앞으로 끌어들일 멋진 시나

리오를 쓰는 것이다. 그런 진실을 채 설득하기도 전에 그녀는 내 품에 안겨왔고, 정말 원치 않았지만, 나는 다시 그녀와 몸을 섞었다. 이 어쩔 수 없는 육체의 감옥! 이 개미지옥에서 감미로운 고통에 사로잡힌 여자와 정사를 벌이는 건 정말이지 부담스런 일이다. 난 그 고통과 감미의 원천이다. 내가 사라지면 모순은 사라진다. 그렇지만 난 사라질 수 없다. 나는 가늘고 길게 세상의 온갖 향락을 최대한 즐겨볼 작정이니까. 나는 고통도 감미도 다 싫다. 문득 그 두 가지가 모두 필요 없는 아이스크림 모델 생각이 간절했다.

11

그녀가 시나리오의 초고를 쓰는 동안에 나는 콘도를 나와 서울로 차를 몰았다. 처음에 그녀를 만났던 도서관으로 돌아갔다. 이렇게 자주 오게 되면 도서관도 더 이상 에로틱하지 않다. 들어서자마자 목표한 책으로 그대로 돌진하게 된다. 일체의 전희도 애무도 없이 바로 본론으로 들어가는 중년의 섹스처럼 되어버린다. 어째서 내 머릿속의 모든 비유들은 그것과 관련되어 있는 것일까. 아 정말 쓰레기인 것이다, 나는.

어쨌거나 내가 직행한 곳은 정기간행물 열람실이었다. 목표는 조윤숙이 신인상을 받은 바로 그 문예지였다. 그녀의 소설을 다시금 꼼꼼히 읽어보았다. 남자 주인공은 어떤 여자를 만나 사랑에 빠진다. 그러나 여자는 그 남자를, 뭔가 아주 섬세한, 내가 도저히 이해할 수 없는 이유로 싫어한다. 그래서 남자는 극심한 고통을 겪는다. 출판사 편집장인 그 남자는 결국 자살을 택한다. 남자는 유서를 남긴다. 유서는 장황하게 인용되어 있는데 그 부분은 좀 지루하여 그냥 지나갔다. 출판사에선 가뜩이나 읽기 힘든 유서를 더 작은 글씨로, 게다가 친필의 느낌을 더

한답시고 비뚤비뚤한 글자체로 편집해 놓았다. 어쨌거나 그 여자는 자신을 스토킹하던 남자가 죽은 후, 오랫동안 곁에 두고 있던 인형의 배를 칼로 가른다. 다시 읽어보니 좀 섬뜩한 내용이었다. 조윤숙이 나를 스토킹하는 건 아니었지만 그래도 결말이 그렇다는 건 좀 꺼림칙했다. 뭐야? 왜 그때는 이 소설이 좋다고 생각했던 거지? 지금 보니 아주 상투적인 이야기였다. 여자는 요즘 소설 속의 주인공들이 그렇듯 관습적으로 우울하고, 물론 살기도 혼자 살고, 친구도 없다. 나중에 죄도 없이 할복을 당한 인형이 그녀의 유일한 친구다. 직업도 현실에서는 보기 힘든 직업이다. 식충 식물 재배가 본업이고 홈쇼핑 텔레마케터를 아르바이트로 하고 있다. 남자는 어느 날, (뻔하다) 식충 식물을 사러 왔다가 그녀와 마주친다. 그리고 (유치한 비유다) '식충 식물에 끌려드는 한 마리 파리'처럼 그녀에게 이끌린다. 여기까지 봐서는 나와 아무런 상관이 없어 보인다. 나는 식물을 기르지도 않고 출판사에 다녀본 적도 없다. 소설 속의 남자처럼 진지하지도 않다. 약간 안심을 한 상태에서 독서를 끝냈지만 어쩐지 개운하지가 않다. 도대체 뭘 얘기하려는 거야? 갑자기 주제가 궁금해졌다. 내 능력으로는 도저히 그걸 밝혀낼 수 없을 것 같았다. 다행히 이런 문학상 수상작은 뒤에 심사평이 따라붙는다. 그걸 읽어보기로 한다.

근엄한 얼굴의 심사위원 둘, 푸근한 인상의 할머니 심사위원 한 명이 두 페이지가량의 평을 써놓았다. 그중 가장 근엄해 뵈는 심사위원의 글을 먼저 읽었다. 그는 심사 과정을 다소 장황하게 써놓은 후에 조윤숙의 작품은 근래 보기 드문 진지한 작품이며 특히 주제를 포착하고 그것을 형상화하는 능력이 탁월하다고 했다. 그 심사위원이 보기에 조윤숙 소설의 백미는 바로 그 '유서'라고 했다. 내가 읽지 않은 바로 그 부분이 핵심이라니. 좀 당혹스러웠으나 일단 끝까지 읽어보기로 했다. 심사위원 생각에는 바로 그 유서에 소설의 주제가 드러나 있는데 그 주제는 바로, 왜 하필 그 사람인지를 설명할 수 없는 데에서 오는 고통, 이라고 했다. 한국말인데도 금방 이해되지 않았다. 왜 하필 그 사람인지 설명할 수 없는 데에서 오는 고통? 과연 유서가 있는 페이지를 다시 들춰보자 그 말이 이해가 갔다. 남자는 그 여자와 사랑에 빠졌지만 왜 하필 그 여자인지 끝내 납득하지 못했다. 왜 하필 너지? 누구에게도 소개할 수 없고 못생겼고 정말 형편없는 너, 그런데 왜 너의 매력은 시들지 않지? 그리고 너로 인한 이 고통은 왜 이토록 오래 지속되는 거지? 출판사 편집장을 괴롭힌 건 바로 그 문제였다.

음. 좋은 책은 언제나 독자를 깊은 사색으로 이끈다. 나는 조윤숙의 소설보다 심사위원의 심사평이 더 흥미로웠다. 그 주제는 뭔가 지금의 우리 관계에 어떤 암시를 던져주고 있었다. 우린 뭐지? 조윤숙의 태도로 봐서 우리 관계는, 그 주제에 부합하지 않는다. 그녀는 나를 진심으로 사랑한다고, 수없이 간증을 했다. 심지어 내가 술을 많이 마시는 것조차 멋지다고 한다. 믿습니까? 믿습니다! 소설 속의 남자는 그 어떤 사랑의 증거도 자신에게 그리고 타인에게 제시할 수 없어 괴로워했지만 윤숙은 아니다. 아, 고급 문학을 오래 읽고 있으면, 게다가 심사평까지 읽고 있노라면 언제나 머리에 쥐가 난다. 나는 머리를 쥐어뜯었다. 그러나 명작은 언제나 해답도 마련하고 있다. 백 번 읽으면 제 아무리 어려운 문장도 그 뜻을 알게 된다고 하지 않던가. 나는 세 번째 독서에서 내게 다가온 운명의 정체를 알았다. 나는 문학과 뭐라는 그 문예지를 조용히 바지 속에 집어넣었다. 아마 도서관에서 문예지를 훔쳐 나가는 사람은 나밖에 없을 것이다. 설령 들고 나가다 걸려도 가난한 문학도라며 동정해 줄지도 모른다는 생각에 용기를 냈다. 나는 불룩해진 바지를 겨우 추스르며 도서관을 빠져나왔다.

12

노트북 컴퓨터 앞에 앉아 자판을 두드리고 있는 그녀에게 문예지를 펼쳐 들이밀었다.

"이 초등학교 교감처럼 생긴 심사위원의 평, 어떻게 생각해?"

"뭐가요?"

"동의하는 거야? 왜 하필 그 사람인지를 설명할 수 없는…… 어쩌구 하는 거?"

"네."

"그래서?"

"네?"

"깊은 감명을 받고 지금 속편 쓰고 있는 거야?"

"속편이라니요?"

"속편이 아니라는 거야?"

"시나리오 말씀하시는 거예요?"

"아니, 네가 나를 사랑하네 어쩌네 하는 거. 도서관에 가서 다시 네 소설 읽었어. 내가 아무리 머리가 나빠도 그 정도는 알 수 있어. 이번 주제는 그거 아냐? 왜 하필 나인지를 설명할 수 없는 데에서 오는 고통!"

"자학하지 마세요. 감독님은 누구보다도 멋진 분이세요."

"정말 미치겠군. 그게 바로 내 고통이래두."

"그런 주제 분석은 문학평론가에게 맡기세요. 우리는 영화에만 집중해요. 걸작 한번 만들어봐요. 그래서 칸의 레드 카펫을 함께 밟아요."

"시나리오 작가는 카펫 안 밟아."

"감독님이 밟으실 거잖아요. 그것만으로 충분해요."

나는 양철 재떨이에 담배를 비벼 껐다. 거대한 어둠이 입을 벌리고 있었다. 예술의 길은 왜 이리 험난한가.

"그래, 알았어. 열심히 해보자구."

조윤숙의 얼굴이 밝아졌다. 나는 통유리창을 열고 콘도 베란다로 나가 다시 담배에 불을 붙였다. 신부가 처녀가 아니란 걸 알아버린 신혼여행지의 어린 신랑처럼 나는 있는 힘을 다해 담배 연기를 빨아들였다. 그리고 양평의 하늘을 향해 힘차게 내뿜었다. 어느샌가 그녀는 베란다로 따라나와 등 뒤에서 나를 꼭 껴안고 있었다. 그리곤 나직이 속삭였다.

"감독님. 사랑해요."

자전소설

하 성 란

1967년 서울 출생.
서울예대 문예창작과 졸업.
1996년 《서울신문》 신춘문예로 등단.
소설집 《루빈의 술잔》 《옆집 여자》
《푸른 수염의 첫번째 아내》,
장편소설 《식사의 즐거움》 《삿뽀로 여인숙》
《내 영화의 주인공》 등.
동인문학상, 한국일보문학상 수상.

20여 년 전에 떠나온 뒤로는 두 번 다시 발길을 하지 않았으니 그 애가 전화로 불러준 약속 장소까지 단번에 찾아갈 수 있으리라는 기대는 애초부터 하지 않았다. 그 애는 바쁜 사람을 이리 가라 저리 가라 해서 미안하긴 하지만 자신은 집 지키는 발바리 신세라 한시도 가게를 비워둘 수가 없다고 했다. 자기 입으로 뱉어놓고도 그 뒷말이 우스웠는지 한참 동안 킬킬대더니 야, 이런 내 모습 상상이 가냐? 라고 물어왔다. 세월과 좋지 않은 기호식품에 길들여진 탓인지 그 애의 목소리에는 탁성이 많이 끼어 있었다. 아닌 게 아니라 밖으로 나돌기만 하던 망아지 같던 계집애의 목에 목사리를 매서 밖으로 달아나지 못하도록 붙잡아둔 것이 대체 무엇인지 궁금했다.

새가 뜬 대문니 사이로 침을 칙 갈기면서 자신보다도 머리통이 두 개나 더 있을 듯한 남자에게 으름장을 놓던 그 애의 얼굴이 떠올랐다. 근육질도 살집도 없는 쇠젓가락 같은 몸매였지만 패거리 중의 그 누구보다도 날랬다. 고등학교 1학년 때까지 학교 대표 단거리 선수였다는데 내가 만났을 때는 생각날 때마다 미용과 재봉학원 언저리를 기웃대던 자퇴생에 불과했다. 벌써 20년도 훌쩍 지난 옛날 일이다. 무서운 건 세월이라지만 세월보다 무서운 건 현실이다. 먹고 살아가야 하는 현실 앞에서는 그 패거리라고 해서 어쩔 도리가 없었을 것이다. 그 애의 말에 의하면 패거리 대부분이 결혼을 했고 아이도 있으며 제 직장에서도 조금씩 자리를 잡아가는 중이라고 했다.

새로 단장한 관공서들과 한국에 있는 은행이란 은행은 죄다 모아놓은 듯한 거리, 패스트푸드점을 끼고 드높게 올라간 고층건물들 아래 서자 조금은 헤맬 요량으로 몇 십 분 여유를 둔 것이 다행이란 생각이 들었다. 그 애가 소상히 이야기해 준 대로 번화가 사이를 비집고 주택가 쪽으로 차머리를 들이밀었다. 자동차 한 대가 간신히 드나들던 구불구불하고 지저분한 골목길을 예상했었는데 웬걸 현관 앞까지 차로 댈 수 있는 포장도로가 바둑판 모양으로 나 있었다. 다닥다닥 붙어 일조권은 커녕 바람도 잘 들지 않던 단층 가옥들 대신 고층 아파트 단지와 빌라 촌이 자리 잡았다.

시 외곽까지 시원스럽게 뚫린 산업도로는 개통된 지 얼마 되지 않는 듯 차량 통행이 뜸했다. 도로 건너편은 시공사의 이름이 찍힌 철제 담 이 끝 간 데 없이 펼쳐져 있었다. 공사장을 지나자 마구잡이로 파헤쳐 진 비포장도로가 나타났다. 대형 트럭의 바퀴 자국이 사방으로 어지럽 게 파여 있었는데 모두 공사장 입구 쪽으로 집결되고 있었다. 수시로 나타나는 웅덩이와 돌덩이를 밟을 때마다 차가 튀어 오르면서 차지붕 에 머리를 부딪혔다. 공사장을 미처 벗어나기도 전에 차창이란 차창은 온통 먼지 가루를 뒤집어쓰고 말았다.

비포장도로가 끊어지고 곧바로 언덕길이 나타났다. 그 언덕길은 기 억 속에서처럼 햇빛을 받아 살얼음이 낀 개천처럼 반짝이고 있었는데 언덕길 초입에 있던 집 몇 채는 이미 허물어진 채였다. 포클레인 날이 선명한 깊은 구덩이가 패어 있다.

백 미터 남짓한 길이의 언덕길 저 너머로부터 휘파람 소리가 먼저 날 아온다. 조금 뒤에야 휘파람을 분 소년의 이마가 보이기 시작하고 잠시 후면 언덕 꼭대기 위로 힘차게 페달을 굴려 달려온 소년의 모습이 온전 히 드러난다. 언덕길을 올라오는 내내 쉬지 않고 페달을 밟아야 했으므 로 온몸은 땀에 흠뻑 젖었다. 언덕길에 올라선 후부터는 페달에 그냥 발만 얹고 있으면 된다. 가속도가 붙으면서 자전거의 안장이 스프링에 서 떨어져 나갈 것처럼 들썩거리고 소년은 휘파람 대신 소리를 질러댄 다. 비켜요! 저리 비켜요! 다쳐도 책임 안 져요! 자전거의 요령은 떨어 져 나간 지 오래다.

세 번째 장편소설인 《바람의 자식들》은 바로 그 언덕길을 달려 내려오는 소년의 고함 소리로부터 시작되고 있다. 20여 년 전 그 소년도 나도 열일곱 살이다. 경사가 가파른 언덕길을 쏜살같이 달려 내려온 소년은 속도가 붙어 회전수가 많아진 바퀴의 도움을 받아 지금은 아파트 단지가 들어선 곳까지 그대로 쭉 밀려 나간다. 바퀴가 서서히 멈출 무렵이면 안장에서 벌떡 일어서서 힘껏 페달을 밟는다. 페달을 밟을 때마다 소년의 몸을 따라 자전거도 왼쪽, 오른쪽으로 넘어질 듯 휘청거린다. 모퉁이를 돌면 바로 축대길이다. 축대길을 따라 내려가면 상가의 지하실을 빌려 쓰고 있는 부흥교회가 나타난다. 교회까지 빨리 가려는 마음에 진작에 고장난 브레이크를 손보려 하지 않는다. 브레이크를 밟아 속도를 줄일 여유가 없는 것이다.

가끔 독자들이 보내온 엽서나 편지 속에는 이런 질문이 들어 있고는 한다. "작품 속의 자전거를 타는 소년은 혹시 작가의 분신이 아닌가요?" 주위 사람들의 음모로 인해 조금씩 미쳐가는 주부의 이야기를 썼을 때도, 지난밤의 일을 전혀 기억하지 못하는데 침대에 놓여 있는 피묻은 칼 때문에 고민하는 회사원 이야기를 썼을 때도 독자들은 그런 식의 질문을 던졌다. "그 소설의 어디까지가 사실이고 어디까지가 창작인가요?" 그래도 그런 질문들은 나은 편이다. 가끔 애독자임을 자처하는 사람들이 이른 아침에 전화를 걸어와 이렇게 운을 뗀다. "아무래도 그 소설 속의 이야기가 꼭 내 이야기인 것만 같아서요."

언덕길로 올라서면서 차의 보닛과 운전석에 앉은 내 몸의 각도가 90도 이상으로 벌어졌다. 가파른 언덕길을 오를 때면 자동기어 변속장치도 별 소용이 없다. 액셀이 차바닥에 닿도록 힘껏 밟고 있지만 속도를 받지 않는다. 겨울이면 이 언덕길은 빙판길이 되었다. 넘어지지 않으려고 엉덩이를 빼고 엉거주춤 발짝을 떼던 사람들의 모습이 생생하다. 위의 누군가가 미끄러지면 그 아래를 걸어 내려가던 사람들 몇이 덩달아 넘어지고 말았다. 넘어진 사람들은 일어서지도 못한 채 언덕 아래까지 미끄러져 내려갔다. 언덕 길가에 있던 집에서 조심성 없이 던지는 연탄재도 잘 피해야 했다. 쌓인 눈과 범벅이 된 연탄재 가루는 눈이 다 녹은 후에도 날아다녔다.

언덕 마루에 도달하자 발 아래로 펼쳐진 동네가 한눈에 들어왔다. 기억 속에서보다 더 낡은 것도 더 새로워진 것도 없이 그곳을 떠나던 그날 그대로인 듯했다. 공사장 먼지는 이곳까지 날아와 지붕과 창틀에 수북이 쌓였다. 하늘과 지붕 사이를 띠처럼 두른 것이 배수 펌프장이다. 장마가 물러간 지금 펌프장 곳곳에는 무릎 높이로 자란 잡풀이 무성했다. 장마철이면 고지대에서 흘러내린 빗물이 축구장 세 배 크기의 펌프장 가득 고이곤 했다. 구청에서 해 박은 축구 골대가 상습적으로 물에 잠겼다. 축구 골대는 더께로 붉은 녹이 슬면서 조금씩 삭아갔다. 빗물은 우기가 지난 뒤에도 한참 고여 있다가 더러는 공지천으로 흘러 나가고 더러는 땅 밑으로 스며들었다. 물이 고인 동안에는 부화한 장구벌레들이 펌프장 가득 득시글댔다. 물이 빠지고 난 뒤에는 악취가 날아들었다. 습도가 높아 축축한 날이면 악취도 물기를 머금고 땅으로 낮게 낮게 가라앉아 커다란 대접 같던 이곳에 고여 있었다. 배수 펌프장을 어디로 떠 옮기기 전까지는 아무리 기다려도 투자 가치는 높아질 수 없을 거라던 어머니의 판단이 옳았는지는 잘 모르겠다. 어머니는 새로 지어 올린 이층짜리 건물을 본전치기로 넘기고 미련 없이 이곳을 떴다.

배수 펌프장을 훑지 않아도 다른 곳보다 눈에 띄게 풀이 무성한 그곳은 한눈에 띄었다. 분명히 저기 저곳일 것이다. 다른 곳보다 풀이 시퍼렇고 우부룩한 저곳. 저곳에 검둥이가 묻혀 있다. 오른쪽 뺨에 희미하게 남은 흉터가 가렵기 시작했다.

약국이 있던 자리에는 그 양 옆의 가게 둘이 같이 터 만든 대형 고깃집이 자리 잡고 있었다. 차가 골목길로 접어들자 홀 서빙을 하고 있던 아줌마가 뛰어나와 가게 앞에 차를 대라면서 집게를 든 손을 마구 흔들어댔다. 식사 때가 아닌 어중간한 시간이었는데도 홀에는 손님이 많았다. 미니 슈퍼와 분식점 자리에는 창에 쪽지를 덕지덕지 붙인 부동산 중개소들이 난립해 있었다. 이제서야 이곳에도 개발 바람이 불기 시작한 모양이었다.

20여 년 전 우리 가족이 2년 남짓 살았던 건물 앞에 섰다. 외관에 바른 팥죽색 타일은 군데군데 깨지거나 아예 빠져 달아난 곳도 많았다. 가게터 자리였던 1층에는 변함없이 철물점이 버티고 있었다. 오색 플라스틱 인조털로 엮은 빗자루와 쓰레받기, 고무호스 등이 그때와 똑같이 차양 아래 매달린 채 뽀얗게 먼지를 뒤집어쓰고 있었다. 가게 안은 컴컴했다. 유리문이 닫힌 걸 보니 주인은 잠깐 자리를 비운 모양이었다. 벽에 매단 선반들의 위치도 기억 속에서와 별반 변화가 없었다. 그 선반들 빼곡히 잘디잔 철제 부속품이 든 상자들이 얹혀 있었다.

물론 이 철물점도 소설의 배경 중 하나가 되었다. 손님이 아예 없었던 것은 아니지만 전구나 못 몇 개, 페인트 한 통을 팔아 큰돈을 만질 수는 없었다. 매월 월세가 밀렸는데 밀린 월세를 독촉하는 일을 어머니는 꼭 내게 시켰다. 어둠침침한 가게에 들어선 후에도 나는 주인 여자를 부르지 못하고 한참 동안 서 있었다. 주인 여자의 나이라야 나보다 예닐곱 살밖에 많지 않았다. 청소를 한다고 하는데도 철물점 안은 늘 커다란 쓰레기통 같았다. 정말 신기한 것은 어떤 물건을 대든 주인 여자는 그 쓰레기 더미에서 그 물건을 데걱 찾아낸다는 것이었다. 인기척도 내지 못한 채 어둠 속에서 희번득 빛을 내는 삽과 망치, 톱들을 둘러보고 있자면 잠시 후 가게에 딸린 방에서 모깃소리만 한 주인 여자의 목소리가 흘러나왔다.

"학생, 미안해요. 아기가 금방 잠들어서 나가보질 못하겠어요. 월세
는 모레까지 꼭 메우겠다고 어머니께 전해 주세요."

아기가 자고 있다는 것도 모레까지 밀린 월세를 내겠다는 것도 다 거
짓말이었다.

동네는 변한 게 없어 영화 세트장처럼 오히려 비현실적이었다. 도서
대여점을 건너뛰지 않으려고 조심한 탓도 있었지만 바뀐 곳을 찾아내
는 재미 때문에 서행으로 골목길을 빠져나갔다. 할머니가 풀어놓는 이
야기 보따리, 라는 다소 긴 간판을 찾아내는 건 어렵지 않았는데 20여
년 전 그 자리에 무엇이 있었는지는 쉽게 떠오르지 않았다. 미용실이었
거나 쌀집 같은 현금 유동이 많았던 가게 중의 하나가 분명할 텐데. 무
엇이었든지간에 그 애는 패거리가 손금고를 턴 곳에서 가게를 하고 있
었다.

도서 대여점의 문을 밀치고 들어섰다. 출입구를 제외한 가게의 사면
이 책꽂이로 둘러싸였는데 어느 벽에는 이중 삼중으로 특수 제작된 책
꽂이가 부착되어 있었다. 나는 꿈에도 내가 쓴 소설을 그 패거리 중의
누군가가 읽을 수도 있을 거라는 추측은 해보지 않았다. 그 패거리들은
만화책도 가까이 하지 않았다. 허튼 공상으로 시간을 버린다는 게 이유
였다. 그런데 그 패거리 중의 하나는 도서 대여점을 꾸려가고 또 하나
는 소설을 쓰고 있다.

문이 열리고 닫히는 동안에 문에 붙은 작은 칩에서 전자음악이 흘러
나왔다. 내 앞의 책꽂이로 빽빽한 벽이 움찔하더니 책꽂이 여러 개가
부채 접히듯 밀렸다. 책꽂이 뒤로 살림집 내부가 드러났다. 작은 방 건
너 역시 개수대 하나가 덜렁 놓인 부엌이 들여다보였다. 문지방 위에
작지만 살이 오른 발이 나타났다. 발은 바닥을 더듬어 슬리퍼를 꿰어

신었다. 쇠젓가락이 틀림없었다. 전체적으로 살이 붙어 쇠젓가락처럼 차갑고 날카로운 면은 좀 무뎌진 것 같았다. 살이 쪄도 굴곡이 전혀 드러나지 않는 몸매였다. 지금은 나무를 깎아 만든 우동 젓가락 정도라고 해두어야 할까. 슬리퍼를 소리나게 끌고 온 그 애가 내 얼굴을 한참 동안 올려다보더니 20여 전에 그랬던 것처럼 내 가슴에 대고 주먹질을 해댔다. 그때와 달라진 것이 있다면 그 주먹질에 내 몸이 뒤로 밀리지 않는다는 거였다.

인스턴트 커피를 두 봉이나 넣어 탄 양 많은 커피를 내 쪽으로 밀어 놓으면서 그 애, 윤미가 소리내 웃었다. 흙이 섞인 밥알을 씹고 있는 것처럼 버석대는 목소리였다.

"이거 작가 양반한테 다방 커피가 구미에 맞을는지 모르겠다."

윤미는 말을 놓는데 정작 내 쪽에서는 말을 트는 게 좀 어색했다. 나는 대답 대신 고개를 끄덕였다. 잔에 입을 대는 것을 빤히 지켜보던 윤미가 피식 바람 빠지는 소리를 냈다.

"기진이, 기억나지? 그 자식이 맨 처음 널 신문에서 봤다더라구. 한 9년쯤 됐나?"

9년 전이라면 첫 소설을 발표하면서 데뷔를 하던 그해였다.

"기진이가 신문에서 널 봤단 얘길 꺼내자마자 우리 디딤돌 애들 반응이 어땠는 줄 알어? 야, 뭐야? 그 새끼가 정말 사고 친 거야? 신문에 날 정도로 대형사고? 뭐야? 강도야? 아님 사기? 대체 뭐야? 이랬다니까."

윤미가 웃음을 터뜨리면서 탁자를 내리치는 바람에 잔 속에 든 커피가 출렁 흘러넘쳤다. 윤미는 허겁지겁 잔받침에 흘러내린 커피를 손바닥으로 훔쳐 입고 있던 면바지에 쓱 문질러 닦았다.

"병신 같은 새끼들. 꼭 지들 머리 크기만큼밖에 생각을 뻗치지 못한 다니까. 정말 쪽 팔려서…… 암튼 넌 우리 디딤돌 회원 중에서 가장 성공한 인물이라고."

　윤미는 혼잣말처럼 중얼거리고는 가게 안에서는 유일하게 밖을 내다볼 수 있는 출입구 쪽을 응시했다. 출입구의 유리에도 신간 포스터들이 붙어 있어 밖의 풍경은 보이지 않았다. 상소리를 하니까 그제서야 열일곱 살 그때의 윤미 얼굴이 선명하게 떠올랐다. 몸집이 작고 앙상하게 마른데다 머리까지 숏 커트해서 영락없이 키 작은 사내아이였다. 아직도 새벽길을 달리던 윤미의 가볍고 잰 발짝 소리가 들리는 듯하다. 커피를 마시는 동안 중고등학생 몇이 들어와 책을 반환하거나 대여해 갔다. 윤미는 능숙하게 바코드를 찍고 책을 정리했다. 얼핏 보니 책꽂이 한 줄이 다《바람의 자식들》이었다.

　"작가 선생이 정말 대단하긴 대단하더라. 니 소설을 읽는데 내 두 다리가 뛰고 싶어서 근질근질대는 거야. 내가 걔들한테 입이 아프도록 떠들어댄 이야기지만 니가 좀 남다르다는 걸 난 진작부터 알고 있었다. 그렇다 해도 그렇지. 20년도 더 지난 케케묵은 그 일을 처음부터 끝까지 넌 하나도 틀린 데 없이 완벽하게 써놓았더라구. 혹시 그때의 일기장이라도 가지고 있었던 거니?"

　일기장이라니. 열일곱에서 열여덟, 그 2년 동안에 일어난 일들은 여느 청소년들처럼 일기장에 남길 만한 일이 아니었다. 패거리들은 그림자처럼 밤거리를 헤매고 다녔다. 과제물로 일기를 쓰긴 했다. 날씨를 제외한 모든 것이 거짓이었다. 그때부터였을까. 내가 소설을 쓰게 된 것이.

　패거리들이 아지트에 모여 있을 거라는 말을 들었는데 나는 여전히 부흥교회를 떠올렸다. 부흥교회가 있던 상가 건물은 철거된 지 오래였다. 우리는 언덕 마루에 서서 어둠이 고인 공사장을 훑었다. 대형 할인 마트와 스포츠 센터가 들어설 거라고 했다. 배수 펌프장을 등지고 섰지만 바람은 계속 악취를 날려왔다.

"니가 그렇게 떠나고 나서 우린 니가 여길 까맣게 잊었을 거라고 생각했다."

윤미가 코를 킁킁대더니 화제를 바꾸었다.

"이제 이 언덕도 사라질 거야. 혹시 네가 다음에 이곳에 온다면 그땐 정말 길을 헤매게 될 거다."

우리는 20여 년 전에 그랬던 것처럼 뒷주머니에 손을 찔러 넣고 언덕을 내려갔다. 20년 전 이 언덕길을 트럭으로 달려 내려갈 때 나는 장롱과 잡동사니를 넣은 플라스틱 상자 사이에 끼어 앉은 채 다시는 이곳에 발을 디딜 일이 없을 거라고 생각했다.

우리가 살았던 이층집의 계단은 너무 가팔랐고 땅 밑의 상수도관이 막혔는지 힘껏 틀어두어도 수돗물은 늘 졸졸 흐르기만 했다. 밤새 욕조에 받아둔 물로 다음 날 하루를 지내야 했다. 아침이면 쇳가루 같은 이물질이 욕조 바닥에 잔뜩 가라앉아 있었다. 수돗물에서도 배수 펌프장에서 나는 악취가 났다. 어머니는 바가지로 윗물을 조심스럽게 떠서 밥을 안쳤지만 밥에서도 나물에서도 생선 썩는 냄새가 났다. 그 집을 떠나 낯선 동네로 이사했을 때 이건 순전히 어머니의 표현이지만 수도꼭지가 찢어져라 쏟아져 내리는 수돗물에 우리 가족은 탄성을 질러댔다. 윗옷이 다 젖도록 세수를 하면서 어머니는 예전에 살던 동네와는 물이 다른 동네라고 떠들어댔다. 한 보름쯤 물을 갈아 마시고 설사를 한 것과 잠자리가 바뀌어 잠을 설친 것을 제외하고 나는 평범한 고등학교 3학년 학생으로 되돌아왔다. 새벽에 불현듯 눈이 떠지고는 했지만 나는 먼젓번 동네의 악취와 그 패거리에 대해 잊었다. 가끔 꿈속에서 그 패거리들과 배수 펌프장의 배수로를 쏘다니는 꿈을 꾸었는지는 모르겠지만 잠에서 깨는 순간 간밤에 꾼 꿈은 모두 잊어버렸다.

앞서 가던 윤미가 뒤돌아보지 않은 채 내게 물었다.

"그런데 소설 속에 등장하는 애들 가운데 말야. 민서란 여자애. 걔 맞지? 그 기집애. ……워낙 똑같이 그려놔서 그런지 이름을 바꿔놨다고 해도 누가 누군지 다 알겠더라구. 허기사 우리끼리만 알아챘겠지만 말야."

윤미는 내 대답은 기다리지 않았다. 별안간 쾌활해져서는 두 손바닥을 소리나게 탁탁 치더니 큰 소리로 떠들어댔다.

"야, 오늘 20년 만에 널 만난 기념으로 우리 자판기라도 하나 털까?"

우리는 예전에 그랬던 것처럼 소리를 지르면서 언덕길을 달려 내려갔다. 윤미는 그새 살이 많이 불어 있었다. 앞서 달려가는 윤미의 엉덩이가 출렁거렸다. 직감으로 반년 전쯤부터 전화를 걸어와서는 말없이 끊던 것이 윤미는 아닐 거라는 생각이 들었다. 그럼 누가 전화한 것일까. 오늘 밤 패거리들을 만나면 알게 될 것이다.

패거리들이 한 달에 한 번, 정기적으로 만나는 곳은 번화가의 빌딩 지하에 있는 커다란 호프집이었다. 빈 맥주병과 자동차 번호판으로 장식을 한 넓은 홀 곳곳에 얼음을 가득 넣은 나무 상자가 놓여 있고 세계 각국에서 수입된 맥주들이 상자 가득 쟁여져 있었다. 패거리들은 얼음 상자에 빙 둘러앉아 있다가 윤미를 향해 팔을 흔들었다. 깨끗이 정리가 되어 있음에도 홀 구석구석에 지하실 특유의 냄새가 배어 있었다.

"야, 너 진성이? 맞지? 진성이."

"그래, 새끼야. 니 소설 속에서는 해성이지, 왜."

나는 이름을 확인하는 일로, 그 애들은 소설 속에서 새로 얻은 이름을 대는 일로 인사를 대신했다. 일행 중 몇은 일찍 도착한 모양이었는지 맥주병이 절반 이상 비워져 있었다. 패거리 대부분이 아직도 이 동네를 벗어나지 못한 모양이었다. 벗어나기는커녕 철이 들면서부터 지굿지굿해 벗어나고 말겠다던 이곳으로 다른 사람을 끌고 들어와 새로운 식구를 만들기까지 했다.

"길다면 긴 시간인데 말야. 바로 일주일 전에 만난 것 같은 느낌이 든단 말이야. 너희들은 안 그래?"

기진이가 맥주병을 치켜들면서 소리쳤다. 맥주병이 비워지고 건배를 할 때마다 데면데면하던 것도 없어졌다. 말할 때 침을 튀기는 버릇은 여전했다. 개인 소유의 중장비 한 대로 장비 대여 일을 한다고 했다. 건너편에 앉아 있던 재범이가 별안간 외쳤다.

"어둠의 자식들, 만세!"

윤미가 통통한 발끝으로 재범이의 정강이를 걷어찼다. 재범이가 어쿠, 소리를 내며 정강이를 부여잡았다.

"이런 머리 나쁜 자식들. 어둠의 자식들이 아니라 바람의 자식들이라고 몇 번이나 말해야 돼?"

벌써 혀가 꼬부라진 진성이가 헛손질을 하다 맥주병을 엎었다. 누런 액체가 바짓가랑이로 흘러내렸지만 아랑곳하지 않았다.

"씨팔. 바람의 자식들이면 어떻고 어둠의 자식들이면 뭐가 어때? 그게 그거 아냐. 어차피 우리들 이야기 아니냐구. 안 그러냐?"

"아유, 이 멍청한 자식들. 그게 어떻게 우리들 이야기냐? 거기에 진성이 네 이름이 한 줄이라도 나와 있어? 재범이는? 이 누님이 누누이 말했지. 소설은 소설일 뿐이라구."

윤미가 팔을 뻗어 팔이 닿는 곳에 앉아 있는 애들의 머리통을 내리쳤다. 그 바람에 민호의 손에 들린 맥주병이 바닥으로 떨어지면서 산산조각 났다. 늘 눈을 가리게 앞머리를 기르고 다니던 놈이었다. 머리카락 때문에 눈을 들여다볼 수가 없었다. 흰 피부 때문에 여리게 보일 수도 있지만 나는 패거리 중 그 자식이 어려웠다. 민호가 입김으로 앞머리카락을 날리며 고개를 들었다.

"암만 소설이라도 그렇지 그렇게 다 까발리는 건 좋지 않았어. 안 그래? 어디 작가 양반 이야기 좀 들어볼까? 윤미가 그 소설 읽어보라길래 나도 읽었어. 내 기분이 어쨌는 줄 알어? 태양 아래 버려진 노래기 같았다구. 한마디로 기분 더러웠던 얘기지. 왜 우리들 이름도 사는 동네도 다 까발리지 그랬냐? 엉?"

열일곱에서 열여덟. 나는 그 나이의 아이들이 경험하지 못한 일을 했다. 술과 담배는 물론이었고 금기시되어 있던 일들을 위해 수시로 선을 넘었다. 한 번의 재수 끝에 대학에 입학했을 때는 술도 담배도 여자도 다 시큰둥했다. 그 뒤로 시간이 흘러갔지만 그때 2년 만큼 소설적인 이야기는 일어나지 않았다.

"우린 괜찮아. 그런데 쟨 어쩔 거야? 쟨 아직 결혼도 못했다구."

재범이가 불콰해진 눈으로 윤미를 바라보았다. 윤미가 맥주집 바닥에 침을 뱉으면서 눈을 치켜떴다. 담뱃갑을 한 손으로 척 흔들자 담배한 개비가 튀어나왔다. 윤미는 입술 끝에 담배 필터를 물고는 불을 붙였다.

"고양이 쥐 생각하고 있네. 그렇게 내 결혼을 신경 쓰고 있었다면서 늬들 중 그 누구도 나한테 결혼하잔 말은 않더라. 늬들이 나한테 눈곱만큼이라도 관심이 있었냐? 다들 수정이라는 여우한테만 팔려 있었지. 걱정하지 마. 바쁜 세상에 옛날 내 모습을 기억하고 있을 사람이 어디 있냐? 소설을 읽으면서 소설 속의 미경이를 나 윤미로 착각할 사람은 없어. 이제 난 그 시절의 내가 아니니까. 문제는 늬 놈들이야. 괜히 흥분해서 이렇게 공공장소에서 떠들어대다간…… 봐. 저기 저 사람들 아까부터 자꾸 이쪽을 힐끗거린다구."

수정이라는 말에 모두 입을 다물었다. 종업원이 깨진 병조각을 쓸어갔다. 탁자 위에 빈 병은 늘어만 갔다. 20여 년 전으로 돌아간 것처럼 이물 없이 어깨를 치고 상소리를 주고받았다.

화장실에 다녀오는데 누군가 뒷덜미를 잡았다. 민호였다. 민호가 나를 끌고 가 화장실 안으로 밀어 넣더니 문을 걸어 잠갔다. 다짜고짜 민호의 주먹이 얼굴로 날아왔다. 입술이 터졌는지 배리착지근한 맛이 났다. 예전에 그랬던 것처럼 손마디마다 굳은살이 박여 있었다.

"개새끼. 넌 양심도 없냐? 소설을 쓰면서 창피하지도 않았어? 엉? 너 같은 놈들은 맞아야 돼."

다시 주먹이 날아왔다. 이번엔 옆구리였다. 나도 모르게 물이 질펀한 화장실 바닥에 주저앉고 말았다.

"그래 이런 데서 산다고 만만하게 본 거야? 지금 수정이가 어떻게 살고 있는지 알기나 해? 니가 사람 새끼라면 책임을 져야 하는 거 아냐? 그런데 20여 년 전에 욕보인 걸루 모자라 그 이야길 그렇게 까발려?"

민호도 가끔 전화를 걸어오는 독자와 다를 것이 없었다. 어디까지가 상상이고 어디까지가 경험인가요.

"야, 너 아까부터 뭔가 오핼 하고 있는 모양인데. 그건 픽션이라구. 알겠어? 허구라구, 허구."

"너같이 배운 놈들은 빙빙 말을 돌려 하는 게 특기냐? 니가 떠나고 난 며칠 후 수정이가 울면서 내게 말하더라. 자기와 넌 그렇고 그런 사이였다구. 자긴 널 믿었다구."

정말 어이가 없는 일이었다. 난 한 번도 수정이와 단둘이 만난 적이 없었다. 패거리 중에 제일 위험한 아이가 있다면 그건 바로 수정이었다.

"니 소설이 정말 소설이라면 어떻게 그 애의 점이 어디 있다는 것까지 구체적으로 알고 있는 거지?"

나도 모르게 웃음이 터져 나왔다. 민호가 다시 조인트를 깠다. 너무 아파서 눈물이 찔끔 나오는데도 웃음은 멈춰지질 않았다.

민서, 그러니까 수정이의 본명이 따로 있다는 것을 눈치 챈 것은 그 애와 알고 지낸 한참 뒤의 일이었다. 우리가 살던 이층집 옆으로 수정이네가 이사를 왔다. 담 하나를 사이에 두고 있었지만 이층 내 방에서는 수정이네 마당과 방이 다 들여다보였다. 한여름이면 닫혀 있던 창문들이 다 열렸다. 집들은 다닥다닥 붙어 있어 조금이라도 큰 소리를 낼라치면 그 소리가 몇 집을 건너갔다. 수정이의 본명이 점례라는 것은 그 집 창에서 새어나오는 소리를 엿들어서였다. 이름이 점례라면 분명 몸 어딘가에 커다란 점을 숨기고 있는 게 틀림없었다. 수정이의 몸 어디에 점이 있을지 궁금해하는 건 열여덟 살의 건강한 사내애라면 당연한 일이었다.

새벽 2시쯤 되었을까, 공부를 하다 깜빡 존 모양이었다. 잠을 깨운 것은 물소리였다. 물을 끼얹는 소리는 수정이네 집 쪽에서 들려오고 있었다. 살금살금 창가로 다가갔다. 어둠 저 아래에 희끄무레한 양감을 지닌 물체가 보였다. 그 물체는 고무 다라이에 받아놓은 물을 바가지로 떠서 연거푸 몸에 끼얹었다. 이제나저제나 여자의 알몸은 잠을 달아나게 한다. 구부리고 앉아 내게서 등을 돌린 여자는 수건에 비누를 묻혀 거품을 내더니 몸 구석구석에 비누칠을 했다. 흰 피부가 비누 거품에 쌓였다. 다시 바가지로 물을 떠 몸을 헹구었다. 여자가 천천히 일어섰다. 다리 하나를 들어 물을 받고 있던 고무 다라이에 걸쳤다. 여자애는 바가지로 물을 가득 떠서 머리카락에서부터 천천히 흘려 내보냈다. 머리카락을 적시고 내려온 물이 사타구니 사이로 천천히 흘러 내려왔다. 잡티 하나 없는 깨끗한 몸이었다. 여자의 피부가 달콤할 수도 있을 거라는 생각을 그때 처음 해보았다. 그때 내 몸에 붙어 있던 무언가가 떨어져 나가 여자의 발치에서 튕기쳤다. 내가 귓바퀴에 끼고 있던 볼펜이었다. 여자는 놀라는 기색 하나 없었다. 천천히 볼펜을 주워 들었다. 그리고는 볼펜이 떨어진 쪽을 향해 살짝 고개를 쳐들기만 했을 뿐이었다. 보안등 불빛에 여자의 얼굴 윤곽이 살아났다. 수정이였다.

그 후에 수정이를 교회에서 만났지만 수정이는 그때 그 일에 대해서는 아무 말 하지 않았다. 짧은 소매나 치마 아래로 드러난 미끈한 팔다리에도 목에도 가끔 고개를 숙일 때마다 슬쩍슬쩍 드러나는 가슴께에도 점이라는 것은 없었으므로 당연히 은밀한 그곳에 점이 있을 거라고 추측을 했던 것이다.

바닥에 닿았던 바지는 무르팍 부분부터 흠뻑 젖었다. 수돗물로 바지를 빨아내고 부어오른 입술도 닦아냈다. 민호에게 맞은 옆구리가 뭉근히 쑤셔오기 시작했다. 거울 속으로 민호의 얼굴이 보였다. 땀이 나면서 눈을 가린 머리카락 몇 가닥이 찰싹 붙어 있었다.

"야, 니 손맛은 여전하다. 그런데 넌 그걸 어떻게 안 거야? 정말 내가 소설에 썼던 것처럼 그 계집애 거기에 점이 있었던 거야?"

민호는 두터운 손바닥으로 눈가를 훔쳐냈다. 윤미의 말에 의하면 민호는 벌써 결혼을 해서 일곱 살과 네 살짜리 남매를 두고 있다고 했다. 부인과 함께 도매시장에서 인조 보석으로 만든 액세서리를 판매하고 있었다.

"아, 잘 모르겠다. 누구 말이 사실인지. 난 은근히 널 시기했었나 봐. 넌 뭐든지 나보다 나았으니까. 그런데 내가 좋아하는 여자애까지 네가 차지했다니 질투심에 어쩔 수가 없었어. 난 수정이가 시키는 대로 다 했어. 갠 조금씩 조금씩 너무 많은 걸 원했어. 그때 그 일도 내가 원한 게 아니었어. 그 애가 시켰다구. 시키는 대로 하면 난 그 애가 나한테 올 줄 알았어. 너도 소설에 썼길래 우린 네가 다 아는 줄 알았지. 수정이가 너에게 말한 거라고 생각했지. 요즘 난 배수 펌프장 쪽에는 가지도 않아. 난 수정이 때문에 아이들을 그 일에 끌어들였어. 배수 펌프장 쪽에서 다른 날보다 심한 악취가 풍겨올 때면…….”

민호가 얼굴을 손으로 감싸쥐더니 바닥에 주저앉았다.

“그 개, 검둥이 일은 잊어. 수정이뿐만 아니었어. 우리 모두 그렇게 하고 싶었어. 사내자식이 울기는.”

배수 펌프장 풀이 무성한 곳에는 검둥이가 묻혀 있다. 풀들은 영양가 있는 비료를 빨아들여 푸르게 자라났다. 우리는 검둥이를 끌고 가 배수 펌프장의 배수탑에 매달았다. 그 개는 진득진득한 침을 질질 흘려댔다. 몽둥이질을 할 때 바라본 아이들의 눈은 흰 창이 가득했다. 몽둥이가 가 닿을 때마다 검둥이의 살집에서 둔탁한 소리가 울렸다. 한참 후에야 검둥이의 몸이 배수탑 아래로 축 늘어졌다. 수정이는 멀찍이 떨어진 곳에서 팔짱을 낀 채 패거리들을 지켜보고 있었다. 몽둥이를 내던지고 모두 땅바닥에 나동그라졌다. 온몸의 기운이란 기운은 다 빠져 달아난 듯했다. 윤미가 멀리 서 있는 수정이를 보더니 침을 퉤 뱉었다. 침은 멀리 나가지 못했다. 윤미가 숨이 찬 듯 헉헉댔다.

“미친년, 지년은 뭐라고 저렇게 공주처럼 우아하게 서서 구경만 하는 거야.”

우리는 20여 년 전에 그랬던 것처럼 새벽길을 걸었다. 나이가 먹어서 일까, 그림자처럼 움직이던 예전과는 달랐다. 패거리들은 자꾸 입간판을 건드리고 맞은편에서 오던 취객과 어깨를 부딪쳤다.

진성이는 여전히 다리를 절고 있다. 진성이의 다리를 저렇게 만든 건 바로 검둥이였다. 당면 공장의 수위는 밤이면 늘 공장 마당에 검둥이를 풀어두었다. 패거리가 알고 있는 한 그 공장은 인근에서 현금이 제일 많은 곳이었다. 공장의 금고까지 가보지도 못한 채 우리는 굶주린 듯한 그 도사견에게 쫓겼다. 아무래도 네 발 짐승이 두 발 짐승보다 빨랐다.

윤미가 제일 먼저 공장의 철조망을 뛰어넘었다. 기역과 재범이가 뒤를 이었다. 저 앞으로 철조망을 향해 튀어오르는 민호가 보였다. 내가 제일 처졌다. 검둥이가 내 목덜미를 향해 휙 솟구쳐 올랐다. 어깨를 물리느니 차라리 팔이 나을 듯싶었다. 개는 한번 문 곳을 절대로 놓는 법이 없다. 검둥이를 향해 팔을 뻗으려는 순간 공중에 솟구친 검둥이가 캥, 소리를 내며 바닥에 나동그라졌다. 진성이의 손에 몽둥이가 들려 있었다. 검둥이는 재빨리 위치를 바꾸더니 진성이를 향해 이를 드러내며 으르렁거리고 있었다. 진성이가 나를 향해 목소리를 낮췄다.

"하나, 둘, 셋 하면 뛰는 거다. 알았지? 하나, 두울, 세엣……."

진성이와 나는 철조망 건너편에서 우리를 향해 발을 동동 구르는 패거리를 향해 전력질주하기 시작했다. 도움닫기를 해 철조망을 향해 뛰어올랐다. 뛰어올랐다 싶은 순간 날카로운 것이 뺨을 파고들었다. 하지만 이 정도의 아픔쯤은 문제도 아니었다. 철조망 아래로 뛰어내리는 순간 진성이의 비명 소리가 울렸다. 진성이의 발꿈치에 검둥이의 이가 박혀 있었다. 돌멩이를 들어 검둥이를 향해 내리쳤지만 검둥이의 이빨은 점점 더 진성이의 발꿈치에 깊이 박힐 뿐이었다. 결국 검둥이는 진성이의 발뒤꿈치 살을 가져간 후에야 떨어져 나갔다.

공사장 앞을 지날 때는 부흥교회가 있던 자리를 눈으로 더듬어보았다. 집에서도 마음 편안히 있을 방 한 칸 없던 아이들은 주말이면 빠짐없이 부흥교회로 모여들었다. 상가의 지하실을 세내어 쓰던 그 교회는 사시사철 곰팡이 냄새가 났다. 눅눅한 방석을 깔고 앉아 순서를 정해 돌아가면서 성경 구절을 낭독하기도 하고 기도를 하기도 했다.

마루 아래나 뜰에 놓아 디디고 오르내리는 돌이라는 뜻의 디딤돌을 모임의 이름으로 하자고 한 것은 수정이었다. 디딤돌이라니 나도 모르게 웃음이 터져 나왔는데 거기 모인 다른 아이들의 표정은 사뭇 진지해 보였다. 자동판매기를 뜯고 학교 매점을 털기도 했다. 길가에 주차된 자동차를 몰고 밤새 다니다가 한강변에 버리기도 했다. 그런 패거리의 모임 이름이 디딤돌이라니. 그 모임에서 주간 학교에 다니고 있는 학생은 나뿐이었다. 아이들 대부분 성적이 좋지 않거나 가정 형편상의 이유로 야간 고등학교에 다니고 있었고 윤미처럼 자퇴한 아이도 둘이나 되었다. 한마디로 골칫덩어리들이었다. 수정이는 그곳에 모인 아이들 얼굴을 하나하나 천천히 훑어본 후에 작은 목소리로 말했다.

"우리 모두 있는 듯 없는 듯 자신의 할 일을 묵묵히 하는 디딤돌 같은 존재가 되었으면 해."

말을 마친 수정이는 바닥에 깔린 장판으로 고개를 숙였다. 난 그때 수정이의 뒤편에 외따로 앉아 있었는데 수정이가 앉은 맞은편에 걸린 거울 속으로 비친 수정이의 얼굴을 훔쳐보고 있는 중이었다. 반듯한 이마가 보기 좋았다. 아이들이 하나 둘 일어서기 시작했고 그 어수선한 가운데 나는 내 눈을 의심해야 했다. 수정이는 여전히 눈을 내리깐 채 입을 다물고 단정하게 앉아 있었는데 어느 순간 그 자리에 모였던 아이들을 비웃기라도 하는 듯 입이 한쪽 뺨으로 말려 올라갔던 것이다. 천천히 고개를 든 수정이는 경멸의 눈빛으로 교회 계단을 올라가는 아이들의 뒷모습을 지켜보았다. 그러다 거울 속에서 나와 눈이 마주쳤다. 수정이는 뒤돌아보지 않았다. 다만 거울 속의 내 눈을 똑바로 들여다보더니 한쪽 눈을 찡긋거렸을 뿐이었다.

철물점의 불은 꺼져 있었다. 스쳐 지나면서 귀를 쫑긋했지만 안에서는 아무런 소리도 흘러나오지 않았다. 윤미가 내 곁에 바싹 따라붙었다.

"거긴 주인이 바뀐 지 오래되었어. 너희 집이 이사간 뒤 한 2년쯤 있었을까. 주인 여자가 아이를 데리고 이곳을 떴어."

아랫도리를 내놓고 세발자전거를 타던 사내아이도 어느덧 스무 살이

훌쩍 넘은 장성한 청년이 되어 있을 것이다. 주인 여자의 얼굴이 희미하게 떠올랐다. 하루 종일 어둠침침한 가게에 틀어박혀 지내는데도 주인 여자의 얼굴에는 기미가 늘어갔다. 나중에야 그것이 기미가 아니라 멍자국이라는 것을 알게 되었다.

가끔 목돈을 쥘 수 있는 공사의 하청이 들어오는 것도 같았지만 주인 사내는 다른 주머니를 차는 모양이었다. 가게는 주인 여자가 잡동사니를 팔고 얻는 푼돈으로 근근이 유지를 해나갔다. 우리가 이사를 갈 때쯤에는 보증금의 절반 이상이 이미 밀린 월세로 상쇄된 후였다. 하관이 빨고 피부가 검었던 사내는 늘 천으로 만든 커다란 가방을 메고 다녔다. 가방의 밑이 축 늘어져 있어 가방 속에 든 것의 무게를 짐작할 만했다. 장도리와 스패너, 망치와 못 따위가 잔뜩 들어 있어 걸을 때마다 속에 든 쇠붙이들이 철렁철렁 소리를 냈다.

새벽이 되어야 사내는 곤드레만드레 취해 가게에 딸린 작은 방으로 기어들었다. 나는 내 방에 앉은 채로 아래층에서 일어나는 일을 짐작할 수 있었다. 입에 담을 수 없는 욕설이 이어지고 자다 깬 아이가 발악하듯 울음을 터뜨렸다. 아이의 울음소리 사이사이로 무언가 둔중한 것이 살집에 가 닿는 소리가 섞였다. 손바닥으로 입을 틀어막았는지 헛구역질 소리와 비슷한 주인 여자의 울음소리가 새어 나왔다.

전구가 나가 새로 사러 갔을 때도 여자의 얼굴은 피멍으로 얼룩덜룩했다. 여자는 전구를 꺼내 시험용 소켓에 꽂아보고는 불이 들어오는 것을 확인한 후에 내게 건네주었다. 여자는 전에 보았을 때보다도 더 창백해 있었다. 누군가 여자의 피를 조금씩 빨아먹고 있는 것 같았다. 동전을 손바닥에 건네주다가 나도 모르게 불쑥 말이 튀어나와 버렸다.

"왜 이렇게 살아요? 도망가요, 도망가. 흡혈귀에게 피를 다 빨아먹히기 전에 도망가요. 도망가버려요."

주인 여자는 멍하니 내 얼굴을 올려다보았다. 두 눈은 필라멘트가 끊어진 전구 같았다. 주인 남자가 죽기 전에 그 여자는 도망가지 못할 것처럼 보였다. 그렇게 사는 것에 이미 길들여진 것이다. 가게 문을 소리나게 닫고 밖으로 나왔다. 안에서 주인 여자의 울음소리가 새어 나왔다.

윤미가 내 옆구리를 찔렀다. 패거리들은 철물점에서 멀찍이 떨어진 채 담배를 피워 물며 우리를 기다리고 있었다.

"너한테 그 사실을 말해 준 게 누구였니? 수정이 그년 맞지? 사실은 나도 놀랐어. 니가 그것까지 죄다 까발릴 줄은 몰랐거든. 쟤들이 아까 술집에서 한껏 비틀어져 있던 것도 바로 그것 때문이야. 철물점 사내 이야기. 쟤들은 배수 펌프장 근처엔 얼씬도 안 해. 20년이면 넌 잊었겠지 하고 소설로 썼겠지만. …… 50년, 100년이 지나도 잊혀지지 않을 거야."

"너도 그렇고 민호도 그렇고 도대체 무슨 말이냐? 배수 펌프장에 우리가 파묻은 건 진성이의 발꿈치를 먹어치운 그 개였잖어. 도대체 뭐가 잘못되었단 거야. 그깟 개 한 마리 때문에 저 애들이 저런단 거야?"

윤미가 입에 검지손가락을 가져다대더니 나를 끌고 공사장 쪽으로 갔다.

"너야말로 무슨 생뚱한 소리냐? 네 소설 속에서 우리가 배수 펌프장에 묻은 건 검둥이가 아니라 철물점 사내였잖아."

윤미의 말이 옳았다. 나는 내 소설 속에서 철물점 사내를 배수 펌프장에 묻어버린다. 물론 다른 상황들은 검둥이를 묻을 때와 똑같다. 소설 속에서는 검둥이 대신 철물점 사내가 그곳에 묻혔다. 소년이 길가에 쓰러진 철물점 사내를 보았을 때 이미 철물점 사내는 의식을 잃은 후였다. 누군가 뒤통수를 둔기로 내려친 듯했다. 머리카락 주변에 피가 엉겨붙어 있었다. 사내의 옆에는 사내가 늘 들고 다니던 가방이 널브러져 있었다. 병원으로 곧바로 데리고 갔더라면 어쩌면 목숨은 구했을런지도 모른다. 사내의 겨드랑이에 손을 끼워 넣어 일으키려던 순간 소년의 마음이 돌변한다. 매일같이 상습적인 구타에 시달리는 철물점의 젊은 여자를 떠올렸다. 사내는 목돈을 쥘 때도 자신의 아내에게는 단 한푼도 가져다주지 않았다. 소년은 새벽까지 거리에 철물점 사내를 방치해두었다. 배수 펌프장의 진득진득한 흙을 파헤치면서 소년은 이렇게 중얼거린다. "아무도 눈치 채지 못할 거야. 배수 펌프장에서는 늘 악취가 풍기고는 했으니까. 이상한 걸 묻었다고는 꿈에도 생각지 못할 거야."

나도 모르게 말이 더듬어졌다.

"그럼 뭐야? 그러니까 지금 니 말은. 내 소설과 비슷한 설정의 사건이 있었단 거야?"

호프집 화장실에서 울먹이던 민호의 얼굴이 떠올랐다. 민호는 조갈증이 난 사람처럼 담배를 빨아들이고 있었다.

"웬일인지 그날은 날더러 나오지 말라더라구. 나도 한참 뒤에야 알게 된 거야. 민호의 전화를 받고 나갔을 때 이미 그 남자의 숨은 끊어져 있었대. 그냥 위협해서 돈만 빼앗을 작정이었다나 봐. 그런데……."

"그러니까 그 사건의 배후에 수정이가 있었단 거야?"

"수정이는 철물점 사내가 목돈을 쥐는 날을 귀신같이 알고 있었다는 거야. 그 계집앤 검둥이를 묻을 때처럼 눈 하나 꿈쩍하지 않았대. 팔짱을 끼고 선 채로 꿈쩍하지 않았대."

집들은 담 구분도 없이 붙어 있어 창들에서 흘러나오는 모든 이야기들이 다른 창으로 넘나들었다. 수정이의 방 창문과 철물점의 창문은 거의 나란히 위치해 있었다. 창을 통해 수정이는 매일 새벽 구타당하는 철물점 여자의 울음소리를 들었을 것이다. 그리고 철물점 사내가 목돈을 쥐는 날이 언제라는 것도 알 수 있었을 것이다. 어차피 가지고 있어 봐야 노름으로 탕진해 버릴 돈이라고 민호를 쏘삭거린 것은 수정이였다. 쓰러진 철물점 사내의 몸을 두 발로 짓밟은 것도 수정이라고 했다.

배수 펌프장에서 나는 악취 때문에 두통이 몰려왔다. 재범이가 먼저 펌프장 안으로 발을 디뎠다. 한 손에는 철물점에서 훔친 삽이 들려 있었다. 한 발이 진흙탕 속으로 빠져 들어가자 재범이가 예전에 그랬던 것처럼 욕설을 내뱉었다. 니기미. 기진이가 상소리로 대꾸했다. 씨발, 대체 어디야? 억센 잡풀이 발목을 할퀴고 지나갔다. 기역이가 기진이의 말꼬리를 물고 늘어졌다. 구덩이를 판 니가 잘 알 거 아냐? 기진이가 가래침을 뱉으면서 콩콩거렸다. 벌써 20년이나 흘렀다구. 그리고 묻을 때 다시 팔 생각을 하기나 했냐?

패거리들은 펌프장 이곳저곳으로 흩어져 무작정 땅을 들쑤시기 시작했다. 삽질은 예나 지금이나 서툴렀다. 씹새끼. 왜 다 까발려서 이 고생을 시켜. 지가 작가면 다야? 왜 아니래? 빌어먹을 어둠의 자식들. 자식, 어둠의 자식들이 아니라 바람의 자식들이라니까.

삽 끝으로 질퍽한 땅 여기저기를 찔러댔다. 모기 떼들이 살냄새를 맡고 달려들었다. 삽 끝에 단단한 무언가가 닿았다. 순식간에 패거리들이 모여들어 머리를 맞댔다. 흙에 흠씬 젖어 있었지만 커다란 가방이었다. 흙이 스며드는 바람에 훨씬 더 무거워져 있었다. 기진이가 지퍼를 열어 안엣것을 쏟았다. 진흙덩이와 함께 쇳덩이가 쏟아졌다. 민호가 신음 소리를 내며 뒷걸음질쳤다. 자루는 이미 썩어 없어지거나 빠져버렸지만 쇳덩이만은 20여 년이 지난 지금도 그대로였다. 철물점 사내가 들고 다니던 그 가방이 틀림없었다. 재범이가 낮게 소리쳤다.

"가방이 나온 자리를 파봐."

기진이가 삽을 내동댕이쳤다.

"야, 기억 안 나? 우린 구덩이에 가방을 먼저 묻었다구. 벌써 20년이나 흘렀어. 다 썩어버렸을 거야. 아니면 빗물에 휩쓸려 공지천으로 흘러갔거나. 아무튼 여긴 아무것도 남아 있지 않다구."

"내 생각은 그렇지 않은데……."

민호가 말을 더듬었다.

"이 새끼야, 넌 입 다물고 있어. 우릴 이렇게 생고생하게 만든 게 누군데. 계집애 꼬임에 넘어가서는……."

"이 멍청한 자식들아. 조용히 해. 정말 들키고 싶어 그래?"

패거리들은 욕설을 내뱉으면서 삽으로 서로의 삽을 툭툭 쳐댔다. 이제 펌프장의 악취는 내 바지로 옮겨와 있었다. 악취는 피부 깊숙이 파고들어 당분간 없어지지 않을 것이다. 독자들은 가끔 그런 질문을 해온다. 어디까지가 사실이고 어디까지가 상상인가요? 나는 《바람의 자식들》 속에서 내 사생활을 너무 노출시켰다. 고개를 들어 윤미를 찾다가 화들짝 놀라 삽을 떨어뜨리고 말았다. 둑 위에 서 있는 것이 아무래도 수정이인 것만 같았다. 그 애가 아까부터 팔짱을 낀 채 우리를 내려다보고 있는 것만 같았다. 그 애는 고등학교도 졸업하지 않은 채 집을 나가 행방불명되었다고 했다. 철물점 사내의 유해가 발견되는 것보다 더 걱정이 되는 일이 있었다. 6개월 전부터 전화를 걸어와서는 아무 말 없이 끊어지는 전화가 신경이 쓰였다. 아무래도 그 전화가 수정이일 것만 같았다.

어느 날 불쑥 수정이가 찾아와서는 은밀한 곳에 난 그 점을 보여주려 할 것만 같았다.

그 남자의 책 198쪽

윤성희

1973년 경기 수원 출생.
청주대 철학과 및 서울예대 문예창작과 졸업.
1999년 《동아일보》 신춘문예로 등단.
소설집 《레고로 만든 집》.

그녀는 저녁 10시면 잠이 들었다. 퇴근을 하고 집에 돌아오면 아주 오랫동안 샤워를 했다. 한 달에 수도 요금이 5만 원 이상 나왔고, 생활비를 줄이기 위해 휴대폰을 정지시켰다. 일주일에 한 번씩 고향에 있는 어머니에게 전화를 드렸고, 매달 말일에는 고시공부를 하는 동생에게 50만 원을 온라인으로 송금했다. 의사로부터 신경성 위염이라는 진단을 받은 후로는 밥을 먹을 때 꼭 백 번씩 씹었다. 밥을 먹고 30분 후에는 약을 먹었다. 그녀는 8년째 도서관에서 일을 했지만 정작 자신은 책을 읽지 않았다. 저기요, 복사 카드는 어디에서 사나요. 저기요, 펜 좀 빌릴 수 있을까요. 저기요……. 그녀는 도서관에서 이름 대신 저기요, 라는 말을 수없이 들었다. 그래서 도서관이 아닌 다른 곳에서도 누군가 저기요, 라는 말만 하면 자연스럽게 고개가 돌아갔다. 그녀는 저기요, 라는 호칭이 자신의 이름보다도 더 익숙했다. 앞집에 사는 남자가 이사를 가면서 자전거를 준 뒤로는 자전거를 타고 출근을 했다. 40분이 조금 더 걸렸다. 5시 30분이면 퇴근을 했다. 저녁을 먹고, 일일 드라마를 보고, 뉴스를 보고 나면 어느새 10시가 되었다. 그녀는 벽에 슬기 시작한 곰팡이를 무심하게 쳐다보다가 잠을 잤다. 그리고 다음 날 새벽 5시면 어김없이 눈을 떴다.

자명종은 5시에 맞추어져 있었지만 그녀는 멜로디가 울리기 10분 전에 눈을 떴다. 베개를 잘못 베고 잤는지 고개가 오른쪽으로 돌아가지 않았다. 그녀는 아침밥을 짓다가 새로 광고를 하는 '밥맛 좋아지는 쌀'로 바꿔보면 어떨까, 라는 생각을 했다. 고향 도지사가 직접 텔레비전에 나와 광고를 하는 쌀이었다. 밥을 씹다가, 백 번을 세기 귀찮아지자 마음속으로 노래를 불렀다. 동요 한 곡에 밥 한 숟가락이었다.

자전거는 진한 초록색이었다. 앞집에 살았던 남자는 자전거 뒷좌석에 아들을 앉히고는 공원을 한 바퀴씩 돌곤 했다. 아들은 왼쪽 다리가 휘어서 혼자서는 걷지 못했다. 자전거에는 전화번호가 크게 써 있는데 아무리 지우려 해도 지워지지 않았다. '5'라는 숫자가 아들의 휘어진 다리와 닮아 있었다. 오르막길 끝에 '아늑한 미용실'이라는 간판이 보였다. 눈이라도 쌓이면 천장이 꺼질 듯 낡은 집이었다. '아'라는 글자가 떨어져서 멀리서 보면 '늑한 미용실'이라고만 보였다. '늑한'이라는 단어를 보면 그녀는 자신도 모르게 몸이 부르르 떨렸다. 누군가 등에 찬바람을 불어넣는 것 같았다. 그녀는 삼거리에 있는 '향기로운 빵집' 앞에서 자전거를 세웠다. 그곳에서 치즈 바게트를 산 다음 다시 자전거에 올랐다. 내리막길에서 눈을 감고 싶은 충동에 사로잡혔다. 눈앞에 보이는 풍경들이 모두 그녀의 몸을 통과했다. 자전거를 타고 내리막길을 내려가는 순간만큼은 모든 것을 다 용서할 수 있을 것만 같았고, 그러자 그녀는 자신이 아주 선량한 사람처럼 느껴졌다. 안녕하세요. 그녀는 약간은 가식적인 미소를 지으면서 횡단보도에 서 있는 사람에게 오른손을 들어 인사를 했다. 내리막길을 지나 오른쪽 길로 접어들자 고등학교가 나왔다. 언젠가, 그녀는 교복을 입은 여자애가 고등학교의 긴 담 위를 아슬아슬하게 걷는 모습을 본 적이 있다. 왜 길을 두고 담 위를 걷니? 자전거를 세우고 그녀가 여자애에게 물었다. 따분해서. 그 애가 대답했다. 그녀는 떨어질 듯 말 듯 간당간당 달려 있는 남방 단추를 만지작거리면서 그 애의 말을 따라해 보았다. 따분해! 따분하다고 말을 하자 장사가 잘 안 된다며 한숨을 쉬는 어머니의 모습이 잊혀졌다. 난 니가 지겹다, 이제. 그렇게 말을 하고는 떠나간 W의 뒷모습이 서서히 지워졌다. 그녀는 담을 끼고 돌면서 따분해, 라고 큰 소리로 외쳤다. 길에 물을 뿌리던 문방구 주인이 눈을 커다랗게 뜨고는 그녀를 쳐다보았다. 멀리 도서관이 보이기 시작했다. 정문을 지키는 수위가 그녀에게 거수경례를 했다.

그녀는 오른손에 깁스를 한 남자를 바라보았다. 남자의 곁에는 책이 열 권 정도 쌓여 있었다. 깁스를 한 손으로 어떻게 책을 날랐을까? 그녀는 남자를 보면서 그런 의문을 가졌다. 남자가 책을 읽는 방법은 좀 독특했다. 한 권을 읽는 데 5분 정도밖에 걸리지 않았다. 남자는 책을 펼치더니 책장을 빨리 넘기기 시작했다. 그러다가 자신이 찾는 쪽이 나오면 책장 넘기는 걸 멈추고 책을 읽기 시작했다. 그녀는 남자의 어깨 너머로 산기슭에 비스듬히 자리를 잡은 동네를 보았다. 주황색 지붕이 네 개, 초록색 지붕이 두 개, 회색 지붕이 다섯 개였다. 남자가 보는 책은 모두 'ㄱ'으로 시작되는 책들이었다. 남자가 몸을 움직이자 가려졌던 주황색 지붕이 하나 더 보였다. 그녀는 저 지붕들 중에서 색이 하나라도 바뀌면 도서관을 그만두리라는 생각을 했다.

왜 저를 쳐다보죠? 어느새 깁스를 한 남자가 그녀 앞으로 다가왔다. 가까이 보니 남자는 앳된 얼굴이었다. 스물셋 정도. 이마에 V자 모양의 상처가 나 있었다. 저기 창문 너머를 봤어요. 제가 이곳에서 일을 시작한 이후로 지붕 색을 바꾼 집이 하나도 없었죠. 그녀는 이마에 난 상처를 쳐다보면서 말했다. 깁스를 한 남자는 자리로 돌아가지 않았다. 여학생이 책을 들고 와서는 남자의 뒤에 섰다. 실은 부탁할 게 있어서요. 왜 저를 쳐다보죠? 라고 묻던 목소리와는 전혀 다른 목소리로 남자가 말했다. 남자의 뒤에 섰던 여학생이 뒤늦게 줄이 아님을 알아차리고 그녀에게 다가와 책을 내밀었다. 남자는 깁스를 한 손을 그녀에게 내밀면서 말했다. 혹시, 이 사람이 빌려갔던 책들을 알 수 있을까요? 깁스에는 여러 사람의 이름이 적혀 있었다. 남자는 그중에서 서민경,이라는 이름을 손가락으로 가리켰다. 본인이 아니면 알려드릴 수가 없습니다. 이름은 주황색으로 적혀 있었는데, 이름을 가리킨 남자의 손가락이 주황색으로 보였다. 저기요…… 컴퓨터가 잘 안 돼요. 컴퓨터 검색대에 앉아 있는 학생이 그녀를 불렀다.

초록색 지붕 위로 검은 모자를 쓴 인부가 올라갔다. 동생은 마지막으로 한 번만 더 도와달라고 전화를 했다. 이번에도 떨어지면 누나가 하라는 대로 다 할게. 동생은 울먹이면서 말했다. 어머니는 집을 팔아 그 돈으로 가게를 차렸지만 손님은 들지 않았다. 어머니가 끓여주는 동태찌개는 너무 짰다. 맛있냐? 그렇게 물을 때마다 그녀는 고개를 끄떡였다. 넌 맛있다는데 왜 손님이 없는 거냐? 어머니는 한숨을 쉬며 말했다. 그래서 그녀는 아직 도서관을 그만둘 수가 없었다. 인부는 초록색 지붕에 붓질을 했다. 초록색 위에 입혀진 색은 초록색이었다. 그녀는 서민경, 이라는 이름을 기억했다. 일주일에 다섯 권씩, 꼬박꼬박 책을 빌려가던 사람이었다. 한 해 동안 가장 많이 책을 대출해 간 회원에게 주는 '올해의 독서왕'에 뽑혀 도서관 이름이 새겨진 손목시계를 선물로 받기도 했다. 그녀는 남자에게 다가갔다. 남자는 아직도 'ㄱ'으로 시작하는 책을 읽고 있었다.

뭐, 찾는 게 있나요?

그녀는 남자가 읽고 있는 책을 넘겨다보면서 물었다. 무슨 일인지 알면 도와줄 수 있어요. 열람실에 있는 시계가 5시를 알렸다. 폐관 시간이다. 제 여자 친구가 저한테 편지를 썼는데 거기에 198쪽을 보라고 써 있었거든요. 남자는 가방에서 꼬깃꼬깃하게 접힌 쪽지를 꺼내 그녀에게 내밀었다. "○○○ 책 198쪽을 봐. 너에게 전해 주고 싶은 내 마음이 거기에 있어." 쪽지에는 그렇게 적혀 있었다. 책이란 글자 앞에 무슨 말이 적혀 있긴 한데 물에 번져서 알아볼 수가 없었다. 그녀는 고개를 들어 페인트칠을 하는 인부를 보았다. 지붕은 점점 선명한 초록색이 되었다. 사실 초록색보다는 주황색이 더 잘 어울릴 듯한 집이었다. 여자친구한테 다시 물어보면 안 될까요? 의자 끄는 소리가 시끄럽게 들렸다. 사람들이 하나 둘씩 열람실을 빠져나갔다. 남자는 주변을 둘러보고는 이마를 찡그리며 말했다. 물어볼 수가 없어요. 죽었거든요. 이마에 난 V자 모양의 상처는 끝이 약간 휘어서 갈매기처럼 보였다. 남자가 이마를 찡그릴 때마다 갈매기가 날개를 퍼덕이며 하늘을 날았다. 어디선가 물비린내가 나는 듯했다.

가는 비가 내리기 시작했다. 이게 도대체 뭐야. 자료실 문을 닫다 말고 그녀는 혼잣말처럼 중얼거렸다. 옆에 서 있던 아르바이트 학생이, 뭐라고요? 라며 되물었지만 그녀는 고개를 한번 갸우뚱하고는 계단을 내려갔다. 도서관 로비에 서 있는 그녀를 누군가 스치고 지나갔다. 그 바람에 그녀는 균형을 잃고 휘청거렸다. "도서관에서는 조용히!" 한쪽 벽에 걸려 있는 문구가 그녀의 눈에 들어왔다 이내 사라졌다. 로비에서는 작은 발소리도 커다랗게 울렸다. 갑자기 감당할 수 없는 소음이 자신의 귀를 가득 채우는 듯했다. 깁스를 한 남자는 자판기 앞에 서 있었다. 절 찾았죠? 남자는 자판기에서 캔커피 두 개를 꺼내면서 말했다. 그녀는 남자가 뽑은 캔커피를 마셨다. 도와주겠어요. 그녀의 말이 도서관 로비에 큰 소리로 울렸다.

그녀는 열람실 문을 안에서 잠갔다. 내일이 도서관 휴관이니까 오늘 밤새 책을 찾아봐요. 사람이 없을 때 찾는 게 더 편하잖아요. 그녀는 서민경이 빌려갔던 책 목록을 프린트했다. 대신 내일 아침에 밥 사세요. 갈매기 씨! 남자는 눈을 커다랗게 뜨고 그녀를 뚫어지게 쳐다보았다. 갈매기라니요? 그녀는 남자의 이마에 난 V자 모양의 상처를 손가락으로 가리키면서 말했다. 그쪽 별명이에요. 이 상처가 꼭 갈매기 같아서요. 그녀는 책을 열 권씩 뽑아 갈매기 앞에 놔주었다. 그러고는 갈매기가 다 읽은 책들을 다시 서가에 꽂았다. 갈매기는 문장들을 노트에 적어 넣기도 했다. 해가 지기 시작했다.

그녀에게 지겹다는 말을 하고 떠난 W는 일출과 일몰에 관련된 사진만을 모았다. W는 자세히 들여다보면 일출과 일몰을 찍은 사진들에는 어떤 차이가 있다고 했다. 자세히 봐! 여기. 호수에 퍼진 붉은 빛들을. 해가 질 때의 빛들이 조금 더 부드러워. 그녀는 아무리 봐도 어떤 게 일출 때 찍은 것이고, 어떤 게 일몰 때 찍은 사진인지 구별할 수 없었다. 해는 낮에 페인트칠을 한 지붕 위에 반쯤 걸터앉았다. 그녀는 막연하게 이런 느낌을 받았다. 일출보다는 일몰이 조금 더 수다스럽다는. 지붕 위에 반쯤 걸린 해는 오늘 하루에 있었던 일들을 사람들에게 알리고 싶어 조바심을 내는 그런 표정을 짓고 있었다. 말해 봐! 내가 들어줄게. 그녀는 해를 향해 약간 짓궂은 윙크를 했다.

저기요, 여기 이런 문장에 밑줄이 그어져 있어요. "그는 홍차 두 잔을 마셨고, 나는 커피 한 잔을 마셨다." 갈매기가 책에 있는 한 구절을 그녀에게 읽어주었다. 우리가 처음 만난 날 나는 홍차 두 잔을 마셨고, 그 친구는 커피 한 잔을 마셨거든요. 이게 우리의 암호였어요. 그 친구는 나랑 싸우면 커피를 시키지 않았어요. 나도 그 친구한테 불만이 있으면 홍차를 시키지 않았고요. 해를 등지고 있어서인지 갈매기의 얼굴에 짙은 그림자가 어렸다. 여기 이런 구절도 있네요. "밤새 나뭇가지들이 쌓인 눈을 이기지 못하고 뚝뚝 부러졌다. 그리고 봄이 왔다. 이마에 난 상처가 간지럽기 시작했다. 눈을 감으면, 그 상처 사이로 봄 햇살이 스며드는 듯했다." 아마 그 친구는 이 문장을 내게 읽어주고 싶어했을 거예요. 우울할 때면 내 상처를 만지며 위안을 삼곤 했거든요. 그렇게 말하고 난 다음, 갈매기는 두 눈을 감고 한참을 앉아 있었다. 서가에 꽂힌

책들이 한순간 바닥으로 쏟아진다 해도 전혀 놀라지 않을 것 같은 표정이었다.

10시가 넘었으므로, 그녀는 의자에 비스듬히 앉아 잠이 들었다. 갈매기는 마음에 드는 구절이 나오면 노트에 옮겨 적었다. 그리고는 노트에 적어놓은 문장들을 몇 번씩 소리내어 읽곤 했다. 그때마다 그녀는 깜빡 잠에서 깨곤 했다. 한번은 갈매기가 잠들어 있는 그녀를 흔들어 깨웠다. 이거 보세요. 갈매기가 건네준 책은 200쪽도 채 되지 않을 만큼 얇은 책이었다. 책은 196쪽뿐이었다. 이게 뭐야. 그녀가 말하자 갈매기가 책을 한 장 넘겼다. 198이라고 인쇄는 되어 있지 않았지만 한 장을 넘겼으니 198쪽이라 할 수 있었다. 발행인 : 서민경. 거기에는 그렇게 적혀 있었다. 잠에서 덜 깬 얼굴로 그녀는 웃었다. 하하하! 남자는 무엇이 자랑스러운지 두 손을 허리에 대고 큰 소리로 웃었다. 새벽이 되자 갈매기의 노트에는 더 이상 적을 공간이 없었다. 그녀는 새벽 5시에 눈을 떴다. 갈매기는 책을 쌓아놓고 그걸 베개 삼아 잠들어 있었다. 밥은 먹어야지! 그녀는 갈매기를 깨웠다. 반지에 눌려서 V자의 흉터 옆에 작은 동그라미가 새겨졌다. 해가 뜨는 아침에 바다를 나는 갈매기 씨! 무엇을 먹을까요. 그녀는 갈매기에게 그렇게 말했다.

그들은 해장국을 시켰다. 새벽부터 해장국을 먹는 사람들로 가게는 빈자리가 없었다. 공원 앞에서 30년이 넘게 해장국집을 해왔다는 주인은 선지해장국에 선지를 넣지 않고 따로 접시에 담아 내놓았다. 여자분이 있어서 선지는 따로 가지고 왔습니다. 드실 거면 국에 넣으세요. 갈매기는 선지를 국에 넣고, 그녀는 선지를 국에 넣지 않았다. 깍두기는 너무 컸다. 그녀는 깍두기를 반씩 나눠 먹었고 갈매기는 한입에 넣고 우적우적 소리내며 먹었다.

갈매기는 공원 벤치에 앉아 담배를 피웠다. 그녀는 즉석 사진기를 목에 걸고 공원을 어슬렁거리는 남자를 호기심 어린 눈으로 바라보았다. 한번도 즉석 사진을 찍어본 적이 없는데…… 여자는 담배 연기가 자기 쪽으로 오지 못하도록 손을 흔들면서 말했다. 누군가 돗자리를 펴더니 그 위에 잡다한 물건들을 진열하기 시작했다. 사진사가 궁금한지 돗자리가 펼쳐진 쪽으로 걸어갔다. 그 친구는 뺑소니차에 치였어요. 제가 가까이서 봤는데…… 아무리 생각해도 차번호가 기억나질 않는 거예요. 갈매기가 담배 연기를 내뿜으며 말했다. 횡단보도 저편에는 계절에 맞지 않게 겨울 점퍼를 입은 할아버지가 서 있었다. 할아버지는 신호등이 몇 번 바뀌어도 횡단보도를 건널 생각을 하지 않았다. 갈매기의 머리가 그녀의 어깨에 닿았다. 어느새 잠이 든 모양이었다. 그녀는 갈매기의 머리를 벤치 등받이에 살짝 올려놓았다. 자전거 안장은 밤새 비를 맞아서 축축했다. 그녀는 고등학교 담을 지나, 긴 오르막길을 힘겹게 올라 집으로 돌아갔다.

회의는 길고 지루했다. 새로 온 관장은 시민에게 가까이 다가갈 수 있는 도서관을 만들겠다고 말했다. 관장은 문예지로 등단을 한 적이 있는 시인이었다. 그는 도서관이 책을 읽는 곳이 아니라 단순히 시험공부를 위한 공부방이 되었다는 사실을 무엇보다 슬퍼했다. 직원들은 시민에게 가까이 다가갈 수 있는 도서관을 만들기 위한 제안서를 하나씩 제출해야 했다. 관장은 제안서를 받아들고는 하나씩 읽기 시작했다. 한 달에 한 번씩 작가들을 초청해 강연회를 하자는 의견이 나왔습니다. 그건 벌써 시에서 가장 큰 서점인 '동아서점'에서 하고 있는 일이었다. 그보다는 차라리 작가들을 초청해 창작교실을 만드는 게 어떨까요? 정기간행물실에 있는 H가 말했다. 그런 건 백화점 문화센터에서도 하고 있어요. 얼마 전까지만 해도 H와 사귄다는 소문이 있었던 S가 대꾸했다. S의 목소리는 심한 금속성이어서 두 마디 이상을 들으면 두통이 생기곤 했다. 관장은 또 다른 제안서를 읽었다. 의자마다 작가들의 이름을 새겨 넣자는 의견이 있군요. 여기가 뭐 극장입니까? 직원들이 와! 하고 웃었다. 마치 웃기로 약속한 사람들처럼 똑같은 높이로, 똑같은 웃음소리를 냈다. 나이 드신 분들이 누워서도 책을 읽을 수 있게 온돌방을 만들면 어떨까요. 관장은 안경을 벗어 손가락으로 미간을 눌렀다. 그 제안서는 그녀가 쓴 것이었다. 복도마다 푹신한 소파를 갖다놓아서 누구나 비스듬한 자세로 책을 읽을 수 있게 하고, 옥상에는 해변용 의자를 갖다놓아서 마치 해수욕을 하면서 책을 읽는 기분을 내게 하고, 온돌방을 만들어 눕거나 엎드려서 책을 읽을 수 있게 하면 좋겠다고 그녀는 썼다. 재미있는 발상이군. 관장은 그녀의 제안서를 반으로 접어 자신의 수첩에 끼워 넣었다. 좋겠어. 의견이 채택될지도 모르잖아. 회의실을 나오자 H가 그녀의 어깨에 손을 얹으면서 말했다. 따분해! 그녀는 H에게 말했다.

표지가 뜯겨 나간 책을 호치키스로 고정하다 말고 그녀는 책표지를 뚫어지게 바라보았다. 표지에는 어떤 남자가 구름에 못질을 하고 있는 모습이 그려져 있었다. 구름은 보는 각도에 따라 다른 모양을 하고 있었다. 정면에서 보면 컵 같기도 했고 오른쪽으로 돌려보면 꽉 움켜쥔 주먹 같기도 했다. 선생님. 아르바이트 학생이 그녀를 조심스럽게 불렀다. 아르바이트 학생은 그녀 앞에 서류철을 내밀었다. 거기에는 책을 반납하지 않은 사람들의 이름이 적혀 있었다. 이분들은 아무리 전화를 해도 안 받아요. 아르바이트 학생은 붉은 펜으로 밑줄을 그은 사람들을 손가락으로 가리켰다. 책을 빌려간 뒤에 이사를 갔거나 고의적으로 잘못된 전화번호를 적었을 것이다. 그런 경우 책을 되찾기란 쉽지 않았다. 그녀는 주먹을 쥐어보았다. 툭 불거진 마디가 생각보다 단단해 보였다. 누가 건드리기라도 하면 당장이라도 한 방 날릴 수 있을 것 같았다. 그녀는 주먹 쥔 손을 허공에 대고 휘둘렀다. 그녀는 책을 거꾸로 돌려보았다. 거꾸로 보자 구름은 사람의 옆모습과 닮아 있기도 했다. 못을 들고 있는 남자의 왼손이 닿아 있는 곳은 사람의 머리였다. 이제 그림은 사람의 머리를 향해 망치를 휘두르는 남자의 모습으로 보였다. 그녀는 그 형상을 머릿속에서 지우려는 듯 재빨리 책을 펼쳐보았다. "지나갔지요." 198쪽은 그런 문장으로 시작했다. 무엇이 지나갔는지 궁금했지만 그녀는 앞장을 넘겨보지 않았다. 대신 지나갔지요, 로 끝나는 문장을 생각해 내기 시작했다.

일주일이면 서너 번씩 와서 책을 읽는 갈색 뿔테를 쓴 할아버지를 보면서 그녀는 이런 문장을 생각했다. 내 나이, 칠십. 이젠 어려운 고비는 다 지나갔지요. 그 옆에 앉아 있는 눈썹이 짙은 중년 아주머니를 보면서 이런 문장을 떠올렸다. 그를 기다리는 동안 내 청춘이 다 지나갔지요. 그녀가 보고 싶을 때마다 그녀가 사는 집 앞을 지나갔지요. 구석에 앉아서 판타지 소설을 읽고 있는 고등학생에겐 나름대로 어울리는 문장인 듯싶었다. 그녀는 책을 읽는 사람들의 표정을 찬찬히 읽기 시작했다. 손톱을 물어뜯으면서 책을 읽는 사람, 책장을 넘길 때마다 옅은 미소를 짓는 사람, 한 시간째 잠을 자고 있는 사람 그리고 서가를 왔다 갔다 하는 사람들을 그녀는 오랫동안 바라보았다. 벽에 걸려 있는 시계가 5시를 알릴 때까지.

오늘 하루는 이렇게 지나갔지요.

그녀는 퇴실하는 사람들의 뒷모습을 보면서 말했다. 그녀의 말에 아르바이트 학생이 피식, 웃었다. 그러고는 이렇게 받아쳤다. 내일 하루도 이렇게 지나가겠지요. 모레도 이렇게 지나갈 수 있겠지요. 그녀가 반납기에 쌓여 있는 책들을 서가에 꽂으면서 말했다. 서가 저쪽 편에 있는 아르바이트 학생이 큰 소리로 대꾸했다. 평생 이렇게 지나가 버려라! 책을 꽂다 말고 그녀가 웃었다. 아르바이트 학생도 따라 웃었다. 웃다가, 그녀는 경쾌한 자신의 웃음소리가 너무 어색해서 주춤했다. 내 웃음소리가 이랬나? 잠시 이런 생각을 한 다음, 허리를 움켜잡고 더 큰 소리로 웃었다.

그녀는 출근을 하면 가장 먼저 컴퓨터 전원을 켰었다. 도서검색이 제대로 되는지 확인을 한 다음 창가로 가서 블라인드를 올렸다. 지붕 색을 하나씩 확인하고 기지개를 켜면 하루가 시작되는 거였다. 하지만 이제 그녀는 출근을 하면 곧장 서가로 향했다. 블라인드 틈으로 새어 들어오는 빛이 책들을 은은하게 비추었다. 그녀는 그 사이를 헤매면서 책 한 권을 골랐다. 그러고는 198쪽을 펼쳐 읽기 시작했다. 마음에 드는 구절이 나와도 노트에 적어두지 않았다. 대신 몇 번이고 반복해서 읽었다. 노트에 적는 대신 그녀는 가슴에 새겨두었다. "총을"이라고 문장이 끝나면 그 다음 쪽으로 눈이 자동적으로 옮겨져 갔다. 하지만 그녀는 두 눈을 질끈 감았다. 대신 퇴근 시간이 될 때까지 그녀는 '총을'로 시작하는 수백 개의 문장을 만들었다.
　"삶은 감자를 으깨어"라는 문장을 읽다가 그녀는 '으깨어'라는 단어를 몇 번이고 되새겨보았다. 동생은 술에 취하면 손을 그녀에게 내밀면서 이렇게 말하곤 했다. 누나! 이 손을 으깨어버리고 싶어. 시험 전날이 되면 지나가는 차 바퀴 밑에 손을 집어넣고 싶은 충동이 생긴다며 동생은 울었다. 그때는 그냥 술 주정으로만 여겨졌던 동생의 말이 지금에 와서 그녀의 가슴을 아프게 했다. "여자는 하루에 물을 5리터나 마셔댔다. 나는 하루에 밥을 다섯 끼 이상 먹었다. 우리는 데이트를 하기 시작했다." 누군가가 이 문장에 파란색 펜으로 밑줄을 그어놓았다. 다음 날 그녀는 500밀리리터 생수를 열 병이나 사서 출근을 했다. 점심 먹기 전에 2리터를 마셨고 화장실을 다섯 번이나 갔다. 포만감 때문에 점심을 걸렀다. 오후에 3리터를 더 마셨다. 몸속이 깨끗하게 정화되는 기분이 들었다. 혹시, 하루에 다섯 끼를 먹는 사람을 본 적 있어? 그녀는 화장실 입구에서 만난 S에게 그런 질문을 던졌다. 내 주변엔 그런 돼진 없는데. S는 감기에 걸려 있었다. 평소 금속성의 목소리보다 감기에 걸린 목소리가 훨씬 듣기 좋아 그녀는 차라리 감기가 낫지 않았으면 좋겠다고 생각했다. 혹시, 아는 사람 중에 하루 다섯 끼 먹는 사람 있어? 내친김에 그녀는 정기간행물실로 가 H에게 물었다. 문학자료실과 달리 정기간행물실에는 좌석이 꽉 찰 정도로 사람들이 많았다. H는 패션잡지를 보고 있는 여학생들을 바라보던 눈길을 거두지 않은 채 작은 소리로 속삭였다. 기다려봐. 저 애들이 곧 잡지를 찢어갈 테니까. 참! 내 친구 중에 하루에 여섯 끼를 먹는 녀석이 있어. 엄청 뚱뚱해. H의 예상과는 달리 여학생들은 잡지를 다 읽고는 제자리에 꽂아두었다. 있으면 나 소개시켜 줘! 그녀의 말에 H는 미간을 찌푸렸다. 혹시, 어디 아파?

"아버지가 직접 지었다는 집은 걸을 때마다 마루가 삐걱거렸다. 그 집에서 나는 늘 늦잠을 잤고, 늦은 아침을 먹었다. 무너져라. 무너져라. 매일 주문처럼 중얼거렸지만, 집은 무너지지 않았다." 그 문장을 읽은 날, 도서관 게시판에 새로운 공고문이 붙었다. 국내 최초로 '내 집 같은 도서관'을 만들겠다는 내용이 적혀 있었다. 도서관에 방을 만들다니 웃기지 않아? 글쎄! 좋을 것도 같은데. 공고문을 읽던 남녀가 그런 이야기를 주고받았다. 그녀가 초등학교에 입학하던 그해에 아버지는 옆집 주인과 사소한 싸움을 시작했다. 아버지는 옆집 담이 자신의 집 쪽으로 넘어왔다고 주장했다. 옆집은 옛 건물을 부수고 새집을 지었는데 그때 30센티미터 정도를 더 넓혀서 담을 세웠다는 거였다. 봐라! 예전엔 여기서 담까지 다섯 걸음이었는데 지금은 네 걸음 반밖에 되지 않잖니. 아버지는 마당에 있는 화장실에서부터 담이 있는 곳까지 큰 보폭으로 걸었다. 옆집은 애당초 그녀의 집에서 담을 잘못 세운 것이었다고, 그래서 이번 참에 잘못된 것을 똑바로 잡은 것뿐이라고 말했다. 아버지는 해머를 가지고 담을 부수었다. 그때마다 집이 쿵쿵, 울렸다. 그 소리를 들으면서 그녀는 국어 교과서를 읽었다. 아버지는 예전의 자리에 새 담을 만들었다. 한 달이 지나자 옆집에서 그 담을 허물고 자신들이 주장하는 경계에 새 담을 만들었다. 한 달에 한 번씩 새로운 담이 만들어졌다가 허물어졌다. 그녀는 해머 소리를 들으며 초등학교 1학년을 마쳤고, 동생은 만화영화를 볼 때마다 텔레비전 볼륨을 최대한 높였다. 결국 옆집에서 측량기사를 불렀고 아버지가 틀렸음이 밝혀졌다. 그 후로 아버지는 하는 일마다 실패했다. 그녀는 그때가 가장 행복했다. 아버지가 해머로 담을 부수는 동안 어머니는 새참으로 칼국수를 끓였고, 식구들은 네모난 상에 둘러앉아 칼국수를 먹었다. 아버지 이마에 맺힌 땀방울이 뚝, 하고 칼국수 그릇 안으로 떨어졌다. 그녀의 기억에 의하면, 그때 그 칼국수는 맛있었다. 짜지도 않았고 밀가루 냄새도 나지 않았다. 그녀는 무너져라, 라는 문장에 검지손가락을 대보았다. 아버지 이마에서 떨어진 땀방울처럼 그녀의 얼굴에서도 무엇인가가 뚝, 하고 떨어졌다.

책 제목이 조금 특이했다. "모기장" 하지만 그녀의 눈길을 끈 건 제목이 아니었다. 그 책이 서가에 뒤집어져 꽂혀 있었기 때문이었다. 가끔, 자기가 읽던 책을 이렇게 거꾸로 꽂아두는 사람들이 있었다. 특히 대출이 되지 않는 사회과학 서적은 이런 경우가 많았다. 시험 기간이 되면, 자기에게 필요한 책들을 전혀 다른 분야 사이에 끼워놓거나 제목이 보이지 않도록 뒤집어놓는 학생들이 있었다. 다른 사람들 눈에 띄지 않게 하기 위해서였다. 책을 똑바로 꽂으려다 말고 그녀는 습관처럼 198쪽을 펴보았다. 198쪽에는 쪽지가 하나 끼워져 있었다. "언젠가는 이 책을 읽을 것 같았어요. 혹시 저처럼 198쪽만 읽은 건 아니죠? 공원에서 잡동사니 물건을 파는 사람에게 가보세요. 선물이 있어요. 갈매기가." 쪽지를 읽고 나자 그녀는 갈매기 이마에 난 상처가 보고 싶어졌다. 갈매기의 이런 엉뚱한 생각이 그 상처에서 나온 것 같아 갑자기 그 상처를 한번 어루만져 주고 싶었다.

계절에 맞지 않게 겨울용 점퍼를 입은 할아버지가 여전히 횡단보도에 서 있었다. 가짜 프라다 가방을 들고 있는 여자가 할아버지 옆에 서더니 코를 움켜잡았다. 어디선가 전화벨이 울렸다. 전화 왔잖아. 할아버지가 여자의 어깨를 쳤다. 그러고는 누런 이를 드러내며 웃었다. 여보세요? 전화를 받으면서 여자는 할아버지가 만졌던 어깨를 털어냈다. 신호등이 바뀌었고 그녀는 여자와 나란히 길을 건넜다. 할아버지가 여전히 그 자리에 있었던 것처럼 즉석 사진을 찍는 사진사도 여전히 공원을 어슬렁거리고 있었다. 수염을 덥수룩하게 기른 남자가 돗자리에 여러 가지 물건을 쌓아놓고 팔고 있었다. 남자는 낚시 의자에 앉아서, 손바닥만 한 나무를 깎아 무언가를 만들고 있었다. 구경하슈! 남자는 그녀를 보자 퉁명스럽게 말을 한 다음 다시 나무 깎는 일에 열중했다. 그녀가 어렸을 때 학교 앞 문방구에서 보았던 조잡한 플라스틱 인형들이 눈에 띄었다. 어떤 인형은 머리가 없고, 어떤 인형은 다리가 없었다. 찌그러진 자동차 번호판, 어느 나라 것인지 짐작할 수 없는 외국 동전들, 고장난 전화기, K.L.S.라는 이니셜이 새겨진 반지. 그녀는 잡동사니 더미를 뒤적거리기 시작했다. 이건 뭐에 써요? 그녀는 줄이 끊어진 배드민턴 채를 보면서 말했다. 배드민턴 치는 데 말곤 다 사용할 수 있지. 남자의 이마에 깊게 파인 주름 사이로 땀이 흘렀다. 주름 때문에 남자는 피로해 보였다. 그녀는 돈을 벌면 가장 먼저 이 사람의 이마에 주름살을 제거해 주고 싶다는 생각이 들었다. 잡다한 물건들 사이에서 그녀는 즉석 사진기로 찍은 사진 한 장을 발견했다. 깁스를 한 팔을 찍은 사진이었는데 자세히 보니 깁스에 누나 고마워요, 라고 적혀 있었다. 갈매기의 팔이었다. 이거 얼마예요? 그녀는 비닐봉지 안에 들어 있는 사진을 꺼냈다. 그건 파는 게 아니라 보관하고 있던 거야. 아! 그거 찾으러 오신 분이구나.

즉석 사진을 찍는 사진사는 매점에 앉아서 우동을 먹고 있었다. 하루에 한 장 찍기도 힘들어, 요즘은. 사진사는 쌍꺼풀이 짙은 매점 여자에게 말했다. 매점은 멸치국물 냄새가 진하게 배어 있었다. 그녀는 멸치국물 냄새를 맡자 갑자기 허기가 느껴졌다. 우동 한 그릇 주세요. 그녀는 사진사의 맞은편에 앉아 우동을 먹었다. 다른 곳으로 옮길까 봐. 사진사의 말에 매점 여자의 눈동자가 흔들렸다.

아저씨! 사진 한 장 찍어주세요.

그렇게 말을 하고 그녀는 재빨리 우동 국물을 마셨다. 면에서는 밀가루 냄새가 났지만 국물만은 시원했다.

사진사는 손바닥만 찍겠다는 그녀를 이상하게 보았다. 지난번에 어떤 녀석은 깁스를 한 팔만 찍겠다고 하더니만, 원. 그녀는 손바닥에다 글을 썼다. "갈매기야! 나도 고맙다. 그런데 넌 어디로 갔니" 글씨를 너무 크게 쓰는 바람에, 넌 어디로 갔니, 라는 문장은 손가락에다가 썼다. 손바닥이 간지러워서 쓰면서도 자꾸 웃음이 났다. 사진을 보고서야 문장 마지막에 물음표를 찍지 않았다는 것을 알았다. 그래서 그녀는 새끼손가락에 물음표를 그려 넣고는 다시 한 장을 찍었다. 천천히 상이 드러나는 사진을 보고 있으니 그 손바닥이 도무지 자신의 것 같지가 않았다. 거기에는 낯선 손이 있을 뿐이었다. 아직 세상의 고통을 모르는, 그저 작고 통통한 손이었다. 그녀는 즉석 사진을 비닐봉지에 넣어 잡동사니를 파는 남자에게 갔다. 이것 좀 보관해 주세요? 그녀는 남자에게 사진을 주었다. 이 아가씨가! 내가 뭐 우체부요. 암튼, 거기에 던져놔요. 공원을 가로질러 가다가 그녀는 무심코 뒤를 한 번 돌아보았다. 잡동사니를 파는 남자는 그녀가 건네준 사진을 보면서 웃고 있었다. 바람에 돗자리가 펄럭였다.

'밥맛 좋아지는 쌀'은 동네 가게에서 팔지 않았다. 그녀가 단골로 가는 '믿음 슈퍼' 주인은 그런 쌀은 처음 들어본다고 했다. 그래서 그녀는 전국에 체인망을 갖추고 있는 할인 마트로 갔다. 할인 마트에는 하나를 사면 하나를 덤으로 얹어주겠다는 상품들이 많았다. 그녀는 건전지를 준다고 해서 랜턴을 샀고 군만두를 끼워준다고 해서 물만두를 샀다. 사람들이 몰려 있는 곳에 가보니 목캔디 두 통을 한 통 가격에 팔고 있었다. 즉석 사진기를 사면 필름 두 통을 서비스로 준다는 말에 그녀는 오랫동안 망설였다. 즉석 사진기 가격은 그녀가 한 달마다 내는 수도 요금하고 똑같았다. 물건들을 너무 많이 사서 돌아올 때는 택시를 탔다. 사진기를 산 기념으로 룸미러에 비친 택시 운전사의 얼굴을 찍었다. 택시에서 내릴 때, 그녀는 운전기사에게 사진을 선물로 주었다.

새 쌀로 밥을 지었다. 유기농법으로 키웠다는 채소로 샐러드를 만들었고 DHA가 함유되어 있다는 달걀로 달걀말이를 했다. 뉴스에서는 휴일 고속도로의 상황을 보여주었다. 선글라스를 낀 운전자가 말을 했다. 강릉까지 가는 데 열 시간이 걸렸어요. 그녀는 차가 막힌 고속도로에서 하루를 보내는 기분이 어떤 것인지 잘 몰랐다. 그 기분이 어떤 것인지 생각하려는 순간, 그녀는 갈매기를 보았다. 차로 꽉 막힌 도로 한가운데서 오징어를 팔고 있는 청년. 마스크를 껴서 정확하게 얼굴을 확인할 수는 없지만 그녀는 그 청년이 갈매기일 것이라고 생각했다. 깁스를 한 손으로 오징어를 파는 사람은 그리 많지 않을 테니까. 뺑소니를 쳤던 그놈, 얼굴을 보면 알 수 있을 것 같기도 한데……. 달걀말이를 밥 위에 얹으면서 그녀는 갈매기가 했던 말을 떠올렸다. 갈매기는 오징어를 팔면서 운전자들의 얼굴을 유심히 살필 것이다. 그녀는 고개를 돌려 냉장고 문을 보았다. 거기에는 갈매기가 준 사진이 붙어 있었다. 냉장고 문을 열고 닫을 때마다 갈매기가 누나 고마워! 하고 말해 주었다.

　관장은 열람실을 하나 없애고 거기에 새로운 독서 공간을 만들었다. 바닥에는 카펫을 깔았고 가장자리에는 푹신한 가죽 소파를 놓았다. 바닥에 앉아서 책을 읽거나 누워서 책을 읽을 수 있도록 커다란 쿠션을 갖추어놓았다. 베란다에는 야자나무와 해변용 의자를 갖다놓았고, 정원에 있는 나무 아래에도 누워서 책을 읽을 수 있는 의자를 놓았다. 시민들의 반응은 좋았다. 단지, 시험공부를 하는 학생들은 좌석을 차지하기 위해 더 일찍 도서관에 와야 했다. 새벽이면 줄이 도서관 정문 밖에까지 이어졌다. 그녀는 S에게 목캔디를 선물했다. 목캔디를 먹어도 S의 금속성 목소리는 부드러워지지 않았다. 그녀는 목캔디를 들고 있는 S의 손을 즉석 사진기로 찍었다. 아르바이트 학생은 자기가 가장 좋아하는 책을 들고 있는 손을 찍어달라고 부탁했다. 한번 주먹 좀 쥐어 봐! 그녀는 사진 찍히는 걸 싫어하는 H에게 말했다. 왜? H는 두 주먹을 불끈 쥐고는 허공을 향해 권투를 하는 포즈를 취했다. 그녀는 재빨리 사진을 찍었다. 미안해. 사진 찍어서. 그렇게 말하고는 정기간행물실을 도망치듯 나왔다. 그녀는 사진들을 벽에 붙였다. 사람들의 다양한 손 모양이 방을 채워갔다.

그녀는 9년째 도서관에서 일을 했다. 밥맛이 좋아져서 살이 자꾸 불어났고 바지를 한 치수 늘려 입었다. 그녀는 저녁 10시면 잠이 들었다. 단지 수요일과 목요일에는 좋아하는 배우가 나오는 드라마를 보고 11시에 잠이 들었다. 위염은 깨끗하게 나았고, 대신 식도염에 걸렸다. 그래서 여전히 밥을 먹고 30분 후에 약을 먹었다. 눈이 자주 내리던 지난 겨울엔 버스를 타고 출근을 했다. '아늑한 미용실'은 폭설을 견디지 못하고 지붕이 무너졌다. 그 안에서 잠을 자고 있던 미용사는 그 자리에서 즉사했다.

그녀는 자리에 앉아서 창 너머 동네를 멍하니 바라보았다. 포클레인이 집들을 허물고 있었다. 곧 아파트가 세워질 것이라고 했다. 새로 들어온 아르바이트 학생의 손을 찍으려다가 즉석 사진기가 고장났다. 하지만 그녀는 고장난 사진기가 더 이상 아깝지 않았다. 이제 방에는 사진들을 붙일 틈이 없었다. 퇴근 무렵이 되자, 비가 내리기 시작했다. 그녀는 자전거를 놔두고 버스 정류장 쪽으로 걸어갔다. 빗방울이 굵어지자 공중전화 부스 안으로 들어갔다. 어머니는 가게를 그만두고 근처 식당에 취직을 했다. 어머니가 일하는 식당 전화번호가 기억나지 않아서 그녀는 대신 동생의 휴대폰에 전화를 걸었다. 여보세요? 여보세요? 잘 안 들리거든요. 다시 걸어주세요. 그녀에겐 동생의 목소리가 선명하게 들리지만 동생에겐 그녀의 목소리가 들리지 않는 모양이었다. 그녀는 조금 우울해졌다. 그래서 태어나서 한 번도 우산을 잃어버린 적이 없다는 생각을 하며 스스로를 위로했다. 그녀는 72번 버스를 탔다. 좌석이 비어 있었는데도 앉지 않았고 내려야 할 정류장에서 내리지 않았다.

도서관에 세워둔 자전거 페달이 녹슬기 시작했다.

호텔 유로, 1203

정미경

1960년 경남 마산 출생.
이화여대 영문과 졸업.
1987년 《중앙일보》 신춘문예(희곡),
2001년 《세계의 문학》(소설)으로 등단.
장편소설 《장밋빛 인생》 등.
오늘의 작가상 수상.

밤의 신데렐라

―호텔 유로. 1203.

―유로 호텔. 1203이요?

일생 동안 열등감 따위는 느껴본 적이 없을 것 같은 그의 목소리가
마음에 들지 않았지만 나는 그의 말을 그대로 반복했다. 그에게 무언가
를 제공하는 대가로 얻을 것에 대한 열망이 간절하다면 마음에 들지 않
는 목소리 따위를 견디는 건 그다지 어려울 게 없다.

―밤 9시.

나는 내 왼쪽 손목에 채워져 있는, 무언가를 조잘거리듯 사랑스럽게
빛나는 것들이 테두리를 따라 빼곡하게 박혀 있는 시계의 타원형 자판
을 내려다본다. 시간을 확인할 수 있는 기능 이상의 것이 확실히 이 시
계에는 존재하고 있다. 이 시계가 주는 느낌은 뭐랄까, 피눈물 나는 노
력 끝에 이룬 땀냄새 나는 부유함이 아니라 자생하는 귀족만이 소유할
수 있는 절대적인 부의 오만함 같은 것이다. 뭇별 속에서 항성처럼 스
스로의 존재를 증명할 수 있는 어떤 것을 소유하고 싶을 때 다른 무엇
이 있어 이걸 대체해 줄까.

―그럼, 9시에 거기서.

쓰던 원고를 마무리하고 유로 호텔의 지하 아케이드를 한 바퀴 돌다
보면 딱 맞을 시간이었다. 나는 암전된 모니터 앞에 앉아 마우스를 흔
들었다. 7년째 쓰고 있는 컴퓨터는 요즘 들어 화면이 떠오르는 시간이
점점 지체되고 있다. 어떤 땐 커피를 한 잔 가져와 반쯤 마시고 있으면
그때사 게으르게 글자들이 나타날 때도 있다. 컴퓨터도 바꿔야 되는데.

……쿠바에서 노년을 보내던 헤밍웨이는 밤이면 오랜 친구들인 어

부들을 불러놓고 문맹인 그들을 위해 자신의 소설을 읽어주었다지요. 밤바람에 검푸르게 일렁이는 풀 사이드에서 끊임없이 독주를 마시면서 말이에요. 헤밍웨이가 자신의 소설을 연극배우처럼 읽어내릴 때면 갈라파고스의 거북처럼 검고 질기고 주름진 목을 가진 어부들은 그저 경외와 낡은 사랑만을 눈빛에 담고 그를 바라보았습니다. 노벨상을 탄 그는 상금을 아바나의 성당에 전액 기부하며, 당신이 무엇을 소유했음을 알게 되는 것은 그것을 누군가에게 주었을 때, 라고 말했다지요. 그 무렵의 그는 거의 글을 쓰지 않고 있었지만 자신의 삶의 서사시를 그렇게 마무리하고 있었습니다. 〈밤의 작은 음악〉을 사랑하는 여러분. 가진 것을 모두 누군가에게 줌으로써 스스로 충만해지는 삶의 비밀을 우리는 언제쯤 알게 될까요.

원고의 끝부분이다.

제 속의 진실 한 조각조차 나누어주지 않아도 되는 이 방송용 원고의 스타일이 나는 마음에 든다. 내 주위 사람들은 시를 쓰는 일이나 방송용 원고를 쓰는 일이나 그게 그거 아니냐며 여전히 나를 시인으로 보아주지만 이건 시를 쓰는 것과는 본질적으로 다른 일이다. 지금 내 손목에 있는 시계와 호텔 유로의 지하 아케이드 쇼윈도에 진열되어 있는 시계가 똑같아 보이지만 사실은 완전히 다른 것처럼.

시를 쓰는 일이 내 속에 있는 빈약한 샘에서 근근이 물을 퍼내는 일이었다면 이 일은 누군가에게 줄 한 컵의 물을 위해 개울이나 정수기나 유효기간이 지난 생수병에서나 혹은 하수구에서라도 마실 수 있는 것처럼 보이는 물을 무차별적으로 떠오는 일이라고 얘기할 수도 있겠다. 혹은 이 일은 조각천을 모아 눈부신 꽃밭 형상의 베드스프레드를 만들어내는 퀼트와도 닮았다고 얘기할 순 있겠다. 그 조각천을 어디서 주워

왔건 원래의 용도나 섬유의 원단 조성비율이나 뒷면의 이어 붙인 자국 같은 건 문제되지 않는다. 색상을 잘 배치하여 흔적 없이 꿰매어 현실의 꽃밭보다 더 매혹적인 걸 만들어놓으면 되는 것이다. 내 영혼에서 퍼낸 샘물이거나 내가 밭 갈고 씨 뿌려 키워낸 꽃이 아니라면 그것들에 대해 근거 없는 애정을 가지지 않아도 되었고 그 언어의 진실성에 대해 끝까지 책임지지 않아도 되는 편안함까지 덤으로 따라왔다.

원효대사가 아니라 해도 어차피 샘물이든 해골에 담긴 물이든 갈증을 없애줄 수 있다면 물 한 컵의 근원 따위를 가지고 고뇌할 필요는 없지 않겠어? 싶은 것이다. 조각천으로 테디베어를, 베드스프레드를, 지갑을, 열쇠고리를 만들듯 나 역시 누군가의 시나 소설, 신문기사나 수필, 하다못해 경제이론서에서도 자료를 가져와 한 시간 분량의 원고를 만들어내기만 하면 되는 것이다. 누군가는 흘려들을 것이고 누군가는 사소한 한 구절에 회심하여 ARS버튼을 누를 것이며 누군가는 불현듯 떠오르는 지난 사랑의 추억에 캔맥주의 뚜껑을 열기도 할 것이다. 다만 처음부터 끝까지 이 원고에서 나는 감추어져 있을 것이고 이 지독하게 낙천적이며 감상적인 원고는 윤미예의 목소리에 실려 새롭게 되살아날 것이다. 무슨 말이냐면 내가 쓴 글 속에는 나의 진실 따위는 담겨 있지 않다. 이 원고도 마찬가지다. 그러므로 당신이 무엇을 소유했음을 알게 되는 것은 그것을 누군가에게 주었을 때, 라는 헤밍웨이의 말에 나는 본질적으로 동의하지 않는다. 달콤한 목소리로 이 원고를 읽어 나갈 윤미예 역시 동의하지 않을 것이다.

쓴 사람도 읽는 사람도 동의하지 않을 원고를 첨부파일로 하여 이메일을 전송한다.

무릎과 엉덩이가 앞뒤로 똑같이 튀어나온 회색 추리닝을 벗어 욕실 앞에 던져놓고 있을 때 전화벨이 울렸다. D였다. 전화를 받지 않기로 한다. 그의 목소리를 듣고 싶지가 않았다.

전화를 한 건 D인데 울리는 전화벨 속에서 나는 아까 통화했던, 얼굴 모르는 남자의 목소리를 떠올린다. 일생 동안 열등감 따위는 한 번도 느껴보지 않았을 그런 목소리. 나는 그의 생김새를 짐작할 수 있을 것 같다. 그건 D와는 아주 다른 느낌의 얼굴일 것이다. D는 뭐랄까, 실제로는 그렇지도 않은데 늘 말을 더듬는 듯한 느낌을 준다. 약간 주저하듯 첫 단어를 시작하는 그의 발성 때문일까. 어쨌든 말을 더듬지도 않으면서 듣는 사람에게 더듬는 것 같은 인상을 준다는 건 좋은 스타일은 아니다. 여러 사람이 모인 곳에서 그가 말하는 걸 지켜보고 있노라면 안쓰러울 때도 있지만 대부분 짜증스럽다. 나는 벨 소리가 멈추기 전에 문을 닫고 들어가 복숭아 향이 강한 클렌저로 샤워를 했다. 머리에 영양제를 듬뿍 바른 채 이를 닦으며 나는 거울 속의 내 눈을 들여다보고 중얼거렸다.

괜찮아.

좋지 않은 습관인데 나는 옷장을 열 때마다 한숨을 쉰다. 봄엔 더하다. 어떤 옷도 봄햇살 아래서는 초라하다. 봄 분위기에 맞추어보겠다고 고른 병아리털 빛깔의 니트나 신록을 닮은 그린 톤의 정장도 마찬가지다. 이놈의 봄.

옷장을 뒤적이다 결국은 겨울 코트 안에 입고 다니던 검은색 니트 투피스를 꺼냈다. 유행이 약간 지난 느낌이 있긴 하지만 지난 시즌에 구입한 지중해 물빛의 파시미나를 두른다면 그나마 때와 장소와 목적에 맞는 차림이 될 것 같다.

화장을 하면서 나는 화장이 너무 진해지지 않도록 조심을 한다. 특별한 모임이 있는 날엔 나도 모르게 파운데이션이 두터워진다. 어머 이런 제품이 있었어, 하며 몇 년 전에 샀던, 얼굴이 확대되어 보이는 거울을 장롱 속에 처박아버린 지도 꽤 되었다. 그 거울이 아니더라도 이제 땀구멍과 잔주름쯤은 확실히 보이니까. 마지막으로 마스카라를 바르고 눈썹 성형기로 속눈썹을 집어 올린다. 너무 욕심을 부렸는지 눈썹이 지나치게 꺾여 좀 우습긴 했지만 돌아다니다 보면 자연스럽게 내려올 것이다. 조심스럽게 옷을 갈아입고 옷장 구석에서 반원형의 토트백을 꺼냈다. 연갈색과 짙은 갈색으로 된 사각 패턴 바탕의 백은 이 로맨틱한 니트와 그렇게 어울리는 디자인은 아니다. 투박해 보이기까지 하는 이 핸드백을 그러나 나는 약간 망설이다 들기로 한다. 이것처럼 자신의 존재를 극명하게 외치는 소품은 찾아보기 드무니까. 아니다. 스케줄에 쫓긴 윤미예가 화장도 고치지 못한 채 스튜디오로 달려 들어올 때 이 핸드백을 들고 있지 않았다면 나는 절대 이토록 둔탁하고 섬세한 미감이 느껴지지 않는 걸 사지도 않았을 것이다. 거울 앞에 서서 마지막으로 전체적인 모습을 살펴보았다. 두터운 마스카라 안에서 그렇게 불안해 보이진 않는 눈을 들여다보며 나는 한 번 더 말해 주었다.

괜찮아.

부엌에서 언제나 자신을 위해 정체불명의 약초들을 커다란 냄비에 끓이는 일이 유일한 취미인 엄마가 나무주걱으로 냄비를 휘휘 젓다가 날 돌아보았다. 엄마가 방에 있길 제발 바랐는데.

옷장을 열며 내가 쉬었던 한숨이 이번엔 엄마 차례다. 실속도 없이 차려입고 나서는 게 보기 싫은 것이다.

─여자 공부 잘해 봤자 예쁜 년 못 당하고 예뻐 봤자 팔자 좋은 년 못 이기더라.

김이 오르는 냄비 쪽으로 몸을 돌리며 기어이 한마디해서는 내 염장을 질렀다. 대체로 불행한 사람들은 자신과 비슷한 분량과 색깔의 불행을 가진 사람들을 아주 싫어한다. 길지 않은 결혼을 결국 끝내고 엄마 곁으로 돌아왔을 때 나를 가장 못 견뎌하고 불화한 건 엄마였다. 일생 동안 마음을 주지 않고 밖으로 떠돈 남편에 대한 증오심은 확실히 엄마가 씩씩하게 삶을 꾸려오게 한 원동력이 되긴 했지만 그녀는 적어도 딸의 인생이 그런 종류의 씩씩함을 획득하기를 바라진 않았던 것이다. 명백하게 실패자의 편으로 분류되고야 만 자신의 삶에 유일한 희망이며 대안이었던 딸, 예뻤고 공부도 잘했던 딸이 자신과 닮은꼴로 되돌아왔을 때부터 엄마는 언젠가 이 따위 말로 내게 한 방 먹일 순간을 찾아왔을 것이다.

그러고 보면 시가 되었건 방송용 원고가 되었건 글로 먹고 살아야 하는 내 운명은 엄마로부터 물려받은 게 아닌가 싶다. 이 팔자 사나운 년아, 하고 단순하게 끝내기보다는 공부 잘해 봤자 예쁜 년 운운하는, 듣는 사람의 심장에 칼을 꽂고 한 번 더 비틀어주는 듯한 이 화려한 수사학이야말로 글로 먹고 살아야 하는 내 인생의 근원이 어디였는지를 새삼스러이 깨닫게 해주었다.

엄마는 오랫동안 구청 소속의 환경미화원으로 일했다. 구청 소속의 환경미화원이란, 운명이 생각 없이 지워주는 자신의 삶을 수용하는 데 있어서 한없이 너그러운 사람만이 가질 수 있는 직업이라고 나는 생각한다. 불평 없이 겨울 새벽 4시에 칼바람 속으로 발을 내딛는 모습을 본다면 그렇게 생각하지 않을 수가 없다. 내게 엄마는, 자신의 욕망을 사소한 것조차 만족시켜 주지 않는 것으로 피학적인 쾌감을 느끼는 이상성격으로 보인다. 나는 성실함이 인생의 주요한 덕목이라고 말하는 인간이 있다면 엄마의 일상을 일주일만 따라 해보라고 말하고 싶다.

물먹은 밀걸레를 하루 종일 휘두르며 얻게 된 관절염으로 오른쪽 팔과 무릎은 늘 퉁퉁 부어 있고 더 이상 고통을 견딜 수 없는 순간이 오면 그제서야 병원에 가서 바늘을 꽂고 물을 뽑아낸다. 엄마는 병의 백화점이다. 버는 돈보다 병원에 가져다주는 돈이 더 많은 그런 바보 같은 계산법을 옆에서 일주일만 지켜보노라면 누구라도 성실성으로 세상을 살아가지는 않을 것을 맹세하고 거듭 맹세하게 될 것이다. 언젠가 서류를 찾으러 간 구청에서 엄마를 본 적이 있다. 엄마가 돌아볼까 봐 재빨리 스쳐 지나가긴 했지만 회청색 유니폼을 입었던 엄마의 모습은 내 기억 속에 지워지지 않고 여태 남아 있다. 선명치 못한 푸른색 옷은 내게 수인囚人의 그것 같다는 느낌을 주었는데 엄마는 여전히 자신의 형량도 모른 채 그 옷 속에 갇혀 있는 것이다. 엄마의 통장 속에 든 알량한 푼돈은 결국 그녀의 고통을 지워 나가는 대가로 동그라미를 하나씩 지워 나갈 것이다. 나는 그냥 나가려다 몹시 화가 나서 현관문을 연 채 기어이 한마디 들려준다.

─몰랐수? 낳은 사람 눈에나 이뻐 보이고 공부 잘했던 거지.

입구의 우편함에 우편물이 아슬아슬하게 꽂혀 있다. 우수 고객을 위한 사은행사 기간을 알리는 두터운 엽서 하나를 제외하면 그것들은 비슷하다. 주소가 적힌 부분이 투명비닐로 덮이고 본인 외에는 개봉하지 마시오, 라는 경고문이 구석에 적혀 있는 봉투가 하나, 둘, 셋이었다. 약간 두툼한 그것들을 뜯어볼 필요는 없었다.

현금이 없으면 카드를 쓸 수 있었고 카드 한도가 넘으면 현금카드를 쓸 수 있었다. 이 은행에서 마이너스통장을 채워야 될 때가 되면 다른 은행의 현금서비스를 받을 수 있었다. 누구도 브레이크를 걸지 않았던 그 멋진 신세계의 순환 시스템을 이용할 수 있었던 때가 그러니까 벌써 여러 달 전의 일이다. 손님 죄송하지만 이 카드는 한도가, 혹시 다른 카드가 있으시면, 하고 매우 겸손하게 직원이 얘기할 때 어머 그래요, 몰랐다는 듯 지갑에서 다른 카드를 꺼낼 수 있었던 건 더 이전의 일이다. 이렇게 독촉장이나 혹은 독촉전화를 받을 때면 몹시 후회를 할 때도 있지만 얇막한 플라스틱 카드 한 장이 나를 신데렐라로 만들어주었던 시절, 자정을 알리는 종소리가 들리기 전엔 나는 무도회장 바깥의 일은 떠올리고 싶지 않았었다.

나라고 늘 미친년처럼 즐거운 마음으로 카드를 긁어대진 않았다. 망설임과 후회와 집착 사이에서 어느 순간 카드를 쓰고 나면 때로는 손톱 밑에 내 스스로 가시를 박은 것 같은 기분에 사로잡히기도 했고 사람들이 왜 가장 이기기 어려운 상대가 자기 자신이라고 말했는지도 알게 된다. 지금은, 그렇다, 지금으로선 이 봉투들을 열어도 내겐 아무 대책이 없다. 나는 봉투 세 개를 가지런히 귀를 맞추어 초록색 재활용함의 종이, 라고 씌어진 칸에 집어넣는다.

바깥은, 봄이라기보단 겨울의 끝에 가까웠다. 바람이 몹시 차다. 버린 우편물의 무게가 고스란히 내 가슴에 와서 얹힌다. 고개를 저으며 나는 다른 그림을 떠올린다.

자정 5분 전. 허공에 걸려 만월처럼 둥글게 빛나는 시계. 분침은 자정 쪽으로 쉬임 없이 달려가고 있다. 초록 융단 같은 잔디밭 위로 밤은 별 하나 없이 칠흑으로 어둡고 눈부신 유리구두를 오른발에 신은 채 한 여자가 달려가고 있다. 둥근 시계는 밤의 한가운데 박혀 있다. 꿈결 같은 드레스 자락은 미풍에 마구 흩날리고 뒤로 뻗은 아름다운 왼발엔 신발이 없다. 초록색 잔디 위 어디에도. 어디로 간 것일까. 내게 대한 사랑으로 눈먼 왕자님만이 그 신발을 줍게 될 것이다. 밤의 신데렐라. 그토록 아름답고 몽환적인 풍경이 어느 순간 달리의 그림처럼 뜨겁게 녹아내린다. 갈망과 특별함에 대한 집착과 사물에 대한 욕정도 그토록 뜨거울 수 있다. 인간에 대한 집착이나 욕정보다 더.

이상한 슬픔의 원더랜드

유로 호텔은 이름 그대로 루이 왕조풍의 장식적인 아름다움으로 가득 찬 외관을 지녔지만 그 이름의 의미를 실감하게 되는 건 호텔의 지하를 온통 차지한 아케이드를 따라 천천히 걸어갈 때이다. 유럽적인 정서와 미감의 전통이 고스란히 체현되어 있는 눈부신 상품들이 요요하게 눈짓하며 신음하며 숨을 쉬며 유혹하는 아케이드의 양탄자 위를 걸어갈 때면 아, 여긴 유로 호텔의 아케이드지, 하고 새삼 깨닫게 되는 것이다.

아케이드의 밤은 일찍 찾아온다. 모든 것이 빛나기에는 낮보다 밤의 어둠이 적합하다. 택시에서 내려 나는 곧바로 지하로 내려온다.

시계도 창문도 없는 쇼핑의 원더랜드. 지상에서 내려오는 계단이 끝나는 곳에 있는 커피숍 모퉁이를 돌아서면 내 가슴은 이상한 슬픔으로 조여든다. 내 지상의 삶에 새겨진 남루함을 일시에 소멸시켜 주는 눈부시게 아름다운 것들이 거기 살고 있다. 추억이나 행복, 사랑의 슬픔 따위 구시대의 인간들이 추상명사라고 생각하는 것들이 형상을 부여받고 색채가 덧입혀져 진열되어 있는 그 아케이드를 따라 걸어가노라면 저마다의 목소리로 외치는 그것들의 노래가 사이렌의 매혹처럼 나를 이끌어간다. 그것 외에는 아무것도 보이지 않고 들리지 않으며 모든 것이 무의미해져 버리는 마법의 노래. 그것들은 내가 밤마다 형광빛 내뿜는 모니터 위로 쏟아내야만 하는 지독하게 센티멘털한 문장들보다 아름다웠으며 들을 때마다 매번 처음인 듯 열등감을 느끼게 하는 윤미예의 목소리보다 확실히 눈부셨다.

윤미예는 내가 방송 원고를 맡고 있는 음악 프로의 진행자이다. 음악을 들려주는 사이사이 감상적인 멘트를 코끝에 솜사탕 냄새가 아른거리게 하는 목소리로 들려주지만 선곡도 방송용 멘트도 모두 다른 사람이 준비해 준다. 가끔 초대손님을 불러놓고 얘기를 나누다가 시원하게 터뜨리는 웃음소리만이 그 여자 자신의 것이었다. 그녀는 가을에 시작해 겨울과 함께 끝난 트렌디 드라마를 통해 삽시간에 인기를 얻게 된 탤런트였다. 진행자가 바뀐다는 연락을 받고 또 한참 버벅거리는 꼴 봐야겠군, 했는데 웬걸 윤미예는 생각보다 영리했다. 남자 PD는 저렇게 섹시한 목소리는 신혼 때 듣던 와이프의 교성 이후 처음이라며 만족해했다. 이렇게 말할 수 있을까. 기계 속에서 흘러나오는 그녀의 목소리는 마치 내 귓바퀴 옆, 미미한 날숨과 체온까지 느껴지는 그 지점에서 속삭이는 것 같다. 간지러운 느낌에 귓바퀴가 파르르 떨릴 것 같은 그런 느낌. 저게 타고난 거구나, 하는 감탄은 나도 했었다. PD와는 조금 다른 관점이었는데, 남이 써준 걸 어쩜 저렇게 제 생각처럼 천연덕스럽게 말할 수 있을까, 하는 것이었다. 때론 라디오에서 흘러나오는 그녀의 목소리를 들으며 그 문장들이 내가 쓴 글들이라는 사실마저 잊고 가슴 한 켠이 싸해 올 때도 있었다.

그녀의 목소리가 아니라면 내 글 따위는 아무런 의미도 획득하지 못한 채 노래들 사이로 흘러가 버릴 수도 있겠지. 쓰레기 같은 시도 그녀의 목소리에 실리면 가슴에 와서 턱 얹힌다. 나는 그녀의 목소리를 질투하면서도 사랑한다. 방송국에서 가끔 보면 그녀는 누구에게나 잘 웃고 농담도 잘하면서 내게는 어쩐지 보이지 않는 차가움을 품고 대한다는 느낌이 들 때가 있다. 그럴 때면 윤미예가 내게 원하는 건 그림자 같은 것이 아닐까 싶기도 하다. 심장을 파르르 떨리게 만드는 그 달디단 문장들이 내 것이 아니라 그녀 자신의 머릿속에서 흘러나온 것처럼 보이고 싶고 그래서 나의 존재는 이면에 남아 있기를 바라는.

윤미예를 생각하자 나는 조금 초조해진다. 지난 금요일 미팅 때 그녀가 청바지 위에 입고 왔던 그 핑크빛 톱은 내 머릿속 어딘가에 뜨거운 콜타르처럼 들러붙어 끈적거리고 있었다. 조금 늦게 뛰어 들어온 그녀가 걸친 도톰한 코트가 좀 더워 보인다 싶었는데 그걸 벗자 내 눈앞에서 봄의 이미지가 폭죽처럼 터져 나왔다. 달력엔 봄이었고 실내였지만 끈조차 가늘디가는 톱을 입기엔 무리였다. 그녀의 팔을 보고 있는 사이 소름이 오소소 돋아났었지. 맨살에 돋아난 그 소름이 왜 그렇게 내겐 눈부셨을까. 이 며칠 동안 그토록 나를 괴롭혀온 정체 없는 초조함의 범인을 나는 아케이드에 서서 깨닫는다. 나는 그 핑크빛 톱에 사로잡혀 있었다. 스프링서머 시즌 제품은 겨울 끝머리부터 디스플레이 되고 있었다. 품절되기라도 한다면 나는 만져보지도 못할지 모른다. 입술을 깨물며 나는 내게 일러둔다.

우선 구경만 하는 거야. 메이커나 알아두고.

하얀 바탕에 C가 겹쳐진 검은 로고가 커다랗게 찍힌 쇼핑백을 양손에 든 여자 둘이 내 곁을 지나갔다.

—짜증나. 길거리에 나서면 개나 소나 프라다야. 세일 전표 나눠주는 계집애도 샤넬 5번을 뿌리고 나서거든. 우리나라는 안 돼.

여자는 상처받은 상류의 자존심을 말하고 있다. 그들에게 자존심이란 세일 따위는 하지 않는 매혹적인 지중해 이미지의 원피스를 입는 일이다. 너무 기이해서 미적 감각을 손상시키거나 혹은 지나치게 아방가르드해서 천박해 보이는 건 개의치 않는다. 여자들이 날 보고 말한 건 아니었지만 난 개나 소처럼 보일까 봐 핸드백을 오른쪽으로 바꿔 쥐며

옆가게로 얼른 들어섰다.

주로 니트 제품을 취급하는 가게였는데 로마가 풍기는 고고학적인 깊이와, 변화를 경멸하는 심플함을 구현하고 있는 캐시미어 니트들이 단숨에 나를 주눅 들게 한다. 나는 진열장을 따라 천천히 걸으며 옷들을 구경한다. 얼마나 많은 대가를 내 생에 지불해야 이처럼 모든 남루한 디테일을 제거해 버린 고급하고 단순한 기쁨을 누릴 수 있을까. 에게해의 물빛을 연상시키는 푸른 스트라이프 셔츠의 가슴께를 손등으로 가만히 쓸어보았다. 까슬하면서도 결코 숨길 수 없는 섬세함. 그걸 손으로 만지고 있자니 그의 아랫배에 얼굴을 대고 누워 있을 때보다 더 따스하고 어지러운 느낌에 순간 아득해져 버린다. 물질이 줄 수 있는 즐거움은 이토록 즉각적이면서도 강렬하다.

젊은 여자 둘이 청결한 유리 위에 펼쳐진 티셔츠를 눈으로 저울질하고 있었다.

—캐시미어 백프로에 75만이면 리즈너블한 가격이네.

—그렇습니다. 손님. 서머 제품이니까 가능한 가격이죠.

숍마스터는 퀴즈를 맞춘 출연자에게 하듯 호들갑스럽게 눈썰미를 칭찬했다.

나는 셔츠 한 장에 75만 원을 리즈너블하다고 말하는 여자의 얼굴을 슬쩍 훔쳐보았다. 여자의 입술은 생의 고통을 아직 모르는 어린 새의 부리처럼 명랑하다. 그 명랑한 부리는 윤미예의 입술을 닮았다. 결핍이나 내 살에 새겨지는 삶의 아픔을 아직 모르는 어린 새만이 가질 수 있는 입술. 리즈너블한 가격인지 아닌지 저울질하는 입술을, 목구멍을 넘어가지 못하는 그들의 눈부신 고뇌.

너는 불쌍한 한 편의 시詩

핸드폰이 울렸다. 나는 핸드백 속에 손을 넣어 더듬으며 복도로 나왔다. D. 나는 전화를 받지 않는다. 이 눈부신 아케이드의 복도에서 말을 더듬지 않는데도 어쩐지 말을 더듬는 듯한, 그래서 듣는 사람의 호흡까지 헷갈리게 만드는 그의 전화를 받고 싶지는 않다.

사랑의 상처를 치유하는 가장 좋은 방법은 새로운 사랑을 시작하는 것이라고 그랬었지. 맞는 말일 것이다. 내게 사랑의 상처라고 부를 만한 것이 있다면. 내게 남겨진 건 사랑의 상처가 아니다. 내게 새겨진 건 사람이 준 상처이며 기록된 건 사랑이 아니라 환멸의 언어들이다. 나는 누군가가 내 영혼의 자기장 깊숙이 들어오기를 원하지 않는다. 사랑 속에는 사람들이 흔히 기대하는 따스함, 열정, 몰입, 기쁨, 까닭 없이 터뜨리는 웃음소리 같은 것만 있는 건 아니다. 그 눈부심 속으로 들어가보면 마치 빙산의 아랫부분처럼 거짓과 권태와 배신과 차가움과 환멸 같은 것들이 수면 아래 엄연히 매달려 있는 것이다. 환멸조차 사랑의 일부분이란 걸 사람들은 모르고 있거나 잊어버리거나 한다. 나로서는 그 상처들을 오래 기억하고 싶다. 그래서 다시 누군가와 진짜 사랑을 하고 그 이면의 온갖 것들과 새로이 대면하고서야 비명을 지르는 그런 기억상실증 환자 같은 짓은 하지 않기를 바라고 있다. 왜 사람들은 그저 아는 사람, 세 번째 우려낸 차처럼 담백한 관계 같은 그 지점에서 멈추지 못하는 것일까.

1년에 두 번쯤 나오는 무크지 형식의 시집 〈시의 주변〉 동인인 D를 알고 지낸 지는 2년이 지났다. 기획이나 편집을 맡은 사람이 따로 있는 것도 아니었고 말하자면 제도권 내에서 발표할 지면을 얻기 어려운 사람들끼리, 시와 돈이 모였을 때 근근이 한 권씩 묶어내는 그런 책이었

다. 몇 번 참여하다가도 제대로 된 문예지의 추천을 받거나 신춘문예를
통해 등단하기라도 한 사람들은 또 슬그머니 빠지기도 하는 것이어서
어쩐지 그 책은 드러나지 않은 지병을 앓는 사람처럼 생기를 잃고 있었
다. 회원들은 대개 다른 생업을 가지고 있긴 했지만 대부분 나처럼 직
장 의료보험이나 여름휴가, 나인 투 파이브의 일상과는 거리가 먼, 그
런 벌이들을 하는 정도였다. D는 나보다 나이도 몇 살 아래였고 모임
에 들어온 시기도 달라 그저 눈인사를 하거나 했을 뿐 서로의 시에 대
해 의견을 주고받은 적도 없었다.

지난해 10월이었다. 해가 가기 전에 쫓기듯 한 권의 책을 묶어내고
나누어줄 데도 없는 얄팍한 책을 받아 쥔 채 가졌던 뒤풀이 자리에서 D
는 내 옆자리에 앉았었다. 별다른 얘기를 나눈 것도 아니었다. 무슨 얘
기 끝엔가 내가 그랬었다.

시詩가 불쌍해.

다른 의도는 없었다. 환락의 거리에 내걸린, 현란한 불빛 속에 감추
어진, 아무 색깔도 들어 있지 않은 멍텅구리 네온 같은 시들. 그 책을
가만히 내려다보고 있는 어느 순간에 내가 쓴, 우리가 쓴 그 시들이 불
쌍하다는 생각이 들었을 뿐이다. 그가 내 쪽을 쳐다보았고 그래서 나도
얼결에 그의 눈을 바라보게 되었는데 울컥한 습기 같은 것이 그의 눈에
번져 보였다. 좀 어색했던 우리는 얼른 탁자에 놓인 술잔을 집어 들었
었다. 명색이 방송국에서 일한다고 그날 저녁 술값을 내가 계산할 정도
였으니 나 역시 기회만 되면 이 쉰내 나는 집단에서 이젠 물러나고 싶
다고 생각하던 참이었다. 책의 제목도 갑자기 짜증스러워졌다. 시의 주
변, 이라니 왜 시의 한가운데, 라고 이름 짓지 못한단 말이야.

그때는 아직 내게도 지불 정지되지 않은 카드가 있었고 내가 카운터
에서 지갑을 꺼내 계산을 할 때 그는 내 옆에 서 있었다. 지갑의 카드

칸에는 백화점 카드 하나만 달랑 꽂혀 있어 나는 다시 핸드백 속에 손을 넣어 뒤적거려야 했다. 10시경이면 햇살이 눈으로 와서 꽂히는 내 방의 창에 커튼이라도 달려고 줄자로 잰 치수를 적어놓은 노란 포스트 잇과 누군가의 구겨진 명함 사이를 뒤져 카드를 하나 집어냈다. 내 반 지갑의 카드 칸은 세 개밖에 없다. 주민등록증과 운전면허증을 넣고 나면 단 하나의 칸만이 남는 셈이다. 카드로 존재가 증명되는 이 시대에 태고적 디자인을 고집하는 이 브랜드의 오만을 아직 나는 용서하고 싶었다. 옆에서 보고 있던 그가 말했다.

무슨 그런 지갑이 있어요.

무슨 그런 지갑이라니. 인정받고 싶은 욕구와 용서와 이해를 구하는 심정으로 나는 대답했다.

까르띠에거든요.

그게 뭔데요?

그를 다시 만난 데는, 그게 뭔데요? 하는 그의 발성과 깜박이던 눈이 주던 어이없음, 탈북청년처럼 자본주의의 기호에 무지한 데 대한 놀라움, 그가 쓴 시와 인간이 별로 다르지 않다는 안쓰러움 같은, 단답형으로 대답하기 어려운 무엇인가가 있었다. 그리고 그건 내가 시가 불쌍해, 하고 말했을 때, 시에 대한 애정보다는 연민의 감정 쪽이 더했던 것과도 비슷한 것이었다. 나보다 네 살 정도 아래 겨우 삼십 초반일 뿐인데 어쩐지 애늙은이처럼 보이는 그에 대한 인상 말이다.

지난 겨울 동안 가끔 그를 만나 밥을 먹거나 술을 하면서 내가 그에게 원했던 것도 아주 단순했다. 그가 쓰는 시와 인간이 좀 달라졌으면 하는 것. 세상은 안팎이 같아서는 살아가기 힘든 곳이니까 두 개의 얼굴을, 가능하다면 세 개의 얼굴을, 할 수만 있다면 백화점 지하식품 매장에서 파는 제주도산 돼지처럼 오겹살의 얼굴을 가지기를. 그러니까 나는 그를 단지 한 편의 시로 읽었을 뿐이다. 가여운 한 편의 시.

　왜 사람들은 그저 아는 사람, 좋은 사람이야, 하는 그런 지점에서 멈추지 못하는 걸까. 이혼녀와 연하남의 연애란 아침 드라마 속에서 보는 걸로도 충분하다는 걸 왜 미리 깨닫지 못하는 걸까. 맨발로 폭우가 쏟아지는 벌판을 달려나가는 짓 따위는 영화 속에서 볼 때에나 근사할 뿐, 따라 했다간 찢긴 발바닥과 독한 신열과 상한 기관지를 쓰다듬으며 후회하게 된다는 걸 왜 모르는 걸까. 교집합이 없이 산다면 그토록 평화로울 일상을 구태여 서로의 사정거리 안으로 들어가서 피를 흘리고 몸 어딘가에 유탄을 박은 채 살아가려 하는 걸까. 지루해지면 게임오버 버튼을 누르면 되는 컴퓨터게임처럼 살 수 있다면 좋을 텐데. 전쟁놀이를 하면서 진검을 휘둘러 피를 보는 건 그야말로 바보일 뿐인데.

　D가 결혼을 입에 담지 않았다면 나도 이렇게 빨리 그를 정리해 버리진 않았을 것이다. 그만 만나자고 말하려 했을 때에야 나는 깨달았다. 그 역시 내게 한 편의 가여운 시 이상이었다는 걸.

아케이드가 기역자로 꺾어지는 곳에 밤의 지중해가 있다

　아케이드가 기역자로 꺾어지는 곳에 있는 쇼윈도 앞에서 나는 발을 멈춘다. 익숙한 장소이다. 가로 삼십, 세로 사십 정도나 될까. 다른 어떤 것도 비추고 싶지 않다는 듯 인색한 한줄기 램프빛 아래 시계가 놓여 있다. 바닥에 빈틈없이 깔린 벨벳은 밤의 지중해 물빛을 닮은 어두운 청색이다. 타원형의 자판 바깥을 따라 두 줄로 한 치의 빈틈도 없이 빼곡하게 박힌 다이아몬드들이 내뿜는 창백한 귀족성에 나는 볼 때마다 새로이 매혹된다. 볼이 붉은 귀족은 없어. 영화 〈물랑루즈〉에서 다이

아몬드가 좋다고 당당히 외치던 니콜 키드먼을 보면서 저런 창백한 뺨과 턱선을 가졌다면 다이아몬드 외에 다른 무엇이 그녀에게 어울릴 것인가, 합당한 오만이라고 생각했었다. 보고 있는 사이 가슴이 두근거려 온다. 내 왼쪽 손목에 채워져 있는 것과 똑같은, 그러나 완전히 다른 저 존재. 내 손목에 있는 건 이미테이션이지만 만만찮은 가격을 지불했다. 방송국이 있는 여의도 바닥에서 제대로 된 명품의 카피를 구하는 건 어려운 일이 아니다. 거기서 산 걸 백화점에 들고 가서 AS를 맡기는 간 큰 애들도 있다. 저 인색한 램프 아래 둔다면 이 시계를 만든 장인조차 어느 것이 제가 만든 것인지 구별하지 못할 것이다. 그러나 다만 내가 알고 있을 뿐이라는 그 사실이 나를 끊임없이 불편하게 만든다. 그걸 들여다보고 있는 사이 이마에 땀이 밴다. 겨드랑이도 촉촉해진다.

저걸 가질 수 있다면, 황실의 여인들이 선택할 만한 저걸 가질 수 있다면, 나도 항성처럼 스스로의 존재를 증명할 수 있을 것만 같다. 주위의 모든 소음이, 음악 소리가, 찻집에서 퍼져 나온 커피 향이 아득히 멀어진다. 유리를 깨고 암청색 심해 속으로 몸을 던져 저걸 건져오고 싶다. 내가 가진 어떤 것을 대가로 지불하게 되더라도.

유로 호텔. 1203호. 그 목소리를 잊고 있었던 건 아니다. 일생 동안 열등감 따위는 느껴보지 않은 듯한 그런 목소리를 가진 남자라면 스스로 빛나는 항성 같은 이것을 내게 줄 수 있을까. 눈을 감고 심해 속에서 빛나는 이 자판을 떠올릴 수 있다면 낯선 손길이 내 몸을 스치며 퍼붓는 애무의 쓰라린 느낌 같은 건 참을 수 있을 것이다. 축축한 혀가 늙은 애완견처럼 내 몸을 핥아대는 불쾌함 역시.

적어도 이번 시즌에 도착한 롤로피아나 수트를 걸치고 손목에는, 튀는 스타일은 아니지만 아는 사람은 한눈에 알아보는 바쉐린 콘스탄틴을 걸친 채 매캘란1946을 단골 바에 맡겨놓고 마시는 사람이라면, 내 전화번호를 일러주었을 승희 언니의 얘기들이 대부분 사실이라면, 의무감뿐인 섹스의 끝에 그 남자는 나를 위해 '입으로 느끼는 오르가슴'이라는 로마네콩티 한 잔 정도는 맛보게 해줄지도 모르겠다.

시폰 원피스는 스스로 완벽하다

내가 끝내 어떠한 전망도 둘 사이엔 남아 있지 않다고 말했을 때 D는 내 집 앞의 어두운 골목에서 제 주먹을 꼭 쥔 채 눈물을 흘렸다. 사람 사이의 어떤 정서가 물질보다 더 가치 있으며 오래 지속될 수 있다고 믿기에는 내 지난 상처의 항체는 여전히 유효하다. D의 가슴에 얼굴을 묻었을 때 그의 머플러에서 나던 냄새, 도정하지 않은 밀을 오래 저장해 둔 곡물창고에서 나는 듯한, 그 냄새를 그리워한다거나 그와 나누었던 육체의 쾌락을 간절히 원하는 순간도 있겠지만 그 정도의 위로는 다른 것으로 쉽게 대체 가능하리라고 생각한다.

이를테면,

모퉁이를 돌아서 들어간 부티크 안에 디스플레이되어 있는 사랑스러운 것들. 고급한 삶을 물질로 구현해 놓은 듯한 여름용 의상의 섬세한 패브릭을 쓰다듬다 보면 이 겨울의 끝에서조차 8월의 태양에너지와 휴양지의 나른함을 연상할 수 있는 것이다. 나는 다만 그 정도의 미래만 전망하고 싶다.

나는 이제 D를 잊는다. 타임머신처럼 공간과 시대마저 거슬러 올라가게 만드는 이 가게의 옷들이 주는 즉물적인 행복감만을 만끽하고 싶으니까. 블랙 레이스와 시폰이 펼치는 빅토리아풍의 원피스는 가까이 가보면 어떤 수컷도 쓰러뜨릴 수 있는 지독한 페로몬을 내뿜고 있다.

가게 안에선 내 또래 여자 둘이 유리 진열장 위로 벌써 여러 개의 원피스를 눕혀놓고 옷을 고르고 있다. 한 여자의 머리가 헝클어져 있는 걸로 봐서 옷을 고르는 건 그 여자인가 싶었다. 여자는 짜증을 내고 있었는데 원래 말투가 그런 것 같았다.

8사이즈가 왜 이리 작게 나왔어?

여름옷이라 그래도 가격은 괜찮네.

애, 그건 다리가 너무 짧아 보여.

나는 그 여자들 옆으로 다가가 그 시폰 원피스는 스스로 완벽하며 다만 당신의 다리가 너무 짧을 뿐이라는 얘기를 해주고 싶다. 숍마스터는 입술 끝에 경련이라도 일으킬 듯 웃음을 얼굴에 걸고 있었다. 참아야 하느니라. 무례함도, 반말지거리도, 옷에 대한 핀잔도 참아야 하느니라, 가면의 웃음 뒤로 이를 갈며. 저 아이들은 돈의 내공을 느낀다. 들어서는 날 한 번 바라보더니 고객이 아니라고 판단했는지 내가 마음껏 구경하도록 내버려두었다. 러플과 프릴, 몇 개의 패턴이 겹쳐지며 새로운 패턴을 만들어내는 레이스들, 천상의 꽃을 뿌려놓은 플라워 프린트들. 겨울과 봄 사이를 오작교처럼 연결시켜 줄 실크 스카프에는 바깥엔 아직 피지도 않은 벚꽃이 겹겹이 내려앉아 있다.

아, 행거의 끝에서 나는 결국 그 옷을 만나고야 만다.

핑크빛 톱. 가슴 부분엔 양의 배를 칼로 잘라 내장을 우두둑 뜯어내어다 붙여놓은 것처럼 레이스가 과도하게 달려 있다. 옷을 뒤집어보지 않아도 뒷모습은 외우고 있다. 허리 뒤로 살짝 묶으면 걸을 때마다 엉덩이쯤에서 여우꼬리처럼 끊임없이 나폴거릴 두 개의 끈. 윤미예의 팔에 사랑스러운 소름을 돋게 했던 옷.

나는 목부분을 조심스레 열어 가격표를 확인한다. 백만 원을 낸다면 채 3만 원을 거슬러 받지 못할 가격이었다. 그건 광적으로 열광하는 추종자가 줄을 서 있고, 실물을 보지도 못한 채 카탈로그만 보고 주문을 해야 하는 이 오만한 지중해 출신 듀엣 디자이너의 작품으로선 그야말로 리즈너블한 가격이다. 핑크색은 행거에 걸린 채로 비명을 지르는 것처럼 보인다.

윤미예는 나보다 꼭 열 살이 어리다. 젖살이 남은 그녀의 볼은 흠 없이 팽팽하고 누더기를 걸쳐도 레이어드룩으로 보일 만큼 가늘고 근사한 몸매를 가졌다. 이 앞에 와서야 내가 얼마나 이걸 찾아 헤맸는지를 깨달았지만 이 옷의 독특하고 익살스런 핑크빛은 내가 가진 어떤 다른 옷과도 조화를 이루지 못할 것이며 왼쪽 눈가에 기미가 내려앉기 시작하는 내 피부와는 더더욱 극단적인 불화를 일으킬 것이다.

머리 헝클어진 여자가 마침내 옷을 골랐는지 핸드백을 열었다. 지갑을 열어 카드를 꺼내더니 아가씨에게 건네주며 가까운 현금인출기에서 옷값만큼 돈을 찾아와 달라고 시켰다.

카드는 없으십니까?

뭘 귀찮게 카드 긁겠어. 구경만 하러 나온다구 돈을 안 가지고 나왔네.

여자는 비밀번호를 두 번 일러준다. 아가씨가 나간 사이 여자는 제가 고른 옷을 다시 가슴에 대본다. 나는 그 여자에게 다가가 그 옷은 극단적으로 독특하다는 점 외에는 아무런 미덕도 없는 옷이라고 얘기해 주고 싶다. 그 돈을 지불하고 살 수 있는 다른 아름다운 것들이 이토록 많다고, 그 애기를 해주고 싶다. 그러나 나는 그대로 서 있는다. 핑크색 톱 옆에 행거처럼 고요히.

여자가 데리고 온 강아지가 발치에서 낑낑거리며 맴을 돌았다. 허리가 유난히 긴 닥스훈트종이었다. 저걸 키우는 친구가 있는데 그 애는 개 때문에 침대를 버리고 바닥에 매트리스를 깔고 잤다. 허리가 유난히 긴 그 종류는 침대에서 뛰어내리다 척추가 종종 부러진다는 것이다. 그

놈이 낑낑거리기 전엔 거기 있는 줄을 몰랐다.

애, 가만 좀 있어.

여자는 사람에게 하듯 타이르고는 이번엔 진열장 안에서 벚꽃이 그려진 스카프를 꺼내 목에 둘러본다. 꺼내놓은 옷과 소품들이 유리 진열장 위에 조그만 산을 이루고 있다. 보고 있는 사이 그 놈이 똥을 누었다. 똥 마려운 강아지라더니 그래서 제자리에서 그렇게 맴을 돌았구나. 제 털만큼이나 까맣고 윤기가 자르르 흐르는 똥이다.

어머, 애 좀 봐. 심심하게 했다고 어깃장 놓네?

여자는 조금도 망설이지 않고 신고 있던 샌들의 끝으로 똥을 차버린다. 그 샌들은 신발의 첫 번째 용도, 걷거나 발을 보호하는 그런 용도와는 거리가 멀어 보였다. 가늘고 뾰죽한 굽이 달린, 누군가 앞에서 긴 칼을 들고 달려오더라도 결코 달릴 수 없는, 비포장도로나 질퍽거리는 흙탕물로는 걸어갈 일이 없는 자들만이 신을 수 있는 그런 샌들. 어쨌거나 닥스훈트의 똥은 얌전하게 굴러가서 진열장 아래로 쏙 들어가버렸다. 까르르, 여자 둘이 마주 보곤 소녀처럼 웃는다. 그 여자들이 강아지의 똥에 집중하고 있는 사이 나는 옷걸이에서 재빨리 핑크빛 톱을 벗겨낸다. 짐작했던 대로 옷은 한 줌도 채 되지 않았다. 핸드백 속에 그 옷을 집어넣는 것을 강아지만이 노르께한 눈으로 쳐다보았다. 카펫이 깔린 바닥은 내 발소리를 삼켰고 여자들은 내가 밖으로 나올 때까지 한번도 날 쳐다보지 않았다.

카드를 쓸 수 있었다면, 아무리 옷이 한 줌밖에 되지 않았다 하더라도, 닥스훈트가 제 털 빛깔의 똥을 누었다 하더라도, 여자가 발끝으로 똥을 차버렸다 하더라도, 아가씨가 가게 밖으로 나갔다 하더라도, 카드를 쓸 수 있었다면 나는 옷을 위하여 기꺼이 지불했을 것이다. 늘 그래왔던 것처럼. 라디오 프로그램의 원고료로 받는 돈으로는 한 계절이면 유효기간이 끝나는 티셔츠 쪼가리밖에는 구입할 수가 없었으니까.

어제 오후엔 이달 말까지 대금을 납입하지 않으면 신용불량자의 줄에 서게 된다는 신용정보회사의 전화를 받았다. 승희 언니가 연결해 준 사람한테서 빌린 3백만 원은 세 달 만에 갑절로 늘어났고 더 머리 아픈 건 한 달 안에 이자만이라도 갚지 않으면 방송국으로 전화를 하겠다고 볶아대기 시작한 것이다. 문제는 나였다. 이 눈부신 것들 앞에 서면 그 모든 일들이 아득히, 빠른 속도로 잊혀져버린다는 것이다.

내 알량한 신용과 교환한 것들은 내 방의 크지 않은 옷장 속에 얌전히 모여 있다. 존재하지 않던 사랑조차 한순간에 빚어줄 수 있을 것 같은 오간자 슬립, 자동차 범퍼 모양을 딴 앙증맞은 핸드백, 갈색 바탕에 누가 보아도 한눈에 알 수 있는 로고가 뭇별처럼 흩뿌려진 이태리제의 여행용 가방, 가볍게 30만 원에 육박하는 머리핀, 내 발을 두 손으로 꼭 감싸 쥐고 입맞추던 지난 시절의 남자의 체온을 떠올리게 해주는 양피구두, 손목에 열쇠장식이 달린 밝은 갈색의 가죽장갑, 그 외에 무수한 갈망과 후회와 매혹과 뼈저린 반성 사이를 오가며 끝내 내 것이 되고 말았던 것들.

내 존재가 수수깡처럼 느껴지는 그 지점, 윤미예의 목소리를 통해서만 이윽고 눈물겨워지고, 슬퍼지고, 타인의 마음을 흔들 수 있는 내 영혼의 조각들이 라디오에서 흘러나올 때, 나는 그것들을 어루만지며 바라보며 걸쳐보며 위로받는다. 생이 이토록 누추한데 거기다 근검절약까지 할 수는 없지 않은가. 나는 내 옷장 속에 있는 검은색의 칵테일 드레스를 한 번도 바깥에 입고 나간 적은 없다. 텔레비전 화면 속에서 윤미예가 입었던 그 드레스를 찾기 위해 나는 몇 군데의 아케이드를 돌아다녔는지 모른다. 결코 그 옷을 만나지 못할지도 모른다는 초조감에 사로잡혀 있다가 그걸 이 아케이드에서 발견했던 순간 모든 현실적 브레이크는 내게서 아득히 멀어져갔다. 나로선 그 옷을 입고 갈 데가 한 군데도 없다는 사실도, 내 한 달 수입을 넘는 그 가격도.

내 능력 이상을 요구하는 그것들을 사 모으면서 내가 많은 걸 바라는 건 아니다. 처음 그 칵테일 드레스를 가졌을 때의 느낌, 일상의 남루함이 일순에 사라지는 마술의 순간, 모든 다른 것들이 헛되고 헛되이 여겨지는 지나친 눈부심. 다만 그 느낌들을 찾아 헤매왔던 것 같다. 그것들을 가지게 되면 내가 그토록 경멸해 마지않던 엄마의 삶을 되풀이하게 될 것 같은 끔찍한 예감으로부터 벗어날 수 있을 것 같았고 회청색 수의 같은 옷만을 입은 채 일생을 보낸 엄마로부터 물려받은 유전자 지도 따위는 지워져버릴 것 같았다. 시의 주변이 아니라, 세상의 주변이 아니라, 더듬는 언어가 아니라, 어쩐지 폐활량이 부족한 듯한 연약함이 아니라, 미약한 전화기 속의 목소리로도 세상의 중심에 서 있음을 느끼게 할 수 있는 그런 강인함을 획득하고 싶었을 뿐이다.

포트넘앤메이슨의 애프터눈티

아케이드가 끝나는 곳엔 영국식 찻집이 있다. 천천히 걸어다녔을 뿐인데 목이 마르며 조금 피로했다. 조지 왕조풍으로 실내장식이 된 찻집은 어두워서 편안하다. 갈색 벨벳으로 바닥과 등을 감싼 의자에 앉는 것만으로도 길거리의 테이크아웃 커피는 결코 주지 못할 만족감과 위로가 내 마음속으로 오후의 조수처럼 밀려왔다. 포트넘앤메이슨의 애프터눈티를 주문한다. 뜨거운 티에 일회용 꿀을 마지막 한 방울까지 부어서 목젖이 데도록 뜨겁고 달게 마시고 싶다. 포트넘앤메이슨이 보리차보다 늘 더 맛있다고 우기고 싶진 않다. 다만 이토록 눈부신 타인들

의 삶 속에서 나도 명성을 획득한 그 무엇인가를 희롱하고 싶어진 것뿐
이다.

첫 모금을 마시고 있을 때 핸드폰이 울렸다. D였다. 망설이다 전화를
받는다.

—나야.

그는 수화기 속에서 아무 말이 없다.

오후내 집요하게 전화를 해놓고는 정작 통화가 되고서는 한마디도
못하는 이 가여운 한 편의 시. 이 남자 얘기를 했을 때 펄쩍 뛰던 승희
언니의 말은 맞을지도 모르겠다. 잘 생각해. 결혼이란, 환불이 매우 까
다로운 쇼핑일 뿐이야. 좀더 눈부신, 다른 사람 눈에도 괜찮아 보이는,
그런 쇼핑을 하라구.

침묵 사이로 덤프트럭 따위의 커다란 차가 지나가는 소리가 둘 사이
를 가로질렀다. 습기에 갇힌 듯 그 소리는 과장되게 웅웅거렸다.

—바깥에, 비 와?

—비 와.

아주 먼 거리에 떨어져 있듯 우리는 비의 안부를 나누었다.

—비가, 오는구나. 난 더 이상 할 말이 없어.

그랬다. 오해가 있었을 뿐이다. 나는 다만 시에 대한 연민을 말했을
뿐인데 그는 연민과 함께 다른 어떤 것도 있으리라고 생각했다. 그 오
해에 대해서도 굳이 말해 줄 필요는 없을 것이다. 살아가면서 피와 땀
과 찢어지는 가슴 한 조각의 레슨비를 제 스스로 지불해 가며 깨달아야
만 하는 것들이 있으니까. 어쨌든 누군가를 떠나보내야 하는 사람은 그
이유를 모르는 게 낫다. 알게 되면 고칠 수도 없는 제 지병의 흔적을 더
듬으며 끝없이 자책하는 일만 남게 되므로.

만나서 얘기하자는 그에게 모임에 나와 있어 길게 얘기하기 어렵다

며 전화를 끊는다. 뜨거운 애프터눈티를 마시고 싶었는데 그 사이 찻잔
은 식어버리고 단맛만이 강하게 남아 있는 티를 마저 마시고 일어난다.

은하처럼 빛나는 시계가 9시를 지날 때

찻집 옆의 엘리베이터를 타고 지나치게 번쩍이는 자판에서 12를 찾
아 누른다. 빠르게 상승하는 엘리베이터 속에서 핸드백의 지퍼를 열고
핑크빛 톱을 만져보고 싶지만 참는다. 나는 정말 이 옷이 훔치고야 말
정도로 갖고 싶었던 것일까. 나는 혹시 뭘 가져야 행복할 것인지를 모
를 뿐인 건 아닐까. 바닷물을 마시는 것처럼, 내가 겨우 숨 가쁘게 소유
할 수 있는 것들을 손에 쥐는 순간 점점 더 다른 빛나는 것들에 간절해
지는.

폐쇄회로 카메라의 렌즈를 피해 돌아서서 엘리베이터의 금속면에 얼
굴을 비추어본다. 땀을 흘렸는지 마스카라가 눈 아래쪽으로 번져 있다.
약지로 조심스럽게 검은 흔적을 문질렀다. 립글로스를 꺼내 흘러내리
도록 두텁게 입술에 발랐다. 입술은 함부로 드러낸 성기처럼 부풀고 젖
어 보인다.

12층의 복도에 두텁게 깔린 암청색 카펫이 내 발소리를 삼킨다. 불쾌
한 고요함이다. 7, 6, 5, 4, 3. 1203호 앞에서 나는 엘리베이터 쪽을 먼
저 뒤돌아보고는 시계를 보았다. 큐빅이 은하처럼 희게 빛나는 자판에
서 시계바늘은 막 9시를 지나고 있다.

나는 망설이지 않고 초인종을 누른다. 가슴이 두근거렸지만 두려운
건 아니다. 일생을 열등감 따위는 느껴본 적이 없는 듯한 목소리를 가
진 남자라면, 날마다 숨쉬는 순간마다 내가 이 도시에서 느끼는 열등한

존재라는 느낌을 흔적 없이 지워줄 무엇인가를 갖고 있을 것이다. 더이상 만나지 않겠다는 내 말에 제 주먹만을 꼭 쥔 채 어두운 골목에 서서 울고 있던 남자, 더듬지 않으면서도 더듬는다는 인상밖에는 주지 못하는 남자는 결코 줄 수 없는 어떤 것.

밤의 암청색 심해에서인 듯 아득한 곳에서 초인종 소리가 울린다.

심사위원 7인의 심사평

권영민 · 바다를 건너는 나비, 그 환상幻想의 도정道程

삶의 진정성을 돌이켜보게 하는 깊은 감동

김성곤 · 문학의 정수精髓 보여준 진지하고 노련한 작품

시대의 변화와 혼란, 세대의 방황과 좌절을 그려낸 놀라운 통찰력

김인환 · 사랑과 죽음의 드라마 통해 행복의 범주 재확인

부정의 밀도가 가장 높고 쾌락 원칙의 진동이 가장 큰 작품

서영은 · '어떻게'보다는 '무엇'을 화두로 삼은 수작

작가가 몸 던져 삶을 부둥켜안는 일관된 주제가 돋보인 작품

이어령 · 창작의 성숙하고 깊이 있는 변화 체감

돋보인 작품의 상호적 의미망과 관계 통한 창조력과 상상력

최 윤 · 괄목할 만한 인간애와 인물의 내면 투시 위한 의지

삶의 불안정한 존재감 등을 특유의 꼼꼼함과 성실한 관찰로 그린 작품

최일남 · 진지하고 신중한 솜씨로 가벼운 글쓰기와의 차별화

많이 즐겁고 조금 슬픈 얘기들을 진지하고 신중하게 그려

본심 심사평 | 권 영 민(權寧珉, 문학평론가 · 서울대 교수)

바다를 건너는 나비, 그 환상幻想의 도정道程
—삶의 진정성을 돌이켜보게 하는 깊은 감동

이 작품은 인간의 존재와 삶의 가치라는 보편적인 주제에 새롭게 접근하고 있는 소설적 진지성이 돋보인다. 오늘의 소설이 경박한 소비문화의 풍조에 휩쓸려 가벼운 읽을 거리로 변질되고 있음을 놓고 본다면, 이 작품이 삶의 진정성을 한번쯤 돌이켜보게 만드는 깊은 감동을 지니고 있다는 것은 매우 소중한 덕목이다.

2003년도 이상문학상 수상작으로 〈바다와 나비〉를 추천했다. 이 작품은 인간의 존재와 삶의 가치라는 보편적인 주제에 새롭게 접근하고 있는 소설적 진지성이 돋보인다. 오늘의 소설이 경박한 소비문화의 풍조에 휩쓸려 가벼운 읽을 거리로 변질되고 있음을 놓고 본다면, 이 작품이 삶의 진정성을 한번쯤 돌이켜보게 만드는 깊은 감동을 지니고 있다는 것은 매우 소중한 덕목이다.

이 작품은 두 개의 대조적인 이야기가 한데 어울려 하나의 주제를 엮어내는 특이한 서사적 병치구조를 지니고 있다. 일상의 현실에서 탈출하여 중국 땅을 헤매고 있는 한국인 여성과, 생활을 위해 한국으로 들어가고자 하는 중국의 조선족 여성이 서로 얽혀 하나의 이야기를 만든다. 이들의 이야기의 중심에 '바다를 건너는 나비'가 환상처럼 등장한다. 험난한 바다를 위태롭게 건너 자신의 꽃밭을 찾아야 하는 한 마리의 나비. 이 엄청난 비유적 명제가 〈바다와 나비〉의 소설적 참주제에 해당한다는 것은 참으로 흥미롭다. 삶의 의미는 나비가 날아가는 바다 건너의 땅에서 찾아지는 것이 아니다. 삶이란 바람을 막고 파도와 싸우면서도 찢어진 날개를 접지 않고 바다를 건너는 길 그 자체에서 늘 새로운 의미를 만들어가는 법. 지금 이 환상의 도정 위에 서 있는 작가 김인숙에게 박수를 보낸다.

이상문학상 심사 과정에서 본심에 넘겨진 것은 15편의 단편소설. 이 작품들 가운데 내가 먼저 고른 것은 김인숙의 〈바다와 나비〉, 전경린의 〈부인내실의 철학〉, 김영하의 〈너의 의미〉, 정미경의 〈호텔 유로, 1203〉, 윤성희의 〈그 남자의 책 198쪽〉 등이다. 대부분의 작품들이 현대적인 삶의 한 단면을 특징적으로 그려내고 있지만, 상당 부분 소설적 관심을 공유하고 있다. 〈호텔 유로, 1203〉과 〈그 남자의 책 198쪽〉의 경우, 짜임새 있는 구성력과 그것을 기반으로 하는 소설적 긴장이 주목된다. 소설적 주제의 폭과 깊이라는 면에서는 〈바다와 나비〉의 작가 의식과 그 무게를 충분히 감지할 수 있다. 〈너의 의미〉와 〈부인내실의 철학〉에서는 소비문화의 주류에 자리하고 있는 성 문제에 대한 흥미로운 천착이 눈에 띈다.

심사위원들의 자유로운 토론을 거치면서 후보작이 〈호텔 유로, 1203〉〈그 남자의 책 198쪽〉〈바다와 나비〉〈너의 의미〉 등 4편으로 좁혀졌지만, 〈바다와 나비〉의 문제 의식과 그 소설적 해법에 대부분의 심사위원들이 공감하고 있다. 〈너의 의미〉가 지니고 있는 소설적 감성, 〈그 남자의 책 198쪽〉에서 엿볼 수 있는 기법에 대한 추구, 〈호텔 유로, 1203〉의 서사적 긴장 등을 두루 인정하면서도 소설적 주제가 지나치게 가볍다는 한계를 모든 심사위원들이 지적함으로써, 오랜 토론의 과정에 비해 오히려 쉽게 결론이 나온 셈이다. 이상문학상의 우수 후보작으로 추천된 여러 작가들의 작품들에 대해서도 다시 한 번 격려를 보낸다.

본심 심사평 | 김 성 곤(金聖坤, 문학평론가 · 서울대 교수)

문학의 정수精髓 보여준 진지하고 노련한 작품
—시대의 변화와 혼란, 세대의 방황과 좌절을 그려낸 놀라운 통찰력

모든 것이 찰나적이고 한없이 가벼워지는 이 시대에 김인숙은 문학의 진지함과 무거움의 정수精髓를 보여주는 보기 드물게 진지하고 노련한 작가다. 〈바다와 나비〉에서 그는 다시 한 번 고도의 상징성으로 개인의 슬픔을 '시대의 아픔'으로 승화시키는 데 성공하고 있다.

마지막까지 논의의 대상이 된 김영하의 〈너의 의미〉와 정미경의 〈호텔 유로, 1203〉 그리고 김인숙의 〈바다와 나비〉와 복거일의 〈내 얼굴에 어린 꽃〉은 모두 이 시대의 문제점들을 문학적으로 형상화하는 데 성공한 주목할 만한 작품들이었다. 예컨대 김영하와 정미경의 작품은 신선한 감각과 참신한 언어로 상업주의적이고 표피적인 현대 사회에 대해 예리한 비판을 가하는 데 성공한 작품들이었고, 김인숙의 작품은 그러한 시대를 살아가는 사람들의 뼈저린 단절과 고독 그리고 삶에 대한 존재론적 고뇌와 인식론적 성찰을 능숙한 장인匠人의 솜씨로 그려낸 수작이었다. 또 복거일의 작품은 SF 양식을 차용해 비인간적인 현대 문명을 고발한 훌륭한 미래소설로 우리 문학의 새로운 이정표라고 생각되었다.
　김인숙의 〈바다와 나비〉는 바다를 건너가고 싶어하는 나비, 그러나 세파世波의 소금물에 젖어 몸통을 잃고 날개만 남은 슬픈 나비의 이야기다. 찢어진 날개를 퍼덕이며, 바닷물을 뚝뚝 흘리며, 김인숙의 주인공은 삶과 죽음의 바다를 횡단하는 비상飛翔을 꿈꾼다. 그런 의미에서 김인숙의 이 작품은 이상李箱의 〈날개〉와 김기림의 〈바다와 나비〉의 연

장선상에 있다―"아무도 그에게 수심水深을 일러준 일이 없기에/흰 나비는 도무지 바다가 무섭지 않다./청靑무우 밭인가 해서 내려갔다가는/어린 날개가 물결에 절어서/공주처럼 지쳐서 내려온다./삼월달 바다가 꽃이 피지 않아서 서거픈/나비 허리에 새파란 초승달이 시리다."

〈바다와 나비〉의 주인공은 몸통인 남편과 고국으로부터 떨어져 나와 언어가 통하지 않는 중국으로 건너가 오직 날개로만 존재하는 고독한 나비다. 중국혁명사를 학습하던 80년대 대학생들에게 중국이 '금단의 나라'이자 '금지된 이상理想'이었던 점에서, 그녀의 중국행은 상징적 의미를 갖는다. 자본주의 시장경제를 받아들여 변해 버린 중국에도 역시 아버지와 고국을 버리고 물질적 행복을 찾아 한국으로 떠나는 또 다른 형태의 '날개'인 조선족 여자가 있다.

다시 한 번 날고 싶어하는, 그러나 반대 방향으로 가고 있는 두 여인의 삶을 긴밀하게 병치시키면서, 또 80년대의 정치적 신념을 잃고 무력해진 주인공의 남편과, 문화혁명을 겪으며 한 눈과 한쪽 다리의 힘을 잃어버린 조선족 여인의 아버지를 대비시키면서, 김인숙은 놀라운 통찰력으로 시대의 변화와 가치관의 혼란 그리고 신념을 상실한 세대의 방황과 좌절을 그리고 있다.

모든 것이 찰나적이고 한없이 가벼워지는 이 시대에 김인숙은 문학의 진지함과 무거움의 정수精髓를 보여주는 보기 드물게 진지하고 노련한 작가다. 〈바다와 나비〉에서 그는 다시 한 번 고도의 상징성으로 개인의 슬픔을 '시대의 아픔'으로 승화시키는 데 성공하고 있다. 그동안 여러 번 추천 우수작으로만 올랐던 그가 이번에 드디어 영예의 '이상문학상'을 받게 된 것을 축하하며, 앞으로 한국 문학사에 작가 이상李箱의 전통을 계승하는 뛰어난 작가로 기록되기를 기대한다.

본심 심사평 | 김 인 환(金仁煥, 문학평론가 · 고려대 교수)

사랑과 죽음의 드라마 통해 행복의 범주 재확인
—부정의 밀도가 가장 높고 쾌락 원칙의 진동이 가장 큰 작품

태초·이래로 반복되어 온 사랑과 죽음의 드라마를 통하여 행복의 범주를 다시 한 번 새롭게 확인한 데에 〈바다와 나비〉의 의미가 있다. 논의의 대상으로 떠오른 작품 가운데서 부정의 밀도가 가장 높고 쾌락 원칙의 진동이 가장 큰 작품이라는 데는 심사위원 전원이 동의하였다.

이상문학상은 지금까지 당대 소설의 여러 흐름 가운데 어딘가 새로운 면이 보이는 작품의 손을 들어주었던 듯하여 이번에도 그러한 쪽의 작품들에 좀더 관심을 가지고 읽어보았다. 그러다 보니 실험과 서정이 어중간하게 결합된 작품들이 남게 되었는데 그 작품들에는 가벼운 주제, 재치 있는 구성, 단순하고 과격한 에로티시즘 같은 것이 공통요소로 들어 있었다. 옛것으로 번역될 수 없는 공간으로 대상이 밀고 들어오는 소설들, 여기는 늙은이들의 나라가 아니라고 선언하는 소설들의 가치에 대해서는 새삼스럽게 다시 강조할 필요조차 없는 것이기는 하지만, 새로움이 존재의 가벼움에 그친다는 것은 아쉬운 일이 아닐 수 없다. 대상에 깊이 가라앉아 소설은 시대에 내재하는 허위를 만나야 한다.

모든 것에 마술을 걸고 있는 거짓된 사회에 직면하여 소설은 사고의 쾌락 원칙을 보존해야 한다. 의식과 언어와 지식이 이지러진 전체의 일부를 이루고 있는 현재에 반대하고 현재를 긍정하고 정당화하는 공식에 대항하여 소설은 언제나 새롭게 부정의 이름으로 행복을 표명해야 하는 것이다.

태초 이래로 반복되어 온 사랑과 죽음의 드라마를 통하여 행복의 범주를 다시 한 번 새롭게 확인한 데에 〈바다와 나비〉의 의미가 있다. 논의의 대상으로 떠오른 작품 가운데서 부정의 밀도가 가장 높고 쾌락 원칙의 진동이 가장 큰 작품이라는 데는 심사위원 전원이 동의하였다.

조기유학과 조선족의 문제가 등장하지만 그것들은 다만 배경의 기능을 담당할 뿐이다. 조국과 민족을 믿지 않고 더욱이 한국을 믿지 않지만 돈을 믿기 때문에 돈이 있는 한국으로 흘러드는 조선족들의 일은 이미 우리에게 낯익은 이야깃거리가 되었다. 어쨌거나 〈바다와 나비〉에서 그런 사실들은 무대의 뒤에 남겨지고 두 나라의 서로 다른 두 부부가 소설의 중앙에 등장한다. 한 남자는 여덟 살 때 총살 장면을 목격하고 한쪽 눈이 멀었다. 그 무렵에 돈 눈병 때문이라는 것이 밝혀지지만 그는 여전히 죽음을 보지 않으려고 눈이 멀었다고 믿고 두 눈이 다 멀어서 끔찍한 일들을 보지 않았으면 더 좋았으리라고 생각한다. 아내는 한국에 가 일을 하고 아들이 죽어도 오지 않았다. 또 한 남자는 직장을 그만두고 아내에게 얹혀 살며 자연 다큐멘터리만 보다가 마흔이 다 되어 직장으로 돌아간 후 술에 절어 산다.

무능과 불능에 갇혀 사는 남편을 보다 못해 그의 아내는 아이를 데리고 중국으로 떠난다. 그녀는 행복이란 이름의 거짓에 분노한다. 그러나 바다를 건너온 다큐멘터리 속의 나비도 거짓이고 중국 어느 거리에서 본 나비 문신도 거짓이지만 날개가 떨어져 나가도 바다를 건너려고 떠나는 나비는 인간의 보편적 진실이 아닐 수 없다. 가장 먼 여행은 귀향〔遠則反〕이라고 한 것은 노자의 말이었던가.

'어떻게' 보다는 '무엇'을 화두로 삼은 수작
—작가가 몸 던져 삶을 부둥켜안는 일관된 주제가 돋보인 작품

거짓과 기만, 환멸, 혐오, 폭력과 잔혹함으로 얼룩져 있는 삶의 심연 속으로 끝없이 자맥질하여, 그럼에도 그 경건한 '살아 있음'을 증명해 보이려는 것이 이 작가의 '무엇'에 대한 탐구이다. '무엇'은 오직 하나의 표정, 삶 앞에서의 진정성이다. 삶은 경이롭게도 이 진정성 앞에서만 용서와 화해의 비의秘意를 연꽃처럼 피워 보인다.

대부분의 작가들이 무엇을 말할까보다, 어떻게 말할까를 화두로 삼고 있다. '어떻게'는 방법론이어서, 그 방법을 조금만 다르게 해도 새로워 보인다. 그러나 새롭다고 하는 소설들의 특징은 인물이 현실을 살아내는 것이 아니라, 인물을 통해 작가가 어떤 재미 내지 메시지를 조립하고 있다. 때문에 작품 속의 현실은 사진관의 조악한 배경 그림처럼 현실의 모사에 지나지 않고, 인물에게서는 삶을 사는 호흡이 묻어나지 않는다.

오히려 영상 매체는 카메라를 숨겨놓으면서까지 현실을 사는 인간의 모습을 더욱더 있는 그대로 보여주려고 노력하고 있다. 그리고 중요한 것은 그렇게 보여지는 영상이 소설보다 훨씬 큰 감동을 준다는 것이다.

다른 매체들로부터의 도전 때문일까. 우리 소설들이 본연의 임무를 저버리고 엔터테인먼트를 자기 역할로 착각하고 있는 것은 아닌지 심히 우려된다.

그런 점에서 로댕이 남긴 어록 중에서, 이제도 그리고 영원히 금과옥조로 여겨지는 다음의 말을 상기할 필요가 있겠다.

"위대한 예술가들은 자연이 형성하는 것처럼 제작하지, 해부학적으로 제작하지 않는다. 그들은 근육이니 신경이니 뼈 따위를 조각하지 않는다. 그들이 암시하고 설명하고자 하는 것은 조화이다. 조화를 이룬 필연성에 따라 서로를 상상하고, 서로에게서 생명을 끌어내는 형태만이 불가지한 것을 보류해 둔 울타리까지 나아가는 것이다."

우수작으로 선정된 9편의 작품 중에서, 전경린의 〈부인내실의 철학〉, 복거일의 〈내 얼굴에 어린 꽃〉, 정미경의 〈호텔 유로, 1203〉, 김인숙의 〈바다와 나비〉가 주는 여운이 깊었다.

〈부인내실의 철학〉은 쌍방간의 불륜이 유행처럼 번지고 있는 이 시대에 매우 조용한 물음을 던지고 있다. 서로 다른 연인을 만나고 있음에도 가정이 해체되지 않는 이유는 뭔가? 그것이 단순히 자기중심적 타산이나 비밀의 한시적인 은폐, 죄의식의 의도적인 외면만으로 설명되어지지 않는 이유—설사 지독히도 악의적이고 진저리나도록 시시한 삶이라 하더라도 우리를 설득하는 그 오묘하고 불가해한 힘이 무엇인가에 대한 사유가 주목된다.

〈내 얼굴에 어린 꽃〉은 먼 미래 하고도 3천 년 무렵, 목성이 거느린 위성 중의 하나인 개니미드가 무대이고, 주인공은 인간에 의해, 인간과 함께 그 행성으로 쏘아 올려진 많은 로봇 중의 지미 찬이란 이름의 로봇이다.

허무맹랑하기만 할 수도 있는 이 소재로, 작가는 공상과학적 지식과 살가운 상상력을 정교하게 조합하여 맑은 증류수 같은 감동을 자아내고 있다. 혜성의 충돌로 생긴 조각이 개니미드와 충돌하면서 생긴 대참사로, 인간이 거의 전멸당한 무인지경에서, 인간에 의해, 인간과 흡사하게 만들어진 로봇의 인간을 향한 애틋한 아가雅歌가 아름다운 묵시

록처럼 그려져 있다.

〈호텔 유로, 1203〉은 주인공이 현실에 대응하는 자세 자체가 역설로 설정되어 있다. 요즘 흔히 볼 수 있는 형식이다. 이런 소설에선 작가의 메시지는 선명하게 살아나지만, 그 인물을 실제 삶의 무대로 옮겨놓았을 때, 인물이 시종일관 그 역설의 기조를 유지할 수 있겠는가 하는 의문을 남긴다. 하나하나의 정황 속에서 극히 섬세한 떨림판처럼 역동하는 것이 인간이다. 인간성에 대한 탐구를 하면 할수록 현실 속의 인간은 그다지 악할 수도 또 그다지 정의로울 수도 없다는 것을 알게 된다.

그럼에도 이 〈호텔 유로, 1203〉은 잘 짜여진 가품假品으로서의 가치를 충분히 지니고 있다.

〈바다와 나비〉는 작가가 몸 던져 삶을 부둥켜안고 씨름하며 심화시켜가는 일관된 주제를 엿보게 한다. '어떻게'보다는 '무엇'을 화두로 삼고 있다. 누구나 가슴속에 화인火印 같은 상처를 품고 있다. 의식이 깨어 있으면 있을수록, 현실을 직시하면 할수록 그 상처는 죽음에 이를 만큼 치명적이다.

거짓과 기만, 환멸, 혐오, 폭력과 잔혹함으로 얼룩져 있는 삶의 심연 속으로 끝없이 자맥질하여, 그럼에도 그 경건한 '살아 있음'을 증명해 보이려는 것이 이 작가의 '무엇'에 대한 탐구이다. '무엇'은 오직 하나의 표정, 삶 앞에서의 진정성이다. 삶은 경이롭게도 이 진정성 앞에서만 용서와 화해의 비의秘意를 연꽃처럼 피워 보인다.

작가의 진정성이 소설의 내용이 될 수 있을 때, 그 감동은 영원히 새로운 것이다.

창작의 성숙하고 깊이 있는 변화 체감
—돋보인 작품의 상호적 의미망과 관계 통한 창조력과 상상력

시적 모티프를 소설로 현상화한 이 작품은 이른바 후기 구조주의자를 비롯해 비평계에서 흔히 써오던 '인터 텍스추얼리티' 라는 것이 무엇인지를 선명하게 보여주고 있다. 그만큼 우리의 창작계가 얼마나 성숙하고 깊이 변화해 가고 있는지 체감할 수가 있다.

나는 공직에 있을 때를 제외하고는 이상문학상의 심사에 빠진 일이 없어, 이번에도 심사요청을 수락했으나, 예정이 없던 급한 미국의 출장 일정으로 심사의 자리에 직접 참여하지 못했다. 심사위원의 자리를 사양하려고 했으나 이메일을 통해 서로 의견을 주고받을 수 있는 방법이 있으니 참여해 달라는 주관사의 간곡한 청을 받고, 후선에서나마 내게 주어진 소임을 이루게 되었다.

그야말로 귀한 작품을 선정하는 데에서도 시차 극복이 되지 않을까 염려했으나, 그 안타까움 속에서도 여러 위원들이 열과 성을 다해 심사를 해주시고, 그 결과 김인숙의 〈바다와 나비〉를 다수의 위원들이 대상으로 추천하고 있다는 심사 현장의 소식을 접하여, 나 역시 그 작품의 탁월성을 눈여겨보았던 터라 동의를 보내며, 김인숙의 〈바다와 나비〉의 대상 당선을 축하할 수 있게 되어 매우 기쁘다. 이 소설 제목을 보면 누구나 김기림의 시를 연상하게 될 것이다. 시적 모티프를 소설로 현상화한 이 작품은 이른바 후기 구조주의자를 비롯해 비평계에서 흔히 써오던 '인터 텍스추얼리티' 라는 것이 무엇인지를 선명하게 보여주고 있

다. 그만큼 우리의 창작계가 얼마나 성숙하고 깊이 변화해 가고 있는지 체감할 수가 있다. 문학작품 역시 이제는 개체로 동떨어진 예술품이 아니라 상호적 의미망과 그 관계를 통해서 더욱 상상력과 창조력을 발휘할 수 있게 된 것이다.

정미경의 〈호텔 유로, 1203〉 등을 비롯 뛰어난 작품들이 마지막 문턱에서 아쉬움을 남긴 것이 못내 안쓰럽다.

본심 심사평 | 최 윤(崔潤, 소설가 · 서강대 교수)

괄목할 만한 인간애와 인물의 내면 투시 위한 의지
―삶의 불안정한 존재감 등을 특유의 꼼꼼함과 성실한 관찰로 그린 작품

> 현란한 기교와 새로움에 대한 성급한 투신, 공허한 과포장의 시대에 김인숙의 소
> 설은 그런 것들의 흔적을 마치 가필을 할 때마다 지우는 것이 아닌가 생각될 때가
> 있다. 왜냐하면 바로 지워진 그 자리에서 이 작가 특유의 진지하고 고집스러운 현
> 실의 접착 지점이 드러나기 때문이다.

한두 마디로 요약되지 않는 다양한 시도들. 그러나 새로움의 시도가
늘 소설적 격을 지니고 현실의 깊이를 길어내지는 않는다, 는 기본적인
재확인. 본심 후의 소감이다. 그런 의미에서 복거일의 〈내 얼굴에 어린
꽃〉, 윤성희의 〈그 남자의 책 198쪽〉, 김연수의 〈노란 연등 드높이 내
걸고〉, 김인숙의 〈바다와 나비〉에 주목했다.

복거일의 〈내 얼굴에 어린 꽃〉은 지구 대참사에서 기억을 상실하고
살아남은 로봇의 감상과 사라진 지구에 대한 노스탈지를 농밀한 감동
속에 그려내고 있는 짧고도 아름다운 작품이다. 현실의 질서를 상상적
으로 재구성해서, 현실을 거리를 두고 다르게 바라보게 하는 공상과학
장르의 이점을 최대한으로 살려 이 작품의 재미가 남다르다.

윤성희의 〈그 남자의 책 198쪽〉은 반복적이고 전망 없는 일상에서
만난 작은 일탈의 기록이 지니는 묘미를 잘 살려낸 작품이다. 제목이
지워진 책 198쪽의 전언은 그 책을 찾는 애인 잃은 남자와 도서관 사서
의 만남의 코드이자 상징으로 읽힌다. 미세한 일상의 변주들이 일정의
의미를 획득하는 것은 이 소설이 매우 촘촘하게 의미장을 안배하고 있

기 때문이다.

김연수의 〈노란 연등 드높이 내걸고〉는 깔끔하고 아름다운 문장으로 초파일 봄밤의 쌉싸래한 설렘을 담은 듯한 작품이다. 한 절 주변으로, 상처를 공유하고 있는 남녀의 이야기를 변주하면서 진행되는 이 단편의 묘미는, 단연 남자가 걸어오는 밤길의 냄새와 여자가 머물러 있는 절의 분위기까지 생생하게 드러내는 묘사와 그것을 뒷받침해 주는 탄탄한 문장력이다.

김인숙의 〈바다와 나비〉는 아이를 데리고 막 중국으로 와서 탈출구를 찾은 별거중의 여자와 전망 있는 미래를 찾아 한국으로 결혼하러 가는 조선족 여성의 이야기를 통해 우리 시대의 삶의 불안정한 존재감, 그럼에도 끊임없이 다른 곳을 찾아 떠나고자 하는 생리를 이 작가 특유의 꼼꼼함과 성실한 관찰로 그려내 보이고 있다. 광대한 바다를 가로지르고자 하는 여린 나비들에 다름 아닌 인간에 대한 작가의 애정, 치밀하게 인물의 내면을 투시하고자 하는 의지도 이 작품의 장점이다.

현란한 기교와 새로움에 대한 성급한 투신, 공허한 과포장의 시대에 김인숙의 소설은 그런 것들의 흔적을 마치 가필을 할 때마다 지우는 것이 아닌가 생각될 때가 있다. 왜냐하면 바로 지워진 그 자리에서 이 작가 특유의 진지하고 고집스러운 현실의 접착 지점이 드러나기 때문이다. 무언가가 영글 것을 기대하면서 찾아 읽어왔던 작가다. 그리고 이 작품에서 그 중요한 시작을 본다. 김인숙의 〈바다와 나비〉를 제27회 이상문학상 대상 수상작으로 즐거이 추천한다.

진지하고 신중한 솜씨로 가벼운 글쓰기와의 차별화
─많이 즐겁고 조금 슬픈 얘기들을 진지하고 신중하게 그려

당선작으로 뽑은 〈바다와 나비〉는 김인숙 소설의 변함없는 한 보기로 여전히 단단하다. 세상을 쉽게 쉽게 살지 못하는, 그래서 상대적으로 늘 진지하고 신중한 솜씨다. 가벼운 글쓰기와의 차별화가 이때 돋보인다.

말이 심사지 이번에도 나는 공부하는 기분으로 한 편 한 편을 정성껏 읽었다. 고르고 추리는 긴장된 시간이나 의무를 빼면, 한 해 동안 거둔 단편문학을 일목요연하게 파악하는 기회로도 다시없다.

작가들이 끄는 대로 따라 들어간 우리네 삶의 시대적 반영이 여느 해 못지 않다. 아니 더 두드러진 느낌이다. 요모조모 짚어주고 소개하는 인물과 만나는 즐거움이 큰 가운데, 겉으로 되바라지고 속으로 앓는 어떤 '그'나 '그녀'가 슬프다. 발빠른 일상의 변천에 편승하지 않고 자기 응시에 줄창 집착하는 주인공도 있다. 가벼운 세월의 무거운 감동인가.

〈그 남자의 책 198쪽〉을 보자. 여자의 도서관 근무 9년에서 독자는 우선 무료한 일상을 떠올릴 것이다. 하지만 그녀는 그런 낌새가 전혀 없다. 담 위를 아슬아슬하게 걷는 여학생의, 따분해서 그런다는 대답으로 간단히 때우고 지나간다. 깁스를 한 남자의 198쪽 찾기를 돕다가 자기의 198쪽에 따로 매달리는 어간에 번지는 상상력이 하나하나 재미있다. 별스럽지 않은 도서관 주변 풍경을 별스럽게 묘사함으로써 축축한 집안 사정마저 은근슬쩍 눅인다.

무의미한 숫자에 의미 있는 상징을 담은 작품이 또 〈호텔 유로,
1203〉이다. 그 방으로 오라는 남자의 전화를 받는 것으로 글머리를 시
작하여, 방 앞에서 초인종을 누르는 것으로 이야기가 끝난다. 가는 동
안은 유럽적인 정서와 미감이 고스란히 체현된 눈부신 상품 구경으로
거의 메운다. 질질 새도록 홍건한 자본의 냄새만큼이나 문장이 현란하
다. 또한 정확하다.

김영하의 〈너의 의미〉는 사랑의 맹목성을 결말의 반전으로 재확인시
킨다. 여자 다루기의 고수가 연하의 풋내기에게 한 방 먹은 것으로 칠
수도 있지만, 왜 하필 나인지를 설명하라는 억지는 곧 작자의 숙련된
능청이지 싶다. 살림과 연애를 한꺼번에 싸들고 온 데 대한 느끼함의
다른 표현으로 볼 수 있는 것이다. 그런 마무리를 위해 처음부터 너무
달음박질을 한 느낌이 없지 않다.

당선작으로 뽑은 〈바다와 나비〉는 김인숙 소설의 변함없는 한 보기
로 여전히 단단하다. 내 아이를 세계인으로 만들고 싶다는 소리가 아무
리 건성이었다 하더라도, 가자마자 아이를 기숙사에 보내고 자신은 딴
생각을 챙기는 자세가 벌써 남다르다. 조선족 부부의 별리에 남편과의
어긋난 관계를 덧대고, 자신이 떠나온 나라를 찾아 '나는 한국인입니
다'를 외우기 바쁜 조선족 처녀의 희망을 말릴 뜻이 없다. 세상을 쉽게
쉽게 살지 못하는, 그래서 상대적으로 늘 진지하고 신중한 솜씨다. 가
벼운 글쓰기와의 차별화가 이때 돋보인다.

특별상을 받은 전상국 작가의 놀라운 정진에 따로 박수를 보낸다.

특별상 수상작과
추천 우수작에 대한 해설

—이상문학상 심사위원회 대표 집필 김성곤

전상국 ·〈플라나리아〉
플라나리아 은유 통한 인간 존재론적 고뇌 추구

복거일 ·〈내 얼굴에 어린 꽃〉
SF 양식 빌려 그려낸 새로운 감각의 미래소설

김경욱 ·〈고양이의 사생활〉
현실과 가상현실 사이 경계 넘나드는 새로운 감수성 돋보여

김연수 ·〈노란 연등 드높이 내걸고〉
깔끔하고 아름다운 서사로 다듬은 문학적 향기

전경린 ·〈부인내실의 철학〉
생래적인 고뇌 속에서 삶의 의미를 찾는 주인공들

김영하 ·〈너의 의미〉
능숙한 문장력으로 통렬하게 시대상 풍자

하성란 ·〈자전소설〉
문학과 인생 사이 관계를 성찰케 한 포스트모던 소설

윤성희 ·〈그 남자의 책 198쪽〉
생의 수수께끼 풀어 나가는 고도의 상징적 작품

정미경 ·〈호텔 유로, 1203〉
상품화된 이 시대를 설득력 있게 패러디한 작품

플라나리아 은유 통한 인간 존재론적 고뇌 추구

자웅동체로 무성생식하는 플라나리아의 은유를 통해, 인간의 만남과 헤어짐 그리고 배우자가 떠난 후 홀로 남은 남자의 존재론적 고뇌를 천착한 뛰어난 소설이다. 학교 실험실에서 어느 날 홀연 사라진 플라나리아의 잘린 조각과, 역시 어느 날 아파트에서 소리 없이 떠나버린 여자의 병치並置를 통해, 작가는 한 몸에서 떨어져 나가 또 다른 삶을 영위하는 인간관계와, 생生의 필연적 현상인 이별의 본질을 예리한 통찰력으로 성찰하고 있다. 사실, 살이 찢어지는 아픔을 주는 이별이란 어떤 의미에서 무한히 계속되는 자기증식인지도 모르고, 홀로 남은 사람 또한 마치 플라나리아처럼 스스로의 빈 곳을 채우며 혼자 살아나가야만 하는 존재인지도 모른다.

〈플라나리아〉는 인간 복제 모티프를 차용해, 사람과 사람 사이의 떠남과 갈라짐 그리고 육체와 영혼의 합일과 분리 문제를 탐색한 보기 드물게 신선하고 탄탄한 문학적 성과를 이룬 작품이다.

SF 양식 빌려 그려낸 새로운 감각의 미래소설

지구 대참사에서 살아남은 로봇의 감상과, 사라진 지구에 대한 노스탤지어를 농밀한 감동 속에 그려내고 있는 아름다운 작품이다. 인간에게 버림받은 로봇들의 이야기를 통해, 인간과 기계의 합일 가능성 그리고 타자에 대한 인간의 편견과 비정함을 SF 양식을 차용해 그린 새로운 감각의 미래소설이다. 마치 아서 C. 클라크나 커트 보니거트처럼 복거일 역시 우주적 상상력 속에서 수수께끼 같은 삶의 본질을 보며, 현대 사회의 문제점들을 발견한다. 또한 윤리가 부재한 테크놀로지의 발달, 기계보다도 더 비인간적인 인간들 그리고 타자에 대한 배제와 배척이 횡행하는 우리의 현실을 미래소설을 통해 비판하고 있다.

작가는 머나먼 곳에서 타자가 우리를 부르는 소리, 우주의 어느 행성에서 로봇들이 소리쳐 부르는 노랫소리에 귀 기울일 것을 제안한다. 그럴 때, 비로소 우리는 그동안 잊고 살아온 소중한 존재들을 다시 기억하고, 그 의미를 깨닫게 될 것이기 때문이다.

추천 우수작 〈고양이의 사생활〉 김경욱
현실과 가상현실 사이 경계 넘나드는 새로운 감수성 돋보여

문학적 상상력과 영상매체의 시각적 효과 사이의 조화와 합일을 추구해 온 작가가 현실과 인터넷의 사이버 공간 사이의 간극과 경계 해체를 성찰한 새로운 감수성의 소설이다. 인터넷 ID로만 존재하는 현대인들, 또 다른 리얼리티인 사이버 공간에서의 조우와 교류 그리고 마우스의 클릭처럼 찰나적이고 일회적인 인간관계에 대해 작가는 예리한 비판의 시선을 던진다.

그러나 김경욱은 그러한 현상을 간단히 매도하거나 부정하는 대신, 현실과 가상현실 사이의 경계를 넘나들며 두 세계 사이의 부단한 대화와 공존을 추구한다. 그가 새로운 감수성의 문학을 창출하는 것은 바로 그 순간이다. 그런 의미에서 김경욱은 전자매체의 홍수 속에서 길 잃고 방황하는 문자문학을 위해 비상구를 찾는 작가이며, 영상 이미지의 미로 속에서 새로운 문학적 상상력을 탐색하는 문단의 전초병이라고 할 수 있을 것이다.

추천 우수작 〈노란 연등 드높이 내걸고〉 김연수
깔끔하고 아름다운 서사로 다듬은 문학적 향기

김연수의 〈노란 연등 드높이 내걸고〉는 다시는 속세로 나오지 않겠다며 절에 들어간 여자와, 그녀가 있는 절을 찾아가기 위해 야간 산행을 하는 남자의 이야기를 교차시키면서 삶의 본질을 성찰하고 있는 중요한 소설이다. 작가가 보는 인생은 어두움과 두려움 속에 고립된 채, 현실과 비현실의 경계선상을 방황하며 삶의 목표를 향해 나아가는 것이다. 밤의 산길에서 이어지는 주인공 남자의 독백은 관념적이 아니면서도 삶의 정수精髓를 관통하고 있어 작가의 노련함과 사색의 깊이를 짐작하게 해준다.

절에 은둔한 여자와 한밤중 산길을 헤매며 그 여자를 찾아가는 남자—상처를 공유하고 있는 이 두 남녀의 인생 여로를 교차시키면서 진행되는 이 단편은 깔끔하고 아름다운 서사로 독자들을 매료시킨다. 깔끔하게 다듬어진 김연수의 이 작품은 문학의 향기가 무엇인지를 잘 보여주고 있는 근래 보기 드문 값진 문학적 성과이다.

추천 우수작 〈부인내실의 철학〉 전경린
생래적인 고뇌 속에서 삶의 의미를 찾는 주인공들

전경린의 〈부인내실의 철학〉은 쌍방간의 불륜이 유행처럼 번지고 있는 이 시대에 매우 조용한 물음을 던지고 있다—"서로 다른 연인을 만나고 있음에도 가정이 해체되지 않고 있는 이유는 무엇인가?" 결혼에 실패한 두 커플의 이야기를 통해 인간의 조건과, 삶의 비극적 양태를 그린 이 작품에서 전경린은 결혼을 인간관계와 교류의 근원이며, 우리가 살고 있는 사회의 축소판이자 소우주로 본다. 그래서 그에게 결혼의 실패는 곧 사회의 실패로 확대된다. 그래서 전경린의 〈부인내실의 철학〉은 실패한 사람들끼리의 만남과 상처 치유 그리고 진정한 교류를 위한 필사적인 재시도이면서, 동시에 가정을 끌어안는 오묘하고 불가해한 힘에 관한 소설이라고 할 수 있다. 전경린에게 있어서 '불륜'이 상처 입은 사람들을 위한 상징적 치료가 되고, 제대로 된 상대를 찾는 삶의 필연적 과정이 되며 '부인내실의 철학'이 되는 이유도 바로 거기에 있다. 생래적인 고뇌 속에서 그의 주인공들은 모두 실존주의자가 되어 생의 의미를 찾는다. 독백하는 듯한 전경린 특유의 문체는 그러한 여자들의 고뇌와 삶을 생동감 있게 살려내는 데 성공하고 있다.

추천 우수작 〈너의 의미〉 김영하
능숙한 문장력으로 통렬하게 시대상 풍자

순수문학이 퇴조하고 엔터테인먼트가 문화의 핵심에 자리 잡고 있는 이 시대에 영상산업과 문학의 관계를 삼류감독과 순수작가의 관계를 통해 성찰한 작품으로, 재치 있는 문장과 재기 발랄한 문체가 돋보이는 새로운 감각의 소설이다.

달콤하나 덧없이 녹아 사라지는 아이스크림 모델과, 영속하는 문학과 사랑을 진지하게 추구하는 여성작가 사이에서 방황하던 화자인 영화감독은 결국 작가와의 합일을 선택한다. 그런 의미에서, 김영하의 〈너의 의미〉는 대중문화가 보는 순수문학의 의미도 될 수 있고, 또 그 반대도 될 수 있다. 스토리와 구성이 복합적이지는 않아 소품처럼 보이지만, 작가는 능숙한 문장력과 분위기 있는 문체로 현 시대상을 통렬한 풍자와 아이러니로 잘 보여주고 있다.

추천 우수작 〈자전소설〉 하성란
문학과 인생 사이 관계를 성찰케 한 포스트모던 소설

하성란의 〈자전소설〉은 작가의 소설 쓰기와 일상 생활, 픽션과 사실 그리고 리얼리티와 판타지 사이의 경계가 해체되는 특이한 소설이다. 메타픽션적인 요소를 십분 활용해 작가는 이 복합적인 현실 속에서 글쓰기와 인생 살기의 상호관계를 뛰어난 통찰력으로 성찰한다. 그리고 그 과정에서 작가의 삶과 소설 사이의 상관관계, 픽션 속 주인공과 실제 존재하는 인물 사이의 유사점 그리고 허구와 현실을 혼동하는 독자들의 의식세계가 설득력 있게 탐색된다.

〈자전소설〉에서 작가는 소설 쓰는 과정 속으로 독자들을 데리고 가고, 독자들은 이 작품을 읽는 내내 작가의 창작과정을 같이 경험하게 된다. 그런 의미에서 하성란의 〈자전소설〉은 문학과 인생 사이의 관계를 성찰하게 해주는 포스트모던 소설이고, 독자들의 다양한 해석을 허용하는 열린 문학작품이다.

추천 우수작 〈그 남자의 책 198쪽〉 윤성희
생의 수수께끼 풀어 나가는 고도의 상징적 작품

9년째 도서관에 근무하는 여자 주인공과, 죽은 여자친구의 유언에 따라 이름 모를 책의 198쪽을 찾아 헤매는 남자를 등장시켜 생生의 수수께끼를 풀어 나가는 기법을 차용한 특이하고도 주목할 만한 작품이다. 죽은 여자가 남기고 간 메모가 지칭하는 제목이 지워진 책 198쪽의 내용과 의미가 무엇인지는 그것을 찾는 사람마다 다를 것이다. 그리고 막상 그 내용을 찾았을 때, 그것이 별 대단한 것이 아닐 수도 있다. 그러나 중요한 것은 그것을 찾는 과정이며, 그 과정에서 경험하게 되는 새로운 깨달음이다. 과연 그 남자가 찾아놓은 여러 책들의 198쪽을 보며, 여주인공은 자신의 상상력을 사용해 새로운 의미를 부여한다.

단조로운 삶을 사는 그녀에게 어느 날 제목도 모르는 책 198쪽을 찾아 헤매는 남자가 나타나고, 두 사람은 같이 수수께끼 같은 진리 탐색에 나선다. 물론 작품의 마지막에도 그들이 찾은 진리가 무엇이었는지는 드러나지 않는다. 진리는 유보되고, 최후의 해석은 독자의 몫으로 남는다. 그런 의미에서 〈그 남자의 책 198쪽〉은 토머스 핀천의 《제49호 품목의 경매》를 연상시키는 고도로 상징적인 작품이다.

상품화된 이 시대를 설득력 있게 패러디한 작품

정미경의 〈호텔 유로, 1203〉은 올바른 가치관과 지향점을 잃고 거리를 방황하는 현대인들에 대한 신랄한 비판이자 이 시대의 병폐를 상징적으로 드러내 보여주는 예리한 문명 비판이다. 쇼핑센터와 호텔처럼 끝없이 분출하는 구매욕과 성적 욕망으로 인간을 유혹하는 현대 사회에서 정미경의 등장인물들은 오직 쇼핑과 명품만을 추구하는 후기 자본주의 사회의 상품들이다. 환경미화원 엄마와 명품에 중독된 '밤의 신데렐라'는 모순과 아이러니에 가득 찬 우리 시대의 단면을 너무나 적나라하게 드러내 보여주고 있어, 독자들로 하여금 스스로의 삶을 되돌아보게 해준다. 정미경이 보는 '호텔 유로, 1203'은 현재 우리가 살고 있는 사회의 축소판이자 소우주이다. 이 작품에서 작가는 신선하고 세련된 화법과 기법으로 표피적인 것만을 추구하는 현대인들의 삶과 사회상을 묘사하고 있다. 남자의 전화를 받는 것으로 시작해 약속 장소인 호텔방의 초인종을 누르는 것으로 끝나는 이 소설은 여주인공이 호텔방까지 가는 동안의 과정에 온갖 현란한 명품들을 보여줌으로써, 모든 것이 상품화되어 버린 이 시대를 설득력 있게 패러디하고 있다.

대상을 받은 김인숙의
당선 소감과 자전적 에세이

**당선 소감 | 나는 20년간 내가 작가라는 사실을
당당하게 말할 수 있는 날을 기다렸다**

내가 처음으로 작가라는 이름을 가졌을 때,
그때 나는 내게 20년 후가 있으리라고 믿을 수도 없던 스무 살이었다.
글을 쓴다는 게 무엇을 의미하는지조차 알지 못하고 덜컥 이름부터 갖게 되었던 그때,
나는 혼란에 빠져 있었고 겁에 질려 있었다.
그때에 나는, 내가 글쓰는 사람이라는 사실을 당당하게 말할 수 있는 날이 오기만을 기
다렸다. 그것이 20년 동안 내가 미련하게 글만 쓴 최초의 이유가 되었다.

자전적 에세이 | 비우고 싶은 내 삶과 내 글

나는 아직 해 뜨기 전의 바다에 대고 말한다.
어서 들어와, 내게로 들어와……. 내 안에 빈틈없이 들어와…….
나를 비워주겠니……. 그러나 이제 나이가 들어, 나이만큼 영리하거나 교활해져서
나는 나를 비우는 것이 다름 아닌 나라는 것을 안다.
그리고 생에 가장 불가능한 일 중의 하나가 바로 그것이라는 것도 안다.
그러나 어떠한가…….
비우지 못한 채 재를 쌓는 일도 또한 인생이라면,
그것이 결국 또한 글쓰기이기도 할 터이니…….

나는 20년간 내가 작가라는 사실을
당당하게 말할 수 있는 날을 기다렸다

떠나는 일보다는 내 안으로 더 깊이 들어가는 일이 필요했을 것이다. 그걸 알면서도 하루, 하루 미루고 있는 동안 수상 소식이 들려왔다. 나는 '괜찮다'는 말을 참 좋아하는데, 그 전화의 의미가 그렇게 들렸다. 괜찮다, 괜찮다……

5개월 전부터 나는 중국에 머물고 있다. 이 나라 중국은, 누가 오라고 해서 온 것도 아니고 누가 내게 가라고 한 적도 없는 나라다. 그 이전까지, 나는 내가 지금 머물고 있는 도시 대련大連은커녕 중국의 어디에도 가본 적이 없었다. 그때 나는 다만 어딘가엘 가고 싶었고, 그 어딘가가 내게 아주 생소한 곳이기를 바랐다. 그 생소한 거울에 비쳐지는 내 모습이 어떤 것일까, 궁금했다. 새로 산 거울이 내 모습을 뜻밖에 젊게 보이게 하리라고는 믿지 않았다. 오히려 나는, 낡고 때 묻은 내 모습을 보고 싶었으리라.

올해는 내가 문단에 등단하고 스무 해를 넘기는 해다. 내가 처음으로 작가라는 이름을 가졌을 때, 그때 나는 내게 20년 후가 있으리라고 믿을 수도 없던 스무 살이었다. 글을 쓴다는 게 무엇을 의미하는지조차 알지 못하고 덜컥 이름부터 갖게 되었던 그때, 나는 혼란에 빠져 있었고 겁에 질려 있었다. 그 시절의 두려움이 지금도 악몽처럼, 생생하다. 그때에 나는, 내가 글쓰는 사람이라는 사실을 당당하게 말할 수 있는 날이 오기만을 기다렸다. 그것이 20년 동안 내가 미련하게 글만 쓴 최초의 이유가 되었다. 그리고 그것은 지금 내가 여전히 글을 쓰고 있는 그리고 앞으로도 쓸 수밖에 없는 유일한 이유이기도 하다.

만 하루 전에, 국제전화를 통해 수상 소식을 들었다. 20년 전에 신춘문예 당선 소식을 듣고 아무것도 알지 못한 채 펄쩍펄쩍 뛰며 기뻐했던 것처럼, 어제 그렇게 기뻤다. 낯설고 생소한 나라로 몸을 옮기면서, 나는 내 낡은 모습을 보리라 했지만, 지난 5개월 동안 한 일은 가급적 외면하기였다. 아닌 척해도 겁이 났고, 불안했으리라. 이곳에서 또 떠나야 한다면 이제 어디로 간단 말인가? 실은 떠나는 일보다는 내 안으로 더 깊이 들어가는 일이 필요했을 것이다. 그걸 알면서도 하루, 하루 미루고 있는 동안 수상 소식이 들려왔다. 나는 '괜찮다'는 말을 참 좋아하는데, 그 전화의 의미가 그렇게 들렸다. 괜찮다, 괜찮다…… 그뿐, 박수 소리 같은 건 들리지 않았다. 대련이란 도시에서는 보기 드물게 대설이 내렸던 오후가, 이르게 찾아온 밤이 조용하게 지나갔다.

떠나 있으니 더 많은 사람들이 떠오르고 더 많은 사람들에게 고맙다. 매일같이 수상 소식을 들려주는 것처럼 항상 '괜찮다'고 말해 주었던 선배와 친구들에게는 일일이 만나 고맙다고 말해야 하리라. 심사위원 선생님들께 또한 감사드린다. 그분들의 격려와 질책을 동시에 소중하게 듣는다.

이제 흥분을 가라앉히고, 또한 두려움과 불안을 조심스럽게 달래가면서, 비로소 거울을 닦아야 할 듯싶다. 아직은, 아니 어쩌면 오늘이어서 더욱 두렵겠지만, 비로소 오늘 거울을 볼 마음을 갖게 해준 문학사상사에 감사드린다.

비우고 싶은 내 삶과 내 글
— '써야만 할 것'이 통곡할 만큼 절박했던 시절을 회상하며

그때 내 글은 '나'로 인해 부끄러운 것이 아니라, '시대'로 인해 부끄러웠다. 내게
주어졌던 삶, 그건 소망과는 달랐지만, 그래도 그건 내 삶이고 내 글이었다.

나 혼자인 것이 무서웠고 그래서 가급적 혼자였던 나

20년 전에 나는 몸무게가 42,3킬로그램밖에는 안 나가는, 그러나 그 가벼운 몸무게조차도 사람들이 믿지 않을 정도로 형편없이 깡마른 '계집아이'였다. 깡마른 몸 때문에 신체의 연령은 실제보다 훨씬 낮아 보여서, 나를 대학생이라고 보는 사람은 거의 없었다. 어려서부터 그때까지 내 별명은 줄곧 갈비씨거나 새다리 같은 것들이었다. 나는 그 새다리를 뽐내며, 그 시절의 '품격 있는' 여대생들은 거의 입지 않던 미니스커트를 입고 다녔고, 이미 대학교 1학년 때에 아이새도와 마스카라를 했다. 어깨까지 내려온 머리에 요란한 파마를 하고, 화장을 짙게 하고, 미니스커트를 입은 내가 1982년도의 노을녘 거리를 혼자 걷고 있다. 그 풍경이 지금도 생생하다. 혼자 걷던 길의 노을빛과 나뭇잎 무늬까지 떠오른다. 내가 그때 그 길을 왜 혼자 걸었는지, 무엇 때문에 그토록 외로웠는지, 그런 기억은 전혀 떠오르지 않는다. 그 시절에 아마 나는 현실과 좀 부조화스러운 사람이 아니었던가 싶기는 하다. 남들 하지

않는 요란한 화장이나 옷매무새 따위는 나를 특별하게 만들거나 이상하게 만들었지만 또한 외롭게도 만들었을 것이다. 그러나 아마 그 때문에 더욱 멈출 수 없었으리라.

삭제된 기억 위에, 그 스산하던 풍경만 오롯이 남아 지금 떠올려도 새삼 가슴이 욱신거린다. 그 시절에 이미 나는 다시는 혼자 걷고 싶지 않았고, 또다시 그런 풍경이 재현될까 봐 늘 겁을 먹었다. 이유를 기억할 수 없어서 더욱 그러했을지 모른다. 나는 혼자인 것이 무서웠고, 그래서 오히려 가급적 혼자였다. 어느 날 느닷없이 다시 그 길 위에 놓이는 것보다는, 차라리 항상 그 길의 언저리에 있는 것이 나았다.

통속작가 소지가 컸지만 뽑아줬다는 신춘문예 작품

그 시절에, 나는 나 혼자만의 방을 갖고 있었는데, 방이라고 부를 수도 없을 만큼 작은 쪽방이라 책상 하나 놓고 이부자리 하나 펴면 더 남는 공간이 없었다. 그 쪽방에 창문이 유난히 커서 도무지 외풍을 막을 수 없는 지경이라, 겨울이면 대접에 떠놓은 물이 꽁꽁 얼었다. 그만큼 가난했다는 얘기가 아니다. 다른 따뜻한 방들이 있었지만, 나는 얼어 죽더라도 나 혼자만의 방이 필요했던 것뿐이다. 그 방 안에서, 너무 추워 책상에는 앉지도 못하고 이불을 뒤집어쓴 채로 원고지를 채우던 기억이 난다. 신춘문예 마감일이 하루 남았을 때였다. 연습장에 써놓은 글을 밤새워 원고지에 옮겨놓고, 마감일이 지날까 봐 우편은 이용하지도 못하고 직접 신문사로 찾아갔다. 신문사 직원은 나를 바라보지도 않고 원고를 저기 놓고 가라고 했는데, 그곳에는 커다란 박스가 넘치도록 투고작들이 쌓여 있었다. 그 위에 원고를 올려놓으면서 저 박스를 뒤집어 원고를 쏟아놓으면 내 원고가 맨 아래로 내려갈 텐데 어쩌나, 걱정했던 기억도 떠오른다.

그 시절에 나는 노상 글을 썼다. 작품의 습작이 아니라, 내게 일어나기를 바라는 화려한 사건이나 혹은 가슴 떨리는 연애의 조잡한 스토리들이었다. 구성도 없고, 결론도 없는 스토리뿐인 이 이야기들은, 그러나 결국 내게 습작의 구실을 해주기는 한 셈이다. 얼마 후 신춘문예 당선자가 되었을 때, 나는 내가 혼자 있는 방 안에서 그런 글이나 끄적이던 '문학소녀'라는 것을 들키지 않기를 바랐는데, 당시 심사위원이셨던 고故 전광용 선생님께서는 고맙다는 인사를 드리려고 걸었던 전화에 대고, 다짜고짜 이렇게 말씀하셨다.

—통속작가가 될 소지가 큰데, 그런 우려를 무릅쓰고 뽑아줬소. 경계하시오.

그것은 내가 작가라는 명함을 갖게 된 이후, 작가라는 말을 이해하기도 전에, 칭찬보다 먼저, 격려보다 먼저 듣게 된 말이기도 했다.

시조백일장에서 작가의 꿈을 그리던 고교 시절

아직 고등학생일 때, 나는 학교 문예반에서 시조 수업을 받았다. 당시 우리 문예반의 담당 선생님이 시조시인이셨는데, 그분의 특별수업 덕분으로 우리 문예반 학생들은 당시 고등학생을 대상으로 한 시조백일장을 휩쓸고 다녔다. 여고생이 시조를 쓰는 일이 그리 신나는 일일 수는 없었으나 수업을 빼먹는 재미 때문에 나 역시, 때때로 시조백일장에 참가했다. 가을 땡볕 아래, 고궁의 뜰에 주저앉아 쓰던 시조들이 지금도 떠오른다. 끙끙거려 써놓고는 3434 3434 3543 운율이 맞았나 다시 글자 수를 헤아려보던 기억도. 그러한 대회에서 나는 간혹 장려상 같은 것을 받기도 했는데, 지금 떠오르는 것은 상장을 받을 때의 기쁨보다 고궁에 쏟아지던 햇살이다. 고궁은 완전히 열려 있는 공간이었으나, 대회에 참가한 학생들은 그 열린 공간 안에서 닫혀 있었다. 햇살이 멀미나게 고궁의 뜰 위로 내리쬐었다. 그곳에서 무료하고, 지루한 시간이 흘러갔다.

글을 쓰는 것을 싫어하지는 않았으나, 나는 그렇게 고인 듯 흘러가는 시간들이 싫었다. 나는 자유롭게, 활동적으로 그리고 화려하게 살고 싶었다. 글쓰기가 내 특기 종목이기는 했지만, 그것이 내 삶의 소망인 적은 없었다. 나는 방송국에서 일하는 사람이 되고 싶었다. PD가 무얼 하는 직업인지도 모르면서, 대학에 입학할 때까지 그 소망이 변한 적이 단 한 번도 없었다. 신문방송학과에 진학을 했지만 기자가 되겠다는 생각은 없었다. 가급적이면 무대와 가까운 곳, 스포트라이트의 언저리에 있고 싶었다.

스포트라이트는 엉뚱한 곳에서 왔다. 머리 위에서가 아니라, 갑자기 등 뒤에서 쏟아져 오듯 내게 작가라는 이름이 그렇게 밝혀졌을 때, 내 모습은 바로 그 1년 전 시조백일장에서 3434 운율을 맞춰 상이나 타기를 바라던 문예반 여고생에서 조금도 다를 바가 없었다. 느닷없는 작가 호칭에 놀라, 나는 당해년도 나와 같이 신춘문예에 당선을 했던 사람에게 이렇게 묻기도 했다.

—신춘문예하고 백일장이 다른 건가요?

백일장의 가장 큰 재미는 하루 수업을 빼먹을 수 있다는 것이었다. 그러다가 혹시 상이라도 타게 되면 좀더 기분이 좋게 될 뿐, 그걸로 끝이었다. 그러나 작가가 된다는 것은, 이제 시작을 의미했다. 박수와 스포트라이트의 시작이 아니라, 박수가 끝난 뒤부터 찾아오는 정적의 시작…… 그 다음에는, 나를 바라보는 시선들만 남았는데 그 시선 중에 가장 가혹한 것은 여전히 어리둥절한 눈을 두리번거리고 있는 나의 것이었다. 어쩌면 누구도 더 이상은 나를 바라보지 않았을지 모르나, 그 후 나는 단 한순간도 나를 들여다보는 시선을 거둘 수가 없었다. 내 시선이, 나에게 가혹했다.

가장 행복했던 글쓰기는 '나 홀로'를 독자로 쓰여졌을 때

나는 지금도, 나이가 아주 많아서 등단을 하는 사람들을 보면 부러운 마음이 든다. 그들은 통장의 잔고가 아주 넉넉한 사람들처럼 보인다. 혹은 여름 내내 장작을 마련해 놓았다가 이제 헛간 가득한 장작의 첫 토막을 꺼내 센 불을 때기 시작하는 사람처럼도 보인다. 내가 작가가 되었을 때, 가장 먼저 배운 것은 내 가난이었고, 그로 인한 부끄러움이 었다. 헛간에 장작을 쌓을 사이도 없이, 길거리에서 주운 토막 하나라 도 있으면 일단 때고 봐야 했다. 좋게 말하면 성실성으로도 평가되는 20년 동안의 내 글쓰기는, 그러나 실은 늘 빈곤이었다는 생각이 든다. 더 채우지 못하고, 더 세게 때지 못한 채 군데군데 그을음이 배어 있는 그 글들이, 가난한 아궁이 속의 재처럼 나를 괴롭혔다.

글쓰기가 내게 가장 행복했던 시절은, 그것이 오직 나 혼자만을 독자 로 하여 쓰여졌을 때였다. 그러니까 등단 직전, 그저 내가 원하는 스토 리들만 쓰고 있었을 때. 나는 누구의 시선도 염려하지 않았고, 내가 땐 불이 그저 내 몸 하나만을 따듯하게 만들면 그만이었다. 당시 원고지 앞에서 나는 자유로웠고, 적어도 나 자신에 관한 한은, 완전히 표현할 수 있었다.

그러나 그 후, 나는 통속작가가 된다는 것과 좋은 작가가 된다는 것 의 구분에 대해 두려움을 느꼈고, 나 자신을 표현하고 드러내는 것의 경계에 대해 겁을 먹었다. 한 편의 글을 써놓고, 혹은 쓰다가 말고, 나 는 때때로 내게 물었다. 행복한가? 그러나 그다지 행복하지 않았다. 그 런 시간들 속에, 혼자 걷던 노을녘의 거리가 또 떠오르고, 백일장을 치 르던 고궁의 가을 땡볕이 떠올랐다.

비우지 못한 채 재를 쌓는 게 인생이고 또한 글쓰기

얼마 전부터 나는 중국에서 살고 있다. 외국 생활이 이번이 처음인 것은 아니다. 꼭 10년 전에도 나는 외국에서 살고 있었다. 지금 내가 살고 있는 곳도 그렇지만, 10년 전에도 역시 바닷가 동네였다. 한국을 떠나면 무료해지는 일상도 똑같아서, 툭하면 하는 일이란 게 바닷가 산책이었다. 10년 전, 남태평양에 맞닿은 바닷가 해변에 앉아서 나는 그때까지 내 안에 쌓여 있던 환멸과 노여움을 잊었다. 환멸이나 노여움보다 더 절실한 것은 그리움이었다. 나는 내가 살던 곳의 모든 것을 그리워했고, 심지어는 내가 살던 곳에서 겪었던 외로움까지도 그리워했다. 어느 날은 푸른 바닷물이 내 안으로 쏟아져 들어와 내 안에 쌓인 모든 것을 휩쓸고 다시 쑥 빠져나가는 느낌을 받았다.

텅 빈다는 것……. 그때 내가 받은 느낌이 아마 그러했을 것이다. 텅 비어 있는 곳에, 내가 써야 할 것 같은 것, 내가 남김없이 나를 드러내야 할 것 같은 것 그리고 비로소 어이, 어이 소리 지르며 누군가에게 절실히 이야기하자고 청해야 할 것 같은…… 그런 기분들이 들어찼다. 소진만 하면서 살아온 듯한 삶에, 어쩌면 그 흔적들이, 그 흔적의 재투성이가 내게는 전부일지 모른다는, 어쩌면 그렇게 내 헛간이 가득 차 있는지도 모른다는, 그런 생각도 들었다.

그때에도 나는 아마 내게 물었으리라. 행복하지 않은가? 그렇다, 아니다라는 대답 대신 써야만 한다는 대답만 들렸다. 시드니에서의 1년 반 생활을 청산하며 이삿짐을 꾸리면서 썼던 글이, 그 후 한국에 돌아오자마자 내 생의 첫 번째 문학상을 안겨주었다. 이번엔 누구도 내게 '경계하시오' 말하지 않았지만, 나는 전보다 더 경계해야만 했다. 또 떠나지는 않을 테니…… 이제 환멸과 노여움과 그리움까지 끌어안고 여기에 붙박혀 있을 터이니…….

그러나 그 후 10년, 나는 다시 또 외국에 나와 있다. 10년 전 그때처럼, 다시 한 번 텅 비는 느낌을 기대했던 것일까. 새벽 해가 뜨기 전에 바닷가 산책을 나가, 바닷가에서 일출을 맞는 것이 요즘의 내 일상이다. 나는 아직 해 뜨기 전의 바다에 대고 말한다. 어서 들어와, 내게로 들어와……. 내 안에 빈틈없이 들어와……. 나를 비워주겠니……. 그러나 이제 나이가 들어, 나이만큼 영리하거나 교활해져서 나는 나를 비우는 것이 다름 아닌 나라는 것을 안다. 그리고 생에 가장 불가능한 일 중의 하나가 바로 그것이라는 것도 안다. 그러나 어떠한가……. 비우지 못한 채 재를 쌓는 일도 또한 인생이라면, 그것이 결국 또한 글쓰기이기도 할 터이니…….

데모 군중 속에서 보도블록에 주저앉아 울음을 터뜨렸던 날

이 글을 쓰고 있는 지금, 기억의 여러 갈피들 속에서 잊혀진 줄 알았던 장면 하나가 떠올라 자꾸만 나를 붙잡는다. 그때가 몇 년도였을까. 지금은 그게 몇 년도에 일어났던 일인지도 잘 모르겠다. 매일같이 사람들이 스스로의 몸을 불에 태우던 그해, 나는 아직 갓난아이를 남의 집에 맡기고 그야말로 오랜만의 외출처럼, 거리로 나왔다. 그날 열사의 목록에 이름이 오르게 되었던 사람은 누구였던가. 차도를 장악한 시위 군중들 사이에서 빠져나와 나는 인도턱의 보도블록에 쭈그려 앉아 울음을 터뜨렸다. 나는 '써야만 할 것'이 그토록이나 절박하던 시절을 살기도 했다. 그때 내 글은 '나'로 인해 부끄러운 것이 아니라 '시대'로 인해 부끄러웠다.

이제는 해묵어버린 듯한 그런 기억이 지금 새삼 떠오르는 것은 무슨 까닭인가. 내게 주어졌던 삶, 그것은 소망과는 달랐지만, 그래도 그것이 내 삶이었고 내 글이었다는 걸 지금 이렇게 서둘러 말해도 되는지는 모르겠다. 그러나 원컨대, 텅 비는 것보다 오히려 비워지지 않게 하기를, 잊기보다는 잊혀져가는 것까지 모두 끌어안고 더 천천히, 더 느리게 갈 수 있기를……. 언젠가, 그게 아주 오랜 후의 일이라고 하더라도, 느리고 완만한 언덕 위에서 나를 내려다볼 수 있기를……. 원컨대…….

〈바다와 나비〉의 작품세계와 작가 김인숙

김인숙의 〈바다와 나비〉와 그 작품세계 | 환멸에 맞서는 나비의 비행

— 황도경(문학평론가)

〈바다와 나비〉는 김인숙의 문학적 여정과 아직은 멈추어 있지만,
바다를 건너는 나비, 그 위대한 거짓말이 갖는 힘을 다시 환기하게 하며,
아직은 갈기갈기 찢겨진 날개로 죽어가는 모습일지라도,
바다를 그리고 바다를 건너기를 꿈꾸는 것의 의미를 확인하게 하는
감동적 울림이 밀려오는 작품이다.

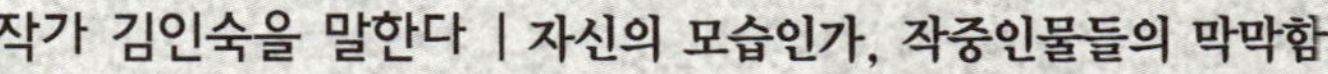

작가 김인숙을 말한다 | 자신의 모습인가, 작중인물들의 막막함

— 정홍수(문학평론가)

쓰러진 인간의 내면과 거기서 피어나는 소설적 환각의 긴장이
단순한 심리 탐구를 넘어서서 어떤 울림을 주고 있다고 해야 할까
그럴 때마다 나는 술자리에서 보았던 평범한 아줌마의 얼굴을 떠올려보며
거듭 눈을 비비곤 했다. 놀랍기도 하지만 무섭기도 했던 것이다.
무슨 비전秘傳이라도 있는 것일까.

환멸에 맞서는 나비의 비행
―김인숙의 〈바다와 나비〉와 그 작품세계

> 〈바다와 나비〉는 김인숙의 문학적 여정과 아직은 멈추어 있지만, 바다를 건너는 나비, 그 위대한 거짓말이 갖는 힘을 다시 환기하게 하며, 아직은 갈기갈기 찢겨진 날개로 죽어가는 모습일지라도, 바다를 그리고 바다를 건너기를 꿈꾸는 감동적 울림이 밀려오는 작품이다.

황 도 경(黃桃慶, 문학평론가)

김인숙 문학의 여정 : 열정에서 환멸로

1983년 〈상실의 계절〉로 등단을 했으니, 김인숙은 실로 20년 넘게 소설을 쓰고 있는 셈이다. 그러나 이 20년이라는 시간은 단순히 그 시간의 길이 때문이 아니라 그 시간의 무게 때문에 의미 깊게 다가온다. 우리의 지난 시대가 그러했듯, 김인숙이 걸어온 그 시간들은 계승과 연속의 그것이라기보다 단절과 방황의 그것에 가깝다. 다소 인위적인 대로, 80년대 문학이 거친 숨결을 그대로 드러내며 이념과 열정을 숨 가쁘게 뿜어내던 것이고 90년대 문학은 그런 목소리들이 잦아들면서 단자화된 개인의 내면과 욕망 속으로 침잠해 들어간 것이라고 할 수 있다면, 김인숙은 이 서로 다른 두 세계를 자기 안에서 감당하고 또 이에 적극적으로 대응해 온 작가라 할 수 있다.

그녀의 소설은 이런 시간의 변화 속에서 조금씩 변모된 모습을 보여 왔다고 할 수 있는데, 첫 번째 창작집인 《함께 걷는 길》에서 공동체적 운명, 세대적 열망과 꿈을 다소 거칠게 이야기하던 그녀의 소설은 이후 《칼날과 사랑》《먼 길》 등을 거쳐 《브라스밴드를 기다리며》에 오면 완전히 단자화된 개인의 세계로, 비루한 일상의 당위와 욕망의 세계로, 그 속에서 흔들리고 상처 입는 내면 속으로 들어오는 듯 보인다. '함께 걷는 길'에 대한 신념과 열정으로 가득 찬 씩씩한 인물들 대신, 이제 그녀의 소설에는 그 열정의 시대를 지나 환멸의 시대를 사는 불구적 인물들이 들어선다. 그들은 추락을 감수하며 지붕 위에서 뛰어내리던 영웅들이 아니라, 한때의 열정과 꿈을 잊고, '지붕 위의 세월'을 지나 '안전한 삶의 바닥'을 믿어버리기로 한, 그래서 커미션으로 아내를 얻고, 집을 사고, 차를 얻은 인물이거나(〈길〉), 폐차처럼 폐기한 청춘의 대가로 얻은 교수 직함을 인생에 대한 항변의 모든 것으로 삼는 인물(〈칼에 찔린 자국〉) 혹은 글쓰기 대신 한 생명의 어미가 된다는 가장 확실하고도 안전한 존재 증명으로 길을 바꾸어버린(〈어느 해의 봄날〉) 인물들이다.

이들은 이미 오래전에 목숨 건 사랑도, 빛나는 이상도 다 접어버린 그러나 그럼에도 불구하고 모멸의 시간을 마주하고 있을 뿐인 인물들이다. 이들을 통해 드러나는 환멸의 문제는 결국 존재 증명의 문제에 연결되어 있는데, '지붕 위에 올라가는 대신 바닥을 천천히 걷는 것'(〈길〉)을 선택한 이들이 종국에 마주하는 문제는 언제나 "나는 존재하였던가"(〈물 위에서〉) 하는 물음이다. 확실하고 안전한 존재 증명의 길을 걸어왔다고 생각했는데, 그들은 다시 무너지고 있고, 모든 관계는 어긋나 있으며, 그래서 '아무것도 아닌' 인생을 살고 있다. 한때의 열정과 꿈을 묻고 초라하게 늙어가는 것이, 원대한 자아에서 비루한 소시민으로 추락해 가는 것이 우리들 삶의 어쩔 수 없는 운명임을 상기한다면, 이 같은 인물들을 통해 김인숙의 소설은 소시민의 사막 같은 삶을 소재로 존재의 근원적인 상처, 상실감 등을 환기하고 있는 것이라고 할 수 있을지 모른다.

그녀의 초기 소설 세계를 생각할 때 어긋난 인간관계, 일탈된 사랑, 소통의 단절 등 최근 들어 그녀의 소설이 그려내는 이 같은 밑그림들은 실로 커다란 변화로 느껴질 만하다. 그러나 그러한 판단은 아직 조심스러운데, 그것은 그녀의 소설이 인물들이 서 있는 사막 같은 삶의 저변에 그들이 폐기 처분한 지난 꿈을 상정하고 있다는 점, 그래서 지금 그들이 마주하고 있는 환멸의 삶을 존재의 근원적인 것으로 받아들이기보다 자신들의 선택의 결과로 남은 몫으로 상정하고 있다는 점 때문이다. 오늘의 김인숙이 예전의 그녀와 다르다고 느껴지면서도 지금의 그녀에게서 여전히 예전의 그녀를 발견하게 되는 것도 또한 이 때문이다. 요컨대 인물들이 겪고 있는 존재 상실, 관계의 단절, 욕망의 비대화 등의 문제를 존재론적인 측면에서가 아니라 그것을 낳는 사회적, 시대적 문제로 바라보려는 시선이 미약하나마 여전히 감지되고 있는 것인데, 비루한 존재들의 몰골을 통해 환멸적 자아와 욕망의 시대를 천착해 가는 그녀의 칼은 이제 밖을 향해 있는 것이 아니라 안을 향해 있고, 타인을 향해 있는 것이 아니라 자신을 향해 있다. 환멸의 몸뚱어리로 남은 당신 그리고 나, 이들을 어떻게 바라볼 것인가. 그 환멸적 존재를 어떻게 끌어안을 것인가. 〈바다와 나비〉는 이런 물음과 탐색에 이어져 있다.

소통 불능 혹은 존재의 상실

소통 불능의 시대. 김인숙은 지금 우리 시대를 이렇게 규정하고 있는지도 모른다. 그녀의 소설에서 "모든 관계는 어차피 불통"이며(〈물 위에서〉), 어긋나버린 남녀관계, 일탈된 사랑 등은 그 불통을 드러내는 한 방식이다. 〈바다와 나비〉에서 처음 만나는 것도 이 불통의 상황이다.

낯선 땅에서 새 삶을 시작하는 여자가 있다. 그녀는 전 주인이 쓰던 집을 고스란히 물려받은 집에 들어설 때마다 앉을 자리도 서 있을 자리도 찾지 못해 거실 한가운데에 우두커니 서 있는다. 그녀에겐 말을 건넬 사람이 없다. 그녀를 찾는 전화가 걸려오는 일도 거의 없고, 어쩌다 걸려온 전화는 '여보세요'라는 그녀의 말에 대개의 경우 끊기고 만다. 아파트 경비와도, 수선공과도, 꽃가게 주인과도 의사소통이 가능하지 않다. 이 말로부터의 소외는 심지어 가구로부터 오기도 한다. 좀처럼 잠이 오지 않는 밤이면 "가구들이 저희들끼리 수런수런 이야기를 나누는 소리가 들려오는 듯"하다. "저쪽에서 입을 열기 전에는 결코 말하지 않을 것이다." 이것은 이 소통불능의 상황에서 그녀가 체득한 일종의 자기 방어 기제다.

그러나 낯선 중국 땅에서 새로 삶을 시작하면서 어쩔 수 없이 마주해야 하는 이런 상황들의 근저에는 더 심각한 소통불능이 자리하고 있다. 그녀와 남편과의 소통불능이 그것으로, 이것이 주인공으로 하여금 낯선 중국 땅으로 오게 한, 그래서 철저한 소통불능의 공간 위에 서 있게 한 계기가 된다는 점에서, 언어는 단순히 이국 땅에서 적응하고 극복해야 할 문제의 차원을 넘어선다. 그녀는 남편에게 이야기를 하고 싶지만, 남편은 그녀가 건네는 말에 아무 말도 하지 않고, 아무것도 묻지 않는다. 그녀는 혼잣말을 이어간다.

나는 채금의 어머니가 내게 했던 말들을 남편에게 전부 다 해주고 싶었다. 그리고 그가 내게 묻는 말을 듣고 싶었다. 그런데 넌, 거기에 왜 가니? 그러나 남편은 아무것도 묻지 않고, 다만 나를 바라보고만 있었다. 나를 또는 그를 향해 말을 하고 있는 어떤 사람을.

"당신이."

그가 아무것도 묻지 않았으므로, 나는 혼자 말해야 했다.

"내겐, 지금."

한 마디씩 끊어서, 그가 잘 알아듣게, 똑똑히.

"다른 사람의 넋으로 보여."

남편과 그녀 사이의 어긋남에는 이렇듯 말의 어긋남이 있다. 아니 말이, 없다. 그들은 각각 혼자다. 그녀는 남편이 한밤중 술 취해 우는 이유를 알지 못하며, 남편에게 날마다 긴 편지를 쓰지만, 정작 보내어진 것은 "보내주기로 한 생활비가 아직 오지 않았네요. 송금 날짜를 정확히 지켜주기 바랍니다"라는, 지극히 짧고 사무적인 전언뿐이다. 그러므로 중국 땅에서 직면한 낯선 언어의 문제는 서울에서의 이 소통불능의 연장선에 놓여 있는 문제이며, 어떤 점에서 낯선 땅으로의 이주는 그 소통불능의 현실에 정면으로 마주하는 의미를 갖는다.

'낯선 이방의 언어' 앞에 마주하고 있다는 점에서 '나'와 채금은 닮아 있다. '나'는 한국에서 온, 중국 말이 서툰 여자이고, 채금은 중국에서 한국으로 가는, 한국말이 능숙지 않은 여자다. 그런가 하면 낯선 땅에 들어가 결혼생활을 시작하게 될 25세의 채금은 바로 그 나이에 남편을 만나 결혼을 꿈꿨던 젊은 날의 그녀를 닮아 있다. 한국행 비자를 얻으려고 마흔이 넘은 한국 남자와 결혼하는 25세의 조선족 여자, 그녀가 조심스러운 기대감 속에 시작할 한국에서의 새로운 삶은 또 얼마나 고독과 배반의 그것이 될까. 그것은 주인공인 '내'가 스물다섯 살 젊은 시절 이후 남편을 통해 꿈꿨던 미래에의 기대와 배반의 시간들과 얼마나 다를 것인가. 이들이 앞으로 극복해야 할 낯선 언어의 세계는 그 소통의 어려움만큼이나 단절과 고독을 감내해야 하는 막막한 것이 아닌가.

이들은 '능숙지 않은' 말로 조금씩, 더듬더듬, 서로에게 다가간다. 서로에게 서로의 언어를 알려줌으로써 서로의 삶에 침투해 가는 이들의 만남은 이 소통불능의 현실에서 어렵게 이루어지는 소통의 과정이라 할 만하다. 채금이 한국으로 떠난다는 말에 '내'가 가슴이 먹먹해진 것은 그녀가 이국 땅에서 유일하게 소통이 이루어진 사람이며, 그녀를 '아는' 유일한 사람이었기 때문이다. 그녀가 떠난 후 중국 땅에 남아 다시 혼자가 되어야 할 그녀는 그녀대로, 낯선 한국 땅으로 들어가 늙은 남자와 결혼생활을 시작해야 할 채금은 채금대로 다시 막막한 소통불능의 지대에 서 있게 될 것이고, 그것은 그들이 자신의 존재 증명을 다시금 시작해야 한다는 것을 뜻한다. 주인공이 집에 들어와도 자기 자리를 찾지 못하는 것이라든지, 전 주인이 쓰던 물건들이 들어찬 속에서 마치 '남의 집'에 들어와 있는 것처럼 느끼는 것 등은 이런 소통불능의 끝에 마주한 존재 상실의 공허를 시사한다.

언어는 이 존재 상실을 확인하게 하는 계기이자 동시에 그 부활을 가능케 하는 계기이다. 중국어 가정교사가 그녀에게 말을 가르쳐주러 왔지만 정작 책은 한 번도 펼치지 못했고 실은 중국생활을 돌봐주는 일을 했었다는 사실, 그래서 그녀와 함께 쇼핑을 하고 자질구레한 일상의 일들을 대신 처리해 주었다는 사실에서 드러나듯, 언어는 세상 속으로 나가는 길이며 사람에게로 이어지는 길이다. 그러나 동시에 어느 순간 끊어지는 길이기도 하니, 각각 낯선 이국 땅에서 살아가야 하는 그녀와 채금이 앞으로 겪어야 할 것은 다만 언어의 문제만이 아니라 "언어보다 더한 것들…… 그러나 결국 언어인 것"이다.

죽음 그리고 남겨진 자의 비명

'죽는 자와 그 죽음을 지켜보는 자'는 최근 들어 김인숙 소설에 흔히 등장하는 소재다. 한쪽에는 병이 들어 혹은 사고로 죽는 자가 있고 다른 한쪽에는 그 죽음을 지켜보며 남겨지는 자가 있다. 죽음은 모든 존재를 무화시키는 가장 강력한 힘이다. 그러나 존재의 그 완전한 무화 앞에서 존재 확인에 대한 안간힘은 더욱 치열해진다. 죽음의 문제를 가장 직접적으로 전면에 드러내고 있는 작품인 〈브라스밴드를 기다리며〉에서 자신의 죽음을 카메라로 찍어달라는 친구 기태와 아내의 죽음을 카메라로 찍는 주인공이 꿈꾸는 것은 '기억의 소멸'이라 할 수 있는 죽음에 맞서 그들의 존재를 증명하고자 하는 것이었다. 그리고 죽어가면서 아내가 남긴 "날…… 기억해 줘"라는 말 역시 존재 증명에 대한 그녀의 갈구에 다름 아니다. 그런데 흥미로운 것은 카메라를 들이대고 찍은 건 정작 죽어가는 자가 아니라 그것을 지켜보는 자기 자신이었다는 사실인데, 이는 죽음에 접근하는 김인숙의 시선이 죽음 자체가 아니라 그것까지도 감당해야 하는 삶에 가 있는 것임을 의미한다. 결국 그녀에게 있어 죽음의 문제는 소멸하는 몸과 기억에 저항하며 어떻게 자신의 존재를 증명할 것인가 하는 삶의 문제로, 죽어가는 자의 문제가 아니라 그것을 감당해야 하는 산 자의 문제로 옮겨와 있는 것이다.

〈바다와 나비〉에도 죽음은 인물들의 내면 깊숙이 자리한 상처의 핵이다. 여기에도 죽는 자와 그것을 지켜보는 자가 있으니, 처형당하는 죄수와 그것을 지켜본 채금의 아버지, '다른 사람의 넋' 같은 채금의 아버지와 그것을 지켜봐야 했던 채금의 엄마 그리고 채금의 아버지처럼 마치 유령처럼 되어버린 남편과 그를 지켜보는 '나'가 있다. 전자가 죽음과 소멸의 운명 속으로 사라져가는 인물이라면, 후자는 그 앞에서 공포와 불안에 떨며 남겨진 인물이다. 그리고 여기에서도 초점은 전자가 아니라 후자에, 죽음 자체가 아니라 그것을 감당해야 하는 삶에 놓여 있다. 엄밀히 말해 채금의 아버지는 삶과 죽음의 두 세계를 동시에 감당하고 있는 인물이다. 처형되는 죄수를 본 이후 멀어버린 그의 한쪽 눈이 죽음의 세계 속에 있다면, 남아 있는 다른 눈은 그 죽음을 지켜봐야 하는 삶의 영역에 속해 있다. 죽음은 그의 삶 반쪽을 어둠 속으로 몰아넣었지만, 삶은 나머지 반쪽의 시간 동안 계속해서, 천천히, 그를 죽음과 대면하게 한다.

채금이 이 앤 내 남아 있는 눈이 보고 있는 게 뭔지를 몰라. 그건 말이지. 죽음보다 더한 거야. 그건 말이지…… 살아 있다는 거라구. 살아서 못 볼 것들을 모조리, 남김없이 다 봐야 한다는 거라구. 그것도 아주 천천히, 아주 오래 오래…… 가마솥 속의 개고기 뼈가 다 무르도록, 아주 오래 오래…… 흠씬 두들겨맞아 나달나달해진 살 속에서 진국의 국물이 다 빠져나올 때까지 천천히 천천히……

그러니 "겁나는 건 사는 일이지 죽는 일이 아니"다(〈길〉). 살아간다는 건 삶의 시간들이 변질시켜 놓은 '나·그'를 감당해 내는 일이며, 고통 속에서 서서히 죽음이 다가오는 걸 감당하는 것이며, 그러기에 "소망으로 이루어지는 것이 아니라 당위와 견딤으로 이루어지는 것"이다(〈길〉). 죽는 자는 오히려 소리가 없고, '비명을 지르고, 공포에 떨고, 울음을 터뜨리는 건 그를 바라보는 사람들 쪽'이다. 고통스런 비명은 산 자의 몫인 것이다.

처형되는 사람을, 죽음을 보고 살아남은 사람들의 가슴속에 새겨진 공포와 불안은 때로 타인에 대한 무관심에 대한, 혹은 자신의 폐쇄적 이기심에 대한 정당한 구실이 된다. '이 지랄 같은 나라에서 밥 벌어 먹고 산다는 건' '지랄 같은 일'이라는 투정. 김인숙 소설의 인물들은 바로 그것을 구실 삼아 안전지대 속으로만 치달아온 인물들이다. 자신들이 삶에, 시간에 먹혔다는 것. 어쩔 수 없이 바닥만 바라보며 걸을 수밖에 없었다는 것. 작가는 인물들의 이 같은 절규가 갖는 현실성에 깊이 공감하고 함께 아파하지만, 결국에는 그것이 변명일 수밖에 없음을 드러낸다. 〈브라스밴드를 기다리며〉에서 주인공이 죽어가는 아내의 모습을 찍은 테이프에서 종국에 마주하는 것이 자기 자신이었듯이, 죽음은 산 자의 몫을 새롭게 환기시키는 역설적 의미로 다가오고 있는 것이다. '다른 사람의 넋'으로 환기되는 존재 상실이란 어떤 점에서 앞으로만 치닫는 현실의 물길 속에서 아무 생각 없이 함께 흘러가는 것을 비로소 멈추었음을 의미하는 것이기도 하다. 남편이 보고 있던 나비, 그 나비는 어쨌든 바다를 건너고 있었기 때문이다.

바다를 건너는 나비, 그 위대한 거짓말

이 작품이 한국과 중국이라는 두 나라를 배경으로 하고 있는 이유는 무엇일까? 아니, 다시 묻자. 남편의 물음처럼, 왜 하필 중국일까? 젊은 시절, '나'와 남편에게 중국이라는 나라는 금단의 나라였으나 또한 금지된 이상이었다. 그러나 그들의 청춘이 순수한 꿈과 열정으로 빛났던 시절이었지만 지금은 바랜 기억으로만 남아 있는 사라진 시절이듯, 중국은 이제 더 이상 금단의 땅도, 금지된 이상도 아니다. 맥도날드로 상징되는 자본주의 물결 속에서 세계화, 선진화의 논리가 포장된 환상으로 자리한 길, 오래전 한국이 걸어온 그 길에(자식을 위해서라는 말을 입에 달고 악착같고 그악스럽게 돈을 벌어온 주인공 어머니의 모습은 자본주의적 가치관에 충실하게 움직여온 우리 시대의 단면을 제시하고 있다. 그녀는 한국에 오기 위해 딸을 돈에 팔아넘긴 채금의 어머니를 그악스럽다고 흉을 보지만, 그녀는 채금의 어머니에게 하나의 성공 사례와도 같은 존재일 것이 분명하다) 중국이 서 있는 것이다. 그러므로 주인공이 남편과의 불화 끝에 떠나온 중국은 그녀와 그녀의 남편이 걸어온 그 환멸적 변신의 길을 확인하게 하는 공간이자, 잊혀진 열정과 꿈에 대한 그녀의 무의식적 회구를 드러내는 공간이기도 하다. 이 작품이 인물들 사이의 근원적 소통불능의 문제를 다루고 있으면서도 그것을 단자화된 개인의 존재론적 문제로 끌고 가는 것이 아니라 역사적이고 시대적인 문제로, 인물들 각자가 겪고 있는 존재 상실의 문제를 역사적 주체 의식의 상실로 연결시키고 있다는 지적이 가능해지는 것은 이 때문이다.

이 작품에선 낯선 것과 익숙한 것의 공존 혹은 그 사이에 낌이라는 전언이 자주 등장한다. 그것은 낯선 말과 음식, 거리에 서 있는 '나'의 상황이기도 하고, 앞으로 채금이 마주하게 될 상황이기도 하다. 그런가 하면 그것은 '나'나 채금과 같은 개인이 당면한 문제이자 조선족이 처한 위치이기도 한데, 방바닥에 온돌을 깔아 생활하면서도 창에는 중국인들이 하는 식으로 빨간색 복福 자를 거꾸로 붙여놓고 벽에는 중국식 매듭 장식을 걸어두는 그들의 모습은 조선족이 갖는 한국적이자 중국적인 양면성, 아니 더 정확하게 말해 한국인도 중국인도 아닌 타자성을 상징적으로 시사하고 있다. 나날이 새로운 길이 나고 새로워지고 있는 중국 도시의 외곽에서, 여전히 낡고 누추한 구옥들이 즐비한 농촌 마을을 구성하며 살아가고 있는 사람들, 아직도 너른 벌판의 추수를 한 자루 낫으로 감당해야 하는 사람들. 이들은 현대화, 세계화의 흐름 속에서 외면된 타자들이며, 새로운 길을 내기 위해 부숴지고 버려진 존재들이다. 이제 이들은 자본주의의 거대한 흐름을 타기 위해서 중늙은이에게 젊은 딸을 팔아넘기고, 돈을 찾아 한국으로 건너온다. 그곳에서도 이젠 젊은 사람들이 믿는 건 돈뿐이다. "중국도 결국, 별수 없"는 것이다.

이제 주변 사람들에게 중국은 21세기의 떠오르는 중심, 그래서 세계화로 가기 위해 선택하는 지름길일지 모르지만, 그 옛날 '나'와 남편에겐 '금지된 이상'이었다. '순결한 믿음과 희망만이 불길처럼 타오르고' 있던 젊은 시절, '함께'였던 시절, 세상에, 시간에 잡아먹혀 모욕과 비굴의 삶을 살기 전 꿈꾸었던 세계. 그러나 이제 그들은 서로 알 수 없는 타인이 되었고, 서로를 알고 싶어하지도 않는다. 알고 싶은 건 '통장의 잔고와 노후에 받게 될 연금의 액수' 뿐이다.

어차피 서지도 않는단 말야. 어차피 서지도 않는다구……. 젠장…… 너무 오래…… 서질 않았어. 빌어먹을…… 젠장…… 이게 전부일 거라고는 한 번도 생각 안 해봤는데 말야……. 그런데 이게 전부더라구.

남편의 이 절규는 먹고사는 일만이, 말초적인 몸의 욕망만이 삶의 의미가 되어버린 우리 시대에 대한 참혹한 증언과도 같다. 그러나 '한 덩어리 죽은 살점으로만' 살아왔다는 이 아픈 깨달음은 아내인 '나'에게로 전이되어 아픈 자각을 일으킨다. 그러기에 망망대해를 홀로 날아 바다를 건너는 나비의 이야기를 담은 비디오를 보며 그녀는, 자신들이 삶의 욕망에 자신을 던져버린, 이제는 삶에 투항해 버린 자들이라는 점을 깨닫고, '나 자신을 용서하는 일'이 불가능함을 고백하는 것이 아닐까? 그렇다면 그녀가 낯선 중국 땅에서 툭하면 보게 되었다는 남편 닮은 남자는 한때의 빛나는 이상을 접고 삶에 투항해 버린 우리 모두의 모습은 아닐까? 한때는 "자신의 모든 것을 걸고 싶을 만큼 원했던 것들이 있었으나, 그가 그것들을 잊어버리기 전에 삶이 먼저 그를 압도해 버렸다는 것"을 변명처럼 되뇌이며 일찌감치 '안전한 삶의 바닥'을 믿어버린 우리 모두의 얼굴이 아닐까?

"안녕하세요. 나는 이채금입니다. 나는 한국 사람입니다." 이 서툰 몇 마디 한국말로 낯선 땅을 살아가야 할 채금 그리고 여전히 말이 통하지 않는 곳에 홀로 남겨질 주인공, 이들은 모두 망망대해를 홀로 날아가야 하는 나비들이다. 아마도 이들 앞에는 날개가 젖고 찢겨져 죽어가는 나비의 운명이 기다리고 있을지 모른다. 그러기에 채금의 아버지가 그 옛날 죽음을 목도했던 그날처럼 이야기의 끝에서 주인공이 마주하는 것도 죽음의 냄새들이다. 그녀의 입속에는 모래가 한 움큼 들어차고, 온몸이 모래 덩어리처럼 여겨지고, 택시 기사의 고개는 '죽은 사람의 그것처럼' 떨궈져 있다. 그러나 그 죽음에의 예감에도 불구하고 건너야 하는 바다라는 것을, 그녀는 받아들이게 된 것일까? 오랜만에 남편을, 비록 팔다리가 잘려나가 마주 안을 수가 없는 몸통뿐인 그를, 그녀는 안아주고 싶어한다. 소통의 불가능, 속화된 삶의 거리, 잃어버린 청춘의 꿈, 이것들을 끌어안고 다시, 그녀는 바다를 건너가기 시작한 것일까?

소설은 이 막연한 여운 속에서 끝이 나지만, 그래서 김인숙의 문학적 여정 또한 아직은 여기에 멈추어 있지만, 바다를 건너는 나비, 그 위대한 거짓말이 갖는 힘을 다시 환기하게 하는 것, 아직은 갈기갈기 찢겨진 날개로 죽어가는 모습일지라도, 바다를 그리고 바다를 건너기를 꿈꾸는 것의 의미를 확인하게 하는 것, 이것이 이 소설이 종국에 우리에게 전하는 감동적 울림일지 모른다.

자신의 모습인가, 작중인물들의 막막함
—이른 나이에 등단, 아직도 '웅크림' 속에 비치는 성실과 열정

쓰러진 인간의 내면과 거기서 피어나는 소설적 환각의 긴장이 단순한 심리 탐구를 넘어서서 어떤 울림을 주고 있다고 해야 할까. 그럴 때마다 나는 술자리에서 보았던 평범한 아줌마의 얼굴을 떠올려보며 거듭 눈을 비비곤 했다. 놀랍기도 하지만 무섭기도 했던 것이다. 무슨 비전秘傳이라도 있는 것일까.

정 홍 수(鄭弘樹, 문학평론가)

미모의 미래진행형을 걱정하는 다정한 술자매들

"내년에도 예쁠 텐데, 정말 걱정이야."

이런 흰소리를 아무런 표정 변화 없이 사뭇 담담하고 진지하게 꺼내놓는 사람들이 있다. 처음 한두 번은 야유 섞인 웃음으로 가볍게 넘겨버리면 그만이지만, 횟수가 쌓이면 대응이 만만치 않다. 세뇌라는 무서운 단계가 기다리고 있는 것이다. 게다가 명정酩酊의 시간과 두꺼운 화장술도 비판력을 마비시키는 데 큰 몫을 한다. 그래서 이윽고는 게게 풀린 눈을 껌벅이며 대꾸한다는 소리가, "하긴, 미모라는 게 당사자들한테는 부담이 될 수도 있겠네. 뭐 도울 일은 없나?"

편집자와 작가로 만나 알게 된 김인숙 씨와는 마침 한동네에 사는 인연도 덧붙어 자주 술자리를 가진 편이다. 역시 같은 동네에 사는 동료

소설가 은희경, 차현숙 씨가 김인숙 씨와 절친한 사이라 술자리 한쪽을
차지하는 날이 많았다. 미모의 미래진행형을 머리를 맞대고 걱정하는
이 다정한 술자매들은 다들 알다시피 시퍼런 아줌마들이다. 그러나 적
어도 술자리에서만큼은 자신들의 인생 그래프를 완벽하게 망각한다.
다분히 의도적인 이 건망증은 내가 무심히 관찰해 본 바에 따르면 이
제, 거의 제2의 천성이 되어가고 있는 듯하다. 오늘의 주인공인 김인숙
씨의 경우, 길 가다가 '아가씨' 호칭이라도 들은 날이면 그 싱싱한 소
리의 여운을 되새기고 음미하는 데 시간을 아끼지 않는다고 당당하게
고백하는 사람이니 미모 걱정을 한 해의 중요한 사업으로 내세우는 걸
진지하게 반박하는 건 술친구의 예의가 아니기도 하겠다.

지속적인 글쓰기로 등단 20년에 중견의 겸손과 절제

하고 보면, 김인숙 씨가 대학 1학년 신분으로 신춘문예에 당선되었을
때 추운 자취방에 앉아 신문에 실린 작가의 사진을 한참 동안 뚫어져라
들여다보고 난 뒤, 선망과 질투의 마음을 다독이며 기꺼이 열성 독자가
되기로 주먹을 불끈 쥐었던 건 촘촘하게 인쇄된 당선작을 읽기도 전이
아니었던가. 그런 초심을 가졌던 사람이라면 의당 김인숙 씨의 1년이
새로운 미모 걱정에 벽돌 한 장이라도 보태는 심정으로 동참하는 게 도
리이리라. 야유나 비아냥은 절대 안 될 일이다. 김인숙 씨가 훌쩍 중국
으로 건너가 버려 그 뻔뻔했던 술자리들도 그럴싸한 추억이 된 지금,
더욱 그렇다.

그러나 나이를 몰각한 그런 객담들이 소설을 업으로 살아가는 막막
함과 고단함을 잠시 밀쳐두기 위함임을 눈치 채지 못한 것은 물론 아니
었다. 김인숙 씨는 등단한 지 20년이니 중견中堅 작가로 불러도 크게
넘칠 일이 아니다. 게다가 지속적인 글쓰기로 80년대와 90년대의 시대

적 이접離接을 고스란히 감당해 낸 20년 세월이니 무게가 더하다. 이번의 수상 말고도 이미 여러 차례의 문학상 수상을 통해 그 문학적 성취를 두루 고평받은 바 있다. 그러니 겸손을 전제한다 하더라도 은연중에 자신감을 내비칠 만하지 않을까. 그런데 내가 만나본 김인숙 씨는 늘 자그맣게 자신을 웅크리고 있었다. 작가로서, 겨우 버텨내고 있다는 막막한 불안감을 숨기려고 하지 않았다. 소설 쓰기가 문자 그대로 생업生業이라서 그런 게 아닌가 이해를 하면서도 조금 큰소리를 내고 어깨를 펴도 되는 게 아닌가 싶었다. 겁을 먹은 듯한 웅크림, 그러나 그 웅크림은 성실함의 다른 얼굴인 듯도 했다. 성실함, 그러니까 소설가로서의 프로 의식 같은 것 말이다. 이른 나이에 등단하고, 줄곧 소설이라는 무기 하나만으로 삶을 꾸려온 자의 세상에 대한 경계심은 무엇보다 자신에 대한 냉정함과 가혹함으로 표현되고 있었던 것일까.

　작년 일이다. 장편 초고를 놓고 그걸 다듬느라 몇 개월을 보낸 모양인데, 얼추 일이 끝날 때쯤 보니 수정 파일이 열 몇 개가 되더라는 이야기였다. 그러면서 덧붙이는 말, "이제, 다음부터는 장편을 조금 쓸 수 있을 것 같네." 그럼 그 전에 써서 출간했던 그 대단한 장편들은 다 뭐란 말인가.

늘 처음 글쓸 때처럼 백지에서 시작하는 그 건망증

　한번은 쓰고 있던 소설 두어 페이지 분량을 이메일로 보내고는, 쉼표가 제대로 들어가 있는지 봐달라는 말을 붙여 왔다. 내가 뭘 알겠냐고 손을 내젓고 말았지만, 늘 자기 것 챙기는 데 어수룩한 모습만 보이던 사람에게서 진짜 싸움을 벌일 때의 스파크를 본 느낌이었다. 20년간의 위대한 생산물들을 잊고 처음 글을 쓸 때처럼 백지에서 싸움을 시작하는 그 건망증이야말로 김인숙 씨의 웅크림을 아름답게 만드는 동력이 아닐까 생각해 본다.

사람들에 대한 낯가림은 먹어본 음식밖에는 잘 못 먹는 까다로운(뭐, 그렇다고 고급스러운 취향은 아닌 듯하다. 포장마차에서 파는 우동을 가장 좋아하며, 술안주로는 닭꼬치와 멍게 정도밖에 모르는 모양이니까) 식성과 함께 김인숙 씨가 강조해 마지않는 자신의 개성이다. 그러다 보니 가끔 집 밖으로 나와 만나는 사람들이 소설집《함께 걷는 길》, 장편《'79~'80 겨울에서 봄 사이》를 쓸 무렵, 시대적 소명을 문학의 임무로 감당했던 '하나방' 시절의 문인들과 일산 동네에서 알게 된 몇몇 문우들 정도로 국한되어 있는 것 같았다. 그중 내가 목도했던 술자리로 인상적이었던 것은 김정환, 임우기, 현준만 선배 등이 밤늦게 소집하는 대책 없는 술판이었다. 김정환 형은 대개 서울 신촌쯤의 술집에 앉아, 임우기, 현준만 형은 이미 만취 상태에서 일산에 들어와 김인숙 씨에게 전화를 하는 모양이었는데, 김인숙 씨도 워낙 좋아하는 문단 선배들인지라 불가피한 경우를 빼고는 호출을 마다하지 않는 눈치였다.

그런데 그렇게 부르기만 했을 뿐, 김인숙 씨가 합석을 해도 술자리의 분위기에 전혀 변화가 없었다. 새 사람이 술자리에 합류했으면(그것도 간절히 애원해서 불러냈으므로) 그 사람 중심으로 화제도 바뀌기 마련이건만 간단한 눈인사 정도만 나누고 말 뿐, 끊임없이 마셔대기만 하는 것이었다. 왜 바쁜 사람을 오라고 한 것일까. 그리고 바쁜 사람은 왜 왔을까. 나는 그 술꾼들이 술을 입으로 옮기는 바쁜 와중에도 간혹 술잔을 부딪치며 토해 놓는 "인숙아―"라는 애잔하고 애틋한 소리에 무슨 말 못할 비밀이 있지 않나 짐작도 해보지만, 글쎄. 그 기이한 술자리에는 안쓰러운 막내 여동생만 있었던 게 아니라, 철없는 오라비들을 말없이 다독이는 정결하고 속 깊은 누이도 있었던 게 아닐까 생각해 보는 것인데 이 역시 막연하기만 하다. 나 또한 취해 있었으니까.

중국 공항에서 강아지 안고 "이건 내 딸이오" 하고 흐느꼈던 작가

강아지 이야기를 빠뜨려선 안 될 것 같다. 나야 강아지를 키워본 적이 없어서 그 깊은 교류를 잘 이해 못하지만, 김인숙 씨의 강아지 사랑은 각별한 듯하다. 본인에게서 직접 들은 에피소드 하나. 지난해 여름 중국으로 건너갈 때는 강아지를 데려갈 수 없는 것으로 알고, 눈물의 이별을 했다고 한다. 마티즈종 어미 한 마리에 김인숙 씨가 직접 받아낸 새끼 두 마리까지, 모두 세 명의 식구를 이곳저곳 지인들에게 맡길 수밖에 없었던 것이다.

그런데 가서 보니 잘못된 정보였다. 사전 준비를 철저히 하고 연말에 강아지를 데리러 귀국을 감행했다(겸사겸사라고는 했지만 말고는 특별히 다른 목적이 없어 보였다). 다시 한 번 이리저리 눈물의 재상봉과 이별식(강아지를 맡아 기르고 있던 사람 입장에서 보면 또 무슨 날벼락이었겠는가. '흐느껴' 울었다고 했다)을 치른 뒤, 어미 개 '미나'를 품에 안고 중국 공항에 들어섰다. 그런데 어떻게 된 일인지 중국 공항에서는 한 달간 미나를 유치해 놓아야 한다고 하지 않는가. 짧은 중국어에 온갖 표정 연기를 선보이며 붉으락푸르락 하소연을 해보았지만, 말이 안 통하니 서로 남의 다리를 붙들고 씨름하는 꼴. 그러나 역시 진실은 통한다고 했던가. 김인숙 씨는 결정타 한 방을 준비하고 있었다. 때맞추어 흘러내리는 눈물의 조력을 받으며 서툰 중국어로 김인숙 씨 왈, "이것은 개가 아닙니다. 이것은 나의 딸입니다." 그리고는 무사 통과. 아마도 중국 공안은 유치원에서나 들려올 법한 이상한 성조의 중국어 문장에 문득 할 말을 잊었던 것은 아닐까.

쓰러진 인간의 내면과 소설적 환각의 긴장미

김인숙 씨의 근작들을 보면 진로를 잃어버린 벼랑 끝 인물들이 자주 등장한다. 그들에게는 자기가 누구인지 확인할 수 있는 근거가 현재의 생활 속에 없다. 해가 저문 운동장을 끝없이 달린다든가, 훌쩍훌쩍 넓이뛰기를 했던 몸의 기억만이 겨우 그들의 삶을 증언하고 있을 뿐. 그리고 그런 인물들의 막막함은 작가 자신의 그것이 아닐까 싶을 정도로 절실하게 그려져 있다. 그러나 조금 새겨 읽다 보면 그들을 감싸 다시 길 위에 세우는 웅숭깊은 힘이 거기에는 있다. 쓰러진 인간의 내면과 거기서 피어나는 소설적 환각의 긴장이 단순한 심리 탐구를 넘어서서 어떤 울림을 주고 있다고 해야 할까. 그럴 때마다 나는 술자리에서 보았던 평범한 아줌마의 얼굴을 떠올려보며 거듭 눈을 비비곤 했다. 놀랍기도 하지만 무섭기도 했던 것이다. 무슨 비전秘傳이라도 있는 것일까. 아마도 이것은 단순히 재능만으로 가능한 일은 아니리라. 김인숙 씨에게 대단한 소설가적 재능이 있었다 하더라도 20년의 시간이면 이리저리 닳아 없어지기에 충분했을 테니까. 그렇다면 무엇일까. 언제 다시 술자리가 생기면 술을 자제하면서라도 탐문해 볼 생각이지만, 글쎄.

　아이 학교 때문에 건너갔던 중국 체류가 길어질 모양이란다. 얼마 전 잠시 귀국했을 때 들려준 이야기에 따르면, 중국어 공부를 무슨 입시생처럼 열심히 하고 있단다. 새벽 기상에 철저한 예습, 복습. 시험을 치면 일등이고, 어떤 숙제고 빠뜨리는 적이 없어 어학 과정의 같은 반 학생들로부터 '무서운 아줌마'로 불리고 있단다. 우리말로 소설을 쓰다 안 되니, 중국어로 소설을 쓸 작정이냐고 농담을 하고 말았지만, 이번 수상작을 읽고 보니 그게 다 바다이고, 바다를 건너가는 나비의 날갯짓인가 보다. 이상문학상 수상을 축하한다. 이제 좀 여유를 가지고 날아가도 되지 않을까.

'이상문학상'의 취지와 선정 방법
—알기 쉽게 풀이한 이상문학상 규정

　1. **취지와 목적** : 〈문학사상사〉(이하 주관사라고 약칭)가 제정한 '이상문학상(李箱文學賞)'(이하 '본상'이라고 한다)은 요절한 천재 작가 이상(李箱)이 남긴 문학적 업적을 기리며, 매년 가장 탁월한 작품을 발표한 작가들을 표창하고, 《이상문학상 수상작품집》(이하 '작품집'이라고 한다)을 발행하여 널리 보급함으로써, 순수문학의 독자층을 확장케 하여, 한국 문학의 발전에 기여할 것을 목적으로 한다.

　2. **수상 대상 작품** : 전년도 심사 대상(對象) 작품의 마감 이후인 당해년도 1월부터 12월 말 사이에 발표된 작품은 모두 심사 대상에 포함된다. 문예지(월간지의 경우 당해년도 1월 초부터 12월 말일 이전에 발행된 '2월호'에서 다음해의 '1월호'까지 포함된다)를 중심으로 해서, 각종 정기간행물 등에 발표된 작품성이 뛰어난 중·단편소설을 망라하여, 장기간에 걸친 독특한 방법으로 예비심사를 거쳐 본심에 회부한다. 예비심사 과정에서는 물망에 오른 작품의 작가에 대하여, 대상 또는 우수작상으로 선정될 경우, 본상의 규정에 따른 수락 의사 유무를 직접 또는 간접적으로 타진한다. 중·단편소설을 시상 대상으로 하는 까닭은 문학의 중심이 장편소설에서 점차 중·단편소설로 이행하는 추세를 감안하고, 작품 구성과 표현에 있어서의 치밀성과 농축성으로, 짙고 강렬한 소설 미학의 향기와 감동을 자아내게 한다고 믿기 때문이다.

　3. **상의 종류** : 본상은 대상(大賞) 1명과, 10명 이내의 대상에 버금하는 작품에 대한 추천 우수작상을 선정하되 복수의 대상 수상자를 선정할 수 있다. 그리고 기수상작가를 포함하여 중견 및 원로작가의 문학적 공로도 감안한 당해년도의 뛰어난 작품에 수여하는 '이상문학상 특별상' 1명을 선정한다.

4. **포상의 방법** : 본상의 포상은 제3항에 명시된 각 상의 매절고료가 포함된 현상금을 일시불로 수여하는 방법과, 판매 실적을 감안하여 추가적인 상여금을 지급하는 두 가지 방법 중 수상자로 하여금 수상 수락 전에 서면으로 그중 한 방법을 자유롭게 선택게 한다.

5. **'본상'의 현상고료** : 위 제3항의 '본상'의 대상(大賞) 중 일시불 방식은 발행부수와 관련없이, 3,500만 원을 지급하고, 우수작상은 300만 원을 지급한다.

위 항의 일시불 방식이 아닌, 발행 2년이 경과한 이후부터의 판매부수에 따른 추가적인 상여금을 원하는 수상자에게는, 2003년부터 1차로 시상 당시 대상(大賞) 수상자는 2,000만 원, 우수작상 수상자는 200만 원을 지급하고, 작품집 발행 후 2년이 경과한 이후부터, 매년 말에 당해년도의 '작품집' 발행부수에 따라, 1부당 정가의 10%를 각 수상자별로 균분하여 10년간 지급토록 한다.

6. **특별상(현상고료)** : 특별상은, 기수상작가를 포함하여, 문단의 원로작가 또는 '본상'의 우수작상을 5회 이상 수상한 작가로서, '본상'의 대상(大賞) 작품과는 별도로, 당해년도에 발표된 우수 작품을 발표한 작가에게 수여하며 현상매절고료는 500만 원으로 정한다.

7. **예심 방법** : 예심은 월간《문학사상》편집진이 매 연도의 1년 동안 각 매체에 발표된 작품을 수집하여, 주관사의 편집위원과 편집주간 및 편집진으로 구성된 이상문학상 운영위원회에서 대학교수·문학평론가·작가·각 문예지 편집장·일간지 문학담당 기자 등 약 1백 명에게 수시로 추천을 의뢰하여 예비 심사에 참고한다. 3회 이상 우수작상을 받은 작가는 당해년도에 발표된 작품 중 뛰어난 1편을 선정하여 본심에 회부할 수 있다.

그 모든 자료를 일괄하여 주관사 편집주간이 중심이 되어 편집위원들과 예심위원들의 의견을 수렴하여, 연간 3분기로 나누어 본심에 회부할 작품을 선별한다.

이와 같은 독특한 예심 과정은 소수의 예심위원이, 짧은 시일 내에 수많은 작품 속에서 본심에 회부할 작품을 선정하는 단점을 보완하고, 가능한 한 문학 발전에 관심 있는 다수인이 장기간에 걸쳐 되도록 발표된 전 작품을 수시로 검토하여 심사 대상에 망라함으로써, 신중하고 세심한 예심 과정을 밟기 위한 것이다.

8. **본심 방법** : 예심을 거쳐 본심에 회부된 작품은, 권위 있는 평론가와 작가로 구성된

5인 이상 7인 이내의 심사위원회에 넘겨져, 수일간 개별적인 검토를 거친 후 본심 회의에서 최종 결정이 내려진다. 본심 회의는 대체토론을 통해 예심에 회부된 작품 가운데 10편 내외의 작품을 먼저 선정한다. 이 작품 속에서 1편(예외적인 경우 2편)의 대상을 선정하고, 나머지 작품 중에서 우수작상 작품을 선정한다. 수상 작품 결정에 있어 심사위원의 의견이 일치하지 않을 경우에는, 무기명 비밀 투표로써, 다수결 원칙에 의하여 최종 결정을 한다.

그러므로 이상문학상의 대상과 우수작상은 모두 거의 동일 수준의 작품이라고 볼 수 있으며, 전문 문학인이나 독자의 주관적인 판단에 따라 그 평가는 달라질 수 있을 뿐이다. 그 때문에 한 번 우수작상을 받은 작가는 대부분 자주 우수작상을 받게 되며, 3~4회 내지 5~6회 만에 대상을 받게 되는 경우가 대부분이다.

9. **저작권** : 대상 수상 작품(이하 '대상 작품'이라고 약칭)의 저작권은 저작권법상의 편집저작물로서 독자적인 저작권을 주관사가 보유할 뿐 아니라, 본 규정에 의거해서도 주관사가 보유한다. 단, 2차 저작권(번역 출판권, 영화화·연극화 등의 저작권)은 저자에게 있고, 《이상문학상 수상작품집》 발행 후 3년이 경과하면 동 대상 작품을 저자의 작품집 또는 저자의 전집에 한해서 수록할 수 있다. 다만, 어떤 경우에도 《이상문학상 수상작품집》의 표제(대상 작품명)와 중복되거나, 혼동의 우려가 없도록 하기 위하여 대상 작품명을 대상 수상작가 작품집의 서명(書名, 표제작)으로는 쓰지 않기로 한다.

10. **이상문학상 작품집 발행** : 〈이상문학상 운영 규정〉에 따라 대상 작품과 추천 우수작상 작품, 특별상 작품을 모아, 염가 대량 보급을 목적으로 《이상문학상 수상작품집》을 발행한다.

이 작품집은 이상문학상의 공정성과 권위를 독자에게 다시 묻고, 수록된 작품과 그 작가들에 대한 표창과 홍보의 뜻도 담고 있다. 한편 이 작품집은 해마다 문단의 작품 경향과 흐름을 알 수 있는 앤솔러지적인 성격을 띠고 있다. 또한 이 작품집은 아무리 세월이 흘러가도 한 사람이라도 독자가 있는 한 이윤을 초월해서 제한 없이 영구히 보급함으로써, 이상문학상과 그 수상작가에 대한 영원성과 영예를 오래도록 선양하고 세계에 그 유례를 찾아볼 수 없는 문학상 작품의 영원불멸성을 유지케 한다.

그런 뜻에서 《이상문학상 수상작품집》은, 그 영예로운 작가와 작품을 일과성(一過性)

이 아닌 영구적으로 널리 독자에게 보급하여 읽히게 하고, 그 작가에 대해 더욱 탁월한 작품을 창조하기 위한 끊임없는 격려와 기대의 뜻을 담고 있다. 때문에 20여 년 전의 작품도, 계속해서 한결같이 널리 알리고 홍보를 계속하여, 독자의 관심권에서 벗어나지 않도록 하는 매우 독특한 작품집으로 정착되었다. 그러한 노력은 작품의 우수성과 더불어, 이 작품집이 매년 수많은 독자들에게 애독서로 선택되어, 20여 년 전의《이상문학상 수상작품집》도 계속 독자가 끊이지 않게 하고 있다. 그처럼 매년 한 권의 책으로 묶은 중·단편 창작 소설집이 장기간에 걸쳐 다량으로 발간되고 있는 것은, 세계적으로도 매우 희귀한 예로 알려지고 있으며, 그것은 우리의 문학과 독자의 성장도와 성숙도를 가늠케 하는 한 단면이기도 하고, 세계 제일의 출판대국이며 인구만도 우리의 3배에 가까운 일본에서도 볼 수 없는 순수문학 중·단편집의 대량 보급과, 순수문학 애호 인구의 저변확대에 크나큰 기여를 한 바 있다.

11. **이상문학상 운영위원회** : 주관사의 발행인을 위원장으로 하고 월간《문학사상》의 편집인과 편집주간 및 문학사상사 이사회가 선임한 3인의 위원으로 구성되며, 본상의 제도와 운영에 관한 모든 업무를 관장한다.

12. **이상문학상 심사위원회** : 이상문학상 운영위원회는 매 연도마다 5∼7인의 이상문학상 심사위원을 위촉하여 이상문학상 심사위원회를 구성한다.

동 심사위원회는 주관사의 편집주간의 주재로, 이상문학상의 대상과 우수작상 그리고 특별상을 수여할 작품을 심의 결정한다. 수상자를 결정함에 있어 의견의 일치를 보지 못한 경우는 투표로써 결정한다.

13. **규정의 수정** : 본 규정은 이상문학상 운영위원회에서 3분의 2 이상의 찬성으로 수정할 수 있다.

2002. 12. 20. 개정
문학사상사
이상문학상 운영위원회

제27회 이상문학상 작품집

1판 1쇄 | 2003년 1월 30일
1판 12쇄 | 2014년 11월 3일

지은이 | 김인숙 외
펴낸이 | 임홍빈
펴낸곳 | (주)문학사상
주소 | 서울특별시 송파구 중대로38길 17(138-858)
등록 | 1973년 3월 21일 제1-137호
전화 | 02)3401-8540
팩스 | 02)3401-8741
홈페이지 | www.munsa.co.kr
이메일 | munsa@munsa.co.kr

* 잘못 만들어진 책은 구입하신 서점에서 바꾸어 드립니다.
* 값은 표지 뒷면에 표시되어 있습니다.

ISBN 978-89-7012-441-4 03810